2021

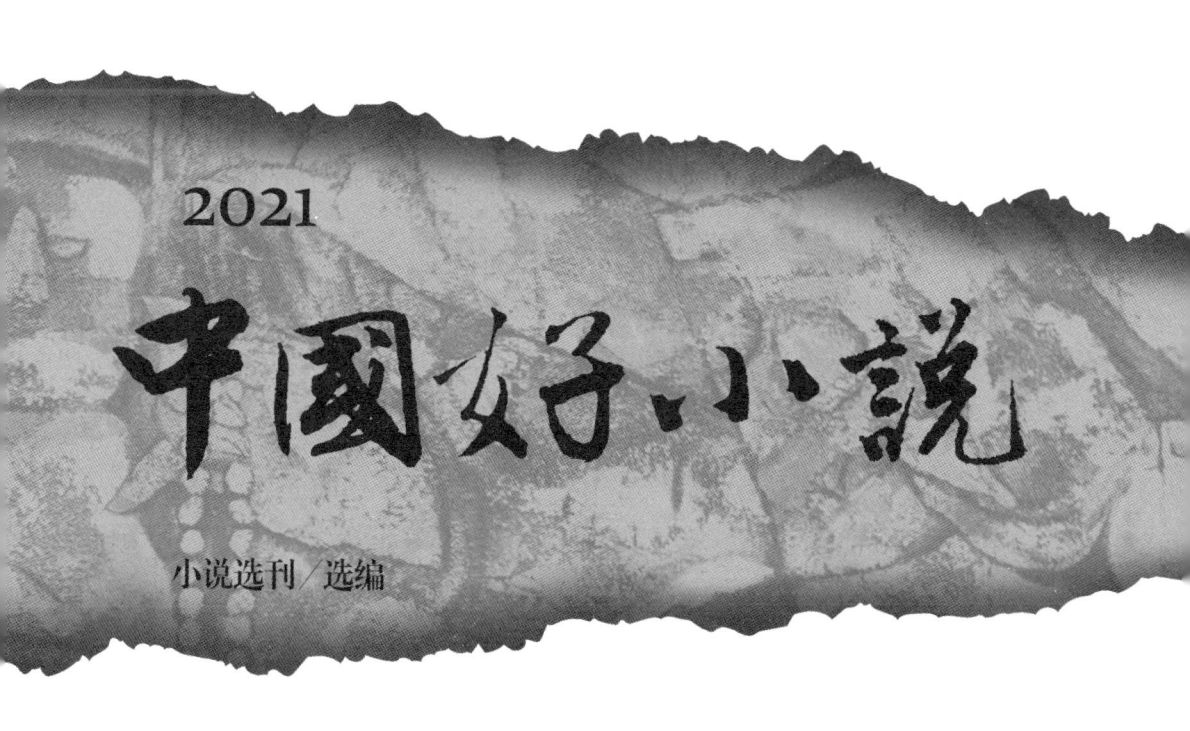

中国好小说

小说选刊/选编

〔中篇卷〕

中国书籍出版社
China Book Press

图书在版编目（CIP）数据

2021中国好小说.中篇卷/小说选刊选编.－－北京：中国书籍出版社,2022.3

ISBN 978-7-5068-8923-0

Ⅰ.①2… Ⅱ.①小… Ⅲ.①中篇小说—小说集—中国—当代 Ⅳ.①I247

中国版本图书馆CIP数据核字(2022)第017225号

2021中国好小说·中篇卷

小说选刊　选编

图书策划	武　斌
责任编辑	成晓春
责任印制	孙马飞　马　芝
出版发行	中国书籍出版社
地　　址	北京市丰台区三路居路97号（邮编：100073）
电　　话	（010）52257143（总编室）（010）52257140（发行部）
电子邮箱	eo@chinabp.com.cn
经　　销	全国新华书店
印　　刷	三河市华东印刷有限公司
开　　本	710毫米×1000毫米　1/16
字　　数	285千字
印　　张	23
版　　次	2022年3月第1版
印　　次	2022年3月第1次印刷
书　　号	ISBN 978-7-5068-8923-0
定　　价	68.00元

版权所有　翻印必究

目录

多瑙河峡谷	□ 冯骥才	/ 001
过　往	□ 艾　伟	/ 046
临窗一杯酒	□ 韩　东	/ 114
雪山路上的"故事咖啡馆"	□ 李　浩	/ 159
三姐妹	□ 陈　武	/ 187
太平有象	□ 潘　灵	/ 234
我年轻时的朋友	□ 班　宇	/ 291
不　然	□ 林筱聆	/ 321

多瑙河峡谷

□ 冯骥才

1

我喜欢这年轻人的气质。

当表妹肖莹把他领来时,我感觉我的眼睛一亮——他像芭蕾舞中的王子。修长而挺拔的身子,长长的腿,更准确地说是长长的小腿,我喜欢这种小腿长的人。我说他像王子,是他高耸的额头和直鼻梁的线条清晰优美,下巴微微翘着,使他的脸上平添了一点王子特有的"高贵",还有一种雕塑感。他明澈与柔和的目光在深陷的眼窝的阴影里闪着光亮。青春的气息向来是年轻人特有的优势。青春使这个年轻人富于生命的魅力。我感觉他身上有一股冲劲。

肖莹对我说:"这就是我跟您说的江晓初。"

江晓初冲我一笑。这一笑也讨人喜欢。

我对他说:"你看上去更像一个搞艺术的。"

笑容出现在肖莹白净又清秀的脸上。她很高兴我这么说。

我这么说,是因为我知道江晓初是学医的,是一位年轻的牙医。牙医需要这么漂亮吗?

我这表妹是舞蹈演员。我想,她可真会找男朋友。她从来没有交过男朋友,愈没有朋友就会愈猜不透她择友的标准。现在明白了,原来她一直等待这样一个男子的出现。这男子更像她的舞伴,她选择男朋友是舞台选演员的标准吗?这江晓初愈看愈和舞剧中的王子一模一样。她可真有本事!究竟用什么办法才从芸芸众生中把这个"王子一般"的年轻人找出来的。我怎么从来没碰见过这种形象的人?

而这个年轻人和肖莹又是如此般配,无论身材,体形,形象还是气质,他们都是天生一对。

我说话喜欢开门见山。尤其今天肖莹和江晓初不是来串门的,而是有事请我帮忙。我接下来的话便直入主题,我对江晓初说:"说说你的想法。"

他的回答出乎我意料,甚至叫我有点吃惊。他说:"我没有太多想法,只想出国。"

出国是二十世纪九十年代年轻人中一种极时髦的潮流,一个充满欲望的痴人的梦。没想到他表达得如此直接,如此急切。我有点吃惊。社会发展真快,相隔五六岁居然就有"代沟"了。

我告诉他,我没办法帮助他到国外去当医生,在国外当一个职业医生很难,需要很多硬性的条件,我只能介绍他去国外上学,而且只能是去欧洲的几个国家留学,美洲那边我没熟人,日本也没有。在随后的交谈中,我得知他的身世——他是孤儿！从年龄上看，他应该是唐山大地震的孤儿。初次见面，我没有深问，孤儿身上总有看不见的伤痕，怕被触及。我问他到国外是否还学医。他说自己在医学院毕业后就一直在医院工作，已经极其厌烦医院了。他笑道："我真受不了每天一上班，就有许多嘴朝我张开。"他接着说，"我还受不了医院天天都是一样、没完没了重复的事。还有咱中国人之间的琐琐碎碎，弄不好就裹进是非里。"

肖莹说："他想出去重新上大本。上大本时再选择专业。他爱好很多，文学、艺术、摄影，他还喜欢当摄影记者。"

肖莹把他说成文艺青年了。她知道我喜欢热爱文化和艺术的年轻人。

我笑着对江晓初说："我不明白你当初为什么学医。"

"我听信了一种说法：学艺术不如学技术。技术学到手，就有饭吃，艺术虚无缥缈，很多人干了半辈子艺术，还是不上不下，没有着落。"他说。

"你说得有道理，但还是因人而异，肖莹不是很成功吗？"我说，大家全笑了。我接着对江晓初说，"看来你现在的目标是先出国，一切走着瞧？"

江晓初点头说："是这样。出去闯，相信我能行。"

我对肖莹笑道："你是不是放行？"

肖莹说："关键是这事是不是很难办？"

我打着趣说："你要开红灯，这事就没法办；你要开绿灯，这事就不难办。"随后我扭脸对晓初说，"我来帮你吧。"

听到我这话，他俩都笑了，笑得释然，这一笑我发现他俩很像。是因为这笑里有同样的心情，同样的谢意，还是他们确实很般配，连笑都一样？

肖莹说："表哥更是帮我。"

我对她开玩笑地说："我在帮他，怎么是帮你？"

这句话叫肖莹一边笑眯眯、一边羞得不知何以作答。

我这表妹很可爱。她很美，她不仅在舞台上美，所有姿态全美；款款地走在街上美，静静地坐在那里也美。这种美不是外表的，而是骨子里的，生命气质里的，也有渐渐从艺术里滋养出来的。我这么说，可别以为我对这个表妹有什么暗恋。她是我姑姑的独生女，姑姑家和我家同住在一条街上。我们两家隔着十来个门。她小我六岁，比我妹妹家慧大一岁，自小我三人就在这树影婆娑的老街上跑来跑去。从与同一条街上的孩子们在各家的门洞之间玩捉迷藏，直到后来背着书包上学，再往后便是长大有了各自的生活。我们没有疏远和陌生，始终来来往往。童年那根悠远绵长、看不见的绳子始终牵扯着我们彼此。她与我有联系，是因为她与我有共同的热爱——音乐与文学。她与家慧则像闺蜜一样一直无话不谈。特别是肖莹的母亲闹病去世，姑父另娶后——肖莹的继母是一个话多和嘴碎的女人，爱挑刺儿，难以接近。肖莹每每碰到了费琢磨的事，都会来我家找家慧说说。家慧虽然岁数小一点，却比肖莹更有主意，有决断力，脑袋灵光，性情爽快，像个男孩儿。肖莹的性格似乎刚好相反。她文气，内在，安静，不喜欢与人交往，也就不大会看人，待人处事全凭感觉，就像她跳舞。她跳舞绝非表演，不是跳给人看，而是在释放自己身心的能量和对美的感觉。然而，太凭感觉的人就容易太自我。尽管她的舞蹈感觉极好，由于平日不去观察别人，也就不能深入和演好角色；她很难成为一个舞剧的主角，只能跳独舞。她的独舞跳得十分出色，在国内的舞坛已经相当惹人注目了。她跳的《观音》有一种至高至纯至美的神圣感。每逢碰到舞蹈大赛或者国际交流，她都是团里最硬的一张牌。但舞蹈团中向例有个不成文的规矩，如果不能出演舞剧中的"女一号"，就不能成为团里的头牌。

可是她不在乎这些，跳舞在她身上，好像自小就是一种自娱和自享。

她活得自我。她有一点封闭。她一直没有男朋友，是不是在等她的"白马王子"？今天我第一眼看到江晓初，便知道伴侣中的"神品"绝不是从人世间找来的，而是上天恩赐的。于是，我总觉得今天自己答应给他们帮忙，不是帮助他们走到一起，而是促使他们分开，天各一方。想到这里，有点不安。过后我找来肖莹问道：

"你想和他一起出去吗？"

"他说，他先把自己安顿好，再接我去。"

"那你就要离开你热爱的舞蹈了？"

她迟疑了一下，说："没想那么多，还不知他将来会做什么呢。他除去做医生，没有其他专长，但他说他会在国外找到满意的工作。"

看来，他们对自己的未来并没有计划，种种想法都是一种愿望，一种一厢情愿，这可不大妙。我问她："我看晓初一门心思要出国，并没有充分准备。你凭什么相信他行？"

"他从小一个人，一切全是自己闯出来的。他确实有能力。他才到口腔医院两年多，已经是门诊部绝对的骨干了。"

"现在他干的是他的专业，出去可要重新从零开始。他没有目标，国外的环境并不一定像他想象的。如果要等到他在外边一切安稳下来，可能会很久，你想到了吗？"我说。看到她眉心微蹙，便笑着向她，"他是不是有点任性？你是不是有点宠着他？"

肖莹露出笑容，未答。这叫我生出一点担心了。我不好直说，换了一个很感性却又是最根本的话题问她："他很爱你吗？"

对于我这个大表哥，肖莹一直肯说心里话。她说："就像我爱他一样。"她说得郑重其事。

我是"过来人"，我知道初恋者都以为他们心中的爱情像一张纸的两面。虽然肖莹是大姑娘了，这次仍是初恋。

这反而使我更加不踏实了。

我一直想找个时间与她好好聊聊，总也找不着合适的时间。一方面这阵子我负责长江三角地区一个园林设计的项目，开工在即，需要不断地赶飞机赶火车跑过去；一方面是肖莹正在编一个新的独舞，她一进入创作，就如同走火入魔，别想把她从中拉出来。还有就是给江晓初联系的事进行得十分顺利，愈顺利，办各种出国手续的时间要求就愈紧。

为晓初联系出国这件事情之所以如此顺利，是因为我想到一位老朋友乔一鸣，这人岁数比我大七八岁，我叫他"老乔"。人长得又黑又壮，年轻时好踢足球。上海出生，在东北长大，说话已经没有上海口音了；性格也更像北方人，热情义气，喜欢社交，爱帮人忙。当年他在北京一家报纸做新闻记者，我和他彼此有缘，见两面就像老友，只要去北京办事开会，就约他聚聚。有时有事，彼此帮忙。他是一个把别人的事当作自己的事的人，没有任何功利念头，这种人做朋友靠得住，甚至很难得。可是后来他辞职跑到奥地利，帮一位朋友办了一家木材公司，他人厚道、能干，却不适合做买卖，公司没有办下去，人却留在那里了。现在与寓居在法国、德国的几个熟人合办一张华文小报，取名叫《欧华周报》。老乔有记者经验，做报纸是行家里手，报纸的"总部"就设在奥地利，实际上就在他家里。据说他这份小报在欧洲华人圈中还小有名气。他常年住在维也纳，我没去过那里，只听说维也纳是欧洲音乐之都，古老又漂亮，历史上活跃在维也纳的音乐大师多得数不过来。但我对于乔一鸣个人的"风景"，却知之不多。

我给乔一鸣发了邮件，说了江晓初的事，求他协助。原本只是投石问路，没抱希望。谁想到他立即答应了，并立即行动起来。就像蹲在起跑线上的运动员，听到我一开枪就飞奔起来，而且不到一个月就办好了三件大事。一是联系好一所兼学习德文的补习学校，这是考取奥地利大学必须经过的跳板；二是有了住处，老乔说晓初到维也纳可以暂住他家，他新近在市内三区买了一所小楼，上下两层，楼上住人，楼下办公办报，而且有空房，晓初可以"落脚"；三是晓初还可以帮他的报纸做点事，他管他吃饭。

这三件事，可就把那时代一个年轻人出国在外"人吃马喂"最挠头的事一揽子全解决了。我打电话把肖莹叫来一说，我可从来没见肖莹这么高兴、这么喜形于色过。她没听我把话说完，就要去给晓初报信，她转身过猛，"咣当"一声撞在门框上。我这屋原先是库房，门框包着铁。我吓坏了，怕撞伤她的脸。她扭过头，幸好脸没破，没流血，但额头很快就鼓起一个包来。她依然笑着。这笑是为了告诉我她没有伤着，还是撞了这一下也丝毫没有惊走她心中的喜悦？跟着她摆摆手跑了。

江晓初出国之前的两天，与肖莹一起请我和家慧在起士林二楼吃西餐，表达对我的谢意，这也是大家为晓初送行的晚宴。当然，对于肖莹就有告别的意义了。

她在餐桌上点起蜡烛。我发现，烛光亮起时，在她眼眶中有一点晶莹的闪光。

这天，肖莹对晓初明显表现得有点"黏"。肖莹是个羞于表露内心情感的女孩儿，有人说她这个性格限制了她的舞台魅力。舞蹈团的齐长松导演说肖莹如果早恋就好了，唯有恋爱可能改变她；谁料她的天性反而致使她晚恋。可是，今天不同了。她的恋人马上就要相去万里。两块磁铁在拉开之时磁力最大。家慧说："肖莹姐，你能不能坐得挨我近一点？我和你二十多年没分开过。他与你可才一年。"

肖莹只笑不答，反而挪动一下身子，更靠近晓初。这使我有点吃惊。她从来不这样大方和外露。她担心将来这样的机会不多了吗？我对江晓初说："你可要保证，将来一定把肖莹接到维也纳去。除非你在那边待不住——回来！"

江晓初带着即将奔赴理想而远行的兴奋，也带着被葡萄酒激发起来的冲动，大声说："我无论在哪儿，肖莹都在我身边，在我心里——有她我才有目标。我一定要让她坐到维也纳的金色大厅里，我发誓！"

他的话，他的誓言，他的真挚，在灯光、烛光和美酒佳肴的五彩缤纷中闪耀着光芒，更在他自己眼睛里闪烁着光芒。这光芒是美丽的、纯真的、毋庸置疑的。可是如果把它放在漫长的时间里，放在曲折复杂、充满尘污、难以预知的生活现实里，还能永葆这样的明洁与清纯吗？我比他们年长一些，经历得多一些，我已经不敢轻易地发出人生的誓言了。我们谁也不知道明天什么样子，对明天毫无准备。我们多半时间是在盲目地前行，看不见水下的险滩与潮流的暗转。爱情就更不可靠。因为，爱是个人的事，爱情是两人的事。爱情是把自己的一半交给对方。如果对方把这一半带走了怎么办？

看着笑盈盈的肖莹额头上前两天撞起的那个疙瘩，在跳动的烛光中一闪一闪地异常发亮，我心里隐隐有一点不安。

跟着，我又笑话自己——无缘无故担忧什么？江晓初不是和肖莹正在挚爱彼此，追求着他们美好的未来吗？他们的真诚应该被怀疑和猜疑吗？应该举起酒杯祝福他们才是。

2

既然是为自己喜欢的人办事，那就一定要办好。

江晓初刚到维也纳的一段时间，我好像在天天监控着他，我知道他的全部信息。从他闹时差，吃维也纳炸鸡，坐错地铁，以及他所有的衣食住行。这些信息一半来自老乔，一半来自肖莹。更私密的信息是肖莹告诉家慧，家慧又透露给我的。

晓初说，一天空闲，他拿出多半天时间，徒步游览了维也纳市中心那条闻名世界的环形大道——戒指路。当他穿行于那些千姿万态、华美近于奢侈的巴洛克建筑之间，仰望蓝天白云下伫立在楼顶与墙巅的无以数计的古典雕像时，他心里只有一个渴望——肖莹快快来到身边。他要和她共赏。

这个心灵的信息自然来自肖莹。

这一阵子，老乔不断地给我发来邮件。从老乔的字里行间看得出他和我一样——很喜欢晓初。他夸赞他聪明勤快，做事积极主动，不怵与人打交道，而且文笔也不错，写东西不费劲，叫老乔高兴。他这些优点，正适合办报。很快，他就成为老乔一个助手了。办报事杂，既有内勤也有外勤。晓初无论学什么一学就会。不仅能在电脑上处理一些文字的收发，编务上的事也全能上手。晓初喜欢摄影，也在报纸派上了用场。老乔说，这种人才在奥地利花钱也雇不到。老乔说不能白使唤人，每月支给他一些零花钱。人在异地，总得用钱。晓初口袋里有钱，便不时去逛街，维也纳是旅游名城，诱人的小店小铺多的是，他经常买些好玩好看又有欧洲风情的小东西寄给远在天边的肖莹。如此顺顺当当开始的海外生活叫江晓初天天兴致勃勃。

在晓初心里，老乔是恩人。老乔的夫人待他也十分好。乔夫人的中文名字很美，叫知春，是一位匈牙利血统的奥地利人。金头发，黑眼睛，瘦而轻快，人在好看和不太好看之间，微笑几乎就是她的面容；而且知春是个善解人意和体贴的女人。她和老乔没孩子，全部精力用于操持家务，兼也肩负报纸中与德文相关的工作。她的中文很好，平时在家与老乔用华语说话。

现在，知春多了一份差事，就是照顾初来乍到的江晓初的生活起居。她在用华语与他交谈时，有意加进一些德语语汇。他不懂时，她就教给他。她成了他的德语教师。用这样的方式学习外语成效极好。现在，晓初在他的补习学校语言课的德语成绩是最优秀的了。

身在异国的晓初，真的没有把肖莹撇在万里之外的国内，而是时时刻刻放在身边——心里。他几乎天天通过网络与她交谈。把他的一切新奇的所见所闻，感受和感动，尤其是对她的思念告诉她。他告诉她"现在才知道，真正的折磨是思念"。这叫她流下泪来。肖莹很少流泪。家慧只见过几次，一是她失去母亲，一是由于继母过分地欺负她。这一次，当家慧把她抹泪的事告诉我，我吓了一跳："怎么，他们出了问题吗？"

"你想到哪儿去了。"家慧说，"她想他，想得受不了。"

有一次，老乔与我通电话时告诉我，他和知春在晓初外出办事、没有关机的电脑屏幕上看见一个女孩子的照片。他问是不是我表妹肖莹。他们说从没有看见这么美的女孩子的照片，不是漂亮，而是美。既有东方的美，也有现代的美。知春说绝对比你们那些炒得火热、搔首弄姿的女明星美。她的美没有任何包装，是一种本色的美。

我说，她气质和品质更好。

老乔问我："晓初与她很要好吗？恋人吗？"

"当然。"

"晓初为什么撇下她跑出来？"老乔说，"你表妹为什么同意他出来，他连专业也没有，一切要从零起步。"

"他对国外有很大的幻想，他要去闯一闯。"

"你表妹为什么不跟他一起出来？"

"放不下她的舞蹈吧。她太爱舞蹈了。"

老乔沉下声来，没再说话。

3

女人因爱情而美丽。

爱情使她容光焕发，使她变活泼了，使她的声音提高了两个音阶；肖莹过去笑时是不发声的，现在居然发出笑声了。她还倾心于外表。

或者用一个音符造型的发卡把脑袋后边的头发推上去，露出发际线下长长的粉颈，或者把阿尔卑斯山的山民草编的两三枝花朵的小别针，别具风味地别在淡朱砂色毛衣胸前的地方。先前，她穿什么戴什么，只是一种自享，与他人无关；现在是希望别人看到；这不只是炫耀美，更是想把带着晓初的影子的奥地利风情的小东西戴在身上，叫人看见。

她关不住自己心中的爱了。小小的院子关不住满园的春色了。她想叫心中的秘密公开？

自我们长大之后，肖莹不常来我家。可是从晓初出国后，她三天两头会来，当然更多时间是来找家慧。过去她心里的事很少与人说，甚至不与我们说，现在心里的事却忍不住要说。不过，她们女孩子的事如果不对我说，我也不问。反正都是与他人无关的悄悄话吧！可是一次家慧告诉我一件事，引起我的关注。这是在晓初出国之前，肖莹和他闹过一次别扭。根由是肖莹不愿意他出国。她不同意晓初扔掉自己的专业,到海外去闯荡,没有目标,而且充满风险。但这还不是她最根本的理由。两人吵着吵着,肖莹把压在心里的理由喊了出来:"一个人真爱一个人时,会抛下她去追求一个不切合实际的空想吗?"

可是,晓初反问她:"一个人真的把自己交给另一个人,为什么不跟着他一起走?"

"你想叫我放弃舞蹈?"

"你想叫我永远给人拔牙、镶牙?"

家慧说,现在我才知道,他俩曾一度争执得各不相让。虽然没有出现裂痕,但谁也说服不了谁。

我说:"我们可一点也没看出来。"

家慧说:"等到他俩彼此妥协,就笑嘻嘻来请你帮忙了。"

我说:"不是彼此妥协,最后还是肖莹妥协了,所以现在是一个走,一个不走,把问题交给未来了。这样一来,他们的将来充满未知数了。肖莹是事业型的女孩子,舞蹈是她的生命,她决不会轻易放弃舞蹈;可是江晓初为什么偏要出国,我还是不太明白。"

"国外的条件好呗!成功的机会多呗!谁不想?但是有比肖莹还重要吗?这才是关键。"家慧说,"肖莹姐表面温顺,骨子里很拗,但是她最后能对他做出妥协,让他走,还求你来帮他,是因为她太爱他了。"

"所以我说肖莹有点宠他。"我说。

"只求老天善待肖莹姐。"家慧说。

"老天是靠不住的。"我说。

一天肖莹抱来一个大纸盒。解开亮光光的丝带,掀开盒盖,随同着喷涌上来的五光十色是一种异香，令人愉快地扑在脸上。她伸手从盒中拿出一件颜色搭配得很协调的毛衣和毛线帽，还有一盒莫扎特巧克力糖球，往家慧怀里一塞；跟着把一包花种也塞给家慧，说是这些花都是上澳洲田野里的花，非常好看，是晓初送给我母亲的；花种的包装袋上印着各种各样诱人的奇花异卉。晓初怎么知道我母亲喜欢种花养花，显然是肖莹告诉给他的。晓初送给我的礼物有点重。其中一盒是音乐光盘，是我最喜欢的奥地利指挥家卡洛斯·克莱伯的作品。我痴迷小克莱伯胜于卡拉扬——这一定也是肖莹对他说的。还有一本厚厚的《奥地利古典建筑》，既精美又专业，细节很多，更是我需要的。我明白，这里边表达着他们对我的谢意。

　　肖莹一边把礼物从盒子里一样样拿出来，像圣诞老人那样分给我们，一边说："喜欢吗？真的喜欢吗？"我们说喜欢，她便说："太好了，我回头告诉晓初，再买些好玩的东西给你们！"我很高兴她现在这样子。她是他们的主人。

　　这时，她突然向我们伸出左手。

　　她的手很美，白嫩的手指又细又长，指尖向上翘。忽见，她中指上有一个东西，晶莹夺目，像阳光下的水滴散发着细碎而璀璨的光，是一颗戒指！家慧叫道："订婚戒指吗？这就是奥地利水晶吗？"

　　肖莹眯着眼笑，什么也不说，好像期待着家慧说出过分的玩笑。

　　江晓初一帆风顺，时过半年，已经是《欧华周报》一员得力的干将了。从组稿、校对、编发、请人排版，到跑印厂和组织运输，全拿得起来了。

　　人的能力一半是老天赋予的，一半是命运造就的。勤快、主动、奋取，大概都与他孤儿的身世相关。当命运夺走他的一切的同时，一定还把个人的能动性贯注到他的身上。

老天赋予他的还不止于此。还有亲和力，足够的精明，人又长得英俊，如果合作方是女人，他办事就若有神助。他有点女人缘。而且，不知为什么，他在拉广告方面似乎很擅长，他还有经济头脑吗？这半年多，《欧华周报》在他手里广告收益直线飙升，报纸的广告版面已经不够用了。报纸广告愈多愈好，这便加了一张报，扩了四个广告版面，可是广告还是挤得满满的。这些广告无形中催动了欧洲华人圈经济相互的沟通与往来，报纸的经济潜能便被开发出来。这意想不到的效应也给老乔开了窍，他决意用报纸给欧洲的华人经济搭台。报纸随之大大获益。

多年来，联系法德一些国家办报的事都由老乔亲力亲为，他里里外外早跑累了，现在就把这些差事交给这个颇有创业欲望的年轻人干。晓初出差跑了几趟法国和德国，很快就把那里实力雄厚的唐人街调动起来。他虽然不懂报纸，但他凭着悟性明白，谁被报纸"弘扬"，谁就会关心报纸。他给老乔出主意，明年要扩大董事会，拉几个欧洲最强势的华人企业、华人商会、中国餐馆的老板进入董事会。

这期间，相邻老乔家不远的一个小楼出租，虽然这两层小楼房间不多，但有个挺宽敞的小院，租金便宜，现在老乔手里有钱，报纸的前程光明，就租下了。跟着又买了一辆二手的大众牌商务车，深蓝色面漆，八成新，又能用来办事，又能拉货。看来，老乔野心勃勃，真的要升旗击鼓大干一番了。

他把报纸的办公室从自己家中搬进了新楼。晓初也随之搬了过去，这一来无论生活和做事都独立起来。老乔和知春还教会晓初开车，出门办事方便得多了。自晓初来到维也纳，才大半年时间，居然有一个单独的小房小院，有车开。家慧说，她从肖莹那里看到一张照片，晓初站在报社小楼前，穿一件棕色的粗呢西服外套，倚在车前，神气十足。老乔和知春把这个突然降临到身边的极具才干的英俊年轻人，看作是上天对自己的恩赐。

他们决不肯亏待他，一改原先的零花钱为一份不薄的工资，还给他买了保险。他已经不再上补习学校了，吃穿不愁了，这算不算"稳定"了？是不是该把肖莹接来——哪怕先接来看一看呢？

我知道的这些事都是老乔时而发来的邮件告诉我的。打肖莹嘴里却听不到多少信息。她天天依旧如常地上班、忙着团里的事、练舞、在市里或到外地演出。偶尔从报上得知她新创作的舞蹈《孤独的白孔雀》很成功，受到好评。一句评论说她"意象地塑造出一种孤独美"，给我印象很深。以往肖莹有新的作品，都会邀请我们去看。这次可能她忙，没有送票给我们。我便叫家慧买票，我们悄悄去看。这个舞蹈是她的独舞，从头到尾舞台上只她一个人，像杨丽萍的《雀之灵》。她用绝对纯粹、柔软又坚韧的身体语言，一种含着苦涩的柔韧的律动，表达出一个灵魂的无依无靠。在背景浩荡的江天中，这只失群而落寞的白孔雀，经历苦苦寻找，不断挣扎，求助无应，陷入绝望，最后在一片虚幻中渐渐化为一种孤独的"美"。这美是从孤独中升华出来的吗？

我真的被她这个舞蹈强烈地感染了。

我带着诧异对家慧说："她从哪里获得灵感呢？"

"反正不是从她自己身上。"家慧说，"她说，晓初想接她去维也纳过新年呢？"

这可是好事。他们之间纠结的难题是否会由此一点点松解开？

4

怀疑是事物第一条裂缝。

十二月中旬，肖莹打算去维也纳了。各种兴奋的想象使她的脸上藏不住笑容。晓初在维也纳那边把机票已经订好了。订的是奥航。肖莹向团里请了假，她要在一月中旬回来，晓初给她买了一月二日金色大厅新年音乐会的票，兑现他当初的诺言。这件事可在团里闹开锅。团里谁也没见过江晓初，到处打听。舞蹈团里的几个平日与肖莹相好的姐妹还要在成桂餐厅和她撮一顿，给她送行。

晓初告诉肖莹，说他这两天要去一趟法国，办一件急事。由于这件事与新年第一期报纸的出报相关，他必须亲自去解决。他一定快去快回，保证三天后回到维也纳，转一天一准站在施威夏特机场的候机厅里迎接她。

算起来，加上飞机飞行的九小时，还有七天半。又短暂又漫长。可是，就在晓初到了巴黎的第二天，老乔发来一个加急的邮件，说晓初被巴黎那边的事绊住腿了。这几天回不来，哪天回来说不好，请我通知肖莹先把机票退了，具体改在哪天再说。我一听到这消息有点懊丧，但事出意外，总要顺应。我提醒老乔一句"年前机票会很紧"，老乔只回答两个字"知道"。

这个变化很突然！有点猝不及防。使肖莹一阵手忙脚乱，但忙乱过后，海外并无信息。老乔说晓初还在巴黎，那边事情棘手，正在排难解纷。可是晓初在巴黎自己可以来个电话呀，以往他去德国法国，都会给肖莹来电话，有时一天两个电话。肖莹请我催问，会不会出什么事？"出事"这两个字一说出口，立即叫人不安。

我觉得肖莹的想法合理，我当即给老乔发了一个邮件，追问究竟。没想到竟然得到一个莫名其妙的回答："告诉肖莹别着急，现在来帮不上忙，只有帮乱。"

帮不上忙，什么忙？什么乱？难道真的出了什么意外？是麻烦，还是祸事？我感觉不对，我能直接得到消息的只有老乔，但老乔为什么不回答我？连对我也不能说的一定不是好事。

可糟糕的是，当时肖莹就在我身边。老乔写在电脑屏幕上的这句回答肖莹全看见了。

家慧在一边说："乔大哥怎么这么说话，什么事还要瞒着大哥吗？肖莹姐去怎么会是帮乱？再问问他，晓初这是什么意思？"

肖莹没出声。我扭头见她脸色发青，嘴巴闭得很紧，似乎憋着一股气。我悄悄打手势叫家慧别再出声，我也不发表意见。冷了一会儿，肖莹忽然说："我先回去了。请帮我告诉他们——我不去了！"不等我再说什么，她围上围巾，走了。

她关门的声音很响。

接下来的一些天，感觉不好。空无信息，出奇平静，莫名其妙。尤其是老乔，支支吾吾，躲躲闪闪，似有难言之隐。他说的远没有我问的多。他愈说"其实没有什么大事"，我愈胡乱猜疑。后来他向我透露出一点"麻烦的原因"，是他们与报纸的法国合作方产生纠纷，很麻烦，很缠手。这话还靠点谱。这纠纷是不是晓初工作的不当造成的？如果缘自晓初，晓初理所当然要去处理，排难解纷，把事情摆平。但是晓初自己为什么没有消息呢？其实如果他打一个电话，一切释然。谁都可以理解。特别是只要给肖莹打个电话，哪怕只说一句话几个字："我一切都好，你放心。"各种猜疑、担心和不安就都没有了。他为什么不给肖莹打一个电话，为什么不露面，他不知道肖莹最希望什么吗？爱，对于双方都是心领神会的。

但是没有。却只有一句"不要帮乱"，形同一个拒绝的手势，伸到她的面前。

这使她内心生出的委屈、愤怒、自尊走到前面。她不再询问，甚至不再猜测。晓初愈没有消息，她心里的犟劲愈强。她好像需要这种犟劲保护自己。她决不给晓初那边打电话，甚至不到我家来了，显然只有我们关切她这件事。

她不提，我们不提，但有人关心。不多天前，她向舞蹈团里兴致勃勃请了假，马上远赴重洋，去上演自己人生华彩的乐章，现在却一下，像一片灯全关了，了无声息，只有她自己孤单和沉寂的身影，就像舞台上那只白孔雀在音乐戛然而止时定格的画面。私下里，一定议论纷纷。人们猜到她突然遭遇变故，却无人敢问一问这位十分自尊的女子。

此时她是超敏感的，这一切她都感到了。

新年过去了，春节一天天临近。本来晓初与她说好，在维也纳过了新年，然后一起回国过春节。整个行程包括每天的节目他们都定好，甚至中餐和晚餐在哪里吃都确定了。晓初给她安排在分离主义美术馆附近的一个四星级小旅店，叫"贝多芬旅店"。分外优雅和舒适，具有美妙的古典音乐的氛围。据说二楼古色古香的客厅里摆着一架黑色的钢琴，还是贝多芬弹过的。晓初说，一定还要用一天时间带她出城去"瓦豪河谷"，叫她感受到一次"多瑙河的震撼"。一切都说得言之凿凿，现在全成了空话甚至是谎言！

一天，她一个人坐在屋里，忽然忍不住了。就像满天堆积的乌云忍不住要下雨那样。她抓起电话，一下子打到维也纳《欧华周报》的办公室。事情刚出来时，她从早到晚不停地、发疯般地拨打这个电话，但电话像死了一样，始终没人接。今天一定还是这样，但这次铃声只响了三下，立刻接通。对方有人在"咔嚓"声中拿起话筒。肖莹怔住，说不出话来，只听话筒传来一个声音。是一个女人的声音，用德语。肖莹不懂德语，以为是对方的接听录音。她下意识地问了一句："是《欧华周报》吗？"

对方竟改用华语："我是《欧华周报》，您找哪一位接听？"

这是一个中国女人！听口音是港台腔，很柔和、客气、彬彬有礼，语速缓慢。报社哪来的女人，怎么没听晓初说过。

肖莹说："我找江晓初。"

对方说："噢，您找江晓初先生，对不起，他现在不能接听，他在睡觉。"

肖莹先是一怔，原来晓初在维也纳，而且就在报社！他为什么不给自己打电话？她有点冒火，心想这女人是谁，怎么能拦着晓初与自己通话？她说："我就要他现在接电话！"

对方似乎含着笑说："对不起，女士，现在凌晨五点。您是哪一位？"

对了，中欧之间有时差，维也纳正是凌晨。可是凌晨这女人怎么会和晓初在一起？睡在一起？她脑袋"轰"地好似热血冲上来，她直问："你是谁？"

"聂宛如。"她柔柔地说，"我是报社办公室的秘书。您呢？"

肖莹已经控制不住自己。她好像已经看见晓初在床上拥着被子呼呼大睡的样子。完了。自己彻底被欺骗了！她"啪"地摔了电话。

我是十多天之后知道的这件天塌地陷的事。是肖莹主动告诉给家慧的。她不主动对我说，她知道家慧会告诉我。家慧说，她约家慧到一个日本料理馆子里，把那天凌晨通电话的全过程原原本本告诉给家慧。她出奇的平静，说话不动声色，好像说别人的事。她能在十天时间就把心中的一块腐肉剜出来扔掉，中间经过怎样的痛苦与抉择，可以想象得到。现在她浑身上下已经没有一点奥地利的影子了。她穿一身深灰，墨色的长大衣，一条浅灰色的围巾。没有任何饰品。苍白的脸有些瘦削。她似乎为自己的昨日送葬。

家慧说："我蛮佩服她的。这件事对于她像脱了一层皮，但裹着这层死皮她没法活下去。"

　　我惊讶又愤怒，可是我还是觉得这件事挺蹊跷。原本肖莹即刻就要奔赴维也纳，开始她与晓初的浪漫之旅，怎么会突然蹦出这个聂宛如？不可思议的变化！一件事从一个极端跳向另一个极端，中间一定有一个非同寻常的缘故。这里边会不会有一个天大的误会？可是晓初人在维也纳，却一直没有电话，而且凌晨与一个陌生女子同睡在房间里，这是事实，千真万确的事实！怎么解释这个事实？只有问老乔。我给老乔打电话，把肖莹与这位聂宛如通话冲突的事，以及肖莹现在的态度统统告诉老乔。没料到老乔竟然说："只能是这样的结局了，肖莹认可了，便是最好的结局。"

　　他还是没告诉我事情的真相，也不对晓初的态度做任何解释，甚至绝口不提聂宛如是什么人，似有难言之隐。我想不出这件事的真正原因。凡我能想出的种种可能，最后都被我自己否定。我甚至想远赴奥地利去探明究竟，但我还能够拯救这场情感的灾难吗？能使这已经摧折的树木生还如初吗？看来一切无可挽回了。事已如此，只能顺其自然。我无须再刨根问底，只望我的表妹少受伤害。

5

　　生活不知不觉地翻过了一页。

　　在它万花筒般眼花缭乱的变化中，最根本的变化还是在我自己身上。

　　我的妻子费尽心机，终于从她工作所在的无锡调回到我身边。我们买了房子，由父母的家里搬了出去。我们把存款几乎用光，加上贷款，只能在接近西郊的新社区柳江东买到一个两室一厅的公寓房。还好！这个新建小区的风格倾向于当今世界流行的简约明快的现代风格，很契合我们的口味。这一来，我们的兴趣与时间便全投入到新居的室内设计与装修上了。

我从父母家里搬走之后的一年，妹妹用我腾空的那间屋子结婚了。跟着是父亲患病，半年后离世。母亲由家慧陪伴。家中的男主人换成妹夫，几十年里形成的家庭格局根本地改变了。

我离开了自己出生、童年、少年和青年时代经历过的老街，也离开了街上昔日的邻居与熟人。其实这些年来，街上其他人家也在渐渐改换门庭。每个家庭变化的原因不一样，有的老人走了，有的人嫁出去，有的南下求财，有的换了新居搬到外边去住，那时全国城市都在大拆大建。肖莹也搬走了，她的原因是一种被迫。随着她年龄增长，又一直单身，来自继母的压力一天天加大。在她离开老街的那天，感觉自己有点像逃跑。她经济能力有限，买了河西老居民区一个二手房的独单。家慧去过她家两三趟，据说"挺惨"。幸亏肖莹是情调主义者，把一间小破屋收拾得还有格调，还温馨。

经过那场变故，我们的关系变得渐渐疏远。可能我们都怕再碰那件事，不能谈，也无法谈。我总觉得有愧于她，如果不是我当初把晓初介绍到维也纳的老乔那里，也许就不是这样的结果。她似乎也在回避我，为什么回避就猜不透了。这种非常不舒服又无法说清的感觉成为我们之间的障碍。障碍愈被搁置就愈无法逾越。家慧劝我不要多疑，肖莹其实在回避所有人，回避所有知道她这件事的人。听说现在她还很少到团里去了。

我每周差不多一次回到老街上看望母亲。肖莹很少来我家，很难碰上。只有逢到中秋和春节两家老小相互探望时，偶然能见到她，聊一会儿。一开始，总会话锋躲躲闪闪，好像什么地方有个伤口，害怕碰上。聊着聊着，便没什么可聊的了。

每次见面，都是她自己。她一直一个人？这两年，我在报上几乎没有看到有关她跳舞的消息。

过了许久许久之后的一天，忽然收到一封信，这大概是我有生以来收到她的第一封信。打开信封，是一场音乐舞蹈晚会的请柬。封皮淡蓝色，印得清新、素雅又精致。上边只印了晚会的名称："春天来了！"还有一封超短的信，更像便条，夹在请柬里，只写了一句话：

"表哥表嫂：今晚是我的告别演出，欢迎你们光临。肖莹。"

我一怔，"告别"二字很刺眼！为什么是告别演出？她要离开舞蹈，永别舞蹈吗？这不可思议。当年在她纠结在挚爱的男人与舞蹈之间时，她都没有离开舞蹈，现在为什么？是被迫还是缘自一种抉择？什么理由叫她做出这样自杀式的抉择？

这晚，她出演的节目仍是"孤独的白孔雀"。随着音乐她一跳起来，我就感觉已经不再是先前那只白孔雀了。

这只孤独的白孔雀一开始就不再痛苦地挣扎，而只是陷入一种迷茫。苦无出路的彷徨，失魂落魄的游荡，漫无目的的寻求。但如今的它，不再被孤独折磨。孤独不应该是终结。生活有无限可能。当昨天成了绑在身上沉入江底的沉重的巨石，为什么不解开绳索，卸下重负，凤凰涅槃，迎接新生？

她用舞蹈语言诉说自己不同以往的全新的思考。她自我表述的能力很强。我看明白了。

在独舞的结局中，它竟然在一片烟花般夺目又绚丽的光彩中，战胜自我，获得解脱，腾身飞旋，翩然起舞。说实话，这个结尾丝毫没有打动我。上一次看过她这个独舞，那只白孔雀在绝望的黑暗中陷入孤独、苦苦挣扎的形象曾扎进了我的心，我有去营救的感觉；但现在这只孔雀叫我感到浮浅，落入俗套，空洞无物。

我对这个舞蹈的结局更加莫名其妙。

原先，她把孤独作为人生一个哲学的命题，她把孤独的灵魂深切地演绎出来，答案交给观众去寻找。现在她自己站出来。她在用一种世俗的欢娱来破解自己吗？

我不喜欢这个舞蹈，舞蹈后边没有思想。可是我们疏离已久，有隔膜了，我已经不大了解她了。

生活本身从来是强势的。现在更是一个生活强势的时代。不服从它一定是悲剧，顺从它往往也是悲剧。

四个月后，我又接到一封信，里边还是一个请柬，仍然是肖莹寄来的。一看请柬我就傻了——是肖莹的结婚请柬！地点在五大道的玫瑰别墅，时间就在本周末的傍晚。男方的名字有点熟，马上又想不起来，叫作梁丰登。请柬里依然夹着一个纸条，依然是只写了几个字："希望你自己来"。

什么意思？猜不出来。

周末五时，我开着车从马场道桂林路口驶入五大道地区。这个自二十世纪初叶租界时代开辟的富人区，现在已过去百年，里边充满了历久年深、厚重又沧桑的历史气息。驱车穿街而行，风格不同的历经百年的花园洋房从车子两边掠过。虽然这些建筑在我上大学时做过调查，都很熟悉，但有时历史的事物反而比新事物更有"新鲜感"。时值初夏，天气和好，摇下车窗，马路两边的槐花盛开，浓郁的花香涌进车子，沁入心肺，好舒服！这时，我发现街上车子渐渐多起来，而且都是好车、名车。这些车都是来参加肖莹婚礼的吗？玫瑰别墅可是个超级的五星酒店啊，这绝不是一般规格的婚礼。这时，我忽然记起肖莹这位新郎梁丰登是一位大地产商。我脑袋有点发蒙，来不及把一时乱糟糟的思绪理清，站在街道中央几个穿黑色制服的交管已经伸手把我的车子拦住。

一个胖胖的中年交管向我要请柬，我拿给他，他看了看印在请柬左下角的编号。扭头对他身后另一个交管说："前五十号的，放行！"

噢，前五十号，大概我是贵宾。

玫瑰别墅就在前边不远，这条街已被临时禁行，只准要客进入和停车。谁能请来交管把一条街管控起来？这足见婚礼主办者的势头之大，非同一般。

玫瑰别墅是五大道规模上数一数二的花园洋房。建筑是西班牙地中海风格，结构错落分明，铺着深红色粗大的筒式陶瓦的屋顶，淡米黄色的抹灰墙，使得中间黑色铁艺的门窗和护栏醒目、大气、优美；前院有石雕的喷水池和爬满紫花的藤萝廊架，后院是开阔的草坪与高大的郁郁葱葱的黑色杉木。谁都知道，在这里举办婚礼不是为了婚礼本身，而是为了摆一个场面给人看。据说这房子是民国时期一位大盐商的旧居，此地是闻名海内的盐都，大盐商们富可敌国，个个家中都极尽奢华。虽然经多世变，房屋易人，豪门贵胄的气息却犹然未已。这里我只来过两次，都是陪外地的访客来用餐。我喜欢一楼客厅铺地的釉面的红缸砖，城堡一样浓重的墙，石头砌的大壁炉和粗粝的铸铁饰件。再有，便是它宏大的院落，前后临着两条街，自然构成了一块鸟儿们的安栖之地。虽然这房子地处城市的腹地，却可以听到许多鸟叫。

穿过长长的用玫瑰花枝编织成的甬道，随同纷纷而至的来宾一起来到后院。天色未晚，一些聚光灯已经把草坪中央一大片照得鲜碧耀目。四外全是餐桌。五颜六色的酒食、华服盛装的宾客、生气盈盈的鲜花气球，被四边高耸的杉木衬托得鲜明又华丽。男侍者一色黑色的燕尾服，女侍者一色白色长裙。男女侍者胸前一律别着一朵此处具有标志性的红玫瑰。一支小乐队在花园一角舒缓地演奏着背景音乐。

这样的婚礼场面十分罕见，看上去很像欧洲豪门庄园在举办什么家庭盛事。

我看看现场的人基本上全不认识，看得出来大多来宾都是新郎一方请来的商场中人，全是盛装艳服，珠光宝气，叫人不好接近。我拿了一杯香槟，找到人少的地方一张桌旁坐下。

来宾愈来愈多，渐渐开始遮挡视线。一直没有人认识我。忽然一个胖胖的、秃顶的人朝我笑嘻嘻地说：

"您是不是大华的冯总？"

这胖子不等在尴尬中的我摇头否定，便说："哈，错了错了，对不住！"扭身走了。他走路的姿势有点好笑。

这时，忽然掌声四起，坐在椅子上的人全站起来，好像要升国旗。站在后边的人踮脚引颈，向前看。

在灯光的聚焦中，今天的主角从楼里走了出来，音乐伴奏随之而起。由于很多人向前簇拥，半天才看出新郎，一个穿着深色西服、系大红领带、身材挺高的人，面孔无法看清。还有主持人，我一眼就认出来，这是一位太出名的电视主持人。他不在北京吗？高价钱请来的吗？怎么看不见肖莹呢？她被挤在人群中间了。

忽然，我这边的人群往后退，肖莹在那边现出了身影。她像在舞台上那样一露面就光彩夺目。但是她没有如想象的那样身穿雪白的婚纱，只穿一件缀满金色小花的淡紫色的连衣长裙，反而更美，更贵气，也更适合她的气质。我注意到，她今天的着装，没有刻意显露她可以为之自豪的线条优美的身材；略松的衣裙似乎想使自己年龄大一些，刻意要接近新郎梁丰登的年龄吗？

第一次见梁丰登。

这个人的形象能够清晰地传达出他的信息。他肌沉肉重的脸饱经风霜，结实的筋骨久经历练，摇摇摆摆的走路的架势显现出心中的志得意满。他没有初做新郎的拘谨，他现在的神气好像在企业的年会上看望他的职工。他是二婚吧，应该是吧，他绝对有五十开外了。

没等我去想他和肖莹是怎样形成的结合，来自京华的仪表堂堂的主持人，以他出色的口才和悦耳的男中音，把所有人的注意力都吸引过去。婚礼没有惯常的俗套的证婚人讲话、开香槟酒、致敬双亲、放烟花等仪式。这恐怕是肖莹的风格。她讨厌这一套。于是，这个婚礼的全过程便在主持人出色的串场、即兴的发挥与优雅的玩笑而引起的阵阵欢笑中完成。

婚礼仪式的最后，主持人请新郎"梁总"出面表示答谢时。梁总一开口，便叫我一怔。他说："我梁丰登一辈子有三件福事。头一福是我娘生了我。"

这话说得简单，却有情有义。于是有人叫好，有人鼓掌。

新郎梁总接着说："我的第二福，是我拿下了金街上那块地。那块地叫我梁某人走上了金光大道。"

这话一出，没多少人呼应。发财是个人的事，跟别人也没关系。再说，这事跟你娘生你怎么比？

我是做建筑设计的，常跑工地，和不少干建筑的老板都熟。这些人都是直肠子，就这么说话，尤其他是大老板，说话更是由着性子。可是肖莹怎么会决定和这样的人一起生活？

下边他要说的第三件福事肯定就是肖莹了，只见他兴高采烈说起来："我第三个福就在眼前。我一辈子做梦都想娶这样的老婆，前半辈子打灯笼都找不着；今天天上掉馅饼了，我梁某人不再做梦了。"他在大家的笑声中，说出他下边更痛快的话："我梁某人从今天决不叫她再跳舞了，我叫她在家里享清福，给我老梁生儿子！"说完手一挥，很爽。

有人叫好，有人给他鼓掌，有人议论。我听呆了。这是肖莹要的吗？她知道他的想法吗？想到前几个月去看她"告别演出"，想到她那只莫名其妙的白孔雀，今天有了答案。但是她为什么做出这样的选择，她现在应是什么心情？

乱哄哄的婚礼晚宴中，开始了草地舞会。人们的注意力都在舞会上，我想悄悄溜掉。这时忽然听梁总在前边拿起话筒说话。他可能酒喝多了，声音有酒劲，话筒离嘴太近，声音很响，说的话没头没脑。他说："有人对我不叫肖莹跳舞，对我有意见。今天是大喜日子，我不跟人争，而且我开禁！我叫肖莹再跳最后一次。谁想跟她跳，跟我说！"

他说得慷慨，又随便。

不等有人开口，肖莹忽然说："我自己挑舞伴！"

大家全怔住，静场，瞪大眼等着看谁是这个幸运者。肖莹忽然一指我这边说："我请我表哥跟我跳。"

整个花园里的人都望着我。我奇怪，我一直躲在人群里，她怎么知道我在这边？我不知所措，只见肖莹从草坪上过来，她很美，含笑地走来，牵起我的手，我们一起走到草坪中间，乐队奏起了音乐，轻快、优美、一如流水般的《在水波上》。我们一同随同音乐起舞。我的华尔兹还可以，但许久不跳，又当着这么多人，心里发怵，步子就不顺畅了。所幸肖莹浑身全是舞蹈的感觉，不知她用什么办法，很快就把我融入音乐的节拍与跳舞的韵律中，并神奇地使我渐渐产生跳舞的快感。

我开始定下心来，去注意她的神情了。我发现，在这世俗的场面里，她没有任何被动、反感、勉强，也没有任何隐含的不适。可是我不相信她会安于这样的现状，乐于这样的生活，选择这样的未来，这不是她！除非她已经不再是原先的肖莹。如果她真的改变了——到底是生活改变了她，还是她改变了自己，为什么？就因为江晓初的背叛，就从一个极端跳向另一个极端，不再相信自己昨天的高尚，抛弃心中一切金银绯紫，向原本对立的东西投诚，这不是毁掉自己？我不相信！我忍不住要问她，但我对她的问号太多，从哪里问起？怎么开口？这时，我发现，她似乎不想与我做任何交流。她约我来参加这个婚礼，就是想叫我看到她选择的生活。她把她的明天也告诉我了。我还发现，她眼睛的深处原先那个不停跳跃着的、亮闪闪的、充满魔力的精灵——舞者的精灵，现在没有了，空了。

在音乐旋律的起伏中，我望着这个与我相拥起舞的女人，她的气质还是那样优雅脱俗；脸儿略施粉黛，依旧娴静姣好；只是少了一点东西，一种孤芳自赏的孤高的东西？属于她灵魂的东西？灵魂这个东西看不见抓不住，原来说没就没，你甚至不知它何时、因为什么没有的。

一旦没有了，一种曾经无限美好的东西像一片灿烂的光和影倏然远去。

6

有时，生活的真相不如不知。

我用手机上的电筒挨门挨户地寻找门牌号。

维也纳城中这些老街是一种真正的活着的历史。参差错落的老房子们全都斑驳如画；弯曲蜿蜒的街面不是铺着石板，就是凿满小而方又坚硬的石钉，这些石板和石钉历久磨光，古老苍劲，好像条条街道通往哈斯堡王朝。街面下陷的地方，雨后积水，在路灯幽暗的照射中，反着光亮。

我终于在手机射出的光束里，找到了"47"号。一个蓝底白字的搪瓷的门牌钉在暗红色的老门板上。一株很粗壮的大叶梧桐高出院墙，并把它凋落的黄黄的叶子，随意地洒落在院墙内外和墙头上。树后边是一幢两层小楼。灯火依稀，树影模糊。这显然就是老乔在异国的老巢了。

我第一次到维也纳，我最关心的自然是奥式的建筑，他们的古典和现代的建筑，还有这次在维也纳举办的国际研讨会的主题"城市个性与建筑师的个性"，对我有分外的吸引力。我平日在这方面思考得很多，我为这次会议准备的论文得到各国同行的好评。

这是我来维也纳的公务。我还有一个藏在心里的"私务"——就是寻找昨天留下的那桩不幸事情的真相。尽管此事早已时过境迁，一切全都木已成舟，而且人家肖莹自婚礼那天的舞会之后，即与舞蹈绝缘，销声匿迹，早已是一位标准的富家女子，而且生下一儿一女，锦衣玉食，活得滋润快活。这世上，偶尔为她遗憾和发出叹息的只有我和家慧了。我为什么还要来老乔这里来探寻究竟，还想追回昨天吗？

在老乔堆满书籍、报纸和资料的客厅里，我望着这位十多年未见的老友。不用回忆，昔日的交情又来到身上。在不大明亮的光线里，他的脸色昏暗，皱纹显得很深。我们都说自己老了，其实他真的更"老"一些。在世界任何地方，普通人都不会养尊处优，很难白白胖胖，更何况在异国他乡。文化的磨砺看不见，却会更深刻。我们相互关切地询问了对方的家庭、工作，也谈了谈自己。我初识知春，这个奥地利女人给我的印象分外好，她显然是个善解人意的女人。她给我们烧好茶，桌上放些零食水果之后，便说要去帮老乔看稿子上楼了。她知道我们有话要说，把空间留给我们会更方便。

进入一个不知深浅的话题总有些费劲。何况这个话题里遗留过去一些磕磕与别扭,当然更多的还是谜。还好,老乔比我强,他天性爽直、性急,在我支支吾吾不知怎么开始说的时候,他忽然说:"不管在这中间有多少误解、避讳、无法说、不能说,都是过去的事了。原本怎么回事一揭开就全明白了。"老乔接着说,"我托人打听了,知道你表妹现在都当两个孩子的妈妈了,过得挺好。你我还有什么不好说的,而且我应该叫你知道全部真相了。"

"我们高高兴兴,准备晓初从巴黎一回来,就迎接肖莹来维也纳。维也纳的新年非常具有古典气息,我们为肖莹准备好一系列别具风情的节目。晓初连金色大厅新年音乐会和音乐厅的新年舞会的票都拿到手了。就在这关口上,晓初出事了!是的,出事了!而且出了大事,几乎要了命!你别急,事情过去快十年了。这都是过去的事,你听我说。

我一直后悔,如果当时不叫晓初去巴黎,一切事过了年再说,就什么事也没有了。但我们报纸在法国的合作方一定要晓初去一趟,研究第二年董事的名单。这里边的关键是,明年报社准备新增加两位董事,都是晓初个人在巴黎联系的企业老板,也是我们报纸最有实力的广告客户。可是,法国合作方认为这两位董事人在法国,应该归他们管,我们认为业务是我们联系的,不能给他们,这里边当然有利益问题。如果董事名单定不下来,明年第一期报纸就不能出报。只好派晓初去协商。晓初到了巴黎,怎么也谈不拢,双方争执不下,晓初有点年轻气盛,吵了起来,事情僵住了。据说当时吵得很僵。我电话叫他先回来,过年再说,因为肖莹马上就来了。谁料当晚晓初在他住的巴黎十三区那边吃点东西,回旅馆的路上,忽然几个人把晓初围起来打了。这几个下手很狠。当时街上黑,什么人根本看不清。

这几个只打人，不说话，也不知是哪国人。等警察来了，打人的人全跑了。

打得太厉害了，一个人用的是铁棍，晓初左边脸血肉模糊，耳朵打烂了，肾打坏了，膝盖也断了。

不，不是打劫。打劫的人不伤人。我们又不是当地人，没仇人。我们想到可能是谁干的，但没有证据，无法告，告错了更麻烦。当时，晓初已经人事不省，警察从他身上的名片看到报社的电话，打过来，我连夜赶过去，急救三天，保住了性命，然后租一辆医用车把他弄回维也纳。你是没看见晓初那个样子，真是太可怕，太惨了。家智，当时我就在那种情况下，在巴黎、在车上、在医院，与你通的那些电话。你想，当时我能把真实情况告诉你吗？在晓初醒过来时，对我说的第一句话就是千万千万别告诉肖莹、别告诉你……

最初那些日子，我也无法向你解释这是怎样一件事。等到晓初的伤基本稳定，他那张脸无法看！那些可怕的伤口，缺一个耳朵，左肾割去，腿也瘸了。他像一个压烂了的破纸盒子。我看着他，心里明白，此生此世，他与肖莹的缘分算完了。我想，不管你怎么想，怎么责怪我，也决不能告诉你。叫肖莹知道真相就如同杀了她。晓初是孤儿，回去找谁去，还不是叫肖莹伺候他终生？我下决心，这事我担着了。他去巴黎是给报社出差，报社应该担着。但晓初和肖莹他俩的事怎么了结，我没办法。那天，肖莹的电话撞上了我们报社的女秘书聂宛如，产生了误会和冲突。我想，这也许是个歪打正着，就这么歪打正着吧！正好把他和肖莹的关系断了。

这十年来，晓初一直在我这里。干报纸的事，报纸养着他。他不能再跑外勤，腿瘸了，脸上那样，怎么跑？他只做内勤，从编稿、排版到校对全是他干。聂宛如是个太好太好的女孩子，香港人，我的一个朋友——香港一位摄影家介绍来奥利地学音乐的。在我这儿打打零工。这女孩温顺善良，她同情晓初，常因他偷偷抹泪。这些年一直给他做饭，帮他生活，给他鼓励。他俩都住在报社。她从未想过离开他。她音乐也不学了。我也不知道这样下去怎么办。我想，她对他再好，也不会跟晓初结婚。晓初已经没法结婚了，结不结婚有意义吗？对他二人谁也没意义。可是，这么下去到哪一天？怎么终结？想也不敢想。如果有一天她真要远走高飞，晓初会不知道怎么活，为什么活……

唉，我陪你去见一见晓初好吗？他已经知道你来了，你也给他一点力量吧。"

我没想好，怎么给他力量。这个突如其来的故事已经把我击昏。十年前天降的横祸，现在才真正落在我的头上；今天听起来，好像眼前刚刚发生的一般剧烈与刺激。我有一种扛不住的感觉，身体晃晃悠悠，脑袋里一片混乱，跟着老乔，从他那个小小的充溢着浓郁的木头气息的老楼里走出来，穿过透明的夜色，走到另一座同样古老的小楼前。老乔按响门铃声，听到里边有人从楼里走出来。老乔忽对我加紧叮嘱一句：

"千万别提你表妹！"

这像一句警告。

没等我弄明白这句话，门儿开开，一个中等个子、微胖、身穿浅色长衣的女子站在门前，请我进去。她就是聂宛如，简单一两句见面话，从她的声音和语气中就知道是一位性情柔和的人了。

推门进去就是报社的办公室。房子又大又高，和老乔的客厅差不多，但这里有些阴冷。是由于这座楼朝北，还是没亮顶灯，光线昏暗？屋里到处堆满报纸、材料和文件，中间几张办公桌，黑影重重中只一台电脑亮着，有点冷寂和怪异的感觉。没看见晓初，他在另一间屋里吗？忽然听到前面一个声音:"您请坐吧。"

声音是从靠里边的一张桌前发出的。我的目光从一摞摞码得很高的报纸上边越过去,看到一个人坐在那边,只有上半身的身影,他侧对着我,他肯定就是江晓初。但我从他的声音已经听不出是晓初。我记得当年他的声音兴冲冲,但现在的声音低沉而疏远。

他显然早已坐在那里了。他是不是坐在一张轮椅上,我看不清。他侧对着我,显然为了避开他右边受伤而难看的脸。他的头发很长,像个披头士。右边的灯光映照着他,他似乎很瘦,腮部塌陷,眼窝是一块黑影,只有从他高高的额头顺着鼻梁直到微翘的下巴这条清晰而优美的直线,能够认出那个曾经清俊、轩昂、带着高贵感的年轻人。

但现在他显然在用身体的全部力量,支撑着自己的坐姿。他一动不动,也不看我,低垂的目光隐蔽在眼窝的阴影里。

老乔:"家智来看看你,他后天就回去了。"

他不吭声。

我说:"你的事我都知道了。老乔和知春称赞你的顽强,你的精神。他们还夸赞你办报的能力,如今你们的报纸在欧洲华人中非常受欢迎。"

我记着老乔叫我给他一点力量,我努力说出一些鼓劲和带劲儿的话,由于一切来得突兀,又对他的生活现状与心理一无所知,说完之后感觉自己的话空洞、乏味,甚至有些虚假。对于失去了前程和所有的生命乐趣、形同废人的人,谁还要赞美诗。只用一些绚丽的语言就可以把这个枯索的生命重新点燃?我还能给他什么呢?当我看到,聂宛如从里屋拿来一条毯子给他蒙在腿上,我想,他需要而且不可缺少的也就是这些——实实在在的一点点生命的支持了。

下边该说什么,我完全不知道了。他显然也不知道该对我说什么。我们见面只为了见一面吗？而这见面有什么意义吗？

老乔似乎也无话可说。

其实，最应该说的是肖莹！没有肖莹，我与他，与老乔相互又有什么关系？但是，当事情的真相摆在我面前，这里边曾经的误会、错怪、恩恩怨怨还需要再解释吗？解释明白又于事何补？想到老乔刚刚那句"警告"，我提醒自己决不能提到肖莹！千万别惹出事端！只有匆匆告别，走出尴尬。

临出门时，我瞥他一眼。他依旧侧身坐着，动也未动，一声未吭，有如一尊黑色的冷冰冰的雕像。如果我是雕塑家，我一定要把他塑造出来。我想告诉人们，真正的痛苦是无可救助和无法言说的。

从报社出来，老乔想开车送我回旅店，我坚持独自散步去到大教堂那边逛逛。我说，听说教堂周围的广场上有个夜市不错，逛完教堂搭地铁可直接回旅店。老乔心里明白我想一个人走走，消化一下刚刚堆满心中的疙里疙瘩。他便说：

"我和一位司机——小彭说好，明天上午九时去接你。他和我报社有长期合同，只要我这边有客人，他就出车，随叫随到。明天一天这车你随便用。小彭是旅行社的老'地接'，开车技术好，甭说维也纳，整个奥地利的地图都在他肚子里。我明天有事不陪你了，后天我送你登机。"

我俩相互拥抱一下分手，拥抱时彼此拍了拍后背。我感觉"啪、啪"拍打对方后背的时候，都有许多难言的话，都各自有一种很深的歉意：我感觉，老乔认为一切祸事都源于当年他派晓初去巴黎那个决定；而我觉得，这天大的麻烦还是我给老乔招致的。

大教堂高耸峻拔的尖顶与上半部分华美的装饰都消失在银蓝色的

夜色里，下半部分建筑的光彩则被广场上临时举办的夜市夺去了。一大片灯光把相互错落的布棚映照得白晃晃，耀眼夺目。每逢周六，大教堂周围的广场都归夜市使用。夜市的卖家是城郊的农家与山民。他们拿来新酿的葡萄酒、新烤好的面包、蜂蜜、果酱、奶酪、坚果、香料、调味汁等等乡间土产以及各式各样民间的手工物品与艺术品。这些带着阿尔卑斯山气质与多瑙河风情的本土特产极其诱人。如果外来游客在维也纳赶上周末，一准儿要来夜市里串来串去游一遭。

然而，今天在这夜市里，眼前任何新奇的东西都没有魅力。我如游魂一般，抓不住自己的注意力与兴趣，脑袋被今天的所见所闻完全打乱。当十年前经过的一切掉头回来，今天的真相颠覆了昨天的判定，到底谁是谁的因、谁致谁的果？那场突如其来的灾难之后，到底怎样一步步发展到悲剧的今天？在网络时代还会有如此的信息艰难，是信息艰难还是人心相通的艰难？是由于爱而相瞒导致的误判，还是因为意气用事而各走极端？命运是一种暗中注定和不可抗拒的吗？当我想到了"命运"二字，并实实在在触摸它时，它竟如此坚硬如此阴冷如此不公。命运的本质是不公的。

那么，遭遇到命运不公的人，其中有没有自己选择上的失误？

一度我完全陷入思考，忘掉了自己。浑然不知自己从一个小摊上，拿起一束缠绕着彩带的美丽的松果，走到另一个卖蜂蜜的小摊前放在那里。弄得那里的人莫名其妙。

我回到旅店，洗过澡躺在床上，脑袋里还是静不下来。一个想法叫我的联想愈来愈激烈：如果当年肖莹知道了真相，她会怎样？她会不会立即乘飞机来到维也纳，一直陪伴他到今天？如果今天肖莹知道了这个迟到的真相，她还会立即飞到维也纳来吗？

跟着，我又暗暗笑话自己，这只是个浪漫的想法。浪漫是一种一厢情愿的想象。想象最终全要安于现实；或者说，现实会从我们身上摘下浪漫的翅膀。

这样，我便呼吸着维也纳秋天清凉又柔和的空气安然入睡。

7

凌晨五时我就离开维也纳，前往多瑙河峡谷。

昨天夜里小彭来电话，问我是不是初来维也纳，想看哪里，去没去过戒指路、皇宫、美泉宫、施特劳斯公园以及美术史博物馆，等等。我说这几天会议闲暇时，抓紧时间，把这些地方都跑过来了。我叫他推荐一个地方，保证我看了之后永远难忘。说实话，我也是想去一个特别吸引人的地方，好散一散心。他说那就去瓦豪河谷吧。那里是多瑙河流经奥地利一段"天堂般"的地方，是世界遗产。只是这地方离着维也纳三百多里，去玩一趟，来回需要一整天的时间。我说我就拿出这次赴奥行程的最后一天吧，只是傍晚前要赶回来，我看好皇宫后的一家古董店里的一个石雕的小天使，雕工十分精美，早期巴洛克风格，局部有贴金，难得的古代宗教建筑的装饰构件，我想把它买回去，放在我书桌对面的条案上。我对东西方的建筑雕塑都很痴迷。

小彭说："那咱尽量早一点出发，我带上牛奶面包，早餐在车上吃。"

这主意好。

清晨五点我钻进汽车时，车子在外边搁了一夜，车厢里还挺凉呢。可是这并不能叫我清醒起来，昨天一夜我时睡时醒，现在精神和身子都很乏，眼皮打架，待吃了东西，加上车子摇摇晃晃便很快睡着了。

我从来没有在汽车里睡这么长一觉。我在小彭的呼叫声中醒来。只听他叫着："您要再睡可就回维也纳了！"

我睁开眼睛，外边的世界在左右两边的车窗上。啊，我在天国里？

高山、丛林、深谷、烟岚、白云、花原、葡萄园、山村、古堡，然后是翠绿、幽蓝、雪白、银灰、墨黑、赤黄、红棕以及花的夺目的五彩，这些风景这些色彩在车窗上相互交换然后五彩缤纷地掠过。不断地有一个不可思议的神奇的景象出现，随即又被另一个无限美妙的风景代替；左边车窗上的美景还没看清，右边车窗上的奇景已经飞驰而过。这些只在儿时的童话书里见过的图画，现在变成了真实的情景，而我竟然身在其中了。

当我们的车子行驶在谷底，我发现多瑙河的河水竟如此丰沛、明亮、急速、幽蓝；河中溢满河水，河面与河岸同在一个水平线上，我从未见过哪条江河这样与人亲近——它就像在我的车窗上流淌。

小彭几次想问我的感受，见我目瞪口呆，不停地发出感叹，他得意地笑了。

能从客人的惊喜中感到自豪的，一定是主人。小彭已经完全融入了奥地利。他不避讳自己已加入了奥籍。这个机灵、干练、黄头发、小个子的司机兼地接是湖南湘中人，早在九十年代初就来到这个国家，他和那个时代许多年轻人一样，没有专业向往，只想出国闯荡，浑身有发烫的一股劲儿。到奥地利的最初几年，他在中国餐馆里天天一连六七个小时洗盘子，在商店瞪大眼睛售货，开车长途跋涉去运输，干的全是卖力气赚钱糊口的苦差事。自从九十年代末中国人有了多余的钱，出国游玩的人愈来愈多。旅游业成了热门生意。中国人在外边语言不行，旅游要靠中国导游；而对于跑到海外谋生的人，干旅游和干中餐馆这两样是最容易的，而且可以马上拿到现钱。小彭说，干中餐馆需要店面，还要买菜做饭，照应客人，很琐碎。干旅游只一辆车就够了,而且天天内容不一样,还能借机玩遍四方。他天性喜欢玩,干这种事玩玩乐乐,见多识广,还赚钱,最多付出一点奔波之苦,他年轻不在乎。现在他不单成了跑遍奥地利的"第一游客",而且跑出来房子、老婆和家,天天都有收入,口袋里总有不少的钱。

我说:"现在旅游市场这么好,你称得上得风得水。但只有一样你要注意,必须保住身体,关键是开车要小心。"

没料到他回答说:"您这话千真万确。前些年乔先生报社有位能人,非常能干,大家都看好他。正干得风风火火,可是出了一件事,身体完了,结果全完了。"他停了一下,问我,"您昨天在乔先生家见到这个人了吗?"

我不想和他谈晓初,打岔说:"什么人?"

小彭说:"这人叫江晓初。他不会与生人见面的。他叫人打断了腿,还打坏了半张脸。据说他平时都是侧身坐着,用半边好脸对着人。听说他那边连耳朵都没有了。有人看过他那半张脸,吓死人!"

"怎么会打成这样?"

"在巴黎出差时叫人打的。听说是一帮人喝醉闹事,叫他赶上了。"小彭说。

看来他对晓初的事也不深知,我便说:"你常年给报社开车,应该和他很熟。"

小彭笑道:"维也纳的华人圈子很小,互相全认识。中国人在国内认为外国人彼此谁也不管谁,关系简单,容易相处。可是到了国外才发现,外国人根本不管你的事,有事还得回到中国人堆儿里来。"他告诉我,"江晓初刚到维也纳时我见过他,自打出了那事后,不再露面,不见外人,憋在屋里干活。外边的事全叫一个女秘书聂小姐包了。你昨天见到她了吧。"

"打个照面,没说几句话,觉得人挺温和,挺不错。"我说。

"何止不错,那个人没处找去。我们都说乔老总运气好。当年的江晓初,又聪明又能干,人也好,这个人百里挑一。后来江晓初出了事,又顶上来一位聂小姐,勤快肯干,性情好,不单报社里里外外的事全揽过去,连照顾江晓初也包了下来。这种人哪儿去找,都说是老天派下来的。"小彭说。

我说:"听老乔说,她是来维也纳学音乐的。"

"她哪还上学?早不上了,今年四十过了。不单报社离不开她,江晓初更离不开她。报社离开她就垮了,江晓初离开她,一天也活不下去。"

"她总得有自己的生活。"我说。这是我担心的。

"最担心她离开的恐怕是乔总。"小彭说,"前几天乔总叫我想办法给聂小姐找一架钢琴。这事不难办,维也纳人唯一不缺的就是钢琴。我心里明白,乔总怕聂小姐在报社待不长,想拿钢琴留住她。"

我没说话,我想老乔还是没明白聂小姐这个人,能留住聂小姐的绝不是一架钢琴。究竟靠什么,是极致的善良,是大义,还是爱?我不了解她,我想不出来。反正她靠自己一种纯精神的东西。是这种东西把她留下来。反正一般人没有这种东西。

我又想,不幸的晓初又是幸运的,这世界上有这么好的两个女人至真至诚于他。一个是现在的聂宛如,一个是曾经的肖莹。现在肖莹对世俗享乐的偏激的选择,也是由于对他的误解而招致的吧!

如果当初肖莹知道这件事情的真情,现在背负这个终生苦难的女主角就一定换作肖莹了。

这样一来,我的多瑙河峡谷的游赏就不再纯粹了。我的眼前不断涌现出人间破碎的景象，我的心弥漫着人生中的浑浑噩噩。我的心仿佛听见这些悲剧主人公们的嘶叫。十年来，在这件事上，我好像一直被裹挟在各种谜团中间找不到出口，总憋在一条令人窒息的死胡同里。今天，真相更叫我绝望！于是，眼前充满大自然性灵的山光水色对于我已然没有多少感觉了，任何美丽的事物都与我无关。

小彭说："我们聊得太多了，好几个特别好看的地方都错过去了。您右边，河对岸那一片红色建筑是梅尔克修道院，是世界文化遗产，世界上最著名的巴洛克风格的教堂。您不想过去看看吗？来回要两个小时。但非常值得一看。"

此刻我们在这边一座山上，透过车窗俯瞰，梅尔克半隐在一片层层丛林簇拥的郁郁葱葱的山峦之间，整座修道院太壮观了。宏大、华美又繁复。当我们的车子随着山路而下驶入深谷时，它渐渐转向群山的那一边，然后远远的，像停在多瑙河那一边一艘暗红色豪华的巨轮。然而，不知为什么，我此时竟然失去过去看一看这座经典的巴洛克建筑的兴致。我说："我还要在傍晚前赶回维也纳呢，下次吧，留点遗憾会更叫我想着再来。"

"那我带你去近处另一地方。今天的旅行总得在一高潮中结束，就像交响乐。"小彭说。

在维也纳待长了的人都懂得音乐了。

车子在一个高高的山坡前停下。我们下车顺着一道台阶往上爬。这里的一部分台阶是从岩石上凿出来的，高矮不一，登起来挺吃力。用了不少时间，我们站在一堵石墙前，中间一个门洞，没有门。右上边是一座巍峨的灰色的古堡，它一定历时久远，经历过无数次金戈铁马和烈火烽烟，早已荒废成废墟；一片散落的断壁残垣，与荒木野林混杂一起，无声地散发着一种历史沉寂之后的荒凉感。待穿过门洞，竟别有洞天。一瞬间，我有一种穿越时光隧道般的惊奇，眼睛和心头同时一亮；我看到了一个超小的山城。它令我更惊奇的是，古老，古老，古老，却又充满着生活的光鲜！

一条碎石板拼成的小路，从我脚下蜿蜒向前，伸向一片简朴的老房子的深处；与这些歪歪扭扭、模样笨拙、式样各异的村舍混在一起的，是繁盛的林木与艳丽的花丛。有的花爬满门洞的四周，几乎要将这门洞吞没；有的花从院内喷涌上来，翻越过墙，如同彩色的瀑布。我欣赏着沿街石墙上隔不远就有一个的一米大小的洞穴，小彭告诉我，这是古代放油灯的地方，如同现在的路灯；如今有路灯了，人们就在这里放上一盆花。从这些花盆的造型和所选鲜花的品种看，我十分欣赏这里山民审美的眼光。

过去我对欧洲建筑的关注，多是历史建筑、宗教建筑和城市建筑，多是学院派的角度，很少去关注这些村落民居，但在这里，我感到我的知识用不上，还感到历史和文明都在嘲笑我的无知。现在剩给我的，只有痴迷和神往了。叫我奇怪的是，这里的山民是怎么能叫历史活着的？是人为刻意的？是自然而然的？还是一种传统的精神或精神的传统？

我发现街上没有电线。

我还发现大门上没有锁。

我看到一个俊俏的女子远远走来。她金色的头发梳在头顶上，随便一绾；雪白的衣衫外边套着一条宽松的棕色的连衣裙，手里拿一个很大的铁环，环上一串老式的大钥匙，走路时一颠，手里的钥匙串便"哗"地一响。她耳朵戴着白色的灵巧的小耳机，还挺时髦呢。但一看就知道不是旅客，而是原住民。她走到街角，扭身走到一个拱形的大木门前站住，从手里的铁环中找到一把长柄的大号的钥匙插入锁孔中,"嘎嘎"一拧,把门打开。这当儿我们正好从这门前走过,扭脸一看,室内好似放满古董,古朴又厚重,这是对游客开放的,还是他们自己生活的居所?小彭笑着说,这里家家户户都是这样。

一只白鹳站在屋顶的烟囱上向远处张望;二楼上一个剧院包厢似的阳台,一个老妇人用藤条拍打着晾晒的棉被;街边石台阶上,半瓶葡萄酒扔在那里;这时,从前边忽然飞来一只红肚皮的小鸟儿,它居然一下站在我的肩头上;我的吃惊吓了它一跳,它一扬翅膀飘然而去。

这时,此地的一种东西,一种活生生的精灵吧,自然而然地把我感动了。我在其他地方,还有过同样的感受吗?

于是,刚刚一直缠绕在我脑袋里的那些悲凉、那些无解的烦恼,不知不觉不见了。神奇的瓦豪河谷把我拥抱起来。

我跟随小彭走进一座山村的小教堂。

教堂是西方古代村落的中心,就像中国村落的中心是庙宇。我喜欢这座教堂以天蓝色和白色为外墙的颜色。它在绿幽幽的河谷里分外明亮分外纯洁;当多瑙河缓缓流动时,它的倒影像一块也在缓缓流动却不会流走的白云。我还喜欢这种乡村小教堂特有的一种单纯而虔敬的气质。它没有那些身负盛名的大教堂的豪贵与威严,只有小百姓们的至诚至信与一往情深。教堂里有一幅十九世纪描绘关于天主降生的油画《基督诞生》,这个原本庄严而神圣的题材被当时红极一时的彼德迈耶的画家们描绘得像一幅世俗生活的温馨写照。它给小教堂平添了一种亲和又温暖的气息。我想在这教堂长长的木凳上坐一坐,小彭把我拉起来,好像下边还有什么更好的事情等着我。果然,在教堂后边下临河谷的一块高地上,我体验到了一种绝美的震撼……

多瑙河从远处山影重重的蔚蓝色的深谷里无声地流淌而来，它在河谷口转折处扭转过身，静静的河水陡然变得激流汹涌，从我们的脚下流过，奔泻而去，消失在身后峡谷深浓的绿色里。就在它转折处，刚好日光下彻，波峰的反光强烈刺眼，波谷的阴影漆黑如墨。两岸的风物仿佛被这条大河的激情感染，一拥而来，参与了这天地间美的创造。于是，重重叠叠的森林腾起形态万千的云烟，五彩缤纷的山花野卉肆意地散放着芬芳。大自然也懂得像艺术家那样用美去征服世界、征服人心吗？

我相信世界上如此至美的风景是绝无仅有了，若要再见，只有再来。

我频频拍照给它留影，并叫小彭帮我拍照留念。

我叫小彭把我身后远处斑斓的花影一起摄入镜头。小彭说，那是墓地。西方人喜欢把过世的人安葬在教堂后边的墓地里，据说那里是距离上帝最近的地方。

我说："还用到天上去寻找，这里的大自然就是人间的天堂了。"

小彭忽说："我想起来，您说的这话，江晓初也说过。他刚来奥地利时，我陪乔总和他到这里玩，他傻了。他还说他将来死了，就埋在这里。"

我听了，半天说不出话来，而且再没了游兴，也没了感觉，或者说感觉变得异样。晓初那个侧身坐着的黑黑的雕塑般的形象又出现在我眼前。我说我想赶紧离开这里回维也纳，小彭不知道我的心理，于是我们回到村口，上了车。

8

我出访归来，见人便谈维也纳，但与任何人都没说过江晓初。尤其对家慧，还有我妻子。我要把往日的秘密永远封锁在自己的心里，让生活永远延续着昨日的误解与误判,把昨天的句号变为永久的句号。我知道只要从我嘴里走漏出一点昨日的真相与今日的真情,都会把已经过去的悲剧拉回来重演一次,结果只会更糟。

肖莹似乎更需要与过去彻底切割,她从家慧那里知道我访奥。但过年来我家拜年时却只字不提,我桌上明明放着在维也纳的照片,她见如没见,绝口不问,她最有兴趣的话题是儿子的聪明,兴致勃勃地为聪明的儿子高唱赞歌,甚至连"舞蹈"二字也不去碰了。她明显要与昨天一刀两断。决不会再碰昨天的痛处而对昨天漠然。

昨天的事与昨天的人,总会被生活一页页掀过去。

特别是老乔,渐渐与我联系寥寥,快要淡出了。严冬的一天忽然接到他从维也纳寄来的一封信。这几年,万能的手机取代了生活中的一切,绝少收到私人信件了。什么特别重要的事需要写一封信?打开一看,是一封短信,只写了几句话:

家智:

你好。晓初今年秋天得急症去世了,这个可怜的人,他解脱了!遵他生前所愿,将他安葬在多瑙河峡谷。这是我最近去到那里看他时拍的一张照片。留个纪念吧。这世上没几个人记得他了。知春问候你和夫人。

老乔

原来信封里还有照片,我忙掏出来看。

照片的风景是瓦豪河谷,墓地在山坡上,守着河谷。晓初的坟墓在一角,正好俯瞰多瑙河上最绮丽的风光。墓地很简朴,只有一块方形的黑色碑石，上边有晓初的名字和生卒年月，无任何装饰。这里原本是碧山蓝水，鲜花白云，胜似画图。大概老乔去墓地这天是在一场大雪之后，风景骤变苍劲，整个墓地一片白皑皑，只有这位东方陌生的逝者沉默的碑石，穿过厚厚的雪被，孤零零裸露在峡谷寒冷的空气里。

在晓初墓碑前的白雪上，斜放着一束夹杂着几朵黄菊的淡紫色的勿忘我，很惹眼，也很凄凉。这是老乔放在这里的。老乔是如今唯一还去看望他的人吧。那么聂宛如呢？另奔前程而去了？她先离他而去，还是他先离她而去的？

为什么还去追问生活？什么样的生活才经得起追问？

· 作者简介 ·

冯骥才，男，1942年生于天津，祖籍浙江宁波。作家、画家、文化学者。已出版各类作品集二百余种，代表作有《啊！》《雕花烟斗》《高女人和她的矮丈夫》《神鞭》《三寸金莲》《珍珠鸟》《一百个人的十年》《俗世奇人》《艺术家们》等。作品被译成英、法、德、意、日、俄、荷、西、韩、越等十余种文字，在海外出版各种译本近六十种。

过往

□ 艾伟

蓝山咖啡馆晚上十点半后生意好了起来。它在永城大剧院北侧的一个小巷子里。有演出的晚上，一些观众(大都是年轻人)会来这儿喝一杯咖啡，吃一碟点心，讨论一会儿剧情，然后回家。演出结束后，演员们喜欢去永江边的大排档庆祝，平常他们更多在中午或排练的间隙来这儿讨论，顺便填饱肚子。广济巷曲折幽深，道边的香樟树树冠彼此交叉，快把天空遮蔽了，巷子里的中式旧建筑在这个城市里可算是硕果仅存，让这条巷子显出古雅之意。蓝山咖啡馆闹中取静，生意不错。

黄德高和另外一个人在咖啡馆已待了一阵子。黄德高胃口惊人，每次来这儿他都会点一份商务套餐，外加一个汉堡，一杯咖啡。小小的咖啡杯子和汉堡放在一起显得相当突兀。他是个喜欢说话的人，一直和对面的人在滔滔不绝。对面的那个男人大约三十多岁，寡言沉静，一刻不停注视着黄德高。他的左眼混浊，看人的时候仿佛对不准焦距。不过另一只眼睛倒是特别明亮。

"你的左眼瞎了吗？"黄德高问。

"模模糊糊看得见。"对方说。

"你看我时，左边那只眼睛好像在看另一个地方。"黄德高说。

一个时髦的女人正从左边过来，衣着鲜艳，超出她年龄，脸上还留有演出彩妆的痕迹。黄德高猜想她应该是一个演员。这年龄的演员大概过气了。

今天黄德高心情有些复杂。这是他最后一单生意。早些年他在省城接单，生意越来越不好做，他已被挤到永城这地界了。干完这单他想金盆洗手，从此远走他乡，隐姓埋名，过另一种生活。他的另一个身份是诗人。以往每次他把单子放出去之前，都会和对方谈诗，不管对方听得懂听不懂，他会把自己写的诗念给对方听。他经常重复的诗句是：我可怜的身体，如此消瘦，像这块土地一样贫瘠，一如我的出身，饥饿是我的灵魂。忍受匮乏，罪孽深重。亲爱的，你是我渴望的甘泉，让我清洁……是一句情诗，不过他早已把这句诗当成他的《心经》，他的大明咒。他相信这句话从他口中念出来后，一切便可以完美达成。今天，他没念。这是最后一单生意，他不准备念，以此表明他诀别江湖的决心。

他已把桌子上的食物吃完了。他心满意足地看了一眼杯盘狼藉的桌子，点上一支雪茄，深深吸了一口，吐出浓重的烟雾，然后把手伸进夹克胸口，拿出一只信封，交到对方手中。虽然已是夏天，黄德高办事时喜欢穿这件黑色夹克，这是他办事的行头，他固执地相信这黑夹克会给他带来好运。

"所有的资料都在里面，包括定金，另一半完事后再付。"黄德高说。

对面的人打开信封，先把一张银行卡取出来，对着灯光看了一眼，好像借此可以辨别真伪。他把银行卡放到衬衫口袋里，然后抽出信封里的照片，看起来。有三张照片。一个板寸头男子，方脸，眉毛稀疏，此人戴着一副墨镜，有两只大号的招风耳朵，看上去气场逼人，有老大派头。第二张此人穿着黑色T恤，表情严肃地看着某处。再一张在某个澡堂，他上身赤裸，下半身浸泡在池子里，偌大的池子里只有他一个人，眼睛警觉地看着某处，好像他意识到有人正在偷拍他。

"仇家是谁？"对方问。

"这不是你该管的事。"黄德高说。

"我要知道他是不是命当该死。"对方很固执。

黄德高笑了。他觉得对方是个有原则的人。他喜欢有原则的人。有原则的人靠谱。不过黄德高的原则是他不会把委托人的信息告诉任何人。这是江湖规则。

"失子之恨。"黄德高胡乱编了一个。

对方似乎很满意，收起信封，站了起来，说："知道了，给我三天时间。"

黄德高把抽了一半的雪茄按在咖啡杯子里，掐灭："事成后通知我，下次见面还在这儿。"黄德高伸出手，那人犹豫了一下，也伸出手。两人敷衍地握了一下。这一握让黄德高心里颇不踏实。他想，也许今天犯了一个错误，他没念那句诗。一种毫无来由的不安让他一遍一遍中默念起那诗句。他希望为时不晚。

走出蓝山咖啡馆，黄德高回头往咖啡馆内望了一眼。那个服饰艳丽的女人站起来看着他。他对她没兴趣。他的目光越过她的头顶，看到蓝山咖啡馆那台超大电视机上满屏烟花，因为电视机静音，使烟花看起来相当落寞，好像这个世界因此深不可测。

1

虽然每晚回家都已是凌晨,秋生还是每天早上九点钟准时到公司。办公室在锦瑟年华娱乐城的顶楼。这是娱乐城最安静的时刻,要到下午才会有一些客人来这儿唱歌或跳舞。当然高潮还是晚上,人们身体里的激情似乎到了晚上才蠢蠢欲动,好像夜晚对人们而言自带荷尔蒙,引导人们去追逐音乐、美酒或女人。有时候秋生想,要是没有夜晚这世界该有多么单调。

即便在办公室里秋生也喜欢戴着墨镜。他穿着衬衣,衬衫领子雪白挺括,板寸头让那两只招风耳朵更为显眼。保镖进来说,夏生在楼下有事找他。秋生皱了皱眉头。好久没见到弟弟夏生了,一年或者更久?记不得了。他们兄弟之间不来往很久了。秋生让保镖去把夏生带上来。

夏生站在秋生面前,面容苍白,显得有点拘谨。夏生知道秋生讨厌他是一名戏子。夏生在永城越剧团做演员,扮小生,混迹在一堆女演员中,身上一点男子气魄都没有了。秋生有一次对他出言不逊,说他最恨的一件事就是男人娘娘腔。秋生感到奇了个怪了,同父同母所生,他们兄弟俩完全是两种人。

夏生热爱演戏,舞台让他快乐。夏生对秋生的看法不以为然。秋生总喜欢把自己那套人生逻辑强加到他身上。秋生是错的。人生哪里可以如此单一,秋生也不是人生模板(事实上他也不配成为模板)。夏生自有夏生的活法。每次秋生像一位父亲一样训斥夏生时,夏生都是一只耳朵进一只耳朵出。有一次,秋生甚至要夏生辞了剧团的公职,到他的公司来做艺术总监。"你在这儿随便混混都比演戏强,现在谁还看你们的戏?"秋生说。自那以后,夏生不再愿意见秋生。秋生偶尔会电话他,问他近况,夏生都说很好。夏生知道秋生关心他,只是夏生反感秋生的关心里暗藏着一位父亲的角色。

一个星期之前夏生收到母亲的来信。母亲在信里说她得了重病。她没有详述自己得了什么病，只说自己弥留在世的时间不多，想在最后的时光同秋生和夏生生活在一起。母亲在信里没有提起冬好。这也算正常，冬好的状况在与不在没什么两样了。夏生收到信后心情复杂。母亲是她那一代最出色的戏曲演员。越剧演员无论小生旦角或是老生小丑，基本上清一色由女性出演，夏生作为一个男生成为这个剧种的一员，不能不说是受到母亲的影响。虽然夏生和母亲在同一个圈子里，见面的次数却不多。母亲晚年嫁了一个老干部，去了北京。据说老干部是她的戏迷。母亲定居北京后，夏生没去过她的家，母亲也不太和子女联络（没去北京前母亲也很少联系他们）。有几次夏生进京演出，请母亲看戏，母亲和秋生一个德行，看戏后没一句好话，挑的全是毛病。"你都演成什么样子！你的才华及不上秋生的小指头。"母亲说这话让夏生既生气又委屈。秋生五大三粗，对戏根本不感兴趣，母亲竟拿他同秋生比。夏生从来没见识过秋生有任何戏曲才华，没听秋生唱过一句戏。不过母亲一直偏爱秋生，偏爱到不讲常理。夏生也就见怪不怪了。后来夏生能不见母亲就不见。夏生偶尔会想起母亲，她在忙些什么呢？在北京过得好吗？不过也只是一个念头而已，转瞬即逝。那日突然收到母亲的信，夏生还是蛮吃惊的。

夏生坐在秋生大办公桌对面，低着头，一副丧气样。他能感受到墨镜背后秋生的目光。夏生不想先开口，等着秋生说话。兄弟俩沉默了好长一阵子。秋生问："碰到麻烦了？"夏生摇了摇头。秋生松了一口气，说："那就好。"

秋生问起庄凌凌："还同那个姓庄的女人搞在一起？"夏生没回答。夏生怕出乱子。秋生几年前派人警告过庄凌凌，要庄凌凌放过夏生。秋生传话给庄凌凌，说庄凌凌都可以当夏生妈的人，难道要耽误夏生一辈子？夏生对秋生的做派一向不以为然，即便是对他的关心，也过于粗暴。秋生振振有词，说你得有自己的生活。

夏生不想同秋生多拉家常。每次都是这样，聊到后来都是一个结果——不欢而散。好像他们彼此有仇似的。从前不是这样的，小时候秋生从母亲那里偷了钱，在街头买雪糕，总是不忘给夏生买一块最好的，然后到处找夏生，找到夏生时雪糕都融化了。秋生打他一记后脑勺，说，你快吃掉，否则我不给你吃了。说着自己咽一口口水。夏生乖巧地让秋生吃一口，秋生凶狠地白他眼，不再理他。

夏生从口袋里掏出母亲的信，递给秋生。秋生很快扫了一眼母亲的信，轻蔑地说："你就为这事来的？她也给我写过信，我没理她，我警告你，你也别理她。"

夏生直视秋生。秋生的反应他是料得到的。"她快要死了呀。"夏生说。"鬼才信她，她嘴里没一句真话。"秋生说。似乎说得还不够强烈，秋生又说："她要死了才想起我们来？早先呢？早先她只知道一个人找乐子，这辈子像没见过男人似的。"夏生低下头，秋生的说法他无法反驳。母亲这辈子有几次婚姻？五次还是六次？多得让夏生记不过来了。

夏生今天是硬着头皮来找秋生的。这事拖了一周了。母亲信里写得很清楚，她现在一个人生活，感到很孤单。母亲难道又离开了那老干部？不管怎么样，她快死了，做儿子的不能不管。他希望秋生能把母亲接来，秋生家大，又有保姆，可以照顾母亲。

秋生把那封信还给夏生。他转了话题，问："你那新戏排得怎样了？"夏生很吃惊。他没想到秋生关心起他的戏来。秋生一向以夏生是演员为耻的，他不知道秋生这是何意。

一个月前，庄凌凌弄来一个剧本，非常棒。夏生也没多想秋生何以知道此事，秋生总有办法知道他想知道的，他长着一只奇怪的耳朵，好像他的耳朵在整个永城飞，没有什么事瞒得了他。夏生说："没排呢，钱还没找到。现在排戏就是把钱倒水里，本都收不回来，没人愿意赞助。"秋生讥讽道："你们是把自己砸到了水里，你们一心想淹死，没人能救得了你们，早上岸早超生。"秋生还是老调调。

夏生再一次认定，和秋生谈戏就是鸡同鸭讲，自取其辱，千万不要涉及这个领域。夏生打算早些离开。他站起来准备告辞。秋生一动不动。他又打开抽屉，像在找什么。夏生本来打算走的，以为秋生改了主意，站着看秋生。秋生抬起头来说："我警告你，你不要把她接来，你要是接来，我饶不了你。"

夏生刚升起的希望一下子破灭。他艰难地咽了一口唾沫，低下了头，转身往办公室外走。他明白所谓的"饶不了你"的意思，就是秋生会揍他一顿。夏生从小没少挨秋生的揍，对他好也揍，教训他也揍。夏生往外走时，听到背后传来秋生的声音："如果你把她接回来，我也会把她赶走的。"夏生心里冷笑了一下，想，秋生管不了他，他完全可以自己做主。他决定把母亲接回来。

夏生走后，秋生颓然倒在沙发上。一会儿，他站起来，突然唱起戏来，尖细的曲调轻柔地从他嘴中出来，和他的形象形成奇怪的反差。好像这会儿他穿上了水袖戏服，成了舞台上的花旦，兰花指翘着，身段妖娆。这些戏都是秋生小时候在黑暗的剧场看着演员们排练学的。不过秋生从来没在任何人面前展示过他的"才艺"。那时候母亲到哪里都喜欢带着秋生。剧团排练时，秋生在黑暗的剧院里钻来钻去。有时候去化妆间，天热的时候，那些女人几乎袒胸露乳。她们喜欢把秋生叫成干儿子。母亲不愿意她们这么叫，她经常说的一句话就是，他差点要了我的命，生他时我难产，不许你们当他的干娘。母亲越是这么说,那些女人越要占秋生的便宜。

那时候他们一家还是团聚的。母亲的演戏事业是这个家庭的中心。父亲是永城文化馆的一位音乐老师,可他的心思都在母亲身上。他正在根据母亲的演艺特长编写一出新戏,希望此剧能挖掘母亲的所有优点。很多人认为父亲不谙世道,行为怪异。秋生也信不过父亲,不认为父亲能写出好看的戏来。只有母亲崇拜并相信父亲,他们很恩爱,甚至在兄妹三人前亲热。"他们是一对活宝。"秋生对妹妹冬好说。但冬好觉得很好,很浪漫。秋生说,浪漫个屁,是不要脸。母亲在永城声名大噪后,父亲建议母亲去省城发展。"永城对你来说太小了。"父亲对母亲说。父亲渴望母亲更大的成功,好像父亲这辈子的事业就是让母亲成名成家。母亲后来真的去了省城。父亲和母亲过起了两地分居的生活。一个男人愿意牺牲自己成全一个女人,虽然疯狂,也是一种美德。母亲去省城时,带走了秋生。

秋生唱完一段戏,屏住呼吸,稳定了一下情绪。他来到垃圾桶前,找一个星期前丢弃在那儿的母亲的来信。信居然还在。他拿了回来,摊开皱成一团的信,看起来。母亲给他的信,言辞和给夏生的完全不一样。在给夏生的信里,母亲对自己来永城显得理所当然,好像回到永城和他们生活是她应有的权利。不过在给秋生的信里,母亲是可怜巴巴的,几乎在乞求秋生收留她,母亲还表达了对秋生的想念。"你是我用命换来的。"一周以前,秋生看到这句话相当反感,这句话他听太多遍,在母亲那里就是一句顺口溜,他不相信里面有什么真情实感。秋生把信折好,放到写字台抽屉里。

保镖敲门后,悄然进来。保镖也是他工作中的助手。秋生想起来了,今天需要去处理一下娱乐城的事。不久前,消防突然来到锦瑟年华娱乐城,找出一堆问题,下面的人搞不定。他起身,来到大楼下。坐到车上后,他改了主意,同司机说,去广济巷。司机不明所以,掉转车头,向广济巷开去。半个小时后,小车驰入那条著名的由香樟树冠交叉而成的绿色通道,蓝山咖啡馆深绿色的门面一闪而过,咖啡馆的橱窗里放着做好的糕点和一幅巨大的话剧海报。蓝山咖啡馆的主人特别小资,喜欢各种戏剧,是标准的文艺青年。秋生让司机在蓝山咖啡馆前停下。保镖先下车打开车门。秋生出来后,没像往常那样让保镖跟着。他让他们在原地等。

永城越剧团在剧院后庭的一个院子里。就是夏生的单位。秋生怕见到熟人,从院子右侧一小道拐入,那儿有一个窗子,可以进入剧院内。凭着童年的记忆,秋生顺利进入剧院。没有演出的剧院黑暗一片,因为空气不流通,秋生被一股浑浊的霉味呛到了,打了一个响亮的喷嚏。他习惯性地看了看二楼,看管剧院的老头总是在二楼出现。他熟悉这个剧场的每一个角落,舞台后演员的化妆间,更衣室,剧场一楼和二楼中间的小小的电影放映室,虽然几年前剧院作了大的改造,但整体格局没多少变化。

秋生在最后一排坐下。现在他的目光适应了黑暗,剧场内的椅子和走道在黑暗中浮现出来。他默然坐着。他连自己都不清楚为什么来到这儿。他问自己,假设夏生接母亲回来(他断定夏生会这么干),他见不见她?

舞台上突然出现一对男女。两人是从幕后钻出来的,迅速黏在一起。舞台空旷,这对男女看起来很小。秋生看到这一切,很厌恶。这引起了秋生不快的回忆。母亲带着秋生来到省城,先是寄居在母亲同门姐妹家,后来省越剧团分给她一间宿舍。母亲在那个时候,背着父亲和一个男人好上了。

秋生下定决心,如果母亲到来,他决不见她。他悄悄从剧院的前门退出去。在剧场的大厅,他找到电箱,把电闸合上。他知道这会儿,剧场里灯光闪亮,那对赤裸的男女一定惊慌失措。秋生穿过二楼的一个出口,这儿有一个铁梯,可以通往刚才进来的窗口。

秋生给孙少波打了个电话。孙少波是红酒商,娱乐城的红酒都是孙少波提供的。这阵子永城流行喝红酒。红酒生意利润高得惊人，秋生方方面面帮过孙少波不少忙。秋生到蓝山咖啡馆门口，保镖就出来打开车门。秋生竖起食指，向他摇了摇，然后走进咖啡馆。保镖迅速关了车门，严肃地站在咖啡馆门前。蓝山咖啡馆的电视机正在播体育新闻，但只出画面，听不到声音。电视机是新装上去的，奥运会不久将开幕，到时候有很多年轻人会聚到这儿来看比赛。六月奥运火炬在永城传递，秋生无意中看到了直播，夏生竟然是火炬手。秋生心里有所触动。一个人不管干哪一行要干到夏生这份上也算不容易了，成为一名奥运火炬手无疑代表着对夏生戏曲生涯的认可。不过秋生依旧认为演戏不是什么好职业，这个职业经常会毁掉正常的人生。他们家就是个现成的标本。

保镖看到孙总急匆匆朝这边走来。孙总老远向保镖打招呼。保镖问孙总怎么来的，孙总说，车停在剧场门口，这巷子不太好停车。保镖点点头，拉开咖啡馆的小门，让孙总进去。孙少波一眼看见了坐在角落里的秋生。

孙少波在秋生对面坐下，脸上下意识露出谄媚之色。秋生替孙少波要了一扎啤酒，说："这里的黑啤不错，德国进口的，没掺水。"孙少波听了有点刺耳。有一次他被人告就是因为拉菲里掺水。其实不是掺水，是掺了同一个酒庄出产的红酒。秋生说："我小时就在这一带玩，现在这儿没人认得我了。"孙少波不知如何接口。他知道秋生不是和他来怀旧的。他喝了一大口啤酒。刚才跑得快，确实有点口渴了。

好一会儿，秋生终于说正事。秋生说："帮个忙可以吗？钱我会出的，你出个面就行。"孙少波很快就明白秋生的意思了。秋生想让孙少波出面赞助一笔钱给永城越剧团排一出新戏。孙少波没有理由不答应。秋生说："剧团就在那边，看见了吗？"孙少波说："原来这么有名的剧团在这个角落，我平时都没注意过。"秋生给了孙少波一张名片，说："你找他，是剧团团长。等会儿打电话给他吧。"秋生想了想又说:"不要装得像施舍的样子,就说你从小喜欢唱戏,特别崇拜演员,现在有了点闲钱,想投资艺术,实现心愿。"说完秋生把服务生招了过来,结了账。孙少波要抢着结。秋生说:"你少来,我拜托你办事,当然我来,再说这能花几个钱。"

2

从秋生的公司出来,夏生往庄凌凌家走去。一路上夏生心事重重。对夏生来说,生命中有一件事他绕不过去,像一个巨大的阴影笼罩着他,这件事就是父亲有一天失踪了。这个家的分崩离析是在父亲失踪后。关于父亲失踪这件事,夏生最初不无怨恨。后来夏生进入了演艺这一行,他听到各种各样来自戏曲界的传说,都是父亲所承受的种种屈辱,每次夏生听到,有一种如鲠在喉之感,似乎稍稍理解了父亲。父亲在写完《奔月》后去了省城和母亲会合,那时候母亲在省城还没混出来,主角轮不到她。为了能把《奔月》搬上舞台,母亲求爷爷告奶奶,动用了各种手段。父亲几乎没有世俗能力,除了艺术,在别的方面他帮不上母亲。后来《奔月》一炮而红,还拍成了戏曲电影,母亲因此成了全国人民熟知的明星,然而父亲神奇般地失踪了。如今二十六年过去了,父亲依旧下落不明,活不见人,死不见尸,这事想起来就让夏生心里发怵。那是一种空落落的感觉,夏生的内心生出一种辽阔的空旷感,这人世间因为父亲的这一行为而变得更为不可捉摸。母亲在父亲失踪后不断换男人和婚姻,他们兄妹仁则在永城自生自灭。母亲偶尔想起他们来会寄一大笔钱过来(母亲在钱财方面一向大方),至于他们的生活从此不闻不问了。庄凌凌算得上是母亲的学生,她经常感叹,你们兄妹三个就像是你爸和你妈拉下的三粒屎,而他们像鸟儿那样飞走了。不过庄凌凌也劝慰过夏生，说，你妈啊，这辈子只喜欢一件事，就是演戏，别的对她来说都不重要。这正是夏生耿耿于怀的地方，他认为母亲被名利迷了心窍，到了对亲情缺乏概念的程度。

庄凌凌住在法院巷的一幢小洋房的阁楼里。这小洋房原来是永城越剧院的团部，后来团部搬到了大剧院，这幢小楼变成了公寓。庄凌凌一直住在这儿。前段听说要拆迁，后来这事就没影了。庄凌凌倒是安于住在这儿，什么都方便，去剧团也近。

夏生进去的时候，庄凌凌穿着睡衣，正在煲汤。这是她的美容汤。当演员的，特别是女演员，别的可以不在意，容颜是最看重的。用庄凌凌的话说，除了一口嗓子，一副皮囊还有什么呢？这是她们的命。

"庄老师。"夏生叫了一声。见夏生来，庄凌凌非常高兴，说："你真有口福，煲了一小时了，野生的河鲫鱼。"

夏生没同庄凌凌说起过母亲来信的事。可能是夏生满脑子往事，脸上有些恍惚，庄凌凌警觉地问："有心事？"夏生没回话。庄凌凌又问："那本子团长不喜欢？"夏生意识到眼下庄凌凌最关心的就是那剧本的事。夏生说："现在团里的状况你也清楚，即便团长看中了，要排出来也不容易，得有钱才行。"

半个月前，庄凌凌拿到一个打印得整整齐齐的本子，让夏生给团长。意思是明确的，她想演女一号。她多次说，要和夏生合作一次。"我们都没合过一台像样的戏。"她强调。庄凌凌已有多年未上舞台了。演戏这件事就是这么残酷，过了四十合适的角色就不多了。庄凌凌和团长关系一直不好，这几年心情差，牢骚就多，谈起团里的事，总是用"乱七八糟"形容。"你们排的都是什么烂戏，只盯着专家、评奖，这样搞下去，会把所有的观众都赶跑。"庄凌凌公开这么说。

团里的人都知道夏生和庄凌凌的关系。这让夏生有些为难。他不知道怎么同团长开口。这年头，靠市场养不活剧团，演出的资金基本上是政府拨下来的。政府倡导主旋律，鼓励排反映现实的戏，这些年夏生一直在演当代楷模。早几年，戏曲界也排过不少现代戏，不过那时候是为了寻求越剧的可能性，引进了很多别的艺术手段，音乐和舞蹈都搞得很先锋，结果是传统戏迷看不懂，年轻人也不接受，观众变得越来越少。不管这样的实践是成功还是失败，总还是值得的，现在的状况和当时的探索完全不同，现在直白地同你讲，戏曲就是"高台教化"，所以要多排现代戏，否则政府没理由资助。庄凌凌说，现代戏尝试一下我不反对，但全是这玩意儿，实在难以忍受，把越剧所有的程式都毁掉了。庄凌凌说的不无道理，没了水袖，演出时夏生常常不知怎么走台步。

庄凌凌说："我明天找那土匪（庄凌凌私下叫团长为土匪）去。不是没钱吗？钱我去弄来，好不容易搞到这么好的本子，不排是瞎了眼。"夏生犹豫了一下，说："你还是别去了，我去问团长吧。"庄凌凌脸上露出妩媚的笑容，说："这就对了，你现在是团里的台柱子，你的话还是有分量的。"夏生说："现在演员就是个屁。"庄凌凌表示同意，说："戚老师在团里的时候，做演员才风光，演员是灵魂，导演、团长都捧着你妈。哪像现在，我们变得一钱不值了。"

庄凌凌突然提起母亲，夏生愣了一下。庄凌凌注意到夏生的表情，问："怎么啦？"夏生说没事。他们一起吃鱼汤。庄凌凌给夏生喂鱼汤。庄凌凌这样做不仅仅是亲昵，还是习惯。夏生算得上是庄凌凌带大的，庄凌凌在夏生这儿有时候更像一位母亲。夏生说自己来吧。庄凌凌说肯定有心事。夏生就让庄凌凌喂鱼汤。庄凌凌继续着话题："你妈妈这样的人，也就是在当年才过得好，要是现在，还不被踩得像蚂蚁一样。"

庄凌凌让夏生陪她睡一会儿。夏生没心情，不过还是上了床。天很热，一会儿两个人都汗津津的，庄凌凌整张脸都涨开了，双眼迷离。庄凌凌突然赤身裸体地在床上表演新剧本中的片断。床吱吱作响。夏生想象水袖在空中水波似的翻动。夏生觉得这时的庄凌凌特别美。

母亲来永城这件事一直压在夏生的心里。夏生的注意力涣散，眼前表演的庄凌凌成为模糊的一团。后来，庄凌凌揪着他的耳朵，他才醒过神来。

"你肯定有心事？是不是团长看了剧本不满意？"庄凌凌现在脑子里只有剧本，这会儿她的表情像是天要塌下来一样。夏生这次没办法，只好把母亲来信以及他早上找秋生商量的情况说给庄凌凌听。庄凌凌躺下来，难得温柔地问："戚老师真的快要死了？"夏生双眼茫然，说："不知道，她信里这么说。""秋生不同意你妈回来？"庄凌凌问。夏生仰躺着，看着天花板。

"看来你妈也老了，折腾了一辈子，到底还是想起你们来了。"庄凌凌说。

夏生坐起来，穿上衬衫。他不喜欢在床上讨论母亲，好像母亲这会儿正看着他。

3

下午两点半，夏生去剧团。一路上，脑子里依旧是早上见秋生的情形。夏生理解秋生的反应，秋生曾同他说过，他这辈子不会再原谅母亲。夏生想，他要是秋生，一样不会原谅母亲。

虽然他们兄妹仨就像庄凌凌所说的是父母拉下的三粒屎，但他们还是暗自成长。秋生担起家长的角色。冬好不服管，因此经常被秋生暴君般对待，动不动要惩罚冬好。夏生被秋生揍怕了，倒是很乖。冬好十六岁那年，不再上学。冬好唱着"乌溜溜的黑眼珠和你的笑脸"和永城一帮时髦青年混。冬好喜欢唱这首歌，因为冬好也有一对乌溜溜的黑眼珠。冬好学着香港明星烫了一个爆炸头，打扮前卫，还学会了霹雳舞。冬好经常戴着露着五指的黑手套，穿着当时流行的宽裆窄口裤，在永城的舞厅出没。秋生受不了冬好不学好，有一次到舞厅把正在跳舞的冬好扛在肩上带回家，并把冬好锁在屋子里好几天。冬好让夏生替她把锁打开。夏生不敢。冬好骂夏生是一个奴才，秋生的奴才。后来，冬好从窗口爬了出去，从此经常夜宿在外，偶尔才回家睡觉。

半年后冬好被人睡大了肚子。冬好开始还想隐瞒，最终还是让秋生看了出来。在秋生的逼问下，冬好承认了，说出了那个男人的名字。冬好那时候还没死心，一心一意爱着那个男人，等着那个男人来娶她。她对秋生说，哥，你不要为难他，是我自己愿意的，错都在我。秋生找过那家伙，是个有家庭的人，这个流氓根本不认是他让冬好怀了孕。那家伙说，冬好的男朋友多得很，鬼知道肚子里的孩子是谁的。秋生终于明白了冬好的处境，这个人不会为冬好做任何事，他不会负责。可悲的是冬好却依旧存着痴念，纠缠其中，不肯放手。

没有任何办法，秋生唯一能想得起来解决这个问题的人只有母亲。那一年秋生带着冬好去省城找母亲。那时候父亲失踪已有八年，母亲则已声名远播，演艺事业如日中天。秋生带着妹妹来到省城，希望母亲可以联系一个医生把胎打掉。母亲突然接到北京的通知，某首长想听她唱戏，她不管不顾，抛下秋生和冬好去了北京。母亲说，随便哪家医院都可以的，手术不复杂。那一年秋生只有十八岁，一点经验也没有，他走投无路，感觉天都要塌下来了。冬好怀孕之后一直在崩溃中。

少年时母亲买给秋生的自行车还在车库里，那天晚上秋生决定带着冬好骑自行车回永城。省城和永城之间相隔一百多公里，他使劲全力踏着踏板，在黑夜中穿行。自行车后座上的冬好一直在哭个不停。自行车颠簸得太厉害了，那天晚上，冬好流产了。秋生并不知道，只听到冬好在喊叫。他厌烦冬好的叫声，都是她自找的。

秋生骑了整整一夜。第二天清晨到了永城，秋生才觉得不对头。那时冬好已经安静了，双手抱着他，脸贴在他的背上。前面是秋生就读的永城二中，二中的左侧有一条小河。秋生把自行车停在桥头，借着晨光，看到一大片血迹黏在冬好裤子上，也黏在自行车上。血迹已经干了，结成了黑色的块。愤怒就在那一刻彻底击垮了秋生的理智，好像是为了发泄愤怒，他把自行车抛入那条小河中。河水激起巨大的水花。

就是那天早晨，秋生带着几乎迈不动步子的冬好，找到那个男人，当着冬好的面，把那人打得半身不遂。可怜的冬好，还一心想着和那男人重归旧好，满脑子都是自我欺骗带来的幻想，以为男人最终会来娶她。看到这个残忍的场景，冬好当场崩溃。秋生因此坐了六年的牢。

秋生坐牢那阵子，是夏生照顾冬好。后来冬好的精神状态越来越不好，几次自杀送医院。夏生没有办法，只能把冬好送进精神病院。中间接出来几次，没多久旧病复发，只好再送进去。他们这个家就这样彻底毁掉了。

一会儿，夏生进入广济巷。走过蓝山咖啡馆时，他看到秋生从里面出来，一脸不高兴的样子。他怕秋生看到他，在一棵香樟树后面躲了一会儿，直到秋生的汽车开走。

剧团驻地就在广济巷垂直的那条巷子里，属于永城大剧院的附属建筑，办公条件局促。正南的两层小楼用于办公以及存放道具，小院子四周是宿舍，未婚的演员们大都住在宿舍里。一些演员不是本地人，或从艺校毕业，或从别的团调来。

团长办公室的门紧闭着。夏生敲了几下，里面没有动静。夏生朝对面的宿舍望了望，天气闷热，几个女演员的宿舍门敞开着，她们穿得很少，大大方方地在屋子里走来走去。剧院的女演员似乎从来不把男演员当男人，在化妆间换戏服时也不回避，在宿舍也一样。有一个女演员看到夏生，从屋子里出来，穿了一件男生的背心，连胸罩都没戴。她用手势暗示夏生，团长在里面。

夏生不好意思再敲门。夏生近半个月来隔三岔五来团里找团长。团长的门总也敲不开，夏生想，团长这是躲着他。这时，夏生看到团长和王静从剧院那边走出来，团长穿着整齐，还系着一条红色领带，王静穿着一件咖啡色吊带衫，不施粉黛。两人样子有点鬼祟。夏生假装没看见，走进自己的办公室。

作为剧院的台柱子，团长是很照顾夏生的，特地在剧院的道具室替夏生隔了一间办公室。夏生穿过堆放得杂乱无章的道具间，进入里屋。夏生是个爱干净的人，道具室这么乱实在让人难以忍受。刚分到办公室时，他把道具好好整了一遍。结果管道具的大发雷霆，因为他什么都找不到了。他说，我乱中有序，什么东西放哪儿一清二楚，被你一搞，这么多东西，哪里还找得着。从此后，夏生只好忍受道具间的乱。自己的办公室倒是弄得干干净净的。夏生烧了一壶水，替自己泡了一杯茶。团长在就好，今天无论如何要同团长谈谈。

响起了敲门声。夏生以为是团长，连忙站起身去开门。是王静。王静还是刚才的样子。夏生怀疑刚才团长和王静也看见了他。夏生看到王静素颜上长出一颗痘痘，想开一句玩笑，还是憋了回去。夏生有时候蛮感叹的，这些女演员在舞台上风情万种，走在街上也是人见人爱。在生活中，一个个邋里邋遢，宿舍也臭得要死。和她们同台演出，夏生偶尔会走神想起她们生活中的样子，情感就一下子恍惚了。

王静坐在夏生的办公桌上，说："最近来得很勤嘛。"夏生说："你坐好一点，你看你都走光了。"王静看了看自己的吊带衫，她乳房小，她觉得自己的乳房就是露出来也没人要看。王静说："团里好久没排戏了，我都闷死了。"越剧开始从戏迷者众到如今无人追捧，演出的机会是越来越少了。很多演员闲着也是闲着，到处去文艺晚会客串。现在各级政府喜欢搞晚会。服装节。晚会。开渔节。晚会。每场晚会虽以流行歌曲或相声小品为主，也总归需要戏曲点缀一下的。也有些演员干脆去唱堂会，赚些外快，不然都生活不下去了。夏生说："你每天晚上去给有头有脸的人唱堂会，还闷？"王静说："都是些附庸风雅的人，现在饭局上流行唱昆曲，我学了几句。"说着王静跷起兰花指，唱道："良辰美景奈何天，赏心乐事谁家院……"夏生说："行了行了，你这腔调，唱的哪门子昆曲？"王静说："反正这些暴发户也听不出来，只会一个劲叫好。"夏生感到无语。自从白先勇的青春版昆曲《牡丹亭》走红以来，唱腔古雅悠长的昆曲一时成了时尚，有钱有势的人更是趋之若鹜，很多越剧女演员到了饭桌上常常放弃自己的行当，反串着唱几句。夏生庆幸自己是男的，不然大概也不能免俗，同她们一样到处赶饭局，唱堂会。

王静直愣愣看着夏生。夏生问："你看什么？"王静说："听团长说，马上要排戏了，他手里拿到一个好剧本。"夏生愣了一下，问："什么剧本？"王静说："知道你会装傻，都在传剧本是你给团长的。"夏生欣喜，问："你从哪儿听说的？"王静不耐烦了，说："算了算了，当我没说，舞台上演得还不够吗？下了台还演戏，没劲。"夏生说："团长真的说剧本好？"王静说："这还能假，一个字，牛，团长都在找资金了。团长天天带着女演员请大小老板们吃饭呢。我乳房太小，团长不带我。喂，我就奇了怪了，男人怎么个个喜欢大乳房，你说我是不是去隆个胸啥的？"夏生见王静这么严肃，被她逗笑了，说："你算了，小胸挺好的，我就喜欢小胸。"王静说："吃我豆腐，谁信啊，庄老师的胸……"王静打住话头，靠过来，严肃地说，"夏生哥，资金好像有眉目了，我听团长说有人愿意赞助这台戏了。"夏生不敢相信，问："真的？"王静岔开话题，问："听说庄老师想演主角？"夏生敷衍道："这个团长定。"王静说："晚上的饭局，团长让我去，听说那位孙老板，就是愿意投钱的那位冤大头，喜欢听昆曲。"说完，挺直腰板，转身出门了。夏生有些感慨，他曾听一位机关的朋友说，要是机关里一女同事突然霸道起来，一定是"上面"有人了。

夏生等不来团长，想回去了。团长好像在办公室装了监视器似的，从办公室出来，让夏生别走，晚上有饭局，一起去。夏生说："那些老板不是喜欢美女吗？再说我又不会喝酒。"团长说："你去就是。"

团长带着夏生、王静和另外几个女演员到了石浦大酒店。客人还没来，主位空着，团长坐在主位的右边，团长命王静坐在主位左边，并说："王静，你等会儿和孙总好好喝几杯啊。"王静说："怎么让我喝酒？不是唱戏来的嘛。"团长刚要说话，红酒商孙少波到了。孙总只带了一位手下，应是办公室主任之类。孙总的架子大得不行，但还是客气了一番，说："这是团长的位置，我怎么可以坐？"团长向王静使了个眼色，王静就拉着孙总入了主位。那办公室主任殷勤地打开热毛巾递给孙总。团长说："王静，你怎么搞的，不是让你照顾好孙总嘛。"王静嗲声嗲气说："孙总要么我替你擦脸？"

孙总首先打量今天饭局的美女们，最后把目光移到夏生这儿。夏生礼貌地对孙总笑了笑。孙总觉得夏生有点面熟，一时想不起来。他憋不住问："我们在哪儿见过吗？"夏生摇摇头。团长说："可能在海报上见过吧，他是名角。"孙总频频点头，说："对对，有可能。"饭局像往常一样热闹，酒精让所有人兴奋。只有夏生，酒喝得少，冷眼旁观着这狂欢的场景。因为失神，某一刻好像周遭的喧嚣突然消失，他只看到团长、孙总、王静和别的女演员夸张而扭曲的表情，仿佛一幅变形的抽象画在风中飘荡。王静的昆曲倒是唱得清丽脱俗，大出夏生意料。他第一次发现王静嗓音的潜质，如果朝苍凉的方向发展，一定会有独特的面貌。孙总也被王静迷住了，他的手已经不老实了。王静知道团长凶巴巴盯着她，但她没有收敛，和孙总逢场作戏。团长一杯一杯敬酒，试图把孙总的注意力从王静那儿转到喝酒上。孙总喝高了，他晃晃悠悠站起来，作了两个宣布：一、这戏他来兜底，剧团尽快打个预算给他；二、他虽然没看过剧本，但女主角让王静来演，他喜欢她的嗓音。夏生心一沉，想糟糕，这是要了庄凌凌的命啊，这可是庄凌凌最后的舞台心愿，她说，此剧后她不再演了，让年轻人折腾去吧。夏生看团长，团长回避了夏生的目光。团长端起酒杯，站起来，向孙总表示感谢。团长字正腔圆，念台词一般说："要是老板们都若孙总这样趣味高雅，我们戏曲就有救了。"到了此时，夏生才意识到团长找他赴饭局的目的。团长明摆着把球做给王静，然后通过夏生所见把情况传给庄凌凌，让庄凌凌有心理准备。

散席后又有了插曲，孙总要带王静陪他去唱卡拉OK。团长反应快，说："好啊，孙总，确实余兴未尽，我们一起唱歌去。"孙总却板下脸来，说："我就喜欢同女主角一起唱，你们回去吧。"气氛刹那僵了。王静求救的目光投向团长。团长纠结了好长时间，又担心煮熟的鸭子飞了，咬了咬牙，打起哈哈："孙总啊，你可不能欺负女主角啊。"然后搂住夏生，大着舌头说，"林夏生，你叫辆车送我回去。"孙总油亮亮的笑脸突然冻住了，换了个人似的，一下子变得十分严肃。他拉住团长问："他叫什么？"团长说："夏生啊，我们团的台柱子，演男主角。"孙总问："姓林？"团长点头，不明所以。孙总拍了一下自己的脑门子，暗想，怪不得先前觉得面熟，这个叫林夏生的演员原来有点儿像林秋生，虽然长得一个南一个北，气质完全不同，但总归是同一个爹娘生的，神似。孙总问夏生："你是不是有个哥哥叫秋生？"夏生没回答。孙总打了个长长的哈欠，对团长说："今天的酒劲儿挺大，我有点困了，这样吧，今晚就到这儿，都散了吧。"团长终于松了口气，赔着笑说："孙总放心，女主角一定让王静来演。"孙总不言语。夏生想，不管从哪个方向看，庄凌凌离主演越来越远了。形势比人强，想起庄凌凌一心盼着这个角色，夏生感到难过。他决定，要是庄凌凌最后真的没法上舞台，他就和她同进退，辞演男一，也许只有这样才能让庄凌凌好受一点。

送走了孙总，团长把夏生叫到一边，说要同他谈谈。夏生说："明天不行吗？"团长一定要今晚谈。夏生跟着团长向剧团走去。

夜已经很深了，街上行人不多。街灯昏暗，好像因为无人欣赏而显得无精打采。十分钟后，夏生和团长来到剧团。没去参加饭局的女孩子们都已睡了。在没有演出的日子，她们打发无聊的办法就是在宿舍睡大觉。

团长没有进自己办公室，而是进了夏生那道具间，进门前还看了看走道上有没有人，好像团长和他之间有见不得人的勾当似的。团长在沙发上坐下。团长的额头上渗着亮晶晶的汗珠。天虽热，团长坚持着西装系领带，似乎他只有穿成这样，剧团才是体面的，才能让外界认为他们是国家正规单位，而不是野鸡部队。夏生办公室的空调不是很好，夏生怕团长中暑，从道具室搬了一台巨大的电扇（这台电扇是用来吹舞台上干冰蒸发的云雾的），对着团长。团长好像被吹出来的风爽到了，长长地舒出一口气。

"夏生啊，终于有人愿意赞助我们了，好事啊。"团长正了一下领带，说,"连续二十天啊,老子天天喝酒,喝得我汗里面都是茅台味,这话是王静说的,我说那你尝尝,她还来真的,我立马就怵了,奶奶的,我们团女人都不是省油的灯。"

夏生的手机响了起来。是庄凌凌打来的。夏生犹豫着要不要接。团长说:"你先接。"夏生给团长看手机来电显示,团长沉默了。夏生掐掉了电话。

夏生不再说话。团长坐在那儿,汗更加多了,西装内的衬衫都湿透了,贴着胸口,能见到里面白皙的肌肤。团长停住话头,叹了一口气,说:"夏生,今晚的场面你都看到了,你是不是劝劝庄老师?庄老师是好演员,可说实在的,演这个角色太老了,团里还是要多培养年轻演员。"夏生听了觉得刺耳,心想,借口而已,刘晓庆还演少女呢,还是电视剧呢,庄老师没那么老,戏服一穿,重彩一扮,谁又能看得出来?不过,夏生没有把这话说出来。团长看了一下夏生的脸色,知道自己说错话了,连忙说:"庄老师当然还很年轻,但我能有什么办法?这么同你说吧,今天的饭局是王静张罗的,孙总投钱完全是为了王静,不让王静演,钱不会到我们账上。没钱,再好的剧本有个屁用。"夏生有点疑惑,这说法似乎同王静说的不一样。庄凌凌说得没错,团长就是个"笑面虎",城府深得很,没一句真话。

夏生伸出手,说:"把剧本还我,我还给庄老师,这戏不演了。"团长一下子跳起来,说:"夏生,你疯了!这么好的本子哪里去找?你怎么舍得放弃这样的角色?这么复杂的角色你一辈子都难得碰到。"团长这么说夏生不是没有动心,他从看剧本那一刻起就被这个角色迷住了。但是有一点他明白,他和庄凌凌是捆在一起的,再有诱惑力,得放弃还是要放弃,他不能没有良心。

团长看夏生不再言语,站起来拍了拍夏生的背,安慰他:"等资金到账,我们就开排。你可要好好演啊,这戏一定会既叫好又叫座,到时候全国巡演，进京演出都不成问题。"

回家路上，夏生又接到庄凌凌一个电话，他还是掐掉了。他想当面同她说，又想，见了面肯定也不开心，索性回家睡觉了。

第二天，夏生一早醒了过来，钻入脑中的就是怎么同庄凌凌说这件事。手机就在床边，不过，他关机了。他怕自己还没把事情想好，庄凌凌就打电话来。母亲的事也让他心烦意乱。唉，一团乱麻。有时候夏生觉得现实的戏码比戏里面精彩百倍。

后来夏生又迷迷糊糊地睡了过去。等他醒来已近中午。他心一惊，马上起床，打开手机。一下子蹿进来八个未接来电短信。庄凌凌打来五个，团长打来三个。夏生不知道出了什么事，正在思考先给谁打回去，团长的电话进来了。团长说："夏生你终于开机了，你快来，这边打起来了。"一会儿夏生才听明白庄凌凌在剧团闹，和王静撕打成了一团，团长让夏生赶快去劝架。团长说："你把庄老师带回家吧，王静的一缕头发都被庄老师揪下来了，再不来要出人命了。"

夏生没回一句，挂了电话。他也没给庄凌凌回电。他一个人坐在床边，脑子一片空白。他想，他赶去又有什么用？庄凌凌脾气大着呢，是他可以劝得动的？再说，虽然让王静演是孙总的意思，但总归对庄凌凌不公。庄凌凌作为剧团的名角几年没演新戏了，剧团的人都明白真正的原因是庄凌凌和团长不对路。

想起庄凌凌的处境，夏生不免心里有些苍凉感。他和她正式在一起十多年了，庄凌凌除了照顾他，对他几乎没任何要求。他们也没有婚姻，是庄凌凌不同意领证，说，这样很好，要那张纸干吗。夏生知道这是庄凌凌给他留了后路。夏生免不了心生愧疚。

在十年前，无论作为女人还是作为演员，庄凌凌处于一生最好的年华，至少在永城的舞台上她大放异彩，卓然独立。那时候也有很多达官显贵觊觎她的美貌，频频暗示她。庄凌凌心气高傲，抵抗住了诱惑，或者她认为凭自己的才华足以在永城舞台上立足。好时光一去不返，转眼庄凌凌就四十多了，新来的团长更看重年轻演员，每次庄凌凌和团长闹得不愉快，她都会咬牙切齿地说，也许我应该去睡一个官儿，这样你也可以解脱了。夏生知道庄凌凌这是气话，从前红的时候都没动过念，更不要说现在了。可是每次听到这句话，夏生心底百味杂陈，生出身为一名戏曲演员的苍凉感，庄凌凌说出这种狠话她得有多不甘啊。对演员来说，舞台就是生命，离开了舞台，等同于判她们死刑（尽管已没太多人在乎她们的演出）。庄凌凌对这部戏注入了太多的情感，她几乎对剧本的每个细节都了然于胸，如果不能登台，她因此遭受的打击恐怕要好长一段时间才能缓过气来。

夏生起床后，没有打开窗帘，室内依旧是昏暗的。一缕阳光从窗帘的缝隙射入，分外刺眼。小区的绿植在阳光的背后，好像它们是阳光的一部分。夏生看了一眼墙上的钟，十二点快要到了。他到现在还没吃过早饭，奇怪的是他没有一点饥饿感。他目光呆滞地看着钟，脑子好像随着秒针在缓慢转动。夏生想起了孙总。昨晚孙总主动问起秋生，孙总应该是秋生的朋友。夏生从不和秋生的生意有任何瓜葛，也不纠缠到秋生的社交圈里，他和秋生就像两条平行线，无论想法还是行为都没有交叉点，唯一的交叉点就是他们还有一位共同的母亲。关于庄凌凌的事，他知道很难说服得了团长。团长辩才无碍，两件不挨边的事情他可以迅速建立起强大的逻辑，让人无从辩驳。夏生决定找孙总商量一下，也许没有希望，就算是死马当活马医吧。

夏生拿出昨晚孙总给的名片。他本想先打个电话过去，想了想，还是直接去他办公地算了。

夏生没想到孙总见到他会这么客气。孙总的办公室很气派，比秋生的要气派得多。办公桌后面一排书柜，都是精装本，有《二十四史》《史记》等，还有各类西方学术名著和文学名著。夏生在孙总办公桌对面坐下，孙总一定要他坐到办公室右边的一对沙发上，并亲自泡了杯茶。"正宗龙井御树上采摘下来的明前茶。"孙总说。坐定后，孙总客气道："昨晚幸会，有什么事您说一声就行，不用大老远跑来。"很久没有人对夏生如此客气了。在一些场合，比如演出结束，谢幕时，他能感受到作为演员的光荣和尊贵，更多时候，哪怕在酒局上，他经常感到的是不被尊重，那些人喝醉了后总比画着要他唱上一曲。他知道很多演员享受这种点唱，没人让他们唱还难受，但他以此为耻。

　　孙总表面客气，实际上一直观察着夏生。他不知道夏生为何而来。赞助一事是秋生交代他办的，他必须办好。秋生虽然架子大，但秋生对他不薄，他有什么难处，秋生总能帮忙解决。不过他听说最近有人盯上了秋生，要秋生的人头。若秋生有什么意外，他得替自己找个后路。

　　夏生虽然不善言辞，不过孙总马上弄清楚了夏生的来意。同时他还判断出夏生的到来无关秋生，是夏生的个人行为。孙总松了一口气，爽快地说："你放心，我会同你们团长说的，就让庄老师演女一号。"

　　夏生不敢相信这事竟如此轻易地解决了。在回来的路上，夏生还觉得自己在做梦。

4

　　资金到位非常迅速，宴请后的第三天就到剧团账上。剧本的唱词还没有谱好曲，团长已等不及了，对导演说，先排练，需要演唱的地方，演员根据自己的流派唱腔自由发挥，到时候作曲完成了再照作曲的排，或者演员们自我发挥得好，就照演员们的发挥来。总之哪个效果好，用哪个。夏生觉得团长是真喜欢这出戏，他没见过团长如此投入。

庄凌凌今天显得特别高兴也特别得意。很久没有看到她这样满面春风和趾高气扬了。庄凌凌以为她出演主角是昨天她和王静打架的意外收获。昨天一整天她都认为自己与这部戏无缘了。她在团里和王静大打出手后，回到家里一个人放声大哭。她想过找夏生过来，倾诉自己的委屈。但她知道夏生的脾气，这样他会有压力，会放弃这次演出机会，和她共进退。这对夏生不公平。所以，她愿意一个人承受。没想到今天一早，团长就打来电话，让她去排戏。真是喜从天降。这"喜"来得过于突然，她一时不知如何反应，按掉了电话。团长第二次打电话来，她才多不愿意似的答应了，说："刚睡醒，收拾一下就到。"这回是团长按掉了电话。她连早饭也没吃就赶到剧团排练厅了。

昨天从孙总那儿回来，夏生本来想去见庄凌凌的，到了法院巷口，他站住了，想，虽然孙总答应了，可经验告诉他商人善变，哪知道最后会是一个什么结果。他在法院巷一个台阶上坐下来，看着对面的这幢小洋房。小楼红色砖墙因经年失修沾上很多青苔斑痕，二楼阳台白色罗马栏杆也几乎变成乌黑色。母亲没调到省城的时候，也曾在这小楼排练。如今那间小排练厅被隔成许多间，住进了不知从哪里搬来的居民。夏生看着这幢熟悉的建筑，觉得这座衰败的小楼像是对他这个行业的一个隐喻——戏曲现如今已经没落了。

庄凌凌主演的是戏里的落难公主。戏开始的时候公主才知道自己的真实身份，他们家是皇族正脉，因为宫廷争斗只好隐姓埋名流落民间，几代之后这一族已变成了平民，连他们自己都不知道祖上曾经的光荣。然而突然有人找到这一家，说出了这个惊人的秘密。剧情就此展开。夏生演的是新科状元，他慢慢知晓他效忠的皇上的血脉出于异姓，是多年前一次阴谋的产物，皇上的祖先劫掠了宫廷和江山，是一位窃国之贼。在戏里，夏生有过非常艰难的选择，和落难公主有很多对手戏，这些对手戏表明状元心理的转折。

王静出演的是当今皇上的公主，她喜欢上了状元。只是此剧给她的戏份并不多。夏生听说团长要王静演B角，庄凌凌生病或有别的事由时可以顶替演主角，王静当场拒绝，说，你当我是要饭的？想让我在心里面天天咒A角暴毙？因为有情绪，王静在排练时相当散漫，配戏敷衍。团长训斥王静。王静不服气，转身就出了排练厅。团长跟着出去了。不知道团长施了什么魔法，一会儿王静笑吟吟回来继续排练。

庄凌凌既然是人生赢家，所以也放下身段，在排练间隙主动和王静交流。仔细看王静的头，昨天被她揪下头发的部位似乎真有些稀疏。庄凌凌有点过意不去，道歉当然是没有的，她从自己包里拿出两瓶雅诗兰黛晚霜，是出国的朋友从机场免税商店里买来送给她的。"特别好用。"庄凌凌说。王静客气了一番，还是收下了。夏生看不懂女人之间的事，奇怪王静竟会收下。因为王静收下礼物时脸色并不好看，夏生觉得王静收下的像是两枚定时炸弹，随时会把这出戏炸烂。夏生心里祈祷千万别节外生枝，不然会要了庄凌凌的命。

这一天的排练很顺利，毕竟有一段时间没排新戏了。有戏排对剧团来说就像注入了兴奋剂，平时再怎么不团结，演戏时只能相互依靠，彼此之间成了一个共同体。夏生喜欢这种共同体的感觉，至少将来开演的那一霎，每一个角色都是这部戏生命的一部分。

排练时演员们都不着戏服，不戴头饰，也没涂油彩。因为身段的需要，水袖还是要穿的，水袖就套在日常穿着的衣服袖子外。庄凌凌对本子研究过多遍，不用导演指导，她也知道这个落难公主的角色其实是小花旦慢慢转变成青衣。关键要演好这个转变过程，要不着痕迹，自然天成。戏鞋还是要穿的，为了使身材更显妖娆，庄凌凌在绣花鞋里面还特意加了增高垫，足足有五寸高，一上午排下来，鞋带把脚背都勒出瘀青。夏生则穿着一件深蓝色T恤，水袖吊在手臂上，水袖和T恤之间露着一截胳膊。夏生这次的行当是官生，程式中少不了官步，也穿着黑丝绒白厚底高靴。戏曲演员的日常就是练功。用行话说：一天不练自己知道，三天不练同行知道，一月不练观众知道。所谓的台上一分钟，台下十年功。是一桩苦活，好在是自己选的，自己喜欢的，总归苦中有乐，乐在其中了。因为演员们穿着奇特，排练场散乱而滑稽，人人都像抽风似的。不过他们习惯了，一个个无比投入，面色庄重，完全入戏了。有些人因为太投入，反而演得过火，被导演叫停，训斥一顿。

排练结束，夏生同庄凌凌说，先回一趟家，去拿一瓶玛歌红酒，再到庄凌凌那儿。这瓶红酒是上次去法国演出时买的，平时舍不得喝，今晚要好好庆贺一下。庄凌凌先回家做菜。

夏生刚进入小区大门，听到有人叫他名字。

夏生心头一热，是母亲在叫他。母亲正在门卫室里，两个管看小区大门的小伙子显得相当亢奋，显然母亲把他俩逗得很开心。夏生有多年没见到母亲了，平常都想不起母亲的样子，不过一见到她，所有的记忆都回来了。母亲没有大变，穿着一件绣着白色细花的浅绿色旗袍，身材没走样。一辈子做演员，在人群中总是提着一股子气，即使老了，举手投足总是透着一股子腔调。母亲看起来毫无病容，不像是得了不治之症的人。自接到母亲来信，夏生想起母亲，脑子里出现的是母亲卧床不起的画面。夏生松了一口气，母亲看来并无大碍。想起母亲信里的话，夏生觉得母亲可能撒谎了，只是为回来找借口罢了。演戏的人，以为靠表演就可以达成心愿，在旁人看来简直像小丑。

母亲从门卫室出来，一个门卫提着一只中号拉杆箱跟在后面。母亲这样的人，总是找得到愿意帮她的人。夏生把拉杆箱接了过来。拉杆箱不重，也许是夏季，母亲带的行头不多。

母亲说："西门街完全变了，一点也认不出了。当年，我回来，到了西门桥，到处都是我的戏迷，人山人海。现在都没一个人认得我了。"

夏生记得当时的场面。那时候母亲是真正的大明星，街道两边全是欢迎她的戏迷。母亲是个人来疯，她享受乡亲的夹道欢迎。穿过热情的人群，母亲把带来准备给孩子们的饼干、糖果都送给了街坊，见到年长者，母亲还施舍钞票。母亲足足花了两个小时才走完那条狭长的西门街。母亲回到家，精疲力竭，身无分文，连回省城买火车票的钱也没有了。母亲因此落下乐善好施的名声。

母亲跟在夏生后面，东张西望。前几年西门街旧城改造，老街坊都安置到了别的地方，夏生还是有点念旧的，虽然西门街的老屋拆掉了，但他有耐心等着新小区造好。三年等待期间夏生住庄凌凌家里。

夏生心里想着应该对母亲说些什么。想了半天，说不出一句话。

到了家，母亲突然疲劳了，无力地坐在沙发上。母亲在外面精神，回家就松懈了。夏生想，今天去不了庄凌凌那儿了，一是要照顾母亲，二是母亲不知道他和庄凌凌的关系，他也不想让母亲知道。夏生躲在一边，给庄凌凌发了一个短信，表达歉意。庄凌凌一直没回短信。平常庄凌凌回短信很快的。夏生想庄凌凌大概生气了，感到有点对不住庄凌凌，难得她今天好兴致，特意做了一桌菜。她一定很扫兴。

夏生说:"小时候,天气热了,我经常给你打扇子,你记得吧?"母亲一脸茫然。夏生猜母亲不会记得这种小事。当年母亲的脑袋里都是戏,家里的三个孩子,除了秋生,她都叫不出名字,直接用老二老三替代了。

母亲指了指夏生的屋子:"整得不错,多大?"夏生说:"一百一十平。老屋拆掉,分了两套房,另有一套给了冬好。秋生不要。"母亲的眼睛红了,一会儿她说:"秋生的公司做得怎样?他都好吧?可怜的秋生,白白坐了六年牢。"

夏生沉默了,他不知怎么同母亲说。兄妹三个,夏生算是最宽容母亲的,但心里面对母亲依旧有诸多不满。他们兄妹仨遭受的罪母亲的责任是逃不掉的。而母亲就是一只把头埋在沙子里的鸵鸟,从来不想了解事情的真相。冬好得病后,母亲去康宁医院探望过,回来大哭一场,难过得要死。之后却再也没去看过冬好,连提都不提起。这只有母亲才做得出来。比如这次,到目前为止,关于冬好,她没一句话。

母亲说:"我这辈子就像做了一场梦。查出这个病,我才醒过来。"夏生将信将疑,几乎是机械地问:"是什么病?"母亲不回答,眼泪大颗大颗地落下。母亲擦掉眼泪,说:"我这不是为自己的病流泪,你们不会懂我的心思。"

夏生的手机响了一下,一看,是庄凌凌的短信,说她已在楼下,来看戚老师。一会儿庄凌凌敲门进来,手中拿着她刚做的几个菜,说,好久不见戚老师了,戚老师精神不错。又说,你们还没吃过饭吧?庄凌凌把菜放在桌上。母亲也不问庄凌凌是怎么知道她来永城的,母亲在这些事上迟钝到令人发指。母亲见到庄凌凌,一改先前的疲态,立马精神了。

第二天,夏生到了团里,刚坐下,团长就来到道具间。团长坐下来,对夏生特别客气,嘴上说:"太好了,真是太好了,老天都帮我们忙,天时地利人和啊。"

夏生不知道团长在说什么。大概是遇到什么好事了。团长靠近夏生，问："戚老师回永城了？"

传得真快，大约是庄凌凌说的。夏生想不出母亲回永城，团长这么亢奋干吗。

团长说："夏生，我们这出戏得让戚老师当顾问，这是老天送我们礼物，戚老师的牌子一打，就不怕没观众，至少戚老师的老戏迷都会来捧场。"

原来兴奋点在这儿呢。夏生觉得团长是天真了，夏生对母亲现在还有那么强的号召力存疑。再说以母亲的脾气，要是让她掺和进来，少不得会矛盾四起，乱成一锅粥的。夏生刚要开口，团长打断他，好像怕夏生说出不吉利的话来。团长说："明天你在家等着，我来你家看望戚老师。聘书都备好了。你回去先同戚老师打个招呼，让她有个心理准备。"夏生这一点很佩服团长，要么不干，干起来雷厉风行。

晚上回家，母亲一个人坐在客厅，在生闷气。夏生以为是自己不替她问医，不关心她的缘故。但是她信中已经说了，她不就医，到时候死了拉倒。夏生误解了，不是为这个，白天母亲去秋生公司找过秋生，还带了特意为秋生买的礼物（一瓶男用香水）。秋生拒见，让手下的人把她赶走。母亲在大堂和保安对骂，说："我是他的娘，为什么不让我进去？"没有人相信母亲的话。有两个黑衣人抬着母亲，把母亲扔到大街上。母亲穿着旗袍倒在地上，双脚朝天的样子，很是狼狈。

母亲对夏生说："他这样对我，我真是白生了他。"

母亲对秋生有一种奇怪的偏爱。也许就像她说的因为难产的缘故。小时候夏生倒经常拍母亲马屁。没用。有年母亲急着回省城，需要买一张火车票的钱。母亲知道秋生有钱，她给孩子们的生活费都寄给秋生的。她可怜巴巴向秋生要，秋生理都不理她。夏生知道秋生的钱藏在哪里，秋生房间的墙壁上有一个洞，洞口那块砖是活动的，钱藏在里面。母亲听夏生这么说高兴坏了，拿来凳子，踮着脚把手伸入洞里，取出一只盒子。里面除了有二十块钱，还藏着一块钻石牌手表。看到这块手表，母亲和夏生都吃了一惊。这表是失踪的父亲的啊，怎么会在秋生这儿。母亲因为赶火车，也没多想，带着夏生进了当铺，把手表换成了钱。后来又带着夏生进了商店，以最快的速度，给夏生买了一件红色T恤，给秋生买了一根金利来皮带，然后赶到火车站走了。夏生很嫉妒，觉得母亲就是偏心，好东西总是留给秋生，他也多么想要一根金利来皮带。夏生把金利来皮带交给秋生时，被秋生揍了一顿，下手从来没这么狠过。秋生还烧掉了皮带。烧掉皮带的那一刻，看着火光和浓烟，夏生是多么惋惜。

母亲一脸委屈看着夏生。夏生不知怎样劝慰她。夏生想，看来秋生真的对母亲恩断义绝。

母亲生气归生气，不过亲自上灶做了一桌菜。她说，从秋生那儿回来去菜场买了点海鲜。夏生看着母亲做的菜，竟有一些触动。他这辈子从来没有吃过母亲做的菜。这是太阳从西边出来了吗？母亲没有解释，做完菜后，坐下，让夏生吃，自己几乎不吃。母亲问，味道怎样？味道很一般，但夏生不想扫母亲的兴，点头说不错。母亲说，知道你骗我，我这辈子很少做饭，你要是不嫌弃，以后我做给你吃。夏生低着头，控制自己的情绪，虽然算不上可口，却是第一次吃母亲做的菜，他自己也弄不清楚，此时的情绪是多年来压抑着的委屈，还是一种突然被关心的软弱。

新小区很安静，窗外传来戏文声，伴着低沉的二胡演奏，大概是小区里的老年人在花园的亭子里娱乐。夏生有点吃惊听到这曲声，之前他从未听到过。他想,他可能对越剧这种曲调不敏感了。他因此想起团长要母亲做顾问一事,他考虑是不是要告诉母亲,他不确定母亲的身体是否可以胜任。

母亲默默看着夏生吃饭,双眼慢慢泛红,她说:"秋生这么恨我吗?"夏生愣了一下,不知如何回答。母亲说:"他坐牢时,我去看过他,不肯见我。"夏生想,难道母亲指望秋生见她时和她相拥哭泣?

母亲说,她去探望秋生那天下着雨。母亲很早就去了,填了约见单,在待见室外排队等候(很多家属比母亲到得早)。管教喊到名字,家属才能进去会见。那天母亲等了一整天,直到走廊上的人散尽。管教告诉母亲,秋生一整天都在车间做工。母亲哭着问秋生怎么不见她。又问管教,秋生在里面缺什么,她带给他。管教没有回答她。母亲从那幢建筑的大门出去,一直在流泪。

"我这三个孩子,就数秋生最有艺术天分。"母亲把头转向窗外,好像她这会儿也听到了曲声。

夏生低头吃菜,没看母亲。她怕看到母亲的眼泪。虽然演员的眼泪说来就来,夏生还是无法面对。

"秋生这孩子心思藏得深,不像我们家的人。我们家一个个二百五,就他什么都放在心里。"母亲说。

夏生惊讶母亲说出这话。看来母亲表面上无心无肝,也还是有洞察力的。

"那时候我还在永城,刚入行,心里不踏实,每次排好戏,都要在秋生面前表演一次。秋生这孩子,不知哪里来的天赋,每次都能指出问题所在,说到我心坎上去,还会像模像样给我示范,可他还是个孩子啊,怎么会懂那么多。那时候我想,要是秋生是个女孩,他一定会成为闪闪发亮的明星。"母亲说。

"你是说秋生会唱戏？我一次也没听过。"夏生觉得母亲在胡扯，太夸张了，她大概把幻象当成了真实，是母亲对秋生的情感投射吧。

"他不肯在人前唱戏。他喜欢摆臭男人的架子，讨厌自己变成一个女人。他啊，唱戏时很妖的。有一次我让秋生在我同行面前唱，他就翻脸了，有一个星期不理我。"母亲表情柔软，脸上露出一丝笑意。

夏生很难相信。他和秋生是兄弟，秋生怎么瞒得了他？一个人的天赋怎么可能深藏不露这么久？

夏生吃饱了，放下筷子。母亲正目光灼灼地看着他，那目光既热切，又带着某种谄媚。母亲说："夏生，你可不可以同秋生说说，就说我快死了，想见他。"

夏生站起来，拿起遥控器，开启电视。他背对着母亲。他的背能感受到母亲的目光。夏生实在是不愿去找秋生，但还是心一软答应了："我空了去找找他吧。"他的背部感受到母亲的兴奋。母亲站起来开始收拾桌子上的剩菜。夏生关掉电视，说："你休息吧，我来收拾。"母亲说："你看你的电视。"

晚上，从母亲房间传来越调，是《奔月》的唱段，母亲唱得很轻，但透着辽阔的清寂和无奈。

吞灵药，生翅膀，入了广寒门，
晓星沉，云母屏，独对烛影深，
寥廓天河生，
寂寞云裳赠，
空悔恨，
碧海青天夜夜凡尘心……

5

团长几乎没费功夫，母亲就答应做这出戏的顾问。第二天，母亲来到排练现场顾问起来。母亲本来是来看笑话的。她虽然是这个团出去的，可打心眼里瞧不起小剧团。况且现在的年轻演员太多心思花在别处，没几个会演戏的。当她看完第一场排练，神色严肃起来，向团长要了本子。团长其实昨天已给了她剧本，她放在家里，还没看。母亲坐在排练厅的一角，低头看起剧本来。夏生在排练的间隙，朝母亲坐着的角落里张望。母亲一动不动，专注地看着，好像眼前的喧哗于她根本不存在。直到母亲看完，她抬起头来，目光幽远，泪流满面。厚厚的底粉被泪水冲刷掉了，使她看起来苍老了许多。

中午吃饭的时候，母亲对夏生说："很棒，你的角色一直在两难之中，演员一生中很难有这样的好角色，这是运气，你要珍惜。"来自母亲的肯定，夏生竟有些受宠若惊。母亲很少肯定他的戏，在专业上，他自知和母亲还有差距。因不想让母亲知道和庄凌凌的关系，中午吃快餐时，夏生和庄凌凌坐得很远。这会儿，庄凌凌正和王静聊天。自从庄凌凌送了王静雅诗兰黛后，两个人又像姐妹了。在戏里，两人都是公主，是仇人，争夺同一个状元。戏外倒是一团和气。她俩正在聊着一则八卦，说的是孙总。那天孙总要带她走，把她吓坏了。庄凌凌说："现在的男人真的比不上戏里的男人，所以我愿意活在戏里。"王静却沉溺在自己的话题里，说："也奇怪，我以为孙总还会骚扰我，他好像忘了这事。"王静这么说像是很遗憾似的。这时候，母亲端着快餐盒，坐到庄凌凌边上，说："你的唱腔要纠结，不能太顺畅，你演的这个角色很复杂，她开始没野心，是一次一次的屈辱让她爆发。"母亲已进入顾问的角色了。

这之后，母亲是尽心尽力指点。夏生发现，母亲已经记得每一句台词。夏生很敬佩母亲的记忆力。

排练一周后，孙总来过排练厅。孙总是团长陪着进来的。团长一直陪着笑脸，孙总倒显得很安静，在排练厅角落的椅子上坐下，一言不发看演员们排戏。团长递一根烟给孙总，孙总接住。团长要点烟，孙总摆了摆手。王静暂时还没有戏份，过来同孙总打了声招呼。她上穿一件短袖束腰衫，下着一条裙裤，手里拿着水袖，眼巴巴望着孙总。孙总只是点点头，好像没认出王静来。王静坐到孙总身边。团长白了王静一眼。团长从椅子里站起来叫停排练，他说："夏生第一次见庄凌凌的戏，夏生正春风得意时，要显得趾高气扬，既要庄重，又要带些轻浮。"说完离开了排练厅。夏生愣了一下，庄重和轻浮完全矛盾，如何才能表演出来呢？王静叹了一口气，说："孙总是答应了我的，结果主角还是别人的。"孙总没听见王静抱怨似的，说："你把夏生叫过来，我有话同他说。"夏生下场休息时，王静挽住夏生的胳膊，同他耳语。庄凌凌目光疑虑地看着他俩。一会儿，夏生来到孙总边上，孙总让夏生坐下。两人看演员们继续排练。孙总感叹："人生哪里如戏，现实丑陋无比，戏里的情感多么美好。"夏生没想到孙总这样的成功人士会发出此般感叹。孙总没看夏生一眼，继续说："夏生，你哥秋生有情况，要是方便你告他一声，出门小心。"夏生说："他出了什么事吗？"孙总说："我只能说到这儿。他明白的。"说完孙总突然站了起来，态度同刚才一样严肃。王静已在台上，水袖正朝这边抛来，同时传来的是一阵香风。孙总站住，愣愣地看了看王静，喉结动了一下。

母亲特别喜欢王静。王静嘴巴比庄凌凌要甜得多，一口一个戚老师，语调像唱戏，婉转曲折。母亲纠正了王静好多动作。母亲对庄凌凌很严厉，一有不到位的地方，就开骂。从一介平民到确信自己是公主的心理转折时，庄凌凌演得很软弱。母亲骂道："你要高傲，尊贵，想象你是帝王的女儿，别糟蹋这么好的角色。"作为母亲的学生，庄凌凌觉得母亲吃里爬外，对外人好，但心里还是暗自佩服母亲，意见一针见血。庄凌凌对剧本已经烂熟，以为吃透了戏，但演戏这件事真是深不见底，总是有深挖的空间。

看着母亲这么精神，夏生再次确认母亲信里说的都是扯淡，就不再惦记母亲生病的事了。这天排练，母亲从王静身上抽下水袖，自己套上，给庄凌凌示范身段及表演，大概是由于戏太激越，母亲的脸突然变得苍白，头上冒出汗珠。母亲停了下来，护着腰向休息椅上走，脚不小心踩到水袖，差点绊倒。她在椅子上坐下，大口喘息。排练停了下来，夏生的心抽了一下，不过也没多问。

晚上，夏生问起母亲的病情。母亲没理他，说："暂时死不了，会活到你们这出戏开演。"语中带刺。夏生不甘心，说："是不是明天陪你去一趟医院？你也没必要天天去做顾问。"母亲白了夏生一眼，说："让我去医院不如你让秋生来见我。"

听到母亲的话，夏生感到内疚。他答应了母亲的，他生性拖拉，一直没去找秋生。他内心拒斥见到秋生，能不见最好不见。秋生和母亲一个德行，不会好好说话。

夏生想起孙总让传的话，也让他有点犯难，他若传话，免不了给秋生一顿臭骂，秋生讨厌别人管他闲事。不过关于孙总所说的事，夏生也没太当回事，他觉得对付这种事秋生有的是办法。

一会儿，夏生出门，进入永城的夜色之中，他拦了一辆的士，去永江边的锦瑟年华娱乐城找秋生。他知道自己此去更大的可能是无功而返，但无论如何他得替母亲跑这一趟。

刚下过一场大雨，这会儿小了一点。的士车窗被雨水淋湿，刮雨器机械地来回运动，夏生看到的街景模糊不清，街头的霓虹灯、路牌、透着光亮的建筑此刻像是河中的倒影，在波光中晃动。对面的车打着远光灯，在雨中射出一道惨白的光，刺得人心慌。的士司机减慢速度，诅咒了几句。

"先生经常去锦瑟年华吗？"司机问。

"不，我不喜欢那儿。"夏生说。

"都这么说，可谁都喜欢往那儿跑是不是？"司机从后视镜中看了看夏生，从口袋里拿出一张名片，递给夏生。"若有需要，你找我，包你满意。"司机说。

夏生看了看名片。名片上印着一个裸露的女人和一个电话号码。夏生把名片攥在手里。他看到那司机再一次通过后视镜观察他。

锦瑟年华到了。夏生付了费，下车。他站在雨中，抬头望了望这座建筑。北边，辽阔的永江完全被它遮挡住了。他看到"锦瑟年华"几个大字在雨中不停地闪烁，字后面的大楼则隐藏于黑暗之中，好像这几个字是凭空出现在空中的。有一个坐轮椅的人从另一个方向进入娱乐城。他的脸显然受过致命打击，面目狰狞，躬着的身子犹如弯弓似的，整个形象显得颇为古怪。夏生奇怪下这么大雨这人竟还有雅兴到这地方来。在娱乐城门口，可以看到一排小姐站在大厅里，每有客人进入，她们便弯腰鞠躬，口中喊"欢迎光临"。那张名片还捏在夏生的手中，夏生看到远处有一只垃圾箱，就把名片塞了进去。

秋生的保镖从里面出来，问夏生是不是找秋生。夏生说是的。保镖带着夏生来到电梯边。电梯停留在四楼，这会儿正缓缓下降。电梯的数字一直跳着，像某个倒计时装置。

"生意不错嘛。"夏生没话找话。"还行。"保镖说。"下这么大雨，都有人来？"夏生本来想说，这场面比戏曲演出票房好多了，连坐轮椅的也来。"夜很长,总归要找个地方打发的。"保镖说。"叮"的一声,电梯到了。夏生和保镖进入电梯。电梯四面是镜子,夏生看到自己脸色苍白,形迹可疑。怪不得刚才保镖带着夏生进大厅时,两边的小姐没有弯腰欢迎。她们应该凭直觉辨认得出他不是她们希望的恩客。

保镖带着夏生进了保安室,他让夏生先待会儿,自己则去了秋生那儿。夏生看到保安室有一个监控器,能看到进来的每一个人,还能见到每一个包厢里的情况。难怪保镖会知道夏生的到来。夏生看到刚才那个坐轮椅的人独自待在一个包厢内,不停有小姐进出供他挑选。那人很挑剔,没找到合意的。被拒绝的小姐出去时都松了口气,面带逃过一劫的微笑。

一会儿,保镖回来,告诉夏生,可以去了,秋生正等着他。

秋生还是那副居高临下的令人讨厌的模样,他指了指办公桌前的位置,让夏生坐下。夏生白了秋生一眼,坐在不远处的沙发上。他没说话,长时间看着秋生。母亲说眼前这个人会唱戏,他实在想象不出来。

"你在看什么?我哪里不对吗?"秋生问。

"她来了,在我家里。"夏生说。

"我知道,听说她身体好得很,在给你们的戏当顾问。"秋生说。

夏生想,秋生毕竟还是关心母亲的。他至少还打听了一下母亲的状况。

"听说戏效果好得不得了?"秋生问。

"还好。"夏生奇怪,这段日子秋生老是谈这出戏。夏生不想谈戏,他说:"你什么时候来看她?"

秋生狠狠地看了夏生一眼,沉默不语。

"她老说你,她说你会唱戏,旦角唱得可好了,她说你是天才,你要是一个女的,会是一朵艺坛奇葩。"夏生觉得自己说这话时带着满满的挖苦。

秋生碰翻了桌子上的茶。他抽出几张餐巾纸,把桌子上的茶水擦干净。

他一边抹桌子一边说:"你说什么?"秋生语调很轻,但内里有一股子狠劲。夏生了解这种语气意味着什么。当秋生这样说话时,可能会动拳头。

"我是不相信的,但她说你唱得好,说我同你比只有一个小指头的份。"夏生的话里透着不服气。

"你最好别信她。她的话没一句可信。"秋生陡然提高声量,像给夏生一个警告。夏生看着秋生,秋生一脸严正,看不出他在撒谎。夏生疑惑了,他不知该信谁。"她想同你说话,她每天叨念你。你不去看看她?"

"冒这么大雨就为这个来的?"

"是。"

门被敲响了。保镖同秋生耳语了几句,秋生神色严峻,同保镖出去了。秋生不忘回过头来对夏生说:"你等我一会,我有话同你说。"

空荡荡的办公室只留下了夏生。窗子外,雨依旧下个不停,这间办公室可以看见永江,雨中的永江是暗的,只看得见江边的路灯。偶尔有闪电从天边划过,不过没有雷声。或许是窗子隔音好,听不到。娱乐城在隔音设施方面应该很讲究吧,否则噪音污染会让四邻不得安生。秋生办公室几乎没有任何装饰,那张办公桌悬于一角,显得孤零零的。

秋生一直没回来。夏生想可能娱乐城出了什么事情。夏生从不来这种地方,脑子里的想象反倒更为丰富,他潜意识认为这种地方藏污纳垢,出现棘手问题应该是常态。他记起刚才在保安室的监控,想过去看看究竟发生了什么。保安室的门紧锁着。夏生等得也有点不耐烦了,觉得自己应该说服不了秋生的,不想再多费口舌,从电梯下去,走出了娱乐城。娱乐城的大厅空无一人。他想,大概出事了,他突然想起孙总让传的话,与此有关吗?他犹豫是不是应该留下来,把孙总的话传给秋生。最后,他决定什么也不说,坐上的士回西门街。

夏生进门时，母亲还没睡，她坐在客厅投来探询的目光。见夏生沉默不语，母亲的脸上露出失望的表情。"他说空下来会来看你的。"夏生撒了个谎。"真的吗？"母亲喜出望外。母亲就是这么天真。夏生进了自己的房间。

6

秋生回到办公室，夏生已经不在了。

刚才秋生去处理娱乐城的事。娱乐城不是个省心的地方，什么人都有。秋生不想娱乐城弄得乌烟瘴气，他给她们立下规矩。在娱乐城，和客人逢场作戏没关系。不能在这儿苟且。可以跟客人走，但出了这个门就同娱乐城无关。即便是这样，依旧会惹出是非。有人中意的小姐被人捷足先登，不乐意了，加上酒劲，就想闹事。有时候双方两队人马就直接开干。自古以来所谓的风月场所概莫能外吧。

今晚来了一帮人，明显不是来娱乐的。他们都是年轻人，穿着特别"社会"。他们喝了不少酒，开始在包厢里砸东西。在场的小姐都吓坏了。秋生到现场，看到地上到处都是破碎的酒瓶，红酒和啤酒流了一地，电视机和点唱机都被砸得粉碎，连骰子罐都被砸破了。他们站在那儿鄙夷地看着秋生。凭经验秋生认为他们没喝醉，他们就是来闹事的。秋生一直赔着笑脸，用近乎讨好的方式送他们走。秋生说，招待不周，多多谅解。秋生看到自己的手下一脸不服。不过没有秋生的命令，他们不敢动手。秋生告诉过他们，能用脑子解决的事，就不要动手。在没摸清他们来历之前，秋生不能轻易挑起事端。秋生都没想过让他们赔偿。一台电视机和几瓶酒能值几个钱？

秋生送那几个年轻人去大厅的时候，看见一个坐在轮椅上的男人。那人扭曲的脸和残破的身体给秋生留下了深刻的印象。那人目光是明亮而尖利的,他肆无忌惮地看着秋生。秋生的心沉了一下,他认识我吗?秋生翻遍记忆,想不起那人是谁。那人应该是第一次出现在娱乐城。秋生站在雨中,看着大楼外闪烁着的"锦瑟年华"灯箱。他喜欢让霓虹灯彻夜亮着。

劳改时秋生在里面做灯泡。灯泡的玻璃以及钨丝都是成品,他要做的就是把这些成品安装在一起。日复一日,秋生不知做了多少大大小小的灯泡。那是一种单调的生活,机械重复的劳作让秋生内心的躁动慢慢平息了。在里面秋生最喜欢的事是装好灯泡后试验灯泡能不能发光,特别是试验五颜六色的小灯泡串成的装饰灯。当灯泡亮起来时,他的心也会跟着亮一下。秋生因此对以后的生活还存留着指望。

夏生第一次来探监,带来了冬好不幸的消息。秋生听了特别难过。夏生那天态度很差,不但不安慰秋生,反而指责起秋生来。夏生说,冬好是秋生害的,冬好对那男人还有情感,她怎么会受得了男人被打成那样,任谁都会崩溃。那时候秋生还没把心里的火气改造掉,不知反省,当场和夏生吵了起来,还给了夏生一记老拳。结果秋生被管教训斥一顿,还被关了禁闭。

要等到内心的戾气慢慢平复,秋生才意识到夏生讲得不无道理,冬好发疯自己是有责任的,他太冲动了,不但自己付出了代价,也把冬好毁掉了。在夜深人静的时候,秋生会想起冬好那张青春美丽的脸,内心充满懊悔。秋生开始明白这世上处理事情还有另一种方式。这世界并非黑白分明,有时候很难分出对错。秋生想,出去后无论如何不能再使用蛮力,要靠头脑生活。

刑满出来后秋生找不到正经工作,只好给人当马仔。他给老板处理了不少棘手事。他谨记牢里的教训,没再惹出事情。秋生因此深得老板信任。

老板对秋生不薄。五年前,老板看中了一幢楼,它北临永江,南边对着一条热闹的马路。原本是一幢烂尾楼,营建公司断了资金链破产了,那家公司在法院查封前和老板达成交易,老板以很低的价格买了这楼。老板经过一番装修,开了这家娱乐城。秋生也占了公司的股份。最初老板股份占了大头,不过老板一直在撤资,不着痕迹地慢慢把股份转给了秋生。半年前,老板告别江湖,对秋生说去了澳大利亚,可也有人说去了巴西。秋生处处谨慎,独自管理着锦瑟年华娱乐城。

夏生留了一张纸条。纸条上写着:"我不等你了,你哪天如果心血来潮想来看她,你电话我。"夏生用了"心血来潮"这个词。秋生想象夏生写这个词语时一定面带讥讽。秋生知道夏生对他的看法,夏生对他有很多不满。秋生很想为他做事,可不知怎么搞的,夏生现在越来越不想同他讲话了。每次夏生坐在秋生前面,秋生总觉得夏生好像穿着一件无形的隔绝衫,让人无法亲近。

秋生打开电脑,看孙少波带给他的排练录像。录像是孙少波今天向团长要来的。录像是固定机位,像一个监视器俯拍着排练厅,整个排练厅一览无余,每个人显得很小,因此有些模糊不清。秋生一眼辨认出了母亲。

一周前秋生去过西门街新小区。秋生躲在小区大门对面的一家五金店里,他看着母亲从一辆的士上下来。母亲穿着一件丝质蓝底白细花旗袍,走路时腰板挺直。秋生一直看着母亲,直到母亲从小区大门口消失。他已经有十八年没见过母亲了。那次带着怀孕的冬好去省城见过母亲后,他再也没见过她。出狱后,母亲想见他,他拒绝了。几年前,秋生曾在电视新闻上看见过母亲,他本能地换台了,等他再想看她一眼,换回那台,母亲的镜头已经消失。

秋生看着录像,目光一直盯着排练中的母亲。这是秋生从小熟悉的场景,这些吊着水袖、穿着日常服装的演员,在录像里看起来既庄严又滑稽。他看出一些排练中的问题。他记录下来,看看有什么法子传给剧组。

录像播放到中途，母亲突然支撑不住，在一张休息椅上坐了下来。秋生心里面竟然激发出奇怪的情感，专注而揪心地看着这一幕。他想，看来母亲真的病得不轻。秋生对自己的反应感到陌生。在里面，他几乎没想过母亲。他刻意让她从自己的记忆中抹去，把她当成不在世上的人。

可还是会有一些母亲的消息传入秋生的耳中。她又离婚了。她又结婚了。她很任性地在一次会议上和某个大人物吵了起来……这是件奇怪的事，为什么这些消息偏偏传到秋生的耳朵里？从里面出来不久，秋生得了一种少见的怪病，由于在里面试验过太多灯泡，用眼过度，出狱后的第二年，他的眼底开裂了，生了几个小孔。他为此需要戴墨镜，减少光线刺激。当秋生得了这种病后，发现很多人都有这种病。后来有一个孕妇告诉秋生，她没怀孕时，街头几乎没有孕妇，当她怀孕后，总是能在街头碰到孕妇。

秋生承认某些关系不是想抹去就可以抹去的，它比理智要顽固得多也深刻得多。

有一件事情，秋生从来不去想它。即便在牢里也不想。好像这件事不曾发生过。但它是发生过的。当秋生听到母亲回来的消息，这件事在他的心里慢慢苏醒了，它活了过来。

在省城，秋生撞见了母亲的不忠。母亲哀求他千万不要告诉父亲。他本来想隐瞒此事，但他发现母亲并未因此收敛。他受不了母亲如此"不要脸"。他告诉了父亲。父亲根本不信。那天父亲浑身震颤，拿着一根棍子要揍他。秋生冷冷地看着父亲，等待着棍子落下。对峙了一会，父亲扔下棍子，说，你妈是个好女人，你不可以这样侮辱她。当时他觉得父亲无可救药了，非常失望。谁能想得到，父亲在《奔月》搬上舞台后失踪了。母亲来永城找过秋生，问秋生是不是对父亲说过不好的话。秋生当即否定。母亲当年真的是悲伤，一夜之间变得十分憔悴，脸上泪痕斑斑，她不住地摇头，不肯相信秋生的话。母亲一遍一遍地问，你觉得你爸会回来吗？又说，他一定活着，有一天他会回来的。后来秋生才明白父亲一直是母亲的生命支柱，没有了父亲，母亲失去了主心骨，她的生活坍塌了，终于变成了连她自己也难以理解的人。母亲唯一正常的领域大概就是演戏了，一旦到了戏里，母亲又变成一个懂得人情世故的人。

秋生几乎一夜未睡，满脑子都是往事。第二天，秋生决定去看望冬好。从牢里出来，秋生做的第一件事就是去看望冬好。这些年他几乎每月都去一次康宁医院。

康宁病院在城北偏僻一隅，进入病院需要穿过一道长长的林荫道。行人和车辆不多，好像这条通往医院的路是不吉祥的，人们唯恐避之不及。

秋生和医院院长熟，院长为秋生安排了一间接待室。冬好见到秋生，问秋生："你是谁啊？"秋生习惯了，冬好每次这样，他把这句话当成问候。秋生试图去握冬好的手，冬好好像见到一条蛇，怕被咬似的，手迅速缩了回去。秋生只好摸了摸冬好的脸。药物使冬好显得有些浮肿。

"冬好，妈妈回来了。"秋生说。

"妈妈，妈妈……"冬好陷入沉思。

"冬好，你忘记妈妈了是不是？要是她不出现，我也忘记了。冬好，我不知道怎么面对她，你知道的，我一直恨她……"秋生摇了摇头，"可她总归是我们的母亲对不对？"秋生好像在说服自己。

冬好一直愣愣地听着，目光炯炯。秋生以为冬好听懂了自己的话，心里升出一丝希望。难道是母亲回来带来了好运？

冬好究竟什么也不懂。她目光瞬间变得黯淡，茫然看着墙上某个点，好像白墙是一块银幕，上面正在上演着什么。一会儿冬好打了个长长的哈欠，目光变得越来越呆滞，她肩膀耷拉着，双手紧张地贴在身上，好像细小的手臂正被什么东西缠住了。也许她正见到一些可怕的事，身子颤抖起来。

"冬好，你看到了什么？"秋生问。

冬好把目光收回来，凄惨地对秋生笑了笑。她的鼻腔里传出曲调，"乌溜溜的黑眼睛和你的笑脸……"秋生不忍再看冬好，他的内心一阵酸楚，突然失控，掩面抽泣起来。

秋生相信，因为他向父亲告密母亲的事，父亲才不堪忍受，在人间消失了。他觉得某种意义上是自己毁掉了这个家。要是父亲在，母亲也许不是现在这个样子。冬好也会健康成长，而他也不至于去坐牢。可人生没法假设。没人有能力回头重新活一次。所有的因都是果。

"冬好，哥对不起你。你知道吗？哥是个坏人，哥把一切都毁了……"

秋生说不下去。他已经有多少年没哭过了？自坐牢那天起，他没哭过一次。他不明白自己怎么就失控了。他掩着脸，调整呼吸，让自己的心情平静下来。

冬好走过来，摸了一下他的头。他抬头看冬好，冬好正在傻笑，好像她刚才看见一件滑稽的事。

再次回到那条林荫道，秋生看到昨晚那个坐在轮椅上的男人，他突然反应过来，此人就是十八年前被他打残的那位。秋生的心紧了一下。

从牢里出来时，秋生打听过这个人。他想和那人和解。但秋生没有找到他。人们说，那个男人被打残后就在永城消失了。

7

母亲全身心投入到排练中。关于秋生的事不再提起。也许是她健忘的毛病又犯了。或者在一出戏面前，无论秋生还是别的事情都不是重要的。

排练十分顺利。团长在一次排练会上宣布9月1号正式公演。海报竟然都做好了。海报中，母亲放在最中间的位置。边上是夏生和庄凌凌。夏生想，团长难道真的相信母亲有号召力吗？母亲看了海报当然很高兴，她谦虚道："怎么把我放在演员中，我是幕后。"团长说："戚老师是永远的演员。"

后来夏生想起演出那天出的状况，认定是这张海报惹的祸。是这张海报激起了母亲内心的渴望。夏生是事后知道的，演出那天，母亲派了王静，让王静偷偷给庄凌凌吃了几颗安眠药。庄凌凌昏睡了过去。母亲是这么对王静说的，你不想当配角对吗？你有一次首演的机会，如果你首演成功了，观众喜欢，谁也取代不了你。王静因为戏份不多，排练时也没太上心，要换成主角，那么多唱词要背熟哪来得及。母亲鼓动道，你有一个下午的时间记台词，你的角色我来演。王静内心惴惴，还是禁不住诱惑，愿意冒险。

到了开演前半小时，庄凌凌还没出现，团长问夏生，庄凌凌去哪里了？再不到，化装都来不及了。夏生也不知道庄凌凌下落，打了无数个电话，通了，没人接。夏生想，果然自己的预感没错，究竟还是出了状况。夏生长长叹了一口气。这时王静胆怯了，她没有准备好，她不敢向团长提出来自己可以取代庄凌凌演。眼看着首演要砸，团长着急，票都卖出去了啊，市领导也都请了啊，这可怎么办？他狠狠地骂了庄凌凌几句娘，关键时掉链子。这时，传来母亲笃定的声音，母亲说："如果实在没办法，我可以救场。我只演一场，以后还是庄凌凌的。"团长看了母亲足足有一分钟，脑子里转过排练时母亲指导的画面，长长地松了口气，命令化装："你们站着干吗，赶紧给戚老师化装。"

等庄凌凌醒来，赶到永城大剧院，戏差不多快结束了。她坐在最后一排，她以为是王静取代了自己，不是，是戚老师。在愤怒之际，她瞥见在她前面三排左侧坐着一个熟悉的身影,她认出是秋生。她没多想秋生何以在此,她的情绪在失控的边缘,几乎要哭出声来。她最终还是与这部戏擦肩而过。她付出了这么多心血,白忙一场。命运是多么不公。

庄凌凌定了定神,开始看戏。戏曲是重彩宽袍,戚老师扮相依旧姣好,岁月并没有减损戚老师的舞台风采。她承认戚老师演得非常好,同时,她因为错过了首演,杀人的心都有了。戏的高潮处,全场观众都在流泪,她也在流,只是她流的是愤怒之泪。但是她不能这时候冲上台去发飙,她忍着,等待着戏结束。

母亲在晚上十点四十分离开永城大剧院。她眼前还浮现着庄凌凌打向王静的那记闪电般的耳光,就好像真的有一道光在庄凌凌的手掌和王静的脸颊间闪过。她不意外。这是剧团里经常出现的场景。当庄凌凌把愤怒的目光转向母亲时,母亲非常冷静,说:"庄凌凌,以后的戏都是你的,我只是救场。"团长热烈应和,对母亲感激不尽。母亲卸完装,离开了剧场。母亲知道这是首演,团长会带着演员们去永江边吃夜宵。团长叫母亲了,她当然不能去,天知道接下来还会闹出什么是非。另外,晚上的演出耗尽了她的体力,她只想早点回家。

路过蓝山咖啡馆,母亲想喝杯咖啡提提神,顺便歇一会儿。她推门进去,走过一个类似车厢的包间,看到两个人坐在那儿。正面坐着一个穿黑色夹克的男人,相貌堂堂,好像在哪里见过。也许没见过,长得像他这样的男人蛮多的。另一个她只能看到后脑勺。她看到"后脑勺"手中拿着照片,上面竟然是秋生。她顿时警觉。她听到他们的谈话,她没怎么听清,她听到定金以及成事后在这儿支付之类的话。

母亲要了一杯咖啡,在他们边上坐下。现在她听清楚了,他们的谈话越来越让她相信秋生在危险之中。她喝了一口,咖啡太烫,她呛着了,轻咳了几声。那两个人站起来走了。她赶紧跟上去。她还没买单,被服务生叫住。那两个人回头。她看清那个"后脑勺"的脸,一只眼睛贼亮,另一只眼睛飘忽不定,好像在看另外一个地方。此人很瘦,骨架很大,双手会不自觉颤抖(刚才他拿着秋生的照片时就在不住抖动),看上去有些神经质。两人警觉地看了她一眼,转身走了。那台超大电视机这会儿正在重播奥运会开幕式,不过把声音调成了静音。此刻电视机上满屏的烟花,透着落寞的气息。

外面是深不可测的夜。街灯暗淡,车流已过了高峰,街头行人已稀。走出广济巷,到了解放路,看到城隍庙飞檐上的小灯泡展现庙宇的轮廓,其余部分都沉入黑暗之中。母亲想起当年带着秋生在城隍庙小吃摊前吃各种小吃,秋生食量惊人,令她惊叹。这段日子,她喜欢回忆从前,可能记起来的关于孩子们的事并不多。许多年来,她就像一束光,射向远方,从不回首。从前的生活都沉入到重重黑暗之中。

夏生回来的时候,看到母亲一副心事重重的样子。夏生以为母亲在为抢了庄凌凌戏而不安。

庄凌凌没去吃夜宵,夏生也没去,晚上夏生一直在庄凌凌家安慰庄凌凌。庄凌凌忍无可忍,当着夏生的面对母亲口出恶言。庄凌凌一边哭,一边说,有一段日子,庄凌凌为了学戏,住在省城母亲家。那时候母亲在省城刚刚起步,每天很晚回家。母亲回家时,庄凌凌殷勤伺候母亲,给母亲打洗脚水,给母亲敲背。母亲往往在这样的放松中睡着了。庄凌凌来省城有自己的目的,她想让母亲带她去见见戏曲界的重要人物,她还想在省城的剧团发展。母亲没那么细心体察一个学生的梦想,真以为自己请了一个用人来。庄凌凌说:"你母亲就是个自私鬼,她老了才想起你们,天底下哪里有这种人?"夏生没辩驳。母亲确实自私。后来要不是团长来电话,要庄凌凌准备好演明天的戏，夏生恐怕现在都回不来。

母亲对今晚的事没有任何不安。母亲问了个奇怪的问题："秋生的生意很危险吗？"夏生说："我怎么知道，怎么了？"母亲说："你怎么一点不关心秋生？"夏生想，秋生轮得到他关心？夏生没回话。

8

与往常一样，早晨，秋生走着去公司上班。接近永江时，秋生闻到了空气中特有的海腥味。永江的出口是大海，海水会通过潮汐灌入永江，江水带着咸味，阳光一照，海的气味会更浓烈一些。有一些人在往永江边跑，秋生猜想，江边可能出事了，即便是盛夏也难以抵御人们围观的热情。

昨天晚上，秋生偷偷溜进剧场看了夏生的新戏。他没告诉任何人。当他看到夏生和母亲同台演出时，惊讶得下巴都要掉下来。母亲怎么会登台演戏？一会儿他见怪不怪了，在母亲身上出什么幺蛾子都不足为奇。戏很精彩，秋生看录像时发现的一些问题都得到了改善。母亲还是保持着对戏曲的敏锐感受。

秋生怀着温柔之心看完了母亲和夏生主演的戏。秋生承认母亲身上天生具有一种让人原谅她的气质。母亲身上有一堆毛病，她自私、说谎、逃避责任，可当她一旦穿上戏服，站到观众面前，这些毛病顿时变得不那么重要了，她的光芒让这些毛病显得无足轻重。这大概是母亲如此折腾还能走到今天的原因。

过了老江桥，那个坐在轮椅上的男人在马路的转弯处出现了。已经是第三次了。他不知道这男人想干什么。人世间时有死结，但也总能找到解决之道。秋生想了想，朝那人走去。男人对秋生发出古怪的微笑。秋生注意到这个丑陋男人的目光依旧带着冷酷和高傲。秋生站在那人面前，无话找话："这鬼天气，越来越闷热了，从前可没这么热的。"那人对秋生搭讪没感到奇怪，只是抬头看了看天，没有回答秋生。天很蓝，有几朵白云在天边一动不动。好像是为了让那人看清他的脸，秋生蹲了下来，说："还认得我吗？"那人一脸严肃看着秋生，一会儿突然笑了，他摇摇头，指着自己的脑袋，说："我这儿坏了，被人打坏了，什么都记不得了。"秋生说："我们是不是找个地方喝一杯？"那人低下头，看着人行道，几只蚂蚁在人行道砖块的缝隙间爬行，那人伸手把其中的一只掐死。他抬起头，轻声说："我和你不认识，为何要坐在一起喝酒？"秋生很失望，既然这男人假装不认识自己，只好算了。人生的死结常在一念之间。一念成佛，一念成魔。梦幻泡影，如露如电，皆生于一念。秋生轻轻拍了拍男人的肩走了。

快到公司时，秋生回头朝那边张望，一个瘦长的家伙在问坐在轮椅上的男人一些什么事。不过从两人的表情看，他们显然是不认识的。秋生注意到那瘦长的家伙有一只眼睛好像患了白内障。

秋生进办公室，站在办公室窗口，看着街上的一切。他看到在办公室东边那个路边公园里母亲正神色紧张地往这边张望。秋生想，也许上次对母亲太过分了，母亲不敢再进公司。脱了戏服的母亲光芒不再，瘦弱，苍老，缩小了一号。母亲老了，孤单了，可她终究是位母亲，不管以前她多么折腾，老了总还是想得到儿女们的认同。一会儿，秋生看到那个瘦长的家伙出现在公园里，母亲向那家伙走去。

秋生盼咐保镖把母亲接上来。当他再次站到窗前时，母亲在街头消失了。

9

上午十点半，母亲出现在剧团。母亲变成了光头（原来母亲头上是假发，夏生和她一起生活了一个多月竟没发现），她的衣服沾满血迹，样子十分骇人。夏生从小害怕见血，见血就会晕过去。夏生努力让自己镇静下来，想，看来母亲重病不是假的。夏生很内疚，他一直不相信母亲已病入膏肓。母亲苍白的脸上表情庄重，甚至带着某种不明所以的骄傲，和母亲平常的不成熟判若两人。剧团的人围着母亲，问："戚老师，你怎么啦？"王静因为受到母亲的欺骗，在一旁不以为然地冷笑，说："大白天的，戏还没开演呢。"母亲没理王静，对夏生说："夏生，你跟我来。"夏生说："好，我这就送你去医院。"团长派了一辆车，要送。母亲拒绝，她说："我找夏生有话说。"夏生跟着母亲来到一个角落。母亲说："夏生，你听好，我杀人了，你送我去派出所自首。你不要担心，我是将死之人，我不怕。"

夏生再次来到秋生的办公室。秋生已听说了母亲的事。秋生非常震惊，不过秋生并不奇怪母亲做出这样的事。少年时在省城，秋生骑着自行车带着母亲在一条小巷子穿行，有一次秋生差点撞着一个小孩，幸好及时刹车。孩子的父亲身材魁梧，大概也被吓坏了，一把把秋生从自行车上揪下来，要揍秋生。就在这时，母亲冲过来揪住那个男人，高喊，你敢动一下我儿子看看，老娘杀了你。母亲的气势把那人镇住了。母亲的身体里面藏着惊人的能量。

秋生接过夏生递过来的一只用来装文件的信封。秋生看到信封，就想起黄德高。这是黄德高的单子。谁装在这个信封里谁就意味着死亡。昨天秋生看戏回来，在娱乐城见过黄德高，黄德高是特意来向他告别的，说明天他将飞去香港，不回来了。黄德高舒了一口长长的气，好像因为吐出这口气而感到无比的轻松。一会儿，黄德高带走了一位小姐。

秋生打开信封，从里面抽出三张照片。他看到自己的"尊容"。秋生不是没有想过这一出，但看到一个装入信封的自己，还是超出他的想象。最近娱乐城发生的一系列事情，让他警觉，但他没想到如此危险，竟有人想置他于死地。他思考背后的人是谁。是那个被他打残的男人吗？或者是某个对"锦瑟年华"另有所图的江湖中人？他了解过那天来店里打砸的那帮年轻人的身份，来自秋生从前老板的死敌。难道因为老板隐退江湖，他们就拿他来复仇泄恨？但如果那人想要解决他也不需要黄德高啊，他手下的人就足够。假如是坐在轮椅上的男人，也不合惯例，他已经出来这么多年了，为什么此时才来报仇？后来警察问秋生时，秋生并没有提起那个轮椅上的男人，老板的仇人也没有提及。江湖的事江湖解决。

"她在看守所？"秋生问。夏生点点头，说："她生病是真的，她说，她会在一个月后死，是医生告诉她的。"秋生把头转向窗外。天越来越热了，街角的那个公园植物蓬勃，其中点缀的花盆开着缤纷的花朵。只是再也见不到母亲的身影。

"她想你去看她。"夏生说。秋生白了夏生一眼，他当然要去看的，难道他是一个如此铁石心肠的人吗？夏生总是对他充满误解。秋生又从信封里抽出照片，看了一眼。母亲经常说的一句话是"你是我拿命换来的"，这一次母亲真的是拿命换了他的命。

秋生在看守所看见母亲时，母亲的脸上露出天真的笑容，那是一种从心里涌出的笑容，一种满足感，根本看不出她刚杀了人。

"我知道你会来看我的。"这是母亲说的第一句话。

秋生强忍住自己的情感，握住母亲的手。母亲的手很小，很柔软，好像没有骨头，也没有重量。他很难想象这双手怎么有力气杀人。听说她包里藏着刀子，让那个左眼患白内障的家伙一刀毙命。

"你怎么找到那个人的？"秋生问。

"天意。"母亲说，"你相信有天意吗？"

秋生不信。不过他没说。

"现在你安全了吗？"母亲问。

秋生没回答。

"警察介入了，应该没事了。"母亲断定。

秋生仔细看着母亲，瘦弱的母亲给他一种轻如鸿毛的感觉，秋生想起放在手心的死去的麻雀（刚才握住母亲的手就是这种感觉），死去的麻雀没有一点点重量，好像因为死亡，麻雀的肉身也跟着消失了，只留下一身的羽毛。母亲没有把假发戴上，光头的母亲并不难看，母亲的头形匀称，看上去像画片上的尼姑。秋生看过母亲演尼姑的戏，不过那时候并没剃发，化妆师把母亲的头发藏在人造的头皮下，头形和现在完全不一样。他看到母亲神色安详，好像她因为终于做了一件早该做的事而心安理得。

母亲看到秋生瞅她的头，说："化疗的缘故，头发全掉光了。"

"为什么不治了？"秋生问。

"没必要。我倒想活。有一天我和医生闹，让医生告诉我还能活多久。医生被我烦死了，一生气就告诉我，最多三个月。我愣住了。我问他真的假的。医生没回答，我知道是真的。"母亲看了秋生一眼，又说："我就从医院逃出来，回永城了，我得在死前看看你们。"

秋生一直知道母亲是勇敢的。比父亲要勇敢得多。秋生又想，母亲生这么重的病独自住在医院里也没告诉他和夏生，母亲表面上简单，实际上心里什么都明白的吧。

秋生搞到了母亲的病历，给母亲办了保外就医。母亲不肯去医院。秋生威胁母亲,不去医院就得去看守所。母亲还是乖乖听话了。进永城第一医院后,照例是一系列的检查,动用各种仪器。对于这种检查,母亲很不耐烦。秋生说:"检查一下也好的,万一北京检查错了呢?"说着秋生把母亲从床上抱起来,放到检查床上。秋生抱着母亲,再一次想起死去的麻雀。母亲身体的瘦弱程度让秋生吃惊,真的没有一点分量了。母亲搂着秋生的脖子,诡异地笑起来,像一个孩子一样配合。秋生想,他和母亲从来没这么亲近过,这让秋生感到辛酸。

医生看到检查结果,非常吃惊,几乎不敢相信。医生说,照例来说母亲应该失去意识了的,但母亲看起来尚好,这是奇迹。

一天,病房里只有夏生和母亲,母亲突然说:"我想去看看冬好。"夏生想,母亲终于想起冬好来了,他以为母亲早已把冬好排除在记忆之外了。夏生说:"好,我向医生说明一下,明天上午我陪你去。"母亲说:"不用同医生说,医生很烦。"夏生点了点头。母亲说:"冬好能认出我来吗?"夏生不响。母亲说:"上次她没认出我来,当自己是孕妇,摸着肚子,一直喊着宝宝。"夏生看着窗外。每次想起冬好,他都心情沉重。

早上,夏生很早就起来了。天色微明。他来到医院时,看到母亲一个人坐在黑暗中,早已梳妆打扮好了,身上穿着回永城时穿的那件浅绿色旗袍,为了遮掩病容,脸部施了厚粉底,唇膏也涂得艳。母亲去公共场合向来是隆重的。

一会儿,两人乘公交车去康宁医院。车上,母子俩没说话,母亲看上去心事重重。母亲这会儿在想什么呢?夏生偶尔会去看冬好,回来后要好些日子才能平复内心的压抑和悲伤。每次夏生都是怀着恐惧去看冬好的。

公交车在大庆路站停下来时,母亲也没同夏生打招呼,突然跳下了车。夏生也跟了下去。母亲脸色苍白,穿过车站后面的人行道,穿过人行道边的树林，径直来到建筑物的墙边，无力地瘫坐在水泥地上。她的双眼早已沾满了泪水。母亲说起她那次去看冬好的情形。那天冬好突然说起小时候的事情，说妈妈偏心，总是把好吃的偷偷塞给秋生，还告诉秋生不要同冬好说，冬好会记仇的。母亲吓了一跳，以为冬好终于清醒过来了，激动地对冬好说，冬好，你醒了对吗？你认出妈妈来了对不对？冬好，是妈妈不好，你要吃什么，妈妈这就买给你。冬好没醒，冬好没理会母亲，脸上露出仿佛看透一切的微笑，慢慢地，那微笑变成了试图控制又抑制不住的狰狞大笑……母亲边哭边说。

母亲终于平静下来。母亲已没有勇气去看冬好了。夏生想，不看也罢，看与不看又有什么区别呢？对冬好来说，一切都已没有意义了。夏生叫了辆出租车，和母亲回到了医院。那天，母亲一整天情绪低落。

10

这之后，母亲的身体每况愈下，她看上去极度憔悴，同先前判若两人。好像看望冬好这件事彻底击垮了母亲。母亲出神地看了一会窗外。医院在闹市区，窗外是高楼，在高楼的间隙能见到天空的一角，像一块巨大的蓝色玻璃屏，在屏上，零星有几只鸟儿飞过。秋生经常来陪母亲，这会儿他安静地坐在母亲的对面。

"秋生，你说你爸还活着吗？他怎么就突然消失了呢？有好多个晚上，我以为他回家了，打开门，门外什么也没有。"母亲说。

秋生不敢看母亲。自从父亲离家出走后，这个家再也没提起过父亲。秋生以为母亲应该早已把父亲忘得一干二净了。她后来有那么多次婚姻。

"他要是死了，我可以去见他了。我要向他道歉对不对？"母亲的目光看上去十分无辜,好像孩提时代在学校里犯了一个小错误。

秋生实在忍不住了,在母亲耳边轻语了几句。母亲睁大眼睛,惊异地看着秋生,一会儿,泪水夺眶而出。

脆弱的肉身不存在什么奇迹。母亲不是金刚不坏之身。母亲入院后第三天,病毒迅速地攻城略地,占领了她的身体,她因此陷入长长的昏迷之中。其实秋生早有准备,医生告诉了他,母亲可能随时会昏迷。

在母亲昏迷的阶段,秋生和夏生一直陪在她身边。病房很安静,只住母亲一个人。病房是秋生想办法搞到的。母亲一辈子热闹,在最后的时光让她安静些吧。兄弟俩偶尔说说话。秋生说:"戏很好,你演得很好。"夏生说:"你来看了?"秋生说:"对,首场。"夏生说:"那你也看了母亲的演出。"秋生说:"没想到,我把钱都花在自己人身上了。"夏生吃了一惊,看着秋生。秋生说:"对,赞助的钱是我出的,我让孙少波出面的。"夏生有些动容,想秋生平常对他恶声恶气,反感他演戏,可还是愿意帮助他。夏生说:"谢谢你。"秋生摆了摆手,不再说话。

中途母亲奇迹般醒来过一次。母亲醒来时精神状态意外地好,这使得秋生和夏生生出新希望。但医生说,这只是回光返照。母亲对夏生说,你把庄凌凌叫来,我想同她说说话。夏生有些犹豫。不过母亲温和地说,别担心,我会同她好好说话的。

庄凌凌来的时候,母亲把夏生支开了。病房里只有她俩。庄凌凌已经不生戚老师的气了。主角最终还是她的,并且演出如第一场那样成功。她感到在这出戏里,她不是在表演,而是在生活。对她来说这是全新的感受,戚老师的指导功不可没。庄凌凌早想来看望的,夏生一直没有同意。夏生怕庄凌凌的看望会影响母亲的情绪。夏生说,她抢了你的戏,她会以为你是去报复她呢。病房的空调发出轻微的声音,母亲身上插着输液针,脸色苍白并且消瘦。母亲指了指床边的一把凳子，让庄凌凌坐下来。

母亲伸出右手，握住了庄凌凌的手说："小庄，谢谢你照顾夏生。"

庄凌凌吓了一跳。她和夏生的事一直瞒着戚老师，为此这些日子以来他们都不太见面，哪知她早已知道。庄凌凌一时不知如何回答。

"我不是好母亲，我都记不得夏生小时候的样子了。"母亲说。

庄凌凌当然记得。那会儿母亲在省城风头正劲，庄凌凌意识到自己在省城没有前途，回到了永城。她见不得三个孩子无人照料，尽可能地去照顾他们。她最喜欢夏生。夏生天性仁义乖巧，讨人喜欢。不像秋生，对世界有仇似的，对谁都恶狠狠的。

"夏生老是缠着我。"庄凌凌想起夏生，露出甜蜜的笑容。

庄凌凌没有同任何人讲过她和夏生的事，现在她很想讲给夏生的母亲听。她说，夏生小时候喜欢跟着她，像个跟屁虫。庄凌凌和别人聊天时，夏生在庄凌凌身上爬来爬去。有人开玩笑，说夏生是不是庄凌凌的私生子。庄凌凌并不反感这样的叫法，反倒开心地笑了。

"这我记得，夏生小时候喜欢到你阁楼里睡觉。"母亲说。

庄凌凌脸红了。夏生的生理开始变化的时候，庄凌凌不再带夏生去法院巷阁楼了。夏生却像个鸦片鬼一样，每天晚上出现在庄凌凌的小楼外，久久不肯离去。这样闹了一个月，庄凌凌心软了，放夏生进来。最初什么也没发生，但总归还是会发生的。夏生和庄凌凌是正常的男女。那年夏生只有十五岁。一开始，庄凌凌还是有罪恶感的，她觉得她和夏生之间不应该这样的，夏生还未成年，而她和他的年龄相差悬殊。她和夏生之间的关系注定是极为隐秘的。这期间庄凌凌一直没找男朋友。

夏生二十岁那年，庄凌凌提出给夏生找一个正牌女友。庄凌凌说，我们不能一直这样不明不白在一起啊。再说，我不可能和你结婚的，你妈会杀了我。夏生想了想，同意了。他觉得庄凌凌需要一个正常的婚姻，她都三十多了，他不能太自私。在庄凌凌的安排下，夏生认识了一个女孩。女孩是个戏迷。那时候，夏生在舞台上已崭露头角，女孩特别崇拜他。他很快和女孩同居了。女孩虽然小鸟依人，什么都由着他，什么都听他的，但他不太适应一个需要他照顾的小女人。另一个困扰他的问题是他的身体强烈想念庄凌凌，即便在和女孩做爱时，抚摸着女孩青春而单薄的身体，他会想象庄凌凌，想象和庄凌凌的肉体欢愉。他觉得这是一种罪恶，对女孩极其不公。

有一天，夏生听说庄凌凌处了男友，并且在那阁楼同居了。夏生像疯了一样，他无法想象自己的生活中没有庄凌凌。夏生迅速甩了那小女孩，回到庄凌凌身边，赖着不肯走。庄凌凌心软了，说了一句冤家，让夏生回到她身边。一晃就过去了十多年。

"你们为什么不要一个孩子？"母亲说。

庄凌凌吓了一跳。难道母亲不知道她和夏生的年龄差距吗？她会老去，而夏生正值壮年，夏生总有一天会厌烦她（事实上她现在越来越不自信了），她不确定和夏生能走多久。

"你们要个孩子吧。你会是个好母亲，不像我。"母亲说。

庄凌凌愣住了，想，毕竟是女人，戚老师老来也会生愧疚之心。为了安慰她，庄凌凌开了个玩笑："夏生守着我这个老女人是不是太亏了？你做母亲的舍得？"

"你还很年轻啊。我在你这年龄，折腾个没完呢。"母亲说。

"我现在连夏生都对付不了，还折腾啥啊？"庄凌凌笑道。

"夏生是真心喜欢你，我刚到永城那天，你带着菜到夏生家来，我一眼看出你和夏生的关系。夏生看你的目光都让我嫉妒。"母亲说得尽量轻松，

"除了夏生他爸,我后来再没遇见过这种目光。"

说到父亲,母亲目光突然变得幽深,她直愣愣地看着庄凌凌。庄凌凌觉得母亲的灵魂此刻似乎就聚在她明亮的目光里。母亲说:"我要和他爸团聚了,夏生就拜托给你了。"

后来,庄凌凌同夏生说过这句话。庄凌凌对夏生说,她不忍看母亲的目光,那天她从病房出来后,一直在流泪。

11

很快,母亲又进入了昏迷阶段。这次是深度昏迷,母亲开始梦呓。有一天,母亲竟哼出曲调,曲调断断续续,不成旋律,不过夏生很快辨认出来,是父亲编的《奔月》。这个唱段因为母亲的传播已是越剧的经典段落。在越剧风靡的年代,广播和收音机经常会播放这个唱段,很多戏迷都能随口就唱。这是母亲的代表作,一出让母亲大放异彩的戏。不过对这个家来说这出戏也许不是什么好事,谁能说得清呢?

几天以后,母亲昏睡过去,变得无声无息,只有各种插在母亲身上的医疗仪器在嘀嘀嘀地鸣叫。母亲没让任何人来打扰她。她在昏过去前交代秋生,她的亲朋好友来看她的话,都要拒绝。母亲爱美,她不想让自己不堪的一面示人。在昏睡的中途,母亲的眼角突然流出泪珠,她仰面躺着,使得流出的泪珠像是从一口深井中冒出来。母亲再一次开口说话了,不过听不清她在说什么。秋生和夏生听清了父亲的名字,也听清了秋生、夏生、冬好的名字。这是母亲第一次完整说出三个孩子的名字。母亲一直在重复一个句子,听了好久,夏生才听清楚,那句子是:原谅妈妈。

夏生流下泪来。秋生习惯性地把目光转向窗外。天气晴朗,那原本蓝色的天幕在夕阳映照下霞光四射，就好像天国降临了一样。

永城越剧团新排的戏广受欢迎，演出一直在继续。可能要连续演一个月。因为要演出，晚上夏生就不再去医院。那天演出结束，夏生去了庄凌凌家。好久没有亲热了，夏生对庄凌凌都有了陌生感。要不是庄凌凌主动，他可能不会上床。他现在没有欲望。夏生同庄凌凌讲起昏迷中的母亲唱《奔月》的唱段及叫唤父亲的名字。庄凌凌陷入沉思。夏生问庄凌凌在想什么。庄凌凌说："有一件事，不知道该不该说出来，关于你父亲的。"夏生愣了一会儿，看着庄凌凌。庄凌凌说："说到这儿了，还是说了吧。"夏生不响应。庄凌凌说："你记得吧？有一段日子，我去省城找你妈学戏。"夏生当然记得。庄凌凌又说："《奔月》公演那天，你爸喝醉了酒回到家，当着我面大吼大叫。你爸是个文弱的人，我从来没见他这么疯过。他把我当成了你妈，他抱着我，伏在我怀里泣不成声。你爸说，他看见了那个官员欺负你母亲，可他一直忍着，无能为力，现在戏终于公演了，他已经受够了……那天他很狂躁也很软弱……我好不容易把你爸推开，你爸酒醒了，认出是我，我忘不了他当时的表情。"夏生听了相当吃惊，他没想到和庄凌凌处这么久，她竟瞒着他这么重要的事。庄凌凌说："你爸就是那天晚上离开了省城，在这个世界上消失了。其实我知道你妈的事，一直以为你爸不知道呢。后来我一直想，你妈当然是你爸最大的心病，可是他那天在我这儿失态是不是也是导致他离家出走的原因呢？你爸失踪后我还内疚了好一阵子。唉，你们家的人只有秋生像你妈，有韧劲，你和冬好像你爸，脆弱。"有好长时间，夏生不知道如何反应。夏生这会儿想着父亲。太久了，他已没办法想象父亲现在的样子，死了还是活着，两者都想象不出来。应该是不在人世了吧。

夏生的手机突然响了起来。是秋生来电。秋生的声音听起来有点哽咽，好像在哭，但又克制着。秋生说，妈走了。夏生猛然从床上坐起来，说，我马上过来。庄凌凌知道发生了什么,要和夏生一起去。"我总归算是她的学生。"她说。

12

母亲曾经是一位明星,她的死无疑会引起公众的关注。但秋生不想渲染这事。他认为一个低调的葬礼符合母亲的心愿。夏生也同意秋生这么做。他们没通知母亲单位,也没让媒体知道。

母亲火化时只有秋生和夏生。

秋生早已安排好一切。当秋生捧着母亲的骨灰盒,走出殡仪馆大门时,一辆黑色奥迪等在门口。夏生跟着进了小车。一会儿,小车向东开去,那是舟山群岛的方向。夏生不知道秋生的目的,也没多问。他知道秋生的主意大着呢,一件事他如果插手了,就不会问夏生的意见。不过夏生担心秋生会把母亲的骨灰撒向大海。母亲可没有这样的遗嘱。一路上,兄弟俩没说一句话。夏生不时抚摸着一串绿松石珠子,那是母亲遗留在他屋子里的,他打算在母亲下葬时,放入墓穴里。

小车在一个小码头停了下来,那边停着一只快艇。秋生庄重地捧着骨灰盒,向快艇走去。秋生要把骨灰撒向大海的预感变得越来越真实,夏生停下了脚步。秋生回头瞪了夏生一眼,让夏生跟上。夏生来到快艇里边。夏生问:"需要我抱一会吗?"秋生没吭声。他端坐着,腰板笔挺,好像在完成一个仪式。

四周是白茫茫的海水,原本混浊的海水突然变得清澈起来,好像海水在这里划了一条界线,他们进入到另一片海域之中。远处有几只渔船,一动不动,可能正在完成抓捕的某个动作。一群海鸥在头上掠过,发出几声凄厉的叫声。天空意外的蓝,阳光洒在海面上,海面反射的光芒晃得人眼睛生疼。夏生有点分不清天空和海面,好像他们此刻进入了另一个空间,好像是快艇在天空和海水之间劈出了一个通道。这是惯于陆地的人在大海深处容易出现的幻觉。秋生沉默肃穆,目视前方。坐在后面的夏生不知道秋生在想什么。

半个小时后,眼前出现一个小岛。岛远看很小,上了岛倒是一眼望不到头,且植被丰茂。岛上有一个小寺院,寺院有三个和尚,其中当家的认识秋生。后来秋生告诉夏生,那和尚原本是个生意人,生意比秋生做得大,突然有一天,把公司卖了,买了这个岛,建了寺院做起了和尚。秋生说,这个岛是他介绍给他的。这个岛原来太荒凉了,需要有些人气。此人面容方正干净,若有光明。那两个打杂的小和尚,一个少年时杀了邻居家的一只狗,两家因此大打出手,父亲被邻居打成重伤,不久毙命;另一个说是女儿犯有癫痫,久病不治,发愿出家,求菩萨佑护他的女儿。

那和尚有一部手机,在岛上迎接秋生和夏生。想必秋生早已同和尚联系过了。和尚对着秋生抱来的骨灰盒念了一会经,然后就不声不响地走了。夏生已不担心秋生会把母亲的骨灰撒到大海了。他想,秋生安排好了一切,自己跟着就是了。

秋生捧着骨灰盒向岛深处走。一会儿,夏生看到一个小山包,在向阳的位置,有两块墓碑。当夏生看到其中一块墓碑上的名字时,立在那里不动了。他只感到血液猛地涌上脑门,心里面一种长期压抑的情绪被唤醒了,让他想毁灭些什么或砸烂些什么。他暂时得忍受着,他得等母亲下葬。那墓碑边立了一个新的墓碑,上面写着母亲的名字。墓地整得很干净,别处树木枝叶散乱,杂草丛生,这个地方整得像一个花园(事后夏生了解到那个和尚经常会来收拾一下)。秋生把骨灰盒放入墓穴,再用盖子盖好封住(边上早已准备了新拌好的水泥浆）。先是秋生跪下祭拜,再是夏生伏地磕头。

几乎没有任何停顿,夏生磕完三个头后,迅速转身,像狼一样扑向秋生,把秋生扑倒。这是夏生生平第一次向秋生攻击。兄弟俩扭打成一团。夏生看上去虽然没秋生壮实,但毕竟平时练功的,动作灵活。最后两人力气耗尽,气喘吁吁地躺在地上一动不动。夏生没少挨秋生的拳头,浑身骨头都疼。疼痛让夏生获得了意想不到的快感。

"为什么你这么干?"夏生说,"他死了你为什么不告诉我们,你有什么权力不告诉我们?你知道吗,他下落不明让我们多恐慌?"

"我不想让你们难过。"秋生说。

"你没有权利这么做,对我们不公平。"夏生说。

两人躺在墓前的草地上,看着天空。天空是另一滩海,只是比海平静。母亲这会儿在哪里,在天上吗?在这么蓝这么平静的天上吗?有好一阵子,两人都没说话。过往的一切历历在目,可就是说不出来。

"你是怎么找到他的?"夏生问。

"他离家出走前给我讲过这个岛。他和母亲是在这个岛上相好的。"秋生说。

夏生从来没听说过这件事,略微有些吃惊。

秋生说,那时候父亲和母亲在舟山群岛的一个渔村当知青。就在远处那座岛上。秋生指了指远方。远方什么也没有。听父亲说那岛很大,是一个镇子,父亲和母亲当年在同一个村子插队。母亲是个美人,经常有男人从大陆过来看她。父亲说,当时他感觉母亲好像认识全中国的小伙子。父亲是个才子,当知青前在艺校学习编导,会拉手风琴,会唱苏联歌曲和越剧。父亲发现了母亲的天赋,私底下教母亲越剧。

有一天,父亲从老乡那儿借了一条小船,划到这岛上。哪知道,小船靠岸时撞到岩石上，撞烂了，他们只好留在这岛上等人来救。当时父亲和母亲都很紧张，这岛很少有人来，他们在岛上过了三天，都绝望了，后来来了一艘军舰把他们救了回去。父亲和母亲就是那三天好上的。

"回去后他们就结婚了，一年后有了我。"秋生说。

夏生没想到父母有着这样的往事，听着感觉像一个神话。

秋生说，母亲一度认为父亲是故意把船撞破的，说父亲是蓄谋已久。父亲就笑，父亲是真心喜欢母亲。父亲说当年在岛上一点也不害怕，他觉得就这样死去也没什么了不起，他感到心满意足。结婚那几年父亲很幸福，也很甜蜜，母亲不是一般的女人，讨男人喜欢，父亲当年把她当成掌上明珠——这样形容不对，但真的是那样，父亲惯坏了她。他们回城后，父亲去了文化馆，母亲去了华侨商店。不久，在父亲帮助下，母亲考入了永城越剧团。就是那段日子，父亲开始写《奔月》这出戏。

父亲是出走前一年给秋生讲这个故事的。《奔月》首演后，父亲神秘失踪，留下《奔月》红遍了大江南北。秋生一直在找父亲的下落，有一天他突然想起这个故事，于是来到小岛，发现了父亲的遗骸。他是凭着身边的遗物确认了父亲的身份的。遗物里有一块钻石牌手表。秋生把父亲埋在了小岛上，没告诉任何人。

秋生和夏生还躺在草地上。岛上的天气比陆地要湿热，他们的衣衫早已被汗水浸透。夏生朝寺院方向望了一眼。寺院被巨大的菩提树掩蔽，显得安静而清凉。天边突然布满了云彩，把整个海面都映红了。但慢慢云层变成灰色，天空变得阴沉起来。

"你们演的那出戏是父亲写的，本子我是在岛上发现的，在父亲的包里，用一只塑料袋包裹着，所以字迹没有损坏。你说巧不巧，这戏他是为母亲写的，老天有眼，结果首演竟然真的是母亲。"秋生仿佛在自言自语。

夏生侧脸看了看秋生,这一次他竟没有感到奇怪。他在看剧本和排练时,脑子里多次闪过父亲的形象,这是直觉吗?

"三个月前我搬家翻出这本东西,我让人打印了一份,托人交给庄凌凌,庄凌凌看了剧本像疯了一样,吵着闹着要搬上舞台,后面的事你都知道了。"秋生说。

夏生想,难怪庄凌凌一直不肯说出此剧的作者。夏生以为这是庄凌凌的把戏,她想演主角,把剧作者搞得越神秘越好,免得团长直接去找剧作者而把庄凌凌撇在一边。看来庄凌凌根本不知道剧作者是谁。

"你手上的珠子是母亲的?"秋生问。

夏生看了看手腕,没回答秋生。刚才因为太生气,忘了把珠子留给母亲了。不过他觉得这样挺好,也算有个念想。夏生想象当年父亲和母亲在这个岛上的情形。他好像代替了苍白的神经质的父亲的目光,看着当知青的母亲。母亲眼睛里都是光。她总是这样,一直以来眼睛里永远有一缕光,好像有无限的前程等着她,好像她的人生会无比精彩……不过得承认母亲的人生真的很精彩。

"这珠子能送我吗?"秋生说。

夏生犹豫了一下,把珠子从手腕上撸下,递给秋生。两人沉默不语,看着天空。这时从秋生口中突然传来尖细的越调:

吞灵药,生翅膀,入了广寒门,
晓星沉,云母屏,独对烛影深,
寥廓天河生,
寂寞云裳赠,
空悔恨,

碧海青天夜夜凡尘心……

　　秋生唱的是《奔月》的经典唱段。夏生想母亲说得没错，秋生真的能唱戏。唱的是青衣，竟唱得这么好。他侧脸望向秋生，秋生眼角挂着泪痕。

　　中午大和尚准备了素食。吃饭的时候，天阴沉得更厉害，好像马上要下暴雨。因为晚上夏生还有演出，夏生有点担心海面会起风浪，快艇开不了。要是回不去，团长会急死，票都卖出去了，而他的角色没有B角。吃过中饭，夏生催秋生赶快上快艇回本岛。还好，虽有点小雨，海水依旧平静。一会儿就到了小车停泊的码头。他俩坐上车回永城。车过永城二中，秋生让司机停车，自己跳了下来。秋生对司机说："你送夏生回团里，我想在这儿转转。"秋生沿着学校外铸铁围栏向河边走。刚才阴沉沉的天气突然放晴了，有一缕阳光从云层中穿出来，照耀在河岸边的青草和树叶上，世界焕然一新。

　　秋生来到桥头，趴在桥栏上。有两个工人在河道上清理淤泥和垃圾。河道比过去干净了许多。这条小河曾经浑浊不堪，河面上总是漂浮着快餐盒、塑料泡沫、垃圾袋，有时甚至还有避孕套。秋生读书那会，河道经常散发着工业臭味，在教室里都能闻到硫黄的气味。一个工人操纵着一条机帆船，发动机发出脆响，大约因为河面安静，发动机声并不喧闹。河道里没有太多东西需要处理，他们显得很放松，那捞淤泥的工人甚至故意把水洒到开船那位身上。开船那位大呼小叫起来。

　　他们慢慢来到桥墩下，那个捞淤泥的人似乎在水下碰到了什么，脸上露出少见的认真来，他使劲拉杆。杆被什么东西缠住了。开船的那位去帮忙。一会儿一辆自行车从水上浮了起来，其中一个趴在船边紧紧地抓住了它。自行车染上了污泥，经水冲洗后一下子变得簇新，油漆基本完好，只是钢圈处生了一些锈迹。那两人像捡到宝一样，脸上布满了笑意。

秋生认出了这辆自行车。他的脑海中浮现出多年前的那一幕：他骑着这辆凤凰牌自行车，带着冬好在漫漫长夜中穿行。329 国道路况极差，自行车时刻处在颠簸之中，有好几次秋生差点摔倒在路边的沟渠里……

桥头围观的人多了起来，人们对这里捞起一辆自行车很稀奇。两人中的一个有点人来疯，他像大力士一样把自行车高高举起。阳光投射到那人的脸和自行车上，看上去犹如一座雕像。

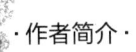

· 作者简介 ·

艾伟，男，1966 年出生，浙江省作家协会主席。著有长篇小说《风和日丽》《爱人同志》《爱人有罪》《越野赛跑》《盛夏》《南方》，小说集《乡村电影》《水上的声音》《小姐们》《战俘》《整个宇宙在和我说话》《妇女简史》等多种，另有《艾伟作品集》五卷。

临窗一杯酒

□ 韩东

岳父突然病倒，齐林和玫玫立刻赶往内地小城市宝曰，住进医院附近的一家酒店。这家酒店无星级，但标准并不算低，主要是地处僻静。每天早上，他俩下一个大坡，穿过一条主干道就进入了医院所属区域。在马路对面的包子铺里买早餐，自然是包子，两人边啃包子边用吸管吸着袋装豆浆向住院部大楼走去。每次玫玫都会带一袋包子给岳母。"我吃过了。"岳母说，"医院的早餐你爸动都没动，我替他吃了。"

午饭在一家饺子馆解决。玫玫照例会打包一份带给岳母。她老人家说："早上的包子还没动呢，净乱花钱！"玫玫就像没听见。晚上他们来到商业区，找一家餐馆吃一顿好的。玫玫仍然会打包，和齐林一道披着小城夜色返回医院，将打包的饭菜递到岳母手上才离开。临走，齐林会俯向病床握着岳父绵软无力的手道别，说："睡一觉，明天一定会比今天好。"

"我肚子胀。"岳父说。

"要不我扶您上一趟厕所再睡?"

岳父并没有起来上厕所,在齐林的安抚下就像睡着了。

这时租床的人夹抱着几张简陋的折叠床进来了。一张这样的床加上被褥十元钱一晚。岳母忙着付钱租床。玫玫再一次建议他们换岳母陪夜,后者坚决不同意。"你们赶紧走,马上就熄灯了。"果然,病房顶上的照明灯一下就熄灭了。病房的门开着,走廊上的灯光照射进来,病患家属以及护工忙于睡前准备,偌大的病房里影影绰绰的。齐林和玫玫退行至走廊,转身,找电梯下去。陆续有拿着脸盆找地方洗漱的人从身后赶超过去……

白天的情形更令人担忧。探视的人不断,发小卡片卖病号饭的在病房里窜来窜去。门大敞着,有人在等电梯的时候抽烟,烟气一直飘到了病房里,不免勾起了齐林抽烟的欲望。出于教养或者只是习惯,他必须乘电梯下去走到大楼外面去抽,事情于是变得颇为复杂。电梯前面总是等着一堆人,好容易来了一部电梯有时还挤不进去。如此一来,齐林的吸烟量在客观上得到了控制,每天上下午各两次,他下楼抽烟,感觉上就像放风。

玫玫克服无聊的办法是去购物。他们在酒店的生活需要打理,从晾衣架、拖鞋到卷纸、抽纸,玫玫买了一堆。再就是岳父的枕头、内衣、袜子、睡帽、收音机,岳母的枕头、被褥以及四季的衣服也都买全了。岳母说:"你买羽绒服干吗?我又不会住一辈子。"

"这不以前没机会买嘛。你试试看,不合适我再去换。"

"我家里有的是衣服……"

"这就是买给你带回去穿的。"

"净乱花钱,你爸生这病又不能全报……"

"知道啦,知道啦!"

岳母则二十四小时全天候待在病房里,似乎这样可以换回岳父的康复。她坐功了得,齐林、玫玫完全比不了。偶尔清静,岳母便会和其他病人家属唠家常,医生、护士更是她的搭话对象。就像她仍然是在工厂的家属院里,这些人是她的上下楼邻居。岳母对病房内外的情况了如指掌,待齐林、玫玫一进门便迫不及待地向他们转述。她声音洪亮,也不避人,说起五床那个老头,不仅器官病变还患有老年痴呆症,一不留神就会自己收拾行李溜走。岳母议论的时候,老头正在病床上酣睡,老头的儿子坐在床沿上压着被子在玩手机,床头挂着一块牌子,上面写着"防走失"。齐林觉得很有趣,用手机拍了几张照片,除此之外他就不知道干什么了。

当然,齐林自有他的作用。现在岳父病倒了,他就成了这家里唯一的男人。他想起"孤儿寡母"这个词,却没有深究孤儿是谁,寡母又指谁,只是觉得自己责任重大,稳定军心是他首要的任务。每天至少有十二小时和玫玫单独相处,齐林有充裕的时间安抚妻子。岳父由于虚弱,变得格外顺从,况且他不指望女婿又能指望谁?齐林和岳父说话时挨得更近,不仅要握岳父的手还要加以抚摩。他知道病人尤其敏感,怕人嫌弃。一次岳母去隔壁病房串门,岳父突然内急,齐林没有去叫岳母,而是亲手将便盆塞入岳父身下,完了按他观摩多次的岳母的方式帮岳父擦拭、清洗,换上纸尿裤。

对付岳母,齐林也有一套,每过一两天他就会找她私下交谈一次。既是私下交谈就不能在病房里,那儿人多口杂,况且虽然岳父病情加重已不能下床,但人始终是清醒的,甚至更加清醒或者敏感了。病房里只适合谈论张长李短。齐林不免率先走出病房,然后站在走廊里向门内的岳母招手。后者会意,过了一会儿也出来了。两人不会在走廊里说话,而是一前一后穿过地道一般悠长的走廊，来到尽头处的一扇窗户前面。

"怎么说，怎么说？"岳母焦急地问。

齐林开始解释 CT 结果，谈论他和玫玫商量的计划。实际上每次齐林带来的都是不好的消息，但他总能从不利因素中找到有关的解决办法。齐林会说很多，意思无非一个：虽然出现了一些新情况，但一切都在他们或者说他的掌控之中。同时配合轻松、自信的表情，岳母禁不住频频点头。

岳父是因肺栓塞晕倒入院的，当时亟须解决的问题是住院费用。就在那扇窗前，齐林拿出了一张存有十万元的银行卡。岳母不肯收下，说她打听过了，费用厂里一大半能报，而且又不会住多久。齐林说即使能报那也是以后的事，医院现在就得收钱，不会赊账……正争执不下，一道阳光破窗而入，照进不无阴暗的走廊，照在岳母的脸上，银行卡上的数字闪烁不已，放出光来。其实那只是账号，在岳母看来也许是存款数额吧。她一面收起银行卡，一面说："那也行，我就帮你们存着吧。"

无论岳母会不会动用这笔钱，齐林知道这对她都是一个安慰。老年人不花钱，但身边不能没有钱，尤其是现在这种特殊时期。

诊治肺栓塞的过程中，岳父被发现肝腹部长了一个肿瘤，10cm×13cm，可谓巨大。也是在走廊尽头的这扇窗前，齐林向岳母解释事情的轻重缓急。肺栓塞是急，必须积极配合治疗；而肿瘤无论良性还是恶性显然已经存在很久了，是缓，那就需要用缓慢、缓和的办法解决。他说到中医。这中医和西医不同，由于治疗效果无法量化，所以充斥着江湖骗子。但好中医就像艺术家一样，像诗人一样，切脉、开方就像诗人写诗，他恰好认识这样一位中医……

岳母似懂非懂地听着。那天没有阳光，但从八楼的高度看出去视野开阔。加上岳母很久没有走出过这栋大楼了，看着下面的停车场和医院围墙，她脸上的皱纹渐渐舒展开了。齐林拍了拍岳母的肩膀说:"坏事变好事,出院我们就去看中医,爸的身体的确需要整体调理一下了。"他知道不仅病人,老年人对身体接触也普遍敏感。

"阿弥陀佛,菩萨保佑。"

由于"孤儿寡母"的信任,深感欣慰的同时齐林也压力陡增。这种压力不是靠巧舌如簧就能解决的。也就是说,他需要寻找更切实的医疗资源,需要托关系找人。

齐林是一位资深诗人,在诗歌写作圈里辈分很高,写诗的人没有不知道他的。齐林还知道,各行各业几乎所有的领域里都有诗人,从地方基层到首都北京莫不如此,想来小城市宝曰也不例外。于是他打了一个电话给西南地区的诗歌领袖。果不其然,对方一个电话打到宝曰,当地的诗歌圈立刻就有了反应。诗歌领袖(宝曰当地的)在一家酒楼设宴为齐林夫妇接风,齐林对领袖老王说,他们已经来了一个星期了。"不妨碍。"老王说,"真没想到你是咱宝曰的女婿啊,荣幸,太荣幸了!"

那天包间里摆了两大桌,大概有二十多位诗人,男女老少各个行当的人都有。齐林挨个问过来,可惜没有医院的。但第二天上午,毛医生或者毛诗人就出现在岳父的病房里。消息经过一夜的传递,终于抵达了该去的地方,毛医生来拜访齐林了:"真没想到您是咱宝曰的女婿,就住在我们医院……"齐林更正说:"住院的是我岳父,我和老婆住酒店。""不妨碍。"毛医生说,"来了就好,我们太荣幸了!"

病房里只有一把椅子,毛医生当仁不让地坐上去,跷起二郎腿开始谈诗。正说得高兴,毛医生突然站起来,对齐林说:"您坐,您坐,怎么我坐着您倒站着……"看得出来,毛医生的角色认同有点混乱。作为医生他自然是病房里的老大，坐在那把椅子上理所当然，但作为诗人，他的资历就太浅了。齐林也不谦让，但他并没有去坐椅子，而是请岳母坐上去。后者当然不答应。毛医生走过来帮忙，两个人一道硬是把岳母按在了椅子上。之后，毛医生继续向齐林讨教诗歌写作。岳母扭捏不安地坐着，听着半空中两人的高谈阔论。病房里的其他人也都不再说话，甚至连岳父的呻吟也停止了。

他们是被一伙着装奇怪的人打断的。说奇怪也是这伙人簇拥着的那人比较奇怪，那人穿一件黄褐色的袈裟，身材出奇矮小，年纪大概有九十岁（长缩了？）。其他人皆为中老年妇女，背着黄色或褐色的布袋，和老和尚一样手里拿着念珠。他们一拥而入，岳母见状从椅子上跳起来，还没有站直就趴下身去，对着老和尚在水泥地上磕了三个头，这才掸掸灰再次站起。

岳母是居士，齐林是知道的，想必老和尚就是她师父，其他人则是她"师兄"。"老苏，"岳母喊道，"师父来看你了！"岳父很清醒，只是比较虚弱，摇着那只没有打吊针的手说："谢谢。"声音小得像蚊子。椅子上现在换了老和尚，老和尚在说什么，也完全听不清楚。他说的还是方言，就算齐林听清了也不可能听懂。岳母来回翻译着两个人的交谈，声音分外洪亮。

"师父说，你要念佛，念了佛病才能好！"

一会儿岳母又对老和尚的耳朵喊："皈依，老苏说他要皈依，他答应皈依了！"

师兄们欢呼起来，无不欢喜。

齐林始终盯着岳父的病容，并没看见岳父有什么表示。当岳母宣布他要皈依时，岳父也没有反对的意思。于是齐林又转过脸看玫玫，后者的脸上除了忧虑再也没有别的了。

不可能再聊诗。趁师兄们七手八脚准备皈依仪式，毛医生对齐林说："要不去我办公室聊？"齐林欣然同意。走之前毛医生这才翻看了病历夹，招来护士询问一番给药情况，并嘱咐了岳父以及岳母几句。他又回复到医生的角色，举手投足间充满了专业人士的自信，虽然他并不是收治岳父科室里的医生。

收治岳父的是心血管科，而毛医生是胃肠科的主任，也是主任医师。他的办公室在另一座大楼里，齐林每次去他那里聊诗终究不太方便。恰好岳父被诊断为原发性肝癌，齐林不免动起了转科室的念头。

"当务之急还是溶栓。"毛医生说，"有栓子无论做介入还是手术切除，风险都太大了。溶栓嘛，也就是那几招，我们也都做过……"他按下不表，继而说起自己的行医经历，无论是心血管科还是肝病专科或者肿瘤科他都是待过的。又说起，现在人生的病都异常复杂，如此分科其实并不科学，无论你在哪一个科，最后确定治疗方案还是需要各方面的专家会诊。齐林接过毛医生的话茬说："那还不如转到你这儿来呢。""好啊，好啊，太好了。"毛医生说，"这可不是我说的，是家属要求，但我还是感到非常荣幸！"之后，毛医生才谈起了转入胃肠科的种种好处。

"各方面咱们都能照顾得到……这是其一。其二，现在这个肿瘤虽然长在肝部，但从B超看应该是外生性的，和肝脏的连接有限，倒是和胆囊、十二指肠纠缠在一起，也算专业对口。其三，我这里有一间单人病房，病人明天出院，可以留给你岳父。"其四毛医生没有说出来，就是他们聊诗更方便了。

齐林最感兴趣的其实是第三点。你想呀，整天待在那间六人病房里，各色人等进出，连和尚都跑过来了，加上病人不断更换，鬼喊鬼叫地抬进来，悄无声息地拉出去……就是没病的人也得生病。单人病房是卧床休养的必要条件，而卧床几乎是治愈所有疾病的首要前提。

在走廊尽头的那扇窗前，齐林向岳母重点阐述的就是第三点，关于岳父被诊断为肝癌的事则轻描淡写带过。自然他也说了，主要是应对办法，"现在不比当年，对付癌症可以靶向用药，有各种各样的靶向特效药。"他说，话锋一转，"但当务之急还是治肺栓，栓子不化就不能全麻，不能全麻就不能手术，而溶栓除了继续抗凝最重要的还是休养……"

那天起风，经八楼上的风一吹，岳母呼出一口长气。她问："这是毛医生说的？"

"是呀，是毛主任说的，毛医生是胃肠科主任。"

此时此地，医生在岳母心目中的地位可想而知，主任医生就更不用说了。况且岳母亲眼看见过毛主任对齐林，也就是自己女婿的崇敬之情，那就他咋说就咋是吧。岳母点头。"那我们现在就搬吧。"齐林说，"您今天晚上也可以睡一个好觉了。"

单人病房里的确只有一张病床，此外还有一张会客用的小型长沙发。这以后每天晚上岳母就睡在沙发上。玫玫给父母买的东西也有地方放了，大包小袋地码放在墙边，阳台上的柜子里也放了一些——还有阳台，阳台上还有柜子，柜子上有盆栽植物。卫生间也是单独的，在病房里面。这间病房竟然有了家的感觉。齐林和玫玫也能待得住了。当然，齐林最主要的任务还是和毛医生沟通，后者的办公室就在护士站旁边，和他们"家"隔了五六间病房。那些病房一概都是多床位的……

毛医生的办公室对齐林二十四小时开放，无论毛医生在办公室或是不在。毛医生有手术或者开会的时候，会交代护士给齐林开门。如果他在则随时放下手上的工作，接待齐林，沏茶、递烟。后者对齐林来说太及时了，现在他烟瘾发作再也不必挤电梯去大楼外面，来毛医生的办公室就可以。

毛医生本人不吸烟，但他那儿有病患家属送的整条香烟，齐林只需要带上打火机。烟雾缭绕中，两个人有说不完的话。在毛医生，主要是向齐林讨教写诗的窍门，而齐林对毛医生的专业更感兴趣。不同的话题于是便互为因果，也能做到并行不悖。如果毛医生想多了解一些诗歌、写作方面的事，首先需要回答齐林医学专业的问题。齐林如果想多了解一些岳父的病况，也总是以谈论诗歌或艺术开道。两人搞得就像交换一样。也的确是一种交换，精神层面的交流互换，两个人都乐在其中。

就是在这间办公室里，毛医生向齐林展示了岳父肿瘤的彩色三维重建。各脏器包括肿瘤皆以纯色标出，艳丽无比。其中岳父的肿瘤是黄色的，尤其醒目，并且巨大，体积超过了心肝肠胃以及周边的所有器官。蓝、绿、红、紫拥挤、缠绕着一大团灿烂的黄色。齐林的第一反应不是恐惧，是艳羡，真是太漂亮了，视觉冲击太强烈了。他对毛医生说，这是任何艺术家都画不出来的。又说，如果喷绘打印一张拿到艺术展上展出，肯定是最前卫的艺术作品。

毛医生说："如果你喜欢那我就打印，你可以挂在家里做个纪念。"

"不行，不行。"齐林说，"我老婆和岳母看了会难过。"

"那就换一张，这样的三维彩图我电脑里有很多。"

齐林把话题引向诗歌："不过，你倒是可以写一首诗。"

"啊，这怎么写？"

齐林告诉毛医生，诗人必须从自己的专业中汲取灵感，从自己的经验、所学和擅长的东西中挖掘素材。如此写出来的诗才会具有个性和辨识度，这对一个自觉的诗人而言太重要了。

"那我试试看。"毛医生说。

这之后，他们才开始根据此图讨论岳父的病况。肿瘤发展的确太快了，刚入院的时候十三厘米，两周不到已经快十七厘米了。"这么大的肿瘤介入效果有限，"毛医生说，"看来只有手术。"由此他们谈到主刀的医生。"在我们这小医院里，我这样的技术已经到顶了，但本人擅长的是肛肠，比如做个造瘘什么的……"

"你的意思是？"

"按道理应该转到大医院去，那样一来又得排队，所有的检查、诊断都需要重新再来，岳父现在这情况也拖不起呀。"

齐林表示同意。一想到一切都得从零开始，他就头皮发麻。难道又要寻找诗人医生或者医生诗人吗？幸好毛医生另有方案。"也许，"他说，"我们可以把高手请过来做。"

"可以吗？"

"当然可以，给一个大红包。"

"你能请得到吗？"

"请得到。我在这个圈里的人脉虽然比不了你在诗歌圈的人脉，但也差不了太多。"

"你怎么不早说啊？"

"有些事我们不好主动，你懂的。我巴不得你们能留下来不走呢！"

继而毛医生才谈到他不能亲自手术的真正原因："我们一般不会给家里人开刀，外科手术需要绝对冷静，给家里人开刀会受情绪影响。齐兄，你现在就是我家里人啊，你岳父就是我岳父！"

齐林大为感动。不过他也想了一下，如果毛医生提出由他主刀，自己会同意吗？他对毛医生医术的信任毕竟不如对方对他诗歌方面的信任。齐林觉得自己还是会同意的，他实在不愿意再折腾了。

计议已定，之后便是分头准备。齐林的任务是说服岳母、玫玫。基于母女俩对他无条件的信任，这件事几乎没有难度。毛医生则着手联系省内肝脏手术的第一把刀，对方原则上同意，但说要看时机，让毛医生把岳父的病历、资料都传过去了。

岳父继续抗凝治疗，争取在手术前把栓子化掉，手术前至少一周就得停药，还得补充蛋白，调节肝功能。除了没日没夜地输液，岳父被要求尽可能多地进食。岳母拿着小勺子像哄小孩一样地喂岳父，后者皱眉、推挡，由于两只手都在输液，他实际上并无推挡的工具，只是把头偏过去。"我饱了，饱了。"岳父说，"肚子都要胀破了。"令他感到腹胀难忍的并非食物，而是那颗疯长不已的肿瘤，齐林实在不忍目睹。

各种检查更频繁了。有的检查在楼内做，有的需要去另一座大楼。岳父出行，或坐轮椅或躺平车，有时也直接将病床推行到走廊里，再进电梯，再出大楼，然后再进电梯……无论哪种方式都很折腾。虽然医院里有专门推床的护工，但岳母还是一个顶俩，她异常积极和兴奋，大概是受到手术前景的鼓舞，总嫌在边上搭手的齐林、玫玫碍事。于是玫玫便跑到前面开门、清道，齐林落后，和毛医生同行，边聊诗歌边尾随而去。

岳父检查，无论做什么项目，毛医生只要没有手术都会陪同前往，不免兴师动众。病患家属三人，加上病人、毛医生以及推床护工，至少六人，再加专门开电梯的，几乎将医疗专用电梯塞满了。电梯里有时还会挤进几个搭便车的，镶嵌在病床四周，收腹挺胸就像挂在电梯厢上。但人再多，毛医生都一样旁若无人，他个子又高，伫立在岳父头顶上方滔滔不绝地谈诗。齐林不免尴尬，简单附和几句，其他人则默不作声。那电梯扶摇而上，或者呼啦直下。齐林有一种感觉，就像他们已经下去了，而毛医生的高谈阔论仍然悬浮在大楼上部，或者留在了电梯里。

出大楼后，外面正下小雨，岳母推着病床开始一路小跑。玫玫打开雨伞为岳父挡雨,也一路小跑。

"妈,你就不能慢一点?地不平,会颠着爸爸的。"

"你没看见下雨啊,你爸会着凉。"

"不是盖着被子吗?"

"脸没盖上。"

母女俩边争执边跑过了楼与楼之间的一片空地。齐林和毛医生则悠然漫步在小雨中,谈诗不止。毛医生并没有忘记指示方向,他冲前面喊:"进了大楼往右拐,第三个房间!"岳母回头喊:"我晓得。"毛医生再次转过脸,接上刚才的话题问齐林:"你说杨键是被低估的诗人,也不见得吧,我百度了一下,他获过不少奖。"

"他应该获诺贝尔文学奖。"

一时半会儿他们无法离开宝曰。玫玫开始到处看房子。

她看房子不是为了搬离酒店他们住,是属于岳父康复计划的一部分。手术以后,岳父、岳母将离开医院,搬到租借的房子里去,这样定期复查会方便很多。岳父、岳母所在的厂区距此七十公里,更没有像样的医院,万一病情恶化呢?再者,厂子里都是熟人,人来人往地探望、慰问不利于静养。得了癌症又不是什么光彩的事。在那栋租借的房子里,岳父可以一边静养一边进行靶向治疗,或者服用中药,直到癌细胞在体内消失净尽。齐林、玫玫回宝曰的时候,一家人也可以在这栋房子里团圆。齐林心想,今年八成是要在租借的房子里过年了。

因此,对这样的一栋房子要求颇高。既要离医院近,又要安静有电梯(方便岳父的轮椅进出),生活还得方便。最好附近就有菜市场,岳母可以随时根据岳父的身体状况以及胃口采购,做好吃的给岳父,补充、加强营养。租期还不能太长……诗歌领袖老王听闻了此事，当时就表示要把自己和女朋友幽会的一套秘密住房让出来，给岳父、岳母白住。齐林、玫玫也去看了，玫玫觉得距离太远。老王也不气馁，把宝曰的诗人们都发动起来，帮着玫玫在全市范围内寻找房源。

毛医生办公室里的谈诗论道不时会被打断。玫玫来电话，说有一处房子，让齐林去看一下。齐林知道肯定是玫玫不满意，但又不好拒绝对方。帮着找房的不是诗人就是诗人的老婆或者女朋友，对他们而言，齐林的判断更具权威性。于是齐林便匆匆赶往某处，毛医生有时也陪同前往（开车送齐林），就这样齐林看了不下五六处房子。的确很不合适，完全是宝曰的诗人们根据自己的理解看上的房子。不就是临时住一下吗？目的是就医方便。比如他们找到的一家医院附近的私人开的旅社，房间只有六七平方米，里面除了床架上一张脏兮兮的床垫就什么都没有了。当时是一个晚上，灯光就像旧社会一样暗淡，一股饭菜的馊味弥漫开来。不用说玫玫，就是齐林，一想到岳父、岳母住在这样的地方只是为了苟延残喘就不禁觉得悲凉。这家旅社是专门接待就医的病人或者病患家属的，价格自然便宜。齐林知道，如果让岳母自己找肯定就是找这样的房子了。

他向宝曰的诗人们表示，他们要找的不是这种房子。重申了房子的标准后，大家又开始行动，投入到新一轮的找房活动中。

玫玫总算看上了一处房子，一次性交付了租金，租期半年。她开始打理这套公寓，要求不是一般的高。房东的东西除了两张床、餐桌、沙发、洗衣机、冰箱等搬不动的大件，其余物品几乎全被扫地出门，或者坚壁清野（壁橱专门辟出一层来放置房东的零碎杂物）。锅碗瓢盆自然全套更换，此外还买了电饭煲、微波炉、高压锅和开水壶，床上用品更不用说。甚至连拖把、塑料垃圾桶也都换掉了。玫玫买了各种洗涤用品、工具和消毒液，把齐林从医院叫回来，两人不停地清洗、擦拭、整理，虽然这套房子已经请保洁公司的阿姨打扫过了。玫玫的要求是两方面的，一是清洁卫生，二是要有美感，因此房东的窗帘、桌布、墙上和门上贴的图片、对联也在处理之列。这一切干完后，玫玫开通了有线电视、无线网络，去农贸市场和附近的超市采购了大量食品，米面、副食、调料、油盐，只等岳父开刀后出院，两个老人就可以在这套房子里过日子了。

找这处房子是背着岳母的。他们只说找房子，没说找这样的房子，更没说更换了里面几乎所有用品，否则岳母又会说他们乱花钱了。直到房子整理完毕，齐林才把岳母拉到病房外走廊尽头的窗户前（现在的病房走廊尽头亦有窗户，格局和前面住过的病区相仿），交给对方一把钥匙。关于房租齐林打了对折，实际上月租五千元，他告诉岳母三千不到。岳母仍然说了句"乱花钱"。"您去看了房子就知道划算了。"齐林遥指医院围墙外面的某个小区，催促岳母去看看，"就那个小区，右边那栋楼，拐角上挂墨绿色窗帘的。"岳母的眼里放出光来。之后，换上齐林看护岳父，玫玫就领岳母过去看房了。

这是岳母第一次走出医院。她显然喜欢这套房子，去了整整四个小时。据玫玫说，岳母表示她从来没有住过这么高级的房子。她在租借的房子里洗了一个热水澡，睡了一个很长的午觉，这才返回医院。回病房后，仍然让齐林看护岳父，岳母和玫玫一道把后者买的那些东西分几趟搬了过去。

这以后岳母就再也没有去过那套房子了。她恪尽职守，想的大概是，这么舒服的房子得等岳父出院一起进去住。倒是有几次，齐林待在毛医生办公室里，门敞着，看见岳母从走廊里走过，齐林跟出去，只见岳母来到尽头的窗户前，向外眺望。显然她是在看那套房子，看那墨绿色的窗帘。她在展望岳父出院后他们在那套房子里的生活。

这套房子齐林、玫玫也一天没住过。他们仍然住酒店。岳母说了好几次,让他们住到"家里去"。"放着家里现成的房子,条件也不差,为什么不去住?"岳母很不理解。

"我们的事,你就别管了。"玫玫说。

说实话,齐林也不太理解,但又有一点理解。也许玫玫把那套房子当成了一件礼物,送给了父母就不好率先享用。如果岳父、岳母已经住在那里,他们倒是可以过去一起住的,比如回来过年期间。

事有凑巧,在齐林看来这就是天意。岳父抗凝治疗结束后一周,正逢中秋佳节,肝脏手术的第一把刀卢教授是宝曰人,回老家过节来了。毛医生抓住这唯一的机会,安排卢教授来医院给岳父做手术。他告诉齐林,红包他已经准备了,让齐林不必操心,做完手术和卢教授见一下道声谢就可以了。见面的事他会安排,吃饭喝酒一概全免。齐林感激不尽,但表示红包钱必须由他们出。

"那这样吧,"毛医生说,"以后你帮我联系出本诗集,就算我出书的费用。"总之不肯收钱。齐林总不能说,不收钱就不做手术吧,这件事只好以后再说。

然后就到了手术日,岳父被推进去以后,岳母、玫玫和齐林坐在手术室门外的椅子上等。开始时他们很紧张,说话都压低了嗓音,后来才有所放松。门外的两排椅子上都坐着病患家属,都是等手术结果的,渐渐地,交谈的声音变得嘈杂。但无一例外,每家都会有一个人始终看向手术室自动门的方向,就像瞭望哨一般。有人开始吃东西,或者走到电梯口上去抽烟,回来以后问:"怎么样,出来了吗?"齐林虽然烟瘾发作,也坐得浑身不自在,但坚持没有离开。

突然，手术室外间的门向两边滑去，所有的家属都站了起来，并向前拥，即使不是他们等待的病人，也忍不住看个究竟。平车或者一张病床被推了出来，上面躺着的人盖着被子且悄无声息。认领到病人的家属一阵喧哗，跟着病床走了，没领到人的家属则颇为失望，又走回椅子那儿坐下。

最后，手术室门外只剩下齐林他们。岳父手术的时间显然是最长的。就在齐林考虑是不是去饺子店里打包三份水饺拿过来吃的时候，手术室的门有了动静。三人蓦然站起，只见两扇门抖动着移开，门内并没有病床。一个人迎面蹲着，身着短袖洗手服，戴着橡胶手套，两腿之间的地面上放了一个银光闪闪的不锈钢盆。就像排戏一样，幕布拉开这才开始动作，那人拨弄着盆内的什么东西，同时抬起头。他们一下子就认出了是毛医生，自然也一下子就认出了盆内的东西（虽然此前并未见过）。岳母、玫玫本能地止住脚步，转过脸去，不朝那个不锈钢盆看。齐林犹疑不定。毛医生向他招手说："过来，过来呀。"齐林这才走过去。

不锈钢盆里血肉模糊的一大团，几乎将那个盆装满了。当然也可能是齐林惊骇之下的幻视，抛开这一因素，那东西也不小，甚至巨大。毛医生给了一个客观的尺寸，"十九厘米多，快二十厘米了，这么大个家伙！"边说他边用手兜底翻了一个面，又翻回来，如是几番。不锈钢盆底还有一些零碎，毛医生照例隔着手套捡起来，掂了掂，又放回去了。"这是胆囊和坏死的肠子，和肿瘤长一起了。"他说，"来来来，你不拍一下吗？"

齐林拿出手机拍照的时候，毛医生说："肿瘤是卢教授切的，肠子是我的手艺，怎么样？刚切下来，里面正在缝合……"齐林再看那颗肿瘤以及肠子等零碎，似乎还冒着热气。

毛医生是来报信的，大概是怕他们等得焦躁吧。手术宣告成功，虽然出血比较多，输了两千毫升的血，但有惊无险……透露完这些信息后毛医生站起来端着那个金属盆就离开了。他蹲过的地方似有血迹,一个护工过来将一大块绿布卷起,擦拭一番,地面又光洁如新了。

齐林退出手术室外间,两扇门在他的眼前再度关上了。

又经过很长时间的等待,岳父才被推了出来。在护士的引导下,岳母接过病床,又是主推,齐林、小苏护卫,经过几番电梯上下去了ICU病房。ICU病房不允许家属进入。办理了有关手续、被告知探视时间后,齐林他们就离开了。

齐林建议三人一道去吃水饺,岳母不肯。她也不愿去那套租借的房子,坚持回了岳父原来的单人病房。"我这一走,病房让人占了呢?你爸还要回来的。"她说。

齐林告诉岳母,已经和毛医生说好了,单人病房会给岳父留着,一直到他出院。岳母还是不肯离开半步。倒是玫玫,火急火燎地去了租借的房子那里,也没有去吃水饺。事后齐林才知道,她是去处理两个洗菜用的不锈钢盆。玫玫买的那两个洗菜盆和装岳父肿瘤的金属盆几乎一模一样。不仅如此,玫玫处理掉了所有刚买的不锈钢制品,包括勺子、饭盆、蒸锅、保温杯……令所有金属抛光、闪烁不已的东西都在其视野里消失了(扔掉或者藏了起来)。

下午上班时间,齐林在毛医生的办公室再次见到了毛医生。后者已经换上日常便装,甚至没有套白大褂,正静候齐林过来谈诗。茶都沏好了。齐林问他什么时候见卢教授,好当面致谢。毛医生说,卢教授早走了,回家过节去了。

"什么时候走的,我怎么没看见他出来?"

"哦,医生不走那个门,有专门通道,切完瘤子手术没结束他就走了。"毛医生说,"厉害的医生都这样,来去如风,下刀也如风!"他突然意识到自己说出了金句，问齐林说，"我这说的像不像诗，你给评评。"

"像诗，好诗啊，绝对是好诗！"齐林说，"写诗就得这样，联系自己的专业、生活经验……"

毛医生提起一件事，明天就是八月十五了，下面的一个县要举办一场金秋诗会，邀请了毛医生。毛医生提议齐林一起去。齐林说："人家又没请我。""那还不简单，"毛医生说，"我打一个电话，听说你要去那还了得，不要太给他们面子啊！"

齐林知道，要说面子其实是给毛医生面子。"可岳父现在……"齐林还没说完，毛医生就接过话头，说岳父没有问题，手术非常成功，况且现在人在ICU病房里，他们也做不了什么。而ICU病房主任那里他已经打过招呼了。

"我看这样，"他通情达理地说，"待会儿你们去探视，如果没有特殊情况明天我们就去，情况有变化我也不去了。"

话说到这份儿上，齐林只好点头同意。

下午四点过，齐林、玫玫和岳母去ICU病房探视岳父。换了衣服、经过消毒灭菌后分别进入。按照亲疏远近，先是岳母，然后是玫玫，玫玫出来后才轮到齐林。

走进病房齐林傻眼了，没想到ICU病房这么大，床位不是一般的多，大概有二三十张病床。每张床上都躺着一位重症患者，插满管子，戴着吸氧面罩，所有的人都毫无声息地静卧着。齐林不是被病房的容量，准确地说是被安静的氛围震慑住了。甚至穿梭其间的医生、护士走动时都蹑手蹑脚。窗户完全被封死，室内靠灯光照明。齐林不由得想起一部科幻电影里的情节：飞船在茫茫宇宙中航行，前往某个遥远至极的星球，由于生命有涯，休眠的乘客在接近目的地的时候才会被唤醒。这之前是太空舱里令人心悸的整洁以及寂静……

终于找到了岳父的病床。岳父已从手术麻醉中醒来，醒在一片死一样的寂寞中。他就像置身墓地那样地瞪着惊恐的眼睛，口不能言。齐林照例俯下身去，摸了摸对方冰冷的手背，马上有一个声音（护士的）说："不要接触。"岳父似乎想说点什么，齐林把耳朵凑过去，还是没有听清。齐林说："手术很成功，您放心。"岳父微微摇头。"真的很成功，您的肚子已经没有肿瘤了。"齐林又说。

岳父还是摇头，嘴唇哆嗦着。最后，不知道是齐林听见了，还是猜到了，岳父的意思是要离开这里，回单人病房去。"现在还不能离开，"齐林说，"这里是ICU病房，护理很专业……"

一滴眼泪从岳父的眼睛里流了出来。由于他是平躺着的，那滴泪经过高低不平的面颊，竟又流回眼眶里去了！齐林从没有见过岳父流泪，而且是这么一种奇怪的流法，不禁有些发慌。"那行吧，"他说，"我问一下毛医生，如果他说可以，我们就转回去。"岳父脸上的那滴泪果然消失不见了。

走出ICU病房，齐林立刻向岳母、玫玫求证，岳父是不是想转回单人病房。岳母和玫玫都说应该是。齐林还是不能确定，转回单人病房到底是岳父的意思还是她们的想法。他们包括齐林，都觉得岳父待在ICU病房里太难受了、太可怜了，这是共识。齐林又去找了毛医生，询问他转回单人病房的可能性。毛医生说："也不是不能转回来，但大手术以后去ICU观察是一个惯例。"

"到底能不能转？"

"你是权威，你说了算。"

"怎么我成权威了？这方面你才是权威啊。"

两个人不免展开了一场关于权威的讨论。齐林承认自己是写诗方面的权威，但对医学可说是一窍不通。毛医生说，权威就是权威，不管是哪方面的权威。权威就是说话算话的人、做决定的人，有时候需要的只是一个决定，和专业没有半点关系。又说，抛开专业不论，齐林是一个大权威，而自己充其量只是一个小权威，影响范围局限在这个医院甚至是胃肠科里。小权威当然得听大权威的……

齐林总算听出来了，毛医生是让他做决定，自己不方便一切代劳，就像手术前必须由家属签字一样。而从医疗专业角度考虑，以岳父现在的情况转出 ICU 病房应该是没有问题的。想到岳父脸上的那滴泪，齐林一咬牙说："那就转吧。"

于是当天晚饭以前，岳父就又转回到胃肠科的单人病房里了。

阴历八月十五，毛医生开车和齐林一道去县里参加金秋诗会。齐林的到来引起一番骚动，当地诗人纷纷前来见面、致意。当时天降小雨，齐林、毛医生被簇拥着游览了周边的名胜（一路有人撑伞），无非是一些仿古建筑，"爬高上低"一通。之后喝茶，再后来吃饭。接风酒宴摆了四五桌，齐林被介绍给若干当地名人和官员，但他一个人的名字都没有记住。饭后移步诗会会场，也是一处"古建筑"。齐林从手机里随便找了一首诗朗诵，应付过去。

这样的活动他已经有很多年没有参加了，如果不是因为毛医生他也不会出现在这种场合，因此不免有某种出乎意料的新鲜感。一时间齐林忘记了岳父刚刚开刀的事。这是名副其实的身心放松。不仅齐林，毛医生也一样。在齐林的感觉中，过去的这二十多天他们都围着岳父的事情转了。当然这是不可能的，毛医生有他作为医生的日常工作。总而言之，齐林觉得大事已了，这金秋诗会就像是为岳父的重生举办的。这样的活动没有引起齐林预想中的反感，反倒有点如鱼得水的意思，大概也和他受到尊敬有关吧。

诗会结束，雨也停了，但月亮没有出来。县里的诗人拼命挽留他们，建议在古建筑的平台上边喝啤酒、吃夜宵边等月亮。他们说，宝曰距此不过一百多公里，等月亮出来披星戴月地踏上归途岂不更有诗意？月亮实在不出来就在这里住下，他们也有个机会向齐大师求教。平台上已经摆好了桌子，甚至十几箱啤酒也已经运上来了。齐林执意要走，由于他毋庸置疑的权威（诗歌方面）和不容辩驳的理由（岳父刚做完手术尚未脱离危险），县里的诗人再也不好劝阻。

返程仍然是毛医生驾车，齐林坐副驾。毛医生喝了酒，并且没有系安全带。齐林想系安全带，但安全带的插口被毛医生用硬纸片塞上了。这一问题上齐林完全可以深究，却没有深究，也许来的时候就是这样的。此刻齐林就像是裸身坐着一样，任凭小车在高速公路上一路飞驰。毛医生不断超车，和那些巨大的货柜车并行一段然后一掠而过，齐林手心都出汗了。同时他也感到了某种欣喜，大概这就是兴奋。他也喝了不少酒。

很多时候他们都穿行在隧道里。齐林发现，这条路上隧道特别多，而且都很长，一条隧道接着一条隧道，简直没完没了。一段黑暗荒凉的露天公路过后就是一条大放光明的隧道，隧道里面充满了安宁。就在这明与暗、动与静的不断交替中，毛医生说起了自己的妻子，很久以前，她是他所在科室的护士。又说到他们的儿子，马上就要高中毕业了，毛医生想让他去考飞行员。再就是家里养的两只小狗，一只叫欢欢，另一只叫螺蛳，妻子管儿子，毛医生则负责小狗，每天需要下楼两次遛欢欢、螺蛳。齐林问为什么会叫螺蛳，毛医生说了一个故事，当时齐林记住了，但回到宝曰后就再也想不起来了。

奇怪的是，这一路上毛医生竟然没有谈诗，大概是刚参加完诗会，总该有个停顿。毛医生只说他的个人生活，这其实让齐林觉得很温暖，他们真的已经是一家人，毛医生就像齐林的亲兄弟。关于齐林家里的情况则不必说了，医治岳父的过程中对方已经了解得清清楚楚。

齐林说："什么时候去你家看看欢欢和螺蛳？玫玫也喜欢小狗。"

毛医生答："明天就去，去家里吃水饺，小宋是北方人，水饺包得一流。"

齐林没有说，他们吃水饺早就吃反胃了。

那天晚上月亮始终没有出来。

齐林、玫玫在宝曰又待了五天。这几天里岳父的情况算是正常，首先是放屁并大便了，这是手术成功的标志。但岳父思睡，总也不肯下床。毛医生说必须离床，哪怕是在椅子上坐一坐，坐几分钟也是好的。于是在岳母的威逼下，岳父一天数次摇摇欲坠地坐在椅子上。岳母监督，不让他的后背靠上椅背。后者四不靠地坐着，就像小孩学游泳一样，手臂划拉着，一旦有歪倒下去的危险，岳母或者齐林、玫玫立刻上前扶住。三五分钟后岳父带着满身的管子回到床上，众人鼓掌。

岳父仍然无法顺利进食，不想吃，或者吃了就会引发呕吐。插胃管鼻饲的情况仍没有多少改善。毛医生让护士将管子直接下到小肠里，然后将一管管灰绿色的营养食糜慢慢打进去。齐林看在眼里既觉得踏实又为岳父感到难受。夜里呕吐再度发生，于是便有更多的食糜被注入岳父体内。

输液二十四小时从不间断，输入营养液以及各种针对性药品。齐林有一种感觉，就是他和玫玫行期在即，所有的人都焦躁起来，想在他们离开之前岳父能有一个质的变化，如此他们才能走得放心。岳父亦然，在他们离开的前一天，竟然自己去卫生间上了趟厕所。这一高难动作自然是在岳母的搀扶下完成的。不仅如此，从卫生间出来岳父没有马上回到床上去，而是手扶病床一侧的栏杆开始"锻炼"。他所谓的锻炼不过是摇晃几下身体，身上的引流管包括挂着的引流袋也随之晃动。毕竟很不方便，后来岳父就不动了，只是直直地站着。

"你看，你看。"他虚弱不已地说，同时目光下移。众人不解，顺着岳父的目光往下看，啊，终于看见了他的脚，岳父在转脚脖子！他左转一下右转一下，踝关节甚是灵活。转完左脚又换上了右脚。与此同时，岳父的两只眼睛睁得很大，目光炯炯地看向前面。

那天岳父特别有精神，就像换了一个人。不是说换了一个健康的人，没生病之前的岳父，而是换上了齐林不认识的某人。那人的眼神里充满兴奋，甚至是俏皮，但陌生得令人心悸。当时是下午四点多，病房西晒，整个房间里犹如着火一般，一种黄铜般烁亮奇特的光弥漫开去，映得岳父就像一个铜人。后来齐林、玫玫离开病房回酒店，当他们走出大楼，看见外面也是那样的光，赤黄热烈，涂抹在路面、草坪以及建筑物的楼面和窗户上。

齐林、玫玫离开的当天，岳父的病情恶化。他夜里吐了几次，几乎通宵未眠。在毛医生的主持下，他立刻进行了有关检查，中午检查结果就出来了。毛医生告诉齐林，可能是急性肝功能损伤，问题有点严重。齐林于是考虑是否退了动车票，留下来再看几天，到了下午岳父的情况又有所好转。毛医生说，可能是验血标本有些溶血，诊断不正确，不至于那么严重。关于医疗齐林自然没有发言权，他现在只有一个问题："我们到底能走不能走？"但眼下的抉择和上几次不同，并不关系岳父的治疗路径，即使他们留下来，岳父也只能靠他自己或者说他的运气。

毛医生说："意义不大，我会盯在这里的，尽最大的努力。"毛医生再次强调说，手术本身没有任何问题，现在主要是看手术后的恢复。病患的体质不同，年龄也不一样，岳父毕竟已经七十岁了，此前因为治疗肺栓塞也被折腾得够呛，消耗很大。"如果是个小伙子，估计这会儿已经出院了。"毛医生说。

开车送齐林、玫玫去车站乘车途中，毛医生说了很多这种模棱两可的话。模棱两可重复再三，就像念咒一样，不免是一种安慰。面对岳母，这几天齐林不也是这么说话的吗？岳父一旦出院他们就搬到新房子里去，一边休养一边进行靶向治疗，等治得差不多了再去看中医，关键是看这几天……在毛医生暧昧的说法里齐林也得出了一个结论，就是，即使岳父有意外也不会马上出现。有此一说他就放心了。

岳父因肺栓塞病倒时齐林正在排一部小型诗剧，齐林是编剧兼导演，玫玫是主要演员之一，扮演一个女疯子。他们中断了排练赶往宝曰，现在赶回去继续排戏。离正式演出只有十天，剧场门票已经售出了。也就是说，岳父只需要坚持十天，无论出院或者不治都尽量不要发生在这十天里。

出院就不说了。如果不治务必设法拖延。关于后一点没有明说，但齐林和毛医生之间显然是有默契的。"你们就放心走吧，诗歌可是大事，诗剧更不得了。"当时毛医生说，"这边有我在，我保证不会离开。"他说到做到，在齐林他们回去的这段时间里毛医生推掉了两个去外地参加的学术会议，始终坚守在医院里。

每天一次，毛医生准时给齐林发信息，报告岳父的情况，不免报喜不报忧。"有一点小状况，但已经处理了。"他说，然后开始聊诗。毛医生也知道导演工作不是一般的忙，所以聊两句也就不聊了，似乎聊诗只是一个借口，以转移齐林的注意力让他安心。这些都是齐林事后领悟到的。那段时间毛医生一定是在咬牙硬挺，他需要对得起齐林的信任。

岳母倒是数次告急。她打电话或者发信息给玫玫，玫玫再转告齐林。每次齐林都会重复毛医生的话："是有一点小状况，他们已经处理了。"玫玫再转告岳母，就像她人在现场获悉的情况并不属实，或者解释起来有偏差。毕竟岳母不是医学方面的权威。

"妈，你能不能不要一惊一乍？毛医生已经说了，康复需要一个过程，这么大的手术，总会有起伏的。"

总之，夫妻俩需要排除一切干扰，投入到眼下紧迫的工作中去。这可是齐林第一次当导演，玫玫也是第一次做演员，必须将所有的烦恼置于脑后，轻装上阵，全力以赴。

他们的确是这么做的。从宝曰回来的当天，制作人江总亲自驾车接站，他们到达时已是深夜。江总的意思是把他们直接拉到剧组住宿，玫玫坚持要回家看一下，第二天早上再去排练现场。于是那辆车便在秋风夜色中向他们家的方向驶去。玫玫让打开两侧车窗，甚至顶上的天窗也移开了，猛烈却如绸缎一般滑爽的夜风一下子灌进来，就像灌进了他们的心脾里，近一个月来在宝曰医院里沾染的病气被一扫而光。齐林从没有感到自己居住的城市如此美丽。其实，除了黑暗和沿途的灯光他什么也没看见。后来进城了，看见那些灯光勾勒的高楼大厦、巨幅霓虹灯广告，和宝曰街头也相差无几。但齐林就是觉得不一样了。脱胎换骨一般，整个人都放松下来。

回到家，他们仍然很兴奋。玫玫立刻动手打扫除尘，齐林觉得没有这个必要，因为睡一觉就得离开。玫玫说："你睡你的，我忙我的，互不妨碍。"睡梦之中，齐林耳边始终伴随着玫玫收拾、洗刷的声音，她拖地、浇花，开动洗衣机洗衣服之后烘干，刷厕所、翻箱倒柜整理箱子……恍惚中齐林觉得是在宝曰他们租借的房子里，玫玫是在那儿忙活。直到天亮，当青白色的晨光透过窗帘映衬出玫玫依稀的身影，齐林觉得是毛医生过来查房了。脚步声杂沓……窗外的城市开始喧嚣、启动。

排练封闭在一个度假村里，那儿有一个弃之不用的小剧场，环境优美、隔绝。有关医院和宝曰的幻象停止了，每天晚上齐林睡得格外踏实，大概是白天排练太辛苦了。除了排戏就是睡觉和吃饭，村子里没有任何娱乐，住的地方甚至没有电视。日子过得单纯，近乎永恒，工作效率却奇高。一天三顿饭是一件大事，做饭的曹师傅是从当地雇的村民，饭菜做得十分粗放，好在食材新鲜，很适合这帮年轻人的胃口（剧组里齐林最老，除他之外平均年龄三十岁不到）。每次吃饭时间都拖得很长。当年轻人仍然在桌上大快朵颐时，齐林会踱出土屋，在周边转上两圈，也算是忙里偷闲。

眼前山影起伏，植物繁茂，身后则炊烟袅袅。突然，他看见一条黑狗哀号着蹿入画面，后面跟着曹师傅。不对，齐林是先看见半块砖头落在了狗嘴上，这才看见扔出砖头的那个人。曹师傅就像一个原始人那样地挥臂、投掷，精壮的胳膊如一截剥了皮的树棍。黑狗惨叫着，跑得没影子了，哀鸣声仍回荡在这片空间里。齐林下意识地摸了摸自己的下颌骨。

哪里来的狗？曹师傅为什么要用砖头砸它？是不是偷吃了厨房里的东西？或者曹师傅砸狗只是娱乐？它是曹师傅带来的吗？既然是自己家的狗又为何要如此虐待？也许曹师傅准备杀了它做红烧狗肉……

这一砖头打破了这里的平静，不免让齐林浮想联翩。他想起毛医生养的欢欢和螺蛳，想到了病床上的岳父。除了这一插曲外，度假村的日子就都是和平安宁的，同时也紧张有序。即使是这一砖头，所激起的波澜也局限在齐林的思绪里，不为人知，过后齐林也忘记了。他只是告诉制作人江总，剧组禁止吃狗肉，让他转告曹师傅。齐林懒得再搭理后者。

排练很顺利。演出前四天剧组进入将要演出的剧场彩排,大部队转场,集中住进了附近的一家快捷酒店。当天晚上,齐林接到了毛医生的电话。看见是毛医生的电话,齐林心里一沉,就知道情况不妙。自从他们离开宝曰,毛医生就没有打过电话,联系只用微信或者手机短信。

站在快捷酒店门外的冷风中,齐林不禁缩成一团,一面通电话一面还得和进出酒店的剧组的人打招呼。当晚的彩排刚刚结束,演员尚未卸装,年轻人身着戏服,脸上闪着油彩,显得无比兴奋。"导演好……导演打电话啊……"齐林是因为房间里信号不好,才走到外面来的。当然也是为了避开玫玫,万一事情严重,向玫玫转述时也好打点折扣,至少也有一个缓冲,因此他没穿外套就匆忙走了出来。

这会儿齐林边躲避寒风边躲剧组的人,来到建筑物的一个内拐角上,毛医生的声音变得清晰了。他使用了一个词,"风雨飘摇",齐林就什么都明白了。他想毛医生已经坚持不住了,而毛医生坚持不住是因为岳父坚持不住了。那么他齐林呢,这是最后一关,他能坚持住吗?坚持度过这最后几天,诗剧一旦首演,无论成功与否他都可以抽身离开。

这么想着的时候齐林回到房间里,玫玫正趴在床上哭泣。显然,她已经从岳母这条线得到了消息,而且也相信了。齐林无须再迟疑,不免和盘托出,其实也就是那四个字,"风雨飘摇"。齐林已经不能说得再模糊隐晦再有诗意了。此时此地,诗意也是一种安慰。这是毛医生的发明,齐林不过是沿用。第一次,齐林真心实意地承认毛医生是一位诗人,无论写不写诗、写得如何,他都是一位诗人。

玫玫稍稍平静,两人讨论该怎么办。"还能怎么办?"玫玫红肿着眼睛说,"我明天回宝曰,票我已经订了,早上六点十分的车。"

本来,齐林是想劝玫玫回去的,没想到她没有和自己商量就已经决定回了,还订了车票。"离演出只有四天,这个戏我们忙了大半年……"齐林不禁站到玫玫对立面去了。

"那我不管,我爸要死了,反正不是你爸。"玫玫又开始落泪。

"就不能再坚持一下吗……"

"你跟我爸说去,跟老天爷说去!"

自从岳父病倒,这还是第一次两人针锋相对。而实际上,齐林的想法和玫玫完全一致:玫玫先回宝曰探望,他留下来继续排戏,想办法找人替换玫玫。虽然齐林完全理解玫玫,但对她毅然决然的方式还是不能适应。"这会儿你让我找谁演女疯子?"齐林说。

"这是你的事。"玫玫说,"要是我被雷给劈死了呢!"

他俩一夜未睡。齐林除了需要安抚玫玫,还得和江总沟通,告知这个紧急情况,让对方务必连夜找到替换玫玫的演员。早饭后彩排必须到场。好在玫玫的角色虽然重要,但台词不是太多,一个疯子基本上只要能咿咿呀呀就可以了。集中的台词也就三段,齐林让江总发给女疯子B(目前还不知道是谁),熬夜背下来。

这一切忙完之后,齐林帮玫玫提着箱子,另一只手牵着对方,走到酒店外面去漆黑一片的停车场交接。送玫玫去火车站的车开走以后,齐林回到房间里,坐在叠起的枕头上打了一个坐,竟然支持不住,垂下脑袋睡着了。他又梦见毛医生进来查房,白大褂在他身后飘了起来,透露出青白的晨光。齐林睁开眼睛,幻影遁去,天已经大亮。

当天的彩排八点准时开始。女疯子B姗姗来迟,九点半才到。齐林大怒,斥问对方为何迟到。女疯子B说她夜里三点半才接到江总电话,四点谈好条件答应帮忙,四点半剧本发过来,背了两小时台词六点半吃早餐,大概七点出发来剧场。她住在江北,又逢上班早高峰,一路堵得像便秘似的,没十点钟到就已经不错了。齐林的怒火于是转向江总,说:"不管你有什么理由,我说过演员必须准时到排练现场,现在几点啦!"

江总赔笑:"对不起,对不起,导演是我的错。"

齐林当然知道是自己的错,不,也不是他的错,谁都没有错,齐林就是控制不了他的情绪。如此滥用导演的权威在他是第一次。发作一通后,齐林多少好受了一些。

但女疯子B的表演总是不尽如人意。她是江总临时找来的,完全不符合齐林心目中女疯子的形象,这是其一。其二,玫玫符不符合女疯子形象另说,但她排练了那么久,又近水楼台得到齐林私下里的指导及密授,无论如何女疯子就是她了。另一个女疯子的出现让齐林横竖看着不顺眼。加上女疯子B和其他演员之间缺少磨合,对剧情也一无所知,怎么演怎么别扭。齐林不断喊停,带妆彩排终于变成了排练,感觉上这个戏又开始从头排了。

此外,齐林已无法像昨天那样集中思想,眼前满是抢救岳父的幻影。

昨天晚上毛医生打电话的时候,他们正在抢救岳父,毛医生的电话是在现场打的,但他什么都没有说。岳母自然告诉了玫玫。她不会用"风雨飘摇"这样的修辞,岳母说的是"后背上全是血"。难怪玫玫会不顾一切地奔回去。心肺复苏机打桩一样冲击着岳父的胸部,岳父毫无反应,就像一个橡皮人,血从后背渗出浸透了白色的床单……如此惨烈和徒劳,齐林有如亲眼所见。继而齐林又想到,玫玫此刻还在动车上,正向着这幅可怕的画面狂奔而去。她是否睡着了?或者木然地看着车窗外面的景色……

中午左右齐林再次接到毛医生的电话,对方告诉他岳父已经走了。齐林看了一下时间,离玫玫到达宝曰还有两小时。毛医生说:"你放心,我会去车站接玫玫,你就安心排戏吧。"

"我是不是应该去一下？"

"意义不大。"毛医生说。的确如此，即使齐林去了，岳父也不能死而复生。

"我总归还是要去一下吧？"

这已经不是在咨询医生，是在和家人或者朋友商量的意思了。

"你是权威，你决定。"毛医生说。他大概想开一个玩笑，让齐林放松下来。后者没有接这个茬，沉吟半晌后说："也许我是要去一下，参加完追悼会再赶回来排戏。"

"来得及吗？"

"我看下车次，应该问题不大。"

第二天一大早，齐林乘坐和玫玫相同班次的动车回宝曰，不同的是他买了往返车票，计划在宝曰只待一天，参加完追悼会就走。

依然是天不亮就走出酒店，穿过漆黑一片的停车场，昨天送玫玫的司机今天又送齐林。

排练的事交代给了江总和舞台监督，当然不能停下。他们主要的任务是监督女疯子B，齐林估计她又会迟到。他特地嘱咐江总，不要给女疯子B在酒店开房间，仍然让她回家住。又告诉二位不必提醒她准时。齐林如此处心积虑，目的只有一个，就是预留一个开掉女疯子B的理由。他去宝曰除了送岳父一程，还有一个意图，劝说玫玫回来参加演出。

又是毛医生接站，他把车直接开往殡仪馆方向。没有去医院或者齐林、玫玫上次入住的酒店，这多少让齐林有些吃惊。似乎从这时起岳父去世这件事才变成了现实。齐林感叹在毛医生的协助下岳母行动迅速，此刻离岳父病逝只有一天一夜，人已经到了殡仪馆准备开追悼会了。

毛医生说:"这也是按照你的意思,加快流程,争取时间嘛。"

"是,我明天就走,追悼会一完就走。"

在齐林的想象中,追悼仪式除了他和玫玫、岳母、毛医生,也只有岳父、岳母的几个亲友,不会超过二十个人,等到了地方他傻眼了,没想到竟然这么大的阵势。追悼会明天上午举行,此刻的告别厅里已人满为患,离很远齐林就听见了念经唱佛的声音,起伏不已。原来是岳母的那帮佛友或者师兄,估计有四五十个人。毛医生告诉齐林,这些人已经不间断地唱了二十个小时了,是从医院一路唱过来的。

齐林和毛医生在人群中穿了几个来回,这才看见玫玫和岳母。母女俩比预想的要平静,大概已经哭过了。岳母和毛医生、齐林打招呼,毛医生对岳母说:"您忙,您忙。"他的意思是不要打搅到她念经。"我不忙,毛主任忙。"岳母说完,转向齐林,"你来啦。"说完岳母就回归到唱佛的队伍里去了。齐林听见她对身边的师兄说:"我女婿。"所有的人都朝齐林他们站的方向看了一下,动作很隐蔽,之后又低下头去诵唱不止。也许这些人根本就没有看,不过是齐林的一个错觉,因为唱佛的音量明显有所变化。和岳母打完招呼,师兄们的诵唱声再次变得洪亮起来。

玫玫领着齐林点香、烧纸,履行一套仪式。烧纸是在告别厅门外对着大门的一个专门的炉子里,这里砌了很高的烟囱,草纸和金银元宝(纸折的)堆放在一边,供祭吊的人随意取用。甚至一次性打火机也是现成的,被搁在蒲团边的地上。跪拜烧纸完毕,玫玫又领着齐林返回告别厅,走到岳父的灵前烧香,对着岳父装饰了黑边白花的遗像磕头。齐林磕头的时候唱佛声亦有变化,突然高亢起来声震屋宇。最后,齐林才看见了岳父,躺在一只带有有机玻璃罩的"水晶棺"里。

岳父戴着一顶黑色线帽(生前他从来不戴帽子),躺得很平(尤其是腹部），面色比活着时差不了太多，甚至比齐林最后一次见到时还要好一些。应该是化妆处理过了。实际上岳父只露出了面孔部分，脑袋陷在枕头里，四周塞满布料、织物，黄色为主，有的上面写着经文。他看上去毫不显眼，也不吓人，主要是不显眼。水晶棺外围立着花圈，再外面是灯架，还有放花盆、香炉的柜子，岳父就像埋伏在这一堆杂物中，只不过是仰卧的。如果不是玫玫指引，齐林一时半会儿也发现不了。

再看唱佛的师兄们，可说是井然有序。女性居多，多为中老年妇女。偶尔有一两个男性，年纪也很老了，性别可以忽略不计。他们穿着黄色或者棕色的衣服，有的形似袈裟，有的只是上衣或者裙子是黄色的，要么背的包或者护袖是黄的，总而言之，需要那么一点标记，也的确显示出了一种统一风格。黄棕色的队伍分作两列，但随时可以首尾相接。有人领衔，站着诵唱很久，然后开始走动，念一句佛号走一步，绕着以水晶棺为中心的区域缓缓转圈。转了一圈再转一圈，停下后继续唱诵不止。

告别厅里有侧室，是接待来宾用的。齐林他们被领到侧室里坐下，负责接待的妇女也穿着类似于袈裟的衣服。齐林和毛医生喝了茶，齐林甚至抽了一支烟，一面听着门外强劲有力的唱佛声。

齐林参加过不少追悼会，如此格局和氛围还是第一次遇见。问起来，接待的妇女说这间告别厅租用的期限是两天两夜。"家家如此。"她说。她说的"家家"自然是死了人的人家。看来宝曰的确是一个小地方，平时死人不多，否则殡仪馆的告别厅也不够用呀。在齐林居住的城市里，租用告别厅是按小时计的，即使如此也需要排队。怎么可能像这样在里面过日子？自然风俗也不一样，烧纸、唱佛的也不止"他们家"，这一溜所有的告别厅都如此，都有人在里面烧纸、唱佛，遥相呼应。

不断有人前来祭吊、慰问，岳父、岳母的亲戚，他们厂子里的同事、领导以及老王等诗人朋友。齐林开始作为死者家属代表忙于接待，原先负责接待的妇女则端茶递水，在一边打杂。毛医生自然也成了接待方，帮着齐林应对。他是宝曰当地人，又是医生，死亡的事经历得多了，这家殡仪馆也不是第一次来。毛医生告诉齐林，刚才他出去转了一下，旁边十一号厅的死者也是在胃肠科治的一个老太，毛医生给她做的手术。经毛医生这么一说，齐林觉得即使是死亡似乎也不再那么严重了，拉近了某种距离，死者和死者的距离，以及死者和活人的距离。这种事实在是稀松平常，每时每刻都在发生，每家每户都会有，隔壁邻居、同一个医院和科室的……

天快黑的时候，玫玫跑了进来，说要开棺了。齐林还没弄明白是怎么回事，就随众人来到了外面。大厅里灯烛照得如同白昼，唱佛声从未有过的嘹亮，就像诵唱的人一下子都醒了过来。有人在搬水晶棺边上的柜子，有人挪动灯架，与此同时诵唱的队伍排列得更加整齐，所有的人都双手合十，抬起脑袋看向水晶棺方向。

领衔的李阿姨这时已到了水晶棺一侧，正指挥两个人摆弄棺材。齐林排在队伍末尾，只听李阿姨大声地说："家属呢？家属呢？家属先来。"又说："女婿呢？老苏的女婿呢？"就这样齐林稀里糊涂地到了水晶棺边上，岳母和玫玫已经在那里了。

水晶棺被打开。现在，齐林和岳父之间只隔着空气而不是有机玻璃。李阿姨说："怎么样？怎么样？你们看看！"边说她边从棺材里掏出岳父的一只手（右手），用自己的双手揉捏着，"软和着呢，跟活着一样。来来来，女婿，跟你岳父握个手！"

齐林不得不照办，抓住岳父的手感受了一下。那手似乎有些肿胀，但非常冷，他握了一会儿岳父的手才没有那么冷了，大概是自己的体温传递了过去。

齐林和岳父握手的时候，李阿姨抓着岳父的手腕，将岳父整条小臂都拎了起来。齐林松开自己的手，岳父的手自李阿姨抓着的地方自然垂落。之后，岳母、玫玫以及几个亲友都和那只手握过了，又有一些人上前握手。边上不断有人用手机拍照、录像，闪光灯频闪，所有握过手的人都在感叹："软和着呢，像活的一样……阿弥陀佛……"

由于拥过来要握手的人太多，后来李阿姨就不让大家和岳父握手了。她举着岳父的手摇晃着，一面摇晃一面说："来来，老苏，师兄，跟大伙儿打个招呼，念佛辛苦啦！"岳父的手跟着晃动，真的就像打招呼一样。完了李阿姨才放下了岳父的手，贴着尸身藏好了，再拉上被子。

李阿姨接着去弄岳父的帽子，倒是没有将帽子取下，只是掀开了一条缝，把自己的手塞了进去。李阿姨又声称岳父头顶"软和着呢"，而且"有热气"，她说："师兄还没有走，这都是念佛的功德！"她撤出自己的手，让齐林把手伸进帽子也摸一下，但这次遭到了对方拒绝。

齐林有一种怪异且悲凉的感觉，不是因为害怕，大概觉得这是对死者的不尊重吧。和岳父握手事发突然，属于情势所迫，根本没时间思考，这会儿他想了一下，觉得摸岳父脑袋实在是一种大不敬。岳父太可怜了，落到如此境地，任人摆布，死了还不得安宁。当然他非常理解李阿姨以及师兄们的热情，但强人所难的氛围还是激起了他的厌恶。受摆布的不仅是岳父，还有岳母和玫玫，齐林看了一眼她俩，此刻竟也那么顺从。让摸手就摸手，让摸头就摸头，脸上还要做出惊讶受用的表情。她们是谁呀？可以说就是岳父在这世上的遗物，面对这遗体和遗物，这帮人到底在干什么呢？也许他不得不出头，于情于理都该如此……

思虑至此，齐林挡开李阿姨的手，不由分说帮岳父戴正了帽子。之后他合上水晶棺的玻璃罩，在毛医生的帮助下开始搬花盆、挪柜子，让现场复位。李阿姨略微尴尬,但马上调整过来。"好了,好了,"她对围观的众人说,"大家已经看见了,见证了……明天开追悼会以前我们再看一次……"

"有什么可看的?明天也不看了!"

"看不看其实都是一样的,"李阿姨对大家说,"佛法无边,苏师兄已经往生西方极乐净土了!"

……

李阿姨回到队伍里,站在最前面,领着唱佛的师兄们边诵《地藏经》边缓缓向前移动。齐林留在了核心,不知何时除他之外所有的人都挪出了圈外。诵经的队伍绕着水晶棺转动,棺材附近就像风暴眼一样平静,只有齐林和岳父,或者和岳父的遗体或者和岳父的水晶棺在一起。犹如在漫卷的黄色沙尘中守护着对方。在大家的注视下,他一点也不觉得难堪,和死者共进退也一点不感到恐惧,相反倒有那么一点自豪。齐林心想,这一路走来自己总算出上力了,或者帮上忙了。

事后齐林咨询了毛医生,为何岳父没有出现尸僵现象?后者说他也感到奇怪,大概是因为念经的缘故吧。"的确很神奇,有些事科学也解释不了。"毛医生说。当时玫玫、岳母都在场,齐林认为毛医生没有说实话。

玫玫、岳母离开后,毛医生仍维持原判。不得已,齐林用手机百度了有关信息,网上说尸僵是一种自然现象,一般死后一到三小时后发生,十二到二十四小时发展到顶峰,之后二十四到四十八小时尸僵开始缓解。开棺时距岳父逝世有三十小时了,重返柔软符合自然规律。面对百度毛医生含糊地说:"也对,也对……"齐林不相信毛医生作为一名主任医师且经常与死亡打交道会不知道这个常识。

"你就说吧,到底是自然现象,还是念经念的?"

"你说什么就是什么,你是权威……"

"老毛,你可是医生,不能没有原则!"

"难道你不愿意岳父走得好,去了极乐世界?"

"愿意。"

"这就对了嘛。"毛医生狡黠地说,"这就像写诗,需要想象力……你比我懂。"

当晚,齐林和玫玫在殡仪馆开办的酒店里过夜,房间岳母、玫玫早就订好了,是供念经的师兄们轮流休息用的。她们一共订了四个房间,玫玫用钥匙开了其中一间的门。被子里尚有余温,房间也很窄小、简陋,卫生条件更是谈不上。齐林只是感叹,这里的服务当真是一条龙,吃住全有(亦有专门供来宾吃饭的食堂,他们就是在那儿吃的晚饭,明天的早餐也在同一地点),真的可以在此过日子,或者说像一个旅游景点,可以旅游……然后,齐林就睡过去了,和玫玫独处的机会就此错过。他本来是要尽丈夫的职责安慰一下妻子的,顺便劝说她回去演出。但齐林太累了。

半夜齐林蓦然醒了,大概是有心思所以睡得不踏实吧。蒙眬之中看见一个人影坐在靠窗的那张床的床沿上,映着从窗外射来的一片青光。当齐林意识到自己身处何处,不免吓了一跳。玫玫不在两张床的任何一张上,原来那人影就是玫玫。她逆光而坐,一动不动,齐林叫了句"玫玫",对方也无反应。于是齐林便坐了起来,顺着她的目光也向窗外看去。

外面什么都没有。窗帘是拉开的,甚至窗户也大敞着,但就像拉着窗帘一样一片白茫茫。起雾了,或者是重度雾霾,城市灯光从那后面透射过来,却看不见任何发光体。没有建筑物的轮廓,也不见远处路灯勾勒的街道,只是白茫茫青幽幽的一片,玫玫盯着看的就是这些。她看得如此认真、专注，齐林相信，他叫她时没有反应并非不搭理自己，是真的没有听见。可是，这一无所有又如堵如塞的世界又有什么可看的？

玫玫也不是发呆，脸上焕发出一种不无兴奋的神秘表情。她竟然轻轻地笑起来，此时此地让齐林不禁觉得毛骨悚然。突然，齐林灵光一现，想到他正导演的诗剧，女疯子就应该是这样的状态。这个灵感不容错过，齐林放弃了观察，走过去用手拍了一下玫玫。对方转过脸，回过神来，完全正常了。

齐林打开房间里的灯。没等他开口，玫玫就说："我回去参加演出。你明天走，我后天走，就不参加排练了。"就像她一直在想这个问题，就像她知道齐林心中所想一样，齐林反倒不知说什么好了。她又一次在没有和齐林商量的情况下擅自做了决定。想必在齐林睡着的时候，玫玫已经订好了车票。

"那B角怎么办？"

"这是你的事，你是导演。"

"亲爱的，你也不要太难过，我们已经尽力了……"

"我难过吗？"玫玫转过脸来看齐林，"我难过还会要求回去演你的戏吗？"

齐林无言以对。

第二天，追悼会一结束齐林就走了。玫玫留下，陪岳母将岳父的骨灰护送回厂区的家里。

齐林傍晚时分到达，江总开车来接站，在路上齐林就交代对方把女疯子B辞掉。"多给她两百块钱，就说她迟到早退。""可她并没有迟到呀。""至少第一天她迟到了。"齐林说，"甭管怎么说你辞了她，玫玫要回来。"

第二天下午三点正式演出，晚上八点还有一场。上午最后一次彩排时因为玫玫还在路上，齐林亲自下场替玫玫和其他演员搭戏。效果暂且不论，至少齐林设身处地地体会了一把女疯子的角色，对最后时刻的指导更有把握了。

中午一点，玫玫乘坐的动车准时到站，剧组司机直接把她拉到剧场，进入后台化妆间换衣服、化装。化妆师打理玫玫的头发时，齐林在一边面授机宜。主要是那三大段台词，齐林问："背了吗？"玫玫说："背了一路。"齐林又问："最后那段面对观众说的，知道怎么处理吗？"

"按你昨天说的，说台词的时候就像面对一片白雾。"

"对对，就像面对昨天晚上窗外的那片白雾，白茫茫青幽幽的白雾。"齐林说，"但有一点，在那片雾中并非一无所有，而是有一个具体的人影，你要对着一个具体的人说，就像对着一个朋友或者亲人那样说话。"

这是全新的指导，玫玫说她记住了。由于化妆间里尚有其他人在场，齐林不好说就像是对着岳父或者岳父的灵魂说话。但玫玫肯定听懂了。尤其令齐林感到满意的是玫玫的顺从，她不再那么拧巴了。齐林心想，这才是一个好演员应该做到的。

演出可说是非常成功。诗剧长达两个半小时，中途竟无人离场，甚至连上厕所的都没有。全剧在电子合成器的呜咽声中落幕，所有的观众起立鼓掌，掌声经久不息。坐在第一排的齐林被扮演老方的男主角邀请上台，和演员们站成一排互相搭着肩膀对着台下鞠躬谢幕。虽说这不过是惯例，剧场里的观众大多是剧组人员的亲友，前来捧场的；另一些则可能是文学爱好者、齐林的粉丝，慕齐林的诗名而来，即便如此，齐林还是深受感动，眼睛不禁湿润了。

坐在台下观剧时，玫玫的表演齐林看得尤其仔细。平心而论，她演得太好了,大大超出齐林的预料。疯女人如此专注,又那么心不在焉,每走一步每一个动作都非常缓慢,既像是心事重重又似乎出于自动。两种不同的情绪结合在一起,她是如何做到的?再就是齐林重点指导过的那段台词,玫玫的表演简直令人惊艳。她缓步走到台前,立住,半晌,突然就从疯子的状态变得清醒无比。玫玫目光坚定地看着前面(看见了一个具体的人),然后就像谈心一样用一种诚恳而又清淡的语调说道:

从那时开始我就是一个疯子了。既然是一个疯子就应该待在街上,街头就是我的家,我的岗位在这儿,再也没有理由住在别人家里了。我需要自食其力、自我打理,生活就是这样的。疯子的生活也是一种生活。再见!

说完,玫玫又进入女疯子的状态,慢慢蹲下身去,双手在舞台上扒拉着,同时轻声哼出一首自编的歌谣:

挖、挖、挖虫草
挖了虫草发大财
发了大财买大房
买了大房生宝宝
挖、挖、挖虫草
……

诗剧的名字叫《虫草小镇》,以下是齐林亲自拟定的剧情介绍:记者老方来到因虫草热而迅速兴起又突然衰败的虫草镇采访,意外听说了一个传言,世界会因为镇上两个疯子的见面而毁灭。为探明真相,揭穿这无稽谎言背后的秘密，老方展开深入调查，各类人物和势力粉墨登场……疯子见面后会发生什么？或者，我们看见的是一个已经毁灭了的世界？

通过现场演出，齐林不禁加深了对该剧主题的认识。所谓的毁灭并不一定就是世界的毁灭，或者小镇的毁灭，不需要那么大的动静，个体才是重点。而个体的毁灭也并非死亡，是人还活着，但内心已经垮掉，变得面目全非……

诗剧一共演了两场，是否继续演出有待商业方面的评估。尽管在文学、诗歌圈里获得了一致好评，甚至引起了轰动（诗人齐林竟然自编自导了一部舞台剧！），但评估的结论仍然是不适合商演，除非将两个半小时的时长压缩到一小时之内，二十三人的庞大剧组（包括剧务人员）变成五至七人（包括演员）。

齐林不是没有信心修改该剧，只是觉得没有必要了。作为一件作品，《虫草小镇》已经成立，他的专业还是单纯写诗，写小说、文章，总而言之是一个"写"字。导演工作不过是诗歌与戏剧表演结合的一次尝试。

齐林和玫玫又待了一周，一方面等待商业评估，另一方面也休整一下。近两个月来，为了这个戏以及岳父的事，他们实在是太累了。一周以后，结论仍然没有下来，但齐林已经决定不演了。他遣散了剧组人员，顿时觉得轻松无比，计划第二天就和玫玫回宝曰，看望岳母并给岳父扫墓。

"回宝曰的车票订好了吗？"

"已经订了，明天中午的车回。"玫玫说。

他们使用的动词是"回"，而不是"去"，和一个多月以前完全不一样，似乎宝曰才是他们的家、工作所在地。这大概和他们在宝曰住了很长时间有关吧，那里也的确有他们一套租借的但没有住过一天的房子……

到达宝曰时天已经黑了。事前，齐林并没有通知毛医生，因此没有人来接站。小雨霏霏，他们忘了带伞，冒雨穿过一小段露天空地，然后上了等在路边的网约车，也很方便。这辆车把他们送到了以前住过的那家酒店里，熟门熟路，他俩登记住宿。等到了房间里，齐林这才想起了什么，问玫玫说："我们为什么要住这家酒店？"

玫玫愕然。她也没有想到，为什么就订了这家酒店，前台给他们安排的甚至就是以前住的那间客房，同一间。

"完全没有必要呀，"齐林说，"这家酒店离车站很远，明天去你妈那儿也不方便，条件也一般……"

"离医院近呀……"玫玫脱口而出，接着自责，"我还以为是以前呢，爸爸还活着，在医院……"她都快要哭了。

"也对，也对。"齐林赶紧打圆场，"离医院近就是离毛医生近，明天去看你妈以前不是要请毛医生吗？请宝曰的诗人吃饭，大家都帮忙了。"

齐林丢下玫玫，拨通了毛医生的电话，告诉对方他和玫玫就在附近："离你大概五百米吧，就是以前我们住的那家酒店。"

毛医生很兴奋，责怪道："你怎么不早说啊？早说你要来，我就不去开这个会了，去车站接你们了！"

原来他在外地开会，人不在宝曰。

"你们什么时候走？"毛医生问，"我这边的会要开三天，但我可以提前一天回，改签一下机票就行……"

齐林赶紧制止毛医生，说："我们主要是去看一下岳母，安排一下，过两天就回了，诗剧的事还没有完。"

齐林想，一切都是鬼使神差，天已注定他们会有这一番故地重游，并不是为了和毛医生会合。

齐林和玫玫出门去吃饭。本来准备邀上毛医生一道去商业街找一家像样的饭店，现在已没有这个必要；如果在附近解决，他们最熟悉的就是那家饺子馆了，那就饺子馆吧。大概从这时候起，他们的行动轨迹开始变得自觉，或者说半推半就，和冥冥之中的意志有些合上了。齐林和玫玫允许自己的情绪沉浸进去。

从酒店里要了一把雨伞，齐林撑着，玫玫挽着他的胳膊，他们走进雨里。雨并不大，但如果不打伞的话，行走起来就不会那么悠闲。即使打了伞，也会有雨丝飘来，打在面颊上凉飕飕的，令人愉悦。

他们在饺子店里匆匆吃完水饺，再一次来到外面。其实，并没有必要吃得那么匆忙，就像有什么事在催促他俩一样，到了外面才发现并没有任何事，他们不需要像以前那样前往病房了。当然此刻回酒店睡觉太早了。齐林看了一下手机上的时间，八点刚过，这一带却像深夜一样安静（可能是因为下雨）。路上几无行人，偶尔有一辆车飞驰而去，黑暗中响起水花的泼溅声。甚至路灯也很稀少、暗淡，围墙上方的雨雾中耸立着医院大楼模糊的影子。有灯光从半空中的窗口映出，既遥远又神秘。看着那些灯光齐林心想，想必有人正在痛苦呻吟，有人垂死挣扎，没准有一台手术在大楼里进行……但即使是垂危的病人也都与他们无关了。

因无事可干，也为了消食，他们绕着医院的围墙转了好几圈，后来终于离开医院来到一个地方。这儿不是他们租借的房子所在的小区吗？他们不是故意要去的，而是信马由缰就走到了这里。玫玫那儿有房门钥匙，但他们并没开门进去，甚至都没有走进小区。玫玫认出了那套房子的窗户，指给齐林看，也就这样了。

窗户漆黑（上下左右的窗户都亮着），理应如此。"那是我们的房子。"玫玫说。

"是啊，这附近有我们精心安排但没有展开的生活，"齐林心里想，"但现在一切都没有意义了。"

"你在想什么？"

"我在想，爸爸就在这里。"

"我也这么觉得。"

"老苏，我对不起你，太对不起了！"齐林索性停了下来，对着前面空旷的街口说道。

"你怎么了……"

"也许，我们不该把你从 ICU 病房转出来，我们不该急着回去排戏。"

"林林，别这样……"

"我辜负了您对我的信任，真是对不起，太愧疚了……"

突然齐林意识到，以上这段和玫玫的对话并没有发生，或者只是发生在他的意识中。他们根本就没有停下脚步。之所以意识到没有停下是因为此刻他们停下了。此刻、现在，他们止步在一条幽暗的小巷里，雨也停了，路面一片漆黑，有一枚小石子反射着不知哪里射来的光线，闪闪烁烁的。玫玫被发亮的石头吸引，才拉着齐林停下来了。

"太奇怪了，哪里来的光线？"玫玫说。

"是很奇怪。"

"这块石头真亮啊。"

"是雨光，雨水泡着的。"

"那其他的石头为什么不亮呢？"

齐林收了伞，两个人蹲下，换了几个角度看那块小石头，光亮依然如此。"就像眼睛一样。"玫玫说。她将小石头捡起，找出随身带的纸巾擦拭一番，小石头终于不亮了。但玫玫还是包起了石头，放进她带的包里。

两人站起来，继续向前走去。

回到酒店房间，齐林收到毛医生发来的微信。他刚写了一首诗，请齐林指教。毛医生说很遗憾，这次不能当面聊诗了，但这段时间以来，自己一直在思考齐林的话，诗人应该从自己的专业中汲取灵感，从自己的经验、所学和擅长中，如此写出来的诗才会有个性。这首《医院》是他的一个尝试，务必请齐林担待，不要嫌弃。毛医生怎么突然就写了这样一首诗呢？大概是受到了齐林他们来宝曰的刺激，齐林就是他写诗的条件反射……

下面是毛医生的这首《医院》：

医院是另一个世界

喧闹，是谁家的顶梁柱倒塌

寂静，是死神降临

那里的人类也吃饭

胃管下到小肠

也排便，通过人工造瘘

也睡觉，在镇痛棒的作用下

也有性生活，在全麻以后的睡梦中

也有事关系到金钱

住院费和医药费拖得太久

也有权威、白衣天使和魔鬼

由我们的医生和护士扮演

他们下班回到这一个世界

就像回到了天堂

需要临窗喝上一杯。下面

探视的人像过江之鲫

陪护、打杂的是一帮小鬼

发小卡片卖病号饭的耗子似的

在下面的大楼里穿梭不停

突然一声悠扬的佛号升起

南无阿弥陀佛

齐林给毛医生回微信:"你写得太好了,一个大诗人诞生了!"

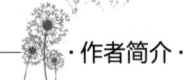

· 作者简介 ·

韩东,男,1961年生。小说家、诗人,"第三代诗歌"标志性人物,"新状态小说"代表。著有诗集、中短篇小说集、长篇小说、随笔言论集等四十余部,导演电影、话剧各一部。

雪山路上的"故事咖啡馆"

□ 李 浩

1

我的学生、总爱突发奇想的胡月和她的同学丁帅、杨婧媛在丽江雪山路上开了一家突发奇想的咖啡馆,名字就叫"故事"。她告诉我她的灵感来自于奥尔罕·帕慕克的《我脑袋里的怪东西》,在她脑袋里的怪东西也时常叮当作响,于是她就想为这些"怪东西"找个合适的出处,于是有了这家咖啡馆。"我们几个都喜欢丽江,它实在太美了,也是一个适合故事生长的地方。其实,开这样一家咖啡馆还是受到了你的启发,你还记得你在课上讲述的小说《连长的耳朵》吗?当时你谈到了丽江和它的古城,说,那里的故事充满了异质性和想象力,完全可以建构一个马贡多或者约克纳帕塔法。可能,你是随口一说。但我们决定就来这里试一试。当然,我们也知道我们的咖啡馆肯定小众，挣不到什么钱。也就是我们的一个乐趣而已。不过，我们商量：就用咖啡馆来验证一下自己，训练一下自己，看自己究竟是不是写小说的料。"

在微信中她告诉我说，她购置了两台德龙咖啡机，一台飞利浦咖啡机，它们各有不同，至于是怎样的不同胡月曾给我说过几次但我一转身就忘得一干二净，就像，我忘记自己曾说过丽江古城可以"建筑"成马贡多或者约克纳帕塔法一样。不过我也难以否认自己曾这样说过，因为这样的说法也真的正合我意，像是我能说出来的话。"我们三个志同道合的同学，都想在这样的实践中得到些启发和锻炼，你在课上也说过，我们现在缺技艺也缺生活，你可以教给我们基础的、基本的写作技艺也可以拓展我们的思维，但生活是教不了的，生活经验是教不了的。你知道婧媛平时不爱说话，也不爱回答问题，可她却是一个很有想法的人，她脑袋里的怪东西一点儿也不比我的少。她有这样的才华。毕业前我有了开一家故事咖啡馆的想法，我们就一拍即合。"

雪山路上的"故事咖啡馆"与别家的咖啡馆没有太多的不同，它也售卖种种的现磨咖啡、挂耳咖啡，种种的烘焙食品，有书籍、杂志和塔罗牌，以及乐高拼图，以供咖啡馆里的顾客打发自己的空闲和无聊；雪山路上的"故事咖啡馆"与别家的咖啡馆有一个显著的不同，那就是它有一个"留下自己的故事"的项目，就是说，如果有谁愿意讲述一段与自己相关的故事，这个故事要有一定的曲折和长度，谁就可以免费获得一杯现磨咖啡和三个小时左右的个人时间。"怎么样，这个创意？"胡月在微信里发出笑脸，"老师，我们想也请你参与。丁帅反复地说，若是李老师也参与的话就好啦，我们也可以把李老师邀请过来……"

我回复说，"这个创意不错，只是，你们所说的故事的曲折和长度不太好把握，会不会有人因为这个'曲折和长度'而打了退堂鼓，毕竟许多人有着一肚子的经历却讲不成故事，我在整理《县志·军事志》的时候采访过许多的战争亲历者。能问出故事来的几乎没有，尽管我们早了解一些他们的经历，百般引诱。而且，加了这样一条并不那么明确的限制，也容易让人感觉有商业欺诈的嫌疑，可能会造成不必要的纠纷。至于我，我可以参与，就在微信中。如果你们几个都写得还不错的话，我也会随后写一个，然后找一家刊物一起发表，就像当时我们同题写《会飞的父亲》那样。至于丽江，我去过几次，而且，有机会一定会再去。"

"好呀好呀。"胡月迅速回复，"你来了我们当向导，陈露的住房与这里也不远。她还说你要是来的话她也过来。"然后，停了一会儿，"是的，这是个难题。我们暂时不附加这一条件，只是说，他们只要肯向我们讲述自己的故事就行，过程中，允许我们提问。这样可以吧？""丁帅刚才说，要老师得给我们评判，看我们根据人家的故事重新编织得好不好，行不行，这个你能答应吧？就是会占老师的一些时间。当然，能发表就更好啦。"

"行。不过，你们最好是，三个人都有了构思之后我再比对。"

"就像我们原来在课堂上那样？"

"是的，就像在课堂上那样。"

"好。丁帅要和老师语音。不知道你有空不？"

"这家伙就是懒。以后告诉他，打字。好吧，我现在没事。"

2

应当是并不顺利，我指的是"故事咖啡馆"里的故事项目，在他们开张之后半个月的时间里，胡月给我发过来的是咖啡、咖啡杯，是门外的流水和开在门口的花儿，杨婧媛发给我的则是屋顶上的玉龙雪山，分别是早晨、下午和黄昏；丽江古城的早晨、下午和黄昏；黑龙潭的正午。每张照片，细心而一向严谨的她都记下了时间和地点，并附上简短而有诗性的文字说明。而丁帅发给我的，则是他拍摄的人：男人和女人，老人和孩子，站在路边售卖鸡豆凉粉的纳西女人，咖啡馆里，一个面色浓郁的女孩——她应当是一个游客，丁帅很是偶然地捕捉到了洒在她侧脸上的霞光。"老师，我现在迷上人像摄影了。我觉得其中有无穷的乐趣，它充满了偶尔和不可知，我一路走下来，不知道自己今天能遇到什么，不知道能不能找到满意的片子。这个不知道，不就是艺术吗？"他发来的还是语音，这段话被分成了两段，但随后的一句则是文字："放心，老师，我还会写小说的，她们打击不到我！"后面跟着一个有些怪异的笑脸，是他自己做上去的。这个丁帅，一直喜欢玩这样的花样儿。在考入军艺研究生之前，他曾做过一段不算成功的导演，这些花样儿是他在当导演的时候学的。

应当是并不顺利，否则的话他们早就给我故事了，以我对胡月的了解，对丁帅的了解，他们绝不肯在得到怎样的故事之后依旧对我保密。因此，我也不好意思特别追问，只是在讲课和写作的间隙与他们互动，谈我的丽江印象，譬如一路上反复地遇雨，刚刚把伞撑起雨就停了，艳阳晒着那些袅袅的水汽更让古城的古老变成了仙境，只有在丽江和大理，我才见到过街道上"蒸发"的发生，也更清晰地理解了"润泽"这个词。譬如丽江城中不歇的水流和藏身于水草中的鱼，那种清澈真的是久违，我都想脱下鞋子去水中踩一踩，这个冲动其实很不好制止。譬如玉龙雪山的攀登和"肥胖的缺氧"，我一直觉得自己是"想出来的病症"，如果不提示自己海拔或许根本没什么问题……我也会把我新写的文字发给他们看，但彼此心照不宣地不提"故事咖啡馆"里的故事采集，它就像一个还没有放置好井盖的窨井，我们一起把它给绕了过去。应当是并不顺利，或许没有多少人愿意为一杯咖啡而向陌生人敞开心扉。这不是咖啡的问题而是心理习惯的问题，就像我在我的"小说创作学"课上曾说过的那样：我们这个民族、这种文化背景下的人，几乎就没有什么倾诉的习惯，我们更愿意自己慢慢消化也不会选择说出。即便是我，我们这种以写作为生的人，也不会轻易地向别人敞开，所以在我的小说中多是讲述"父亲"的故事——许多时候，那个"父亲"可能更多地是我，但有些让人羞愧和不愿正视的东西，放在"父亲"身上没太多的负担，而假设交给自己，就会产生强烈的不适。"我和卡夫卡、穆齐尔他们一样，不会给这个世界留下什么信史"，其实这是转引的一位作家的话，我悄悄把那句话里的"我"变成了站在讲台上的我。"但我写下的文字是真诚的，它用遮遮掩掩的方式表达的是我的真实认知和真情实感。"

我小心翼翼地绕过"故事咖啡馆"以咖啡换故事的那个项目，装作部分地"遗忘"了它。我不希望这几个刚刚毕业的学生在我的提醒下感觉到受挫，尽管有时候受挫这样的事会时常发生。我等着他们提及，如果他们想提及的话。

大约"故事咖啡馆"开张二十天后。下午。我突然发现自己的微信里多了一个群，"故事五人组"，除了我和三个经营"故事咖啡馆"的学生，他们还把陈露也拉了进来。"老师，我们有故事啦！"微信里的胡月显得欢呼雀跃，"只是，我们不知道该怎么处理它！所以，我和丁帅、婧媛商量，建个群。我们也把陈露师姐拉了进来，也希望师姐能够参与。"接着，杨婧媛和丁帅分别与我打了招呼，我一一回复过，然后和陈露打了声招呼，她没有回答。

"老师，"杨婧媛私信发我，"你可能不知道陈露姐的事儿吧？她离婚了。自己带孩子，工作又忙。这段时间心情特别不好。""我们想，把她从那种情绪里拉出来。至少，要试试吧？""她不回话，老师也别怪她。我怕你不知道她的这个情况。"

我和杨婧媛在私信里说着，"故事五人组"的群里胡月则把她所整理的故事发给了我们。她说，这是三天前一个叫了一杯"美式"的男人给她们讲的，当时丁帅应是在外面拍片。下面，是那个男人的故事。

你们知道不知道在玉龙雪山后山有一个被称为殉情谷的地方？不知道？好，我先讲给你们听。在玉龙雪山后山的山谷里，有一处绝美的地方却很少有人去，那里被称为"殉情谷"，它几乎有丽江古城一样古老。特别是远古的时候，有些痴情的男女相爱了，但苦于种种限制使他们不能在一起，甚至会迫使他们永远地分开。而这些痴情的男女却像着了魔，如果不是这样当然也就算不上痴情了。于是，男人和女人悄悄地商量好，一起来到殉情谷，在谷边的树上刻下自己的名字然后拥抱在一起，跳下山崖。传说，殉情男女会共同进入到可怕的炼狱之中，一直要在那里待上三百多年。如果他们到那时还是相爱着的，则会获得神灵的特别祝福，进入没有痛苦、没有衰老的"玉龙第三国"，永远地相亲相爱下去。知道了这个背景，我就可以讲我的故事了。

我是来这边做生意的。有过一次婚姻但早就离了。我经营的是翡翠和银制品，日子嘛，反正过得下去。我来这边的时候正是我的低潮期，无论是家庭、事业还是一切别的什么，哪哪都不顺。后来我就遇见了我后来的女友，就叫她小翡吧，也没必要说她真实的名字。相遇，也没什么特别，就是自然而然地……我们的相爱是后来的事儿，甚至都没意识到它会发生。也不能说完全地没有意识到，作为男人，我是有些期待的，但一直觉得不可能，我大她九岁，而且是一个离过婚、过得很不如意的男人。我不想说我们的过程，我希望你们理解：它没什么特别，后来我在周围的朋友那里以及网上听到见到些所谓的爱情故事，我和小翡的真没什么特别的，就是慢慢地慢慢地……她的父亲母亲都不同意。她父亲来找过我，不只是一个人。狠狠地扇过我十几记耳光，要我滚蛋，离得越远越好。如果不是耳光，我也许会答应他的条件，但因为他的耳光我决定不走，我就在这里，继续我不死不活的生意和不死不活的生活。她父亲没办法，只好严格地看管着小翡，让她不再和我见面，让她母亲中意的追求者出入她的家。我承认，我们之间的情感反而因此更为炽热。我也做过许多疯狂的举动，引得她父亲来砸了我的铺子，当时，我觉得没什么可后悔的。后来，小翡通过一个秘密的方式向我表达殉情的想法，我一冲动，也同意了。对我来说她就是我的全部，我愿意。按照她所说的时间、地点，我准备和她一起去殉情谷，就在我准备出门的时候她母亲出现在我的门口。是的，像你们所猜测的那样，我没去成，我答应了小翡的母亲，带小翡远走高飞，等她父亲想通了、理解了再回来。我承认自己更认可这一选择。小翡？她也没去成，她父亲看着呢，我们之间秘密传递的方式早已经被他发现了。我在自己的店铺里等着小翡，她母亲说，她会做好小翡父亲的工作，至少会帮助小翡远离。然而没想到的是，她食言了。或者她根本就没有把自己说的那些当真。

没有了小翡的消息。我当然难过，极其难过。那段时间我感觉是度日如年，天天都泡在酒吧里。酒吧的老板都认识了我的住处，每次喝醉，他们就会派人把我送回房间。某一日，我在走出酒吧的时候突然在一个拐角处发现了一个女孩，看上去那么那么像小翡。我就喊她，想追上她，可是只一个瞬间她就消失得无影无踪。大约又过了三个月。我已经渐渐地平静，不平静又怎么办？我已经失去了小翡。在苦闷的时候，我承认自己对不起小翡。当时我并没觉得对不起她，我只是尽力地想把她挤出我的生活、记忆和印象，就是那样。这一天，我正在自己的店里。冷冷清清，当时也没别人，我当时觉得自己完全不是做生意的料，有一种特别的心灰意冷的感觉。小翡伯伯家的一个哥哥来找我。他告诉我说，小翡没了。自己抱着一个枕头跳下了殉情谷。枕头上，写着我的名字。不可能！我当时很激动，认为他是在撒谎。那一日，我没能去成那个所谓的殉情谷，小翡也没去成，她被她父亲严格地看管着。他告诉我说，小翡去了。严格看管是不假，但她去了，和那些看管她的人，而他就是那些负责看管她的人其中的一个。她没有等到我来。伤心欲绝的小翡决定离开丽江。她的父亲母亲答应她离开，于是小翡就跟着她的小姨去到了香格里拉。当时的交通没现在方便，而她，也更换了一个新手机。她以为我没有去殉情谷是因为我自己的原因，根本没想到是她的母亲。可是，后来她还是从她小姨偶尔的只言片语中知道了是她的母亲。上个月，她返回家里，和父母狠狠吵了一架，可她父母依然不同意，他们似乎更为坚决。没几天，就发生了那件事儿。小翡谁也没有告诉，偷偷地从家里跑了出来……

那个男人说，这个意外的消息对他的打击实在太大了，他没有想到事情会这样发生，他没有想到小翡会那样刚烈。那个男人说，这就是他的故事。小翡离开了之后，他每年都会去玉龙雪山后面的殉情谷看一看，真的，那里的景色真的很美很美。他也觉得，小翡抱着跳下山崖的其实是他，而留在这里的，不过是那个写了他名字的枕头，而已。他只是一个枕头人，现在。

"老师，我们对这个故事有严重的分歧。这几天，我们天天都为这个故事争吵。说实话，我们都想不出，它能变成一个怎样的小说。"胡月在群里说，"我想不出怎么写。它有点儿太完整了，给我发挥的余地不多。而我，又不想写一个已知的故事。老师，你有没有这样的时候，就是，你听来的故事太完整了，反而限制了你的想象？"

没等我回答，杨婧媛已在群里说话："老师，我是觉得它应当是一个编出来的故事，而不是生活里的发生。他很可能是在什么样的资料中得到的这个故事，然后以自己的故事的面目讲给了我们。如果我来写这个故事，则必须完全地改头换面，否则很可能从一开始就不是新的，是不是？我觉得，它可以是一个审视爱情的主题：一方的飞蛾投火，一方的左躲右闪和自我美化，从一开始就不是一种对等的关系。它所导致的后果，我还没有完全想好。"

"我也认为它是编出来的故事，是虚构的。它完全不符合时代。"丁帅插话，其实在杨婧媛讲述的过程中他已经插话，只是为了叙述的方便和顺畅我做了些调整。"我不信任那个男人的话。男人嘛，就是捞月亮的猴子，你看他身子扑下去了，可尾巴则还挂在树上。什么殉情谷，什么神仙传说，我都不信，再说现在都什么年代了，还一起殉情，还父母不同意。它要是发生在古代我可以信，现在我真的不会相信。"

"关键是，你可以由它讲一个什么故事。"胡月说，"我们是基于别人讲的故事再讲我们的故事，老师不是说过么，从生活到小说要经历一系列复杂而深刻的变动，最后变成小说它可能完全不同，关键看我们所取。是不是这样？"

"我还有个疑问，"杨婧媛说，"我们能这样写殉情吗？我总觉得惨兮兮的，一看就像是为讲故事而讲故事。"

胡月在群里接过话茬儿，"我也在想这个问题。我倒不是怀疑真假，老师我觉得那个男人不像是说谎的样子，当时听得我还挺激动的，跟着他心酸。我的疑问也是能不能写。有些生活里的发生，可一进小说就显得特别假，老师你说这是什么问题啊？"

我说，"大家还记得我给你们讲过的马里奥·巴尔加斯·略萨所说的那句话吧,在讲课的时候我曾和大家讲过,而且是胡月帮我做的PPT。他说,文学没有欺骗,因为当我们打开一部虚构小说时,我们是静下来准备看一场演出的;在演出中,我们很清楚是流泪还是打呵欠,仅仅取决于叙述者巫术的好坏,他企图让我们拿他的谎话当真情来享受,而不取决于他忠实地再现生活的能力。生活里的一些发生,包括一些奇奇怪怪的怪事儿,它很可能是非逻辑的,或者说我们这些非经历者看不到它的逻辑在;一旦进入到小说,你就必须要暗暗强化这个逻辑关系,强化他行为的说服力,这一点,永远是对作家能力的考验。你写下的是生活故事它当然需要说服力,而你写下一天早晨格里高尔·萨姆沙从一个令人不安的睡梦中醒来发现自己变成了一只巨大的甲虫这样具有荒诞和魔幻意味的小说,也必须要说服力,甚至更需要说服力。它真的,不取决于是否'忠实再现了生活'。在这点上,我们许多的理论本质上是错的。"

我说,"我也觉得这个故事是一个'基本完成'的故事,如果我们想以它为支点建构一个小说——当然这只是个人的意见,不保证它正确也不保证它适用于你们每一个。如果我们想保持它的基本原样,那需要添加的就是:一、心理的,这里面心理的部分特别值得挖掘,我们的写作应当为这个男人建立起丰富而敏锐的神经末梢;二、逻辑的,如果你觉得哪里有些假或者不太符合我们现在的思维方式,那好,你就要更换掉你觉得假的和不符合的部分,换成符合的情节与细节,在更换的过程中一定要注意它的逻辑性。生活中可能有'非逻辑',但小说中不能有,小说中的'非逻辑'往往是'逻辑'的一部分,是为了具体的表达而制造出来的。既然丁帅觉得殉情谷的故事不符合时代,那好,你可以将它变成一个符合时代的殉情故事,也可以把它变成一种偶然,就像列夫·托尔斯泰在《安娜·卡列尼娜》为安娜安排的走向车轮那样;既然杨婧媛觉得它过于惨兮兮,那好,你可以安排她出走，安排她走向另一条生的道路，这没关系，关键在于你必须把逻辑的发条拧得足够紧。"

"老师，如果你来写，你会写成一个什么样的故事呢？"胡月问。

我认认真真地想了一下。"如果让我来写，我可能会把那个男人故事讲到最后说的那句话作为支点，就是，他因为某个人的失去、爱情的失去而变成了一个枕头人。你们也知道，我习惯那种有些荒诞感的寓言性写作。我的故事，从他成为一个枕头人开始讲起，让他成为某家布店里的枕头人，被堆放在一大堆新进来的面料里面。进进出出前来买布的人们完全忽略他的存在，就连布店里的女店员也忽略着他的存在。后来，前来旅行的一家人看中了这个枕头人，在经历一番讨价还价之后高个子男孩买走了他。而这个男孩的父亲，也正经历着理想的挫败、生活的挫败，越来越麻木懈怠，也正在慢慢地变成另一个枕头人。他们来丽江旅游也是试图改变这样一种状况，想恢复男孩父亲的活力和热情。后面的故事，我还没有想好，但会把'枕头人'当成一个支点，化虚为实。"

"老师，那你说，我的那篇应该怎么写？"杨婧媛问我，并在问话的后面加了一个吐舌头的表情。

我说，"我现在还不清楚，因为你没有给我提供你想要的故事。不过，你已经设想了它的主题：一方的飞蛾投火，一方的左躲右闪和自我美化，从一开始就不是一种对等的关系。你可以顺着它继续你要讲的故事。我觉得它可以是一种寓言化的小说，你所确定下来的，是它的主题深刻性，这恰恰是我最愿意看到的。我们知道文学源自于生活，来自生活的切肤感受当然是'寓言'性小说的支点，但它成为寓言性小说的时候需要有一个锤炼和萃取的过程，它必须使那些从生活中得来的感悟和思考变成具有深刻感和新颖度的'思想观念'。有了思想观念，它距离完成还有一个漫长的距离，因为它要重新'变成故事'，变成生活或类生活的故事才行，而这个故事应当妥帖、新颖、有魅力，这其中必然会经历一系列不太为非写作者所知的复杂而深刻的变动。这个'变动'，我暂时不能替你设计，你有个大体的设计之后我可以和你一起补充，你看这样可以吗？"

"好吧，我就是没想好故事。我觉得不能被他所讲述的故事给困住；但事实上，它多或多少困住了我。我再想想。"

"老师，我也想了一个故事，但它看起来与这个男人讲的殉情故事不搭界。我想的是一个爱与欺骗的故事，一个貌似真诚真情的猎艳者，这个故事我想讲得曲折，离奇，像你强调的那样有多重的波澜，至少三层，后面的波澜要高过前面的波澜……"

后面，丁帅又发了一大堆的语音，我将它们一一转成文字。而自始至终，陈露没和我们说一句话，没有。我本来在群微信里打下了"陈露，你怎么看这个故事？你有什么想法没有？"几句话，但想想，又将它删除了。

3

"我们又有故事啦！"

是一个女孩讲的，她说，这是她小姨的故事而不是她的。她觉得小姨的这个故事值得记下来。"我要讲的是一个爱情故事。"

二十世纪八十年代中期。那时候，小姨在上大学，像许多同龄的男孩女孩那样疯狂地爱上了诗歌，她迷恋着北岛、顾城、江河、舒婷、李金发和戴望舒，迷恋着埃利蒂斯、帕思捷尔纳克和伍尔夫。她在她所在的学校诗社里，争取到了一个核心社员的名额，负责张贴油印的诗歌报纸和诗人作家前来讲座的公告，也正是因此，她近距离地接近了那个诗人，然后是一见钟情。

女孩觉得，小姨的情窦初开包含了两个方面，一方面爱上的是诗，另一方面才是那个诗人，甚至只有很小的一部分是那个诗人，但小姨自己并不清楚，她觉得这两者是一体的，完全是一体的。小姨一见钟情地爱上了大她十一岁的诗人，她知道这是一份不可能的爱情，可她就是不可自拔。在那个年代，诗歌是有光的，那个桀骜的男人是有光的。毫无疑问，那个诗人在征服女孩子方面也是个高手。三五天的会议，这个女孩全然地交出了自己，她有着飞蛾扑火的冲动，这冲动是那样强烈以致她更多地爱上了牺牲。会议结束，参观结束，诗人飞回，这个女孩则还处在不断的燃烧之中，她能听得到自己身上噼噼啪啪的火焰，感觉到身体里被烧毁的空洞以及由此而生的疼痛与快感。她给诗人写信，一封一封。诗人终于有了回信。接到诗人信的那一瞬间她的泪水一下子决堤，在那个时刻和接下来的时刻她都把自己变成了泪人。

花开两朵。半年的时光对于诗人而言那么短暂，他偶尔会想起她，会想起那份炙热和飞蛾扑火的身体，想起的时候他的心也会疼。半年的时间里他写了三首诗给这个遥远的女孩，而另有七首诗写给另外的女孩。在一首诗中他把自己比喻成不羁的野马，不肯为任何的一朵格桑交出自由。是的，他也是这样做的。他放浪不羁，身边围绕着许许多多的女孩和女诗人，许许多多。他几乎已经遗忘了小姨。这是小姨后来自己说的，小姨说，这是诗人的原话。他以为，他们就像夜空中的流星，去年开过的桃花，大约不会再次相遇：然而他实在低估了小姨和她内心里的冲动。一个傍晚，她突然地出现在他的面前，一副湿漉漉的样子：那时候的K城，刚刚下过一场大雨。

他们生活在了一起。小姨不了解诗人其实也并不了解自己，她在自己的爱情中，真的是卑微到了尘埃里。她知道他有别的女人，她知道他本质上并不看重自己的这份情感，她知道自己的一厢情愿将可能是怎样的一个结果，但她还是决定无所反顾。他们在一起生活了大约半年的时间，小姨还在上学，但学业已经是一塌糊涂，她在Ｃ城和Ｋ城的路上不断地奔波，不断地带着泪水和委屈返回校园。半年之后，小姨被赶了出来，赶出来的理由荒谬至极：是因为她不愿意诗人带回不同的女人，睡在她的床上。诗人认为她是在干涉他的自由，是无理取闹，她没有权力这样指责他让他心神不宁。

　　小姨带着一颗破碎成粉末的心回到了学校。这时候，她却变得异常的平静，仿佛她经历的部分已经被她完整地切除了，就在返回学校的路上，一切一切，都变成了空无。那个前来咖啡馆里讲述这个故事的女孩说，她小姨和诗人的故事其实家里人知道，但没有人敢劝她，大家都小心翼翼地，生怕她一冲动做出什么更为出格的事儿来，但回到学校之后的小姨可以说完全是脱胎换骨。她继续写她的诗，她的诗歌也已经脱胎换骨，她，成了校园里小有名气的校园诗人，毕业后分配到省文艺出版社工作，一直到去世。不过，她分配到出版社后就没再写诗，一首也没有，小姨给出的理由是她看到的好诗太多了，自己的不值一提。

　　女孩说，她小姨没有再进入过任何一次新的恋爱中。没有。她就一个人平静地过了下来，日常生活只剩下看书，编稿，偶尔去爬山，旅游。今年夏天她小姨离开了人世，癌症，但走得非常安详。女孩和自己的母亲一起去整理了小姨的遗物，她的遗物并不多，多的是书，只有两个日记本还被她放在一个角落里留着，是她和那个诗人的生活日记。之前的日记没有被女孩和她的母亲找到，之后的也没有。她觉得，既然"故事咖啡馆"希望收集故事，她小姨的这个故事就应当被记下来。

　　"你们觉得这个故事怎么样？"

　　杨婧媛率先回答，"我觉得它很有年代感，这个背景是无法移动的，如果挪到现在的话它就会有所失真。现在的女孩不那么看待诗,也不那么看待爱情了。老师,你觉不觉得,如果从女孩的角度,或者从第三人称的角度,都会把这个故事写得简单?它就变成了一个单纯的爱情故事,虽然也有打动人的力量。我在想,我可以从哪个角度来写这个故事,是不是可以从那个诗人的角度?事实上那半年的生活也毁掉了风流不羁的诗人,尽管之后的生活他依然那样风流不羁,但这个女孩(小姨)似乎放了些什么可怕的东西在他心底,总让他骤然疼痛。诗人觉得自己的生活出现了某种无可弥补的裂痕,他痛恨,包括痛恨他自己。在女孩离开之后他越来越怀念她的好,包括她的撒娇、小脾气、忍耐和装作视而不见的心疼……他觉得自己被不经意地拽入了深渊。为了抵抗对她的想念,抵抗自己内心里时时泛起的愧疚,诗人开始自暴自弃,他用种种的方式来惩罚自己。"

"好啊,这是一个很好的角度,婧媛,我非常非常喜欢你的这个设计!这样,会使原来的故事有了多重的褶皱、多重的迂回,这恰恰是属于小说的。米兰·昆德拉说,小说的精神是复杂性的精神,每一部小说都对读者说:事情并不像你想象的那样简单,这是小说永恒的真理。你的这个角度,做好了的话会很妙。等于是,全世界的人都在说他的不是、不堪,而你却独自试图理解他,包括试图理解这种不是与不堪,好!不过要完成它难度会更巨大。一、你得试图说服自己,让你相信你所说的是有道理的,尽管作为作家你并不认可这一道理,可你在写作的时候一定要让自己相信;二、男性的那种心理、欲望和暗藏的某些心态,你得有一个充分的思量和把握,一定得掌握好这个分寸,尽可能地让他的表演到位而逼真……"我飞快地打着字,一连打出了将近十条。我承认,杨婧媛的这一想法超出了我的想象,让我有些兴奋。"这篇小说要是写出来,我觉得发表应当是没问题。我们一起可以帮你在设计上把把关,尽可能地让它不留半点儿疏漏。"

"老师，"丁帅发私信给我，"我觉得那个诗人就是渣男，他不应当得到同情。我觉得婧媛师姐的方向有些偏，在记下这个故事来的时候我就谈过，可她还是坚持。你觉得我说得对不对？"然后是一条语音，"我自己也没把握。"

我回给丁帅，"如果当时有渣男这个词儿，我觉得用在这个诗人身上也是合适的。婧媛说的，也不是要刻意地维护他，我也不太相信婧媛会站在那个诗人的一边儿。她肯定有她的好恶和判断。只是，在小说写作的时候，你得充分地理解和体谅你小说中的主人公，哪怕他是一个坏人、恶人和无赖，你也必须要了解他的心理并把他的心理充分地刻画出来。记得法国有一个作家说过这样的话，他说全世界的人都在谴责希特勒，把他看作是恶魔，可我却要用尽全身解数为他辩护。这个辩护并不意味着作家会认同希特勒的做法，不是，他是要逼真，传神，让这个人物立得住，同时让他的行为和想法得到更深的追问。小说的目的不是让我们判断谁是好人谁是坏人，而是让人更清晰地看到那些讨厌的、可怕的、自私的行为背后，都是怎样的心理和幽暗在支撑着它，同时让我们也跟着思忖我们自己，和这类行为的背后原因。你看，我们在戏剧中、小说中，有些坏人的塑造的成功，更多的是依赖作家对他的理解。作家可能不认可这种行为，甚至就是因为反感才写下的它，但在小说的领域里，他不得不尽心为这个人这种可恶来做出辩护。恰恰因为这种辩护，才使小说有了更多的生动、丰富，也给了我们更多的启示。脸谱化塑造人物，方便是方便，但真不是一种好选择。你觉得呢？"

"我明白啦！"丁帅回复我，"那我想想，我如果也写一篇这样的小说的话，我应当怎么写。"

"哈，好像不是如果，而是必须。你要写。你可以按电影的方式来设置这个故事。"

"婧媛说它很有年代感,这个背景是无法移动的,但我想移动它的背景,我就把它放在现在,丽江,正好把一些属于丽江的元素加进去。我设想是一个演艺明星,像我这么帅的明星,很有流量的那种,万人迷的那种。师姐他们老说我自恋,我哪来的自恋,就是帅得过分了点儿而已。我要写那种追星的迷狂和没头脑,老师,这个主题也可以吧?"

"当然可以。"我说,"它抓住的是现象,我觉得你还可以更深入一点儿,就是,这个女孩儿为何如此,她想要的是什么,而这种没头脑又是从何而来的,有怎么样的表现能以细节的方式让人记住。经你这样一说,我突然有一个偶发的想法,我想到的是将两个故事合在一起来写。前面的女性是姑姑或者小姨,甚至可以是母亲,只是选择母亲的话有些故事就不太好讲了,但算是备选吧,万一我们能想出好点子来呢。你也知道,我们写作的时候一切的设计原则都是两条,一是故事生动深刻,能吸引人;二是便于作家发挥,施展,这两条还得相互统一……"

"是啊,老师,你上课的时候给我们讲过。你说沈从文的《丈夫》为什么选取的是丈夫而不是妓船上的老鸨、小七或水保,鲁迅的《狂人日记》为什么选取狂人的角度而不是旁观的角度,这个对我启发特别大。"

"小姨在她那个年代遇上了诗人,她狂热地、奋不顾身地爱着,是一种飞蛾投火;而在这个年代,年轻的女孩又在一次偶遇或者是充当群众演员的过程中遇到了某位明星,然后又狂热地、奋不顾身地爱着,是另一种飞蛾投火。她们的身上,有一种让人唏嘘的共性,有一种不计后果的幽暗力量,既有盲目,又有单纯的珍贵。二者的故事要有交叉,而且交叉点有多处,这样才能把两个故事合在一起,并完成它们的共同推进。我设想,家人会试图将女孩拉回到他们认为的'正常轨道',而最想将女孩拉回来的则是这个小姨，因为她有经历中的苦和疼，但她也是最理解女孩的那一个。我觉得两种'飞蛾投火'会强化故事的张力，会让故事生出更多的曲折和耐人寻味来。如果你愿意，我也可将这个思路送给你，你试试能不能完成。当然，它的技术考验会更多一些。"

"老师，你的这个想法是不错，但我不能抢你的构思。我想的是另一个故事，在我当导演时遇到的故事，它可能比不你所讲的这个丰富。我的那个故事里有很强的喜剧因素，我自己想着都想乐！你等我回头把它写出来！"丁帅向我发出个害羞的表情，然后对我说，"这些天我一直在想的其实是另一个故事。我在外出拍片的时候听说的，而不是在故事咖啡馆里听说的，我觉得它更有意思，也更加宏大，历史感也更强。我觉得它更适合写小说，但又觉得要是小说那样写，怕人们又不信，觉得你是胡编乱造。"

然后，懒惰的丁帅又给我发了一段段的语音。

4

下面是丁帅讲的故事。

一九九七年的某一日，干女儿李腊枝找到邱大明，说为他牵线介绍一个老伴儿，这人叫刘泽华，就在江南住，她的男人死去十几年了，有想再找个老来伴儿的想法……邱大明一口拒绝。他觉得自己什么都没有，有过狱中的经历，而且是一个土埋到脖子的人了，对别人只会是拖累，自己也一个人过惯了，没必要。这事儿就放下了。但没多久，那个刘泽华自己找了过来，她要见见邱大明。当然，邱大明已经不叫邱大明，而是另一个名字。

见到了。刘泽华感觉还算满意。而邱大明则还是拒绝，这次他的理由是："我是一个吃低保的人，已经没能力再做更多的活儿，我养不了你。"刘泽华的回答是:"我还有点儿积蓄,不用你来养。你就说,行不行吧。"说实话,邱大明内心里有一百个愿意,而且感觉与这个刘泽华有种特别的熟悉感。可是,他不敢答应,生活的种种使他变得更为怯懦。然而,刘泽华一再坚持。邱大明也就把自己的愿意说了出来。

两个人决定,领结婚证。这是刘泽华的坚持,而邱大明当然没有意见。在领证的前夕,邱大明在聊家常时无意向刘泽华询问:"你老家是哪里的啊?"刘泽华说,"我老家是四川宣汉塔河坝炉子村的。"邱大明一听这个地点,立刻激动起来:"你,你是宣汉的?塔河坝炉子村的?"他说,"我也是那里的人,可我记得塔河坝炉子村姓李的多,没听说有姓刘的啊?"刘泽华说,"我原名叫李德芳,是来到重庆之后改的名。"

邱大明真的是心潮澎湃,内心的波澜不断地撞击着堤坝上的巨石。可他还有些忐忑,害怕认错了人:因为这个李德芳已经来重庆数十年算是个老重庆了,因为她的口音更像重庆人已较少记忆中的痕迹,因为将近六十年的岁月里沧海桑田与物是人非实在太多太多了。他按捺住激动,再次询问:"那,你母亲是不是姓余?是不是爱抽水烟?"在得到肯定的回答后,邱大明再也忍不住了。他告诉李德芳,自己就是邱大明,在一九三六年和李德芳早就结过婚的邱大明,他的名字也是后来改的,在出狱之后改的……李德芳听后失声痛哭。她告诉邱大明,她之所以来重庆,就是记得邱大明的老家在重庆,她想来这里找他,而这一找,就是六十年,一个甲子的时光。她为了找到他,可是吃了太多的苦啦。

那时,邱大明已经八十二岁,而李德芳八十岁。他们又共同生活了十几年的时间,这十几年里,邱大明包揽了家里家外所有的活儿,他觉得自己欠妻子的太多太多。二〇〇九年,李德芳因病去世,二十余天后邱大明也跟着走了。

"老师，我想改写这个故事。大背景有了，时间的长度和爱情有了，故事性也有了，矛盾冲突和迂回也有了。我想把故事的发生地由重庆挪到丽江，你不知道，我越来越喜欢这个地方了，我想先完成我的小说然后将它改成电影剧本，外景就在丽江来拍。老师，你先看看我这些天拍的人像和景色，我承认，这几天我的脑子里就是它，就是它的场景，所以我拍的这部分多少是出于电影镜头感的考虑。我拍的照片越多，内心的笃定也就越多。

"我在邱大明身份上犹豫。我是把他写成远征军里的一个人，还是解放军中的一个人？我也在是要表现纯粹的情感方面，还是要加上现在比较流行的谍战因素？我一直犹豫，要不要把邱大明设计成一个脱离了组织无法证明自己身份的地下党？我要把它写成《士兵突击》那样的故事，还是《亮剑》《潜伏》或者《悬崖》？我也在故事处理得波澜起伏一点儿还是诗情画意一点儿之间犹豫，似乎都能讲得过去。不知道老师有没有什么好建议？"

5

"我们又有了新故事，一个卖花姑娘的故事。

"一个女孩讲的，四姐妹，遭受一个刑满释放出来的邻居的性骚扰，最后母亲报案，县城里闹得沸沸扬扬。虽然那个人得到了惩罚，但这个阴影却一直笼罩于整个家庭。大姐三姐先后离家到了另外的城市，而她也为了告别阴影，来到了丽江。只有老实木讷的二姐待在父母身边，直到去年才嫁给了一个没有孩子的鳏夫。她说，她一直在有意无意地遗忘那些事儿，但时不时就会突然地想起，一想起就像吃到苍蝇一般的恶心。她觉得我们女孩们应当更理解她。

"爱情故事。我们听到的爱情故事总那么忧伤。"

"他给我展示了一封信。确切地说,是一份准备上战场的指挥官写给妻子的遗书。我拍了照片。他讲的这个故事是……"

"太感人了!让我静静,我一时缓不过来。我已经开始整理,傍晚的时候就发上来。"

没想到,故事咖啡馆"留下自己的故事"的项目竟然得到那么多的参与,我原以为它不会得到多少呼应,我原以为,没有多少人愿意把自己的、亲人的故事讲给陌生人听,即使这个讲述能换得一杯精心准备的现磨咖啡。这个"留下自己的故事"的项目将是故事咖啡馆菜单上的一段阑尾,可有可无地留在那里。出乎我的意料,它竟然比我想象的要"兴隆"很多,有些外地的游客竟然在偶然听到"故事咖啡馆"里的这个项目后专程来到这里,讲述自己的故事。

胡月给我留言:"老师,我的新小说写完了。我是将四个故事放在一起来写的,有四个讲述者,而且把背景挪到了古代,时间和地点都是模糊的。我的开头是这样的:从前,一支疲乏的队伍走进一片寒冷的密林之中,前面传来不幸的消息。高高的雪山发生了雪崩,堵塞了向前的道路,而这时又下起了雪。他们走过破旧的吊桥,在一家旅店昏暗的院落里跳下马,默不作声的马倌们接过了缰绳。等他们走进去,发现这家旅店里已经住满了受阻的人,男人和女人,老人和孩子,甚至有他们追踪的仇敌。在那样一个时刻是不适合使用刀枪的,于是他们一起坐下来,在火炉的温暖中和弥漫着的茶香里打发昏昏沉沉的大把时间。这样的冬日实在太无聊了,而貌似相安无事的仇敌们也一直绷紧了随时准备战斗的弦……我拿不准的是,它是不是有些太像伊塔洛·卡尔维诺的《命运交插的城堡》?杨婧媛说不能这样写,它会让人感觉你其实是在抄袭。其实我的设计和卡尔维诺的设计很是不同，我写的是，这家旅店只有在大雪阻路的时候才会出现，它为避雪的旅行者提供食物和住宿，让他们不至于在寒冷中遭遇到不测。在被阻挡在这家旅店的时间里，这支疲乏的队伍最终与他们的仇敌达成了和解，冰释前嫌，甚至成了不错的朋友，离开旅店的时候甚至产生了惺惺相惜的依恋。但他们回到各自的营地、各自的部族，那种仇恨感却又回到了他们的身体里，新一波的阴谋和杀戮又开始了。五年之后，一支疲乏的队伍走进一片寒冷的密林之中，前面传来不幸的消息。高高的雪山发生了雪崩，堵塞了向前的道路，而这时又下起了大雪。他们走过破旧的吊桥，在一家旅店昏暗的院落里跳下马，默不作声的马倌们接过了缰绳。等他们走进去，发现这家旅店里已经住满了受阻的人，男人和女人，老人和孩子，甚至有他们追踪的仇敌……"

后面又会发生什么？

"老师，我写的是，他们又不得不坐下来，一起拥挤着挤向火炉的方向。身体相互的摩擦让他们再一次冰释前嫌。这样行吗？"

"可以，当然可以。它变成一种循环，其实包含了意味深长的象征性。你所设计的'可消失的旅店'也包含了微妙的象征性，只是我不知道你现在有没有把这个象征性用足，它不应当是那种即插即用的灵光一闪，而应当用足它——榨干它的价值，并榨干它的剩余价值，这也是我一直向你们强调的。对于这个小说的后面部分，我还有一个刚刚想到的设计，供你参考。当这支已经更换过不少人的疲乏的队伍来到旅店，他们发现在旅店里躲避风雪的人群中依然有自己的要追杀的仇敌，而且，已经在火炉的旁边早早地伸出了他们的手。参与过前一次的追捕并与自己的仇敌交换过礼物的一位老兵暗下决心，他决定冒险，不再顾忌旅店里的禁令而悄悄地掏出了匕首。故事在这里结束。我觉得在这里，它就出现了另一种可能，使得故事的层面会有更多的丰富，它同样具备寓意。只让一个'破坏者'出现就已足够，我最初想到的是他们在进入旅店之前就商量好，准备好刀子，刚才在给你打字的过程中我觉得只有一个'破坏者'就足够了，更合适一些。"

"老师，我能说……我还是想坚持我的那个想法。我设计的循环更符合我想要说的部分，你的，好是好，但不是我要说的。在一个极端的情境下，有时人可以和自己的仇敌相濡以沫，但一旦离开了那样的环境会立即变得不可能，甚至只有你死我活。老师，你说我的坚持对吗？"

"对对对，当然对。我刚才说的，也只是一种提供，小说往往会在设计的过程中出现太多太多的可能，有些可能是作家可控的，而有些甚至是作家都不可控的，出乎他意料之外的。我同意你的坚持。就我个人的写作而言，我也会在写作的过程中反复地为自己的设计提供新可能，一二三或一二三四，然后找出其中最有效的、最有表现力和自我表达的那一个，把它固定成唯一的叙述线。小说，总体上得一直不断地掂兑，不断试错，然后从中选择你最为喜欢的那一个。"

"那，老师，我的这个设计算不算抄袭呢？要不，我把'他们走过破旧的吊桥，在一家旅店昏暗的院落里跳下马，默不作声的马倌们接过了缰绳'这些话去掉？它是在杨婧媛提醒之后我又从卡尔维诺的《命运交插的城堡》中找出来加上去的。杨婧媛说我是变本加厉、欲盖弥彰，她的那张嘴啊，太伤人啦，我决定从今天开始只磨美式给她喝，不给她放半块糖。"

"我说不能算是抄袭，这种方法其实我也常用，在后现代的写作方式中它属于'互文'，即从前人、前辈作家的经典文本里选择一个支点，多数是不太重要的支点，然后在你的新文本里获得丰富和延展，甚至有意识与原文本的'阐述'构成对抗和反驳——这已经是一种普遍被接受的、司空见惯的艺术手法了。如果你不能与原文本的'阐述'构成对抗和反驳，而是顺着原有的部分继续推进的话，它很可能会显得意思不大，但也不能算是抄袭……"

杨婧媛给我留言："我一直在想第一个故事，原来我设想的那个主题被我否掉了。我觉得自己其实是重复一种俗套，虽然它是现实之一种，也符合女权主义的普遍理解。也正因它是普遍理解，我为什么要用故事的方式再讲一次大家已经熟悉的、理解的所谓道理？我想另辟蹊径，但我也不想写胡月那种太过天马行空的故事，我知道老师你喜欢那类。但我的性格和趣味，还愿意让它变成现实故事才好。老师，我一直认为那种现实故事的触动是别的类型的故事无法达到的，它更能让你身临其境，感同身受。在课堂上咱们曾有过争执，你有你的道理，但没有真正地说服我。好在，你从来不会把你的观点强加给我们，你说你愿意的是提供可能，至于对错和取舍，都交给我们自己完成。返回到第一个故事。我最近查找资料，发现'玉龙第三国'的传说在当地还是比较盛行，尽管现在大家都已不信，只是当一个古老的传说在流传。我也在查找资料的过程中发现，之前殉情的男女中，女性往往坚毅，而男人则有时会动摇，被救回来的、背弃誓约的往往是男人。于是，我想从男人的角度写'男人的怯懦'，写男人在那种极端的境遇下的选择。在写到一半儿的时候发现哪哪都不对，它也不是特别值得写的。于是，我又一次停了下来。然后重新回想那天那个男人在咖啡馆里的讲述，重新去听手机里的录音，我觉得我可能是先入为主了，他一谈到'玉龙第三国'就引起了我的怀疑，以至于他所有讲的我都悄悄暗示自己'是假的''他在撒谎'，在主观上已经判定他就是一个说谎者，就是一个左躲右闪和不断自我美化的骗子，他也就越来越是骗子了。在听录音的时候我重点听了他的语气和重音，在这里我发现他其实是真诚的，故事中可能有不真实的部分，但情绪情感是真实的……这样，我就有了再一次的调整。老师你也说过小说的写作应当不断地在我们是什么和我们想成为什么之间、在我们有什么和我们希望有什么之间开出一条深渊,并在这条深渊上建立想象的桥梁。在我写下的这个故事中,我可能用一种现实的、故事的方式,说出的是我们希望有什么。老师能不能抽时间帮我看一下?"

很快,时间完全行进于不知不觉,雪山路上的"故事咖啡馆"已经营业了将近一年。胡月和杨婧媛向我发出邀请,让我在周年庆的时候务必到场,作为"留下自己的故事"的项目的特别嘉宾,我也务必要讲述一下"自己的故事",不能虚构。我想了想,还是答应了下来。我准备选择"局部",当然这个准备不会事先告诉他们。在这一年里,我也发现了他们写作上的各自不同:胡月喜欢幻想性的、有些魔幻色彩的那类写作,她会把她的故事尽可能地纳入魔幻和神话的范畴中,譬如她写下的《遐尔的历险》《蚂蚁部队》《地理课》。《地理课》由三部分组成,分别是三个故事,故事的发生地分别是日本、哥伦比亚和印度,而且在讲述的时候,日本部分胡月使用的是芥川龙之界式的语言,哥伦比亚的故事则使用的是马尔克斯式的语言,印度的故事则取于奈保尔和泰戈尔之间,贯起故事的线便是地理课的老师和作为学生的"我"——她竟然将在"故事咖啡馆"里听来的故事改头换面,分别变成了具有异域感的崭新故事。她脑袋里的怪东西也确实是多。我对她的提醒时常是:落实,你可以让这个人飞翔起来,可以让他变成龙或者鲤鱼,但一旦这一设计固定下来你就要将这个想象需要的所有条件都一一落实,把所有的可能都早早地想到,弥补一切可能的漏洞。记住弗拉基米尔·纳博科夫从经验中得来的忠告吧,他说你可以想象一个真实,但一定要接受它的必然后果。如果你设计了这个人可以飞,那好,其他人不可飞的条件你要想好,这个人的飞翔所带来的优势和劣势也都要想好,一旦进入到故事中,你就得强化你的说服力,你得让我相信你的弄虚作假是合理的，自洽的。杨婧媛，有着非常缜密的思维，极善于从故事背后发现哲理和可能的深刻，而且习惯不停地调整角度，从不同的角度去观看同一事物，任何一个平常的事件她都能上升到理性和观念的层面去。但将理性观念重新变成生活故事讲述出来的能力略弱。对于她，我所强调的往往是：小说需要表达智慧，需要对人生有意义，但这智慧和意义往往不是依赖板着面孔的说教，而是通过寓言化的故事传达出来，这一转圜会使其中的思想和智慧更便于读者理解接受，更容易说服我们。小说呈现的应是思想的表情而不是思想本身；无论你要讲述的"道理"多深刻多有意义和启示性，一旦用寓言的方式来完成，它就必须首先要建立一个有说服力、吸引力的"故事"，要通过这个故事来说出。你想，你要让这个人承担这部分思想，那，能不能给他一个形象上的特别设计，让我们一下子就记住他？你可以坚持你的"现实主义"观点，这没任何的问题，但你也一定要清楚，在现实主义小说中的某些很逼真的现实场景、细节和情境都是"虚构"。我在课上也曾给你们讲过，在写作《包法利夫人》州农业展览会一节时，福楼拜在一封信中写道："今天晚上我为描写州农展会的盛况拟定了一个提纲。这段文字篇幅很长——要写三十页稿纸。这就是我的意图。在写这乡村场面的同时（小说里所有的主要的配角都将出场，发言，行动），我将在细节之间插入，或在前台下面描写一位妇人和一位绅士之间连续的谈话；那先生正在向妇人献殷勤呢。另外，我还要在州行政委员的一段庄严的演讲当中和末尾插进我即将写出的一段文字……"之后，福楼拜在另一封信中重提这段书写，"真难啊……相当棘手的一章。我把所有人都摆进了这一章，他们在行动和对话中相互交往，发生各种联系……我还要写出这些人物活动于其中的大环境。如果我预期的目的达到了，这一章将产生交响乐般的效果……"这一拥有三十页稿纸的场景，福楼拜在完成了它的提纲之后写了三个月之久，他时时都在掂量，移动，重新安置，以便使它符合，并能够匹配自己的艺术雄心。在阅读《包法利夫人》这一章节时，我们会感觉它太像真实的发生了，人物的各种表演，州行政委员发言中的不当用词，官话的陈腐和情话的陈腐……它让我们身临其境，感觉我们是在场的旁观者。然而，我们读到福楼拜的这两封信，则会意识到：这个场景，这些人物，这些对话和演讲，都是无中生出的有，是作家虚构的产物。你现在要打破的，是从现实中得现实场景的那个桎梏。

丁帅，他一直试图让小说向影视的方向靠拢，他希望自己写下的故事有足够的迂回，有足够的矛盾冲突和迭起的高潮，他总是试图在自己写下的故事中加入吸引人的流行元素，总是希望故事波澜的起伏和环扣带给阅读者一种紧张感。我在给予他建议的时候则往往是：你在第二节，塞给主人公的那个道具，那把扇子是做什么用的？为什么要使用它？现在，你要给我想两到三个理由。好，这个道具既然你觉得有用，而且是具有特别之处的，那第三节和第五节，能不能再补一下"扇子"的戏份？不不不，第五节，不要一上来就提这把扇子，忽略它，让他的对手去提，因为第二节的时候他已经看到了。他要装作无意。你不是要呈现道具的这项功能么，好，在这里是不是可以这样。丁帅啊，我们再想一想你给主人公 B 的性格设定的核心词，他是勇敢，固执，多少有些油嘴滑舌。好。在这一节，他的这个转向是不是与"固执"不相符了？他转得太快，缺少合理性。好，你一定要他转，那就在他转变之前加戏，把他的固执呈现出来又让这个转变得合理，甚至是固执的一部分。若不这样设计，这个 B 和前面的那个 B 似乎就不是一个人了，等于把人物写"走"了，在设计故事的时候，一定要反复地想，反复地想。"只能有读者想不到，不能有作者想不到"，这是我们写作的基础原则，别急着原谅自己。

在近一年的时间里，我们群里的陈露几乎就没说过什么话，她从不参与我们的讨论，即使有时丁帅偶尔会招呼她。她不说话，杨婧媛在私信中对我说，她很忙，也一直没有从离婚的阴影中走出，如果老师来丽江的话她们是肯定要把她拉出来的，到时候，"你也劝劝她，给她些鼓励。我觉得这样下去，她会把自己埋没掉的。"

我说，好，我要去。陈露，我只教过一个学期，我到她们学校任教职的时候她已经是研三。我记住她，是因为她是她们班上第一个追着我谈论卡尔维诺的人，也是在谈论卡尔维诺的时候眼睛里全是光的人。然而在她毕业之后便音讯全无，直到胡月她们几个在丽江的雪山路上开了这家故事咖啡馆。去看看她，也成为我要在"故事咖啡馆"开业一周年前往丽江的缘由之一。

就在我准备成行的前一天。我突然发现，"故事五人组"的群里只剩下了四个人，陈露不知道在什么时候退出了。

"老师，你在不？"丁帅在群里与我打过招呼，"老师，二位师姐，我要和你们讲一讲陈露师姐的故事。是她自己讲的。为了跟我讲她的事儿，她，把我叫到了另一家咖啡馆……"

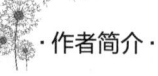

· 作者简介 ·

李浩，男，1971年生于河北，现为河北省作协副主席，河北师大文学院教授。出版有小说集、诗集、评论集二十余部，曾获得鲁迅文学奖等。

三姐妹

□ 陈 武

二姑娘

拉着木爬犁的，是一匹白马。

我坐在爬犁的边栏上，老史在前边牵着马。路上都是轧得结结实实的雪。

木爬犁上，除了我的一个黑色人造革皮包，还有一个蛇皮口袋，那是老史的东西。街上没有什么车辆，也没有什么行人。我对即将到达的目的地，充满了陌生和好奇，也有隐约的担忧——毕竟，我和老史认识还不到半小时。没错，半小时前，我在佳木斯火车站对面的小酒馆里吃饭，我有点风尘仆仆，也有点无所适从，处在既亢奋又失望的境地中——原本，受一本书的诱惑，我是来北大荒看神秘的"鬼沼"和"满盖荒原"的，这本书把北大荒描写得太美了。没想到北方的隆冬除了雪，还是雪。在满眼都是雪的街巷里，我先遛进这家小酒馆，点了一盘水饺。在吃水饺的过程中，我看到我的邻桌一个独自喝酒的中年人不停地打量我，然后主动跟我搭讪，问我从哪里来，到哪里去。我告诉他，我是江苏人，来旅游的。他露出了惊讶的神色，可能是觉得还有十多天就过春节了，谁还在这时候旅游呢。他疑惑地眨着眼睛，问我，是不是和家里闹了矛盾，跑出来的？我当然没有和家里闹矛盾了。我奇怪他为什么会有这样的想法。他又问我，是不是和人打架，逃出来的？他见我摇头，继续问，家里有什么亲戚闯过关东？真是笑话，好像只有和家里闹矛盾、和村里人打架或投奔亲戚才会来东北似的。我告诉他，我是来欣赏北大荒自然风光的。他倒是乐了，说他家就在北大荒，周围全是北大荒。其实在火车上，已经有热心的黑龙江人告诉过我了，北大荒是一个泛概念，松花江以北的大部分地方统称北大荒。他对我的怀疑，我没有过多解释。但他对我产生了更浓厚的兴趣，比我对北大荒的兴趣还要浓。他告诉我他所在的村庄叫自力村，他姓史，村里人都叫他老史。他还介绍了自力村前前后后的地形地貌。他声音不高，却有些急促，很急于把家乡的美景告诉我。他颠来倒、倒来颠地说了几次之后，盯着我看了半晌，略微尴尬地笑一笑，诚恳地邀请我到他家住下来，住到他家，就相当于住在北大荒了，就能尽情欣赏北大荒的美丽风光了。我动心了，一来，觉得他的话有道理；二来，是因为我没带介绍信无处可去（在二十世纪八十年代初，没带介绍信是寸步难行的，刚才在一家民政招待所里就碰了壁），我便同意住到他家了。老实说，我心里是忐忑不安的、战战兢兢的。

木爬犁拐了几个弯，穿过几条巷子，在一个大门口停住了。我看到这是一所中学的大门，门边挂着"佳木斯第二中学"的大木牌。木爬犁刚一停下，从门边的一间屋里，走出来一个穿着臃肿的女孩儿，她除了书包外，还有一个旅行包。我猜，这应该是老史家的女儿吧，也可能是邻居家的孩子。我看到她快步走到木爬犁边，本想要说什么的，看到木爬犁上坐着一个陌生人时，愣了下，不说了。她把旅行包放到木爬犁上，自己坐到我对面的边栏上。老史也没说话，继续在前边牵着白马。

木爬犁不急不躁的，很快走出了城市，进入一片原野。

原野上是一望无际的白。我这两天在火车上早就看惯了这种白，已经不怎么好奇了，但我还是四处张望着。那些白突然会有些光泽，也会有高低起伏，可能是岗岭山峦什么的，零星的树木对白并没有造成影响，那么霸气，那么为所欲为。我心里也跟着浩瀚起来，想说说心中的感慨。但，我对面的女孩很安静。我已经多次假装不经意地打量过她了，她穿蓝布的棉裤，棉袄上套着红黑相间的格子外套，脚上是一双手工做的灯芯绒棉鞋，戴一顶黄色的绒线帽子，红色的大围巾包住了脸，只露出鼻子以上的部位；她眉毛粗粗的，在左眉尖上，有一个白色的细细的疤痕。我的不经意，其实并没有瞒过她，她不自然地接连眨动眼睛。在我望向别处时，我眼角的余光，发现她也在偷看我。

木爬犁爬上了一道高高的山梁，又落入一片谷地。

老史把缰绳挂在了马背上，等了两步，屁股一歪，坐上了木爬犁的边栏，再转三百六十度，把腿脚拿上了木爬犁。他这一连串动作很熟练，很自然，一看就是老把式了。他刚坐好，就对身边的女孩说："抱着书包不累啊？"

他在说那个女孩儿。女孩儿一直把书包抱在怀里。

"不累。"女孩儿把书包重新抱了抱。

"我家二姑娘。"老史跟我一笑，脸上有点得意，"在佳木斯二中念书，明年就上大学了。"

"爸……谁说我考上啦？"

"考不上再复读一年，反正要考上的。"老史比他女儿还自信。

"……见谁都吹……这谁啊？"

"小陈啊，从关里来……就住咱们家。"老史像是对我很熟悉似的又在他二女儿面前显摆了，"关里的年轻人就是优秀，敢出来闯天下。当年我们冒冒失失就跑到北大荒了——那时候叫闯关东。"

"你们那时候是逃荒好不好？"她可不给老史留面子，"人家现在叫旅游。"

"道理差不多，逃过来了，不就安了家？不就没有饿死？不就有了咱们这一大家子人啦？你这书都念到哪里去啦？"这个老史，看似木讷的样子，话里却透出智慧——他还在怀疑我是从家里逃出来的，是另一种形式的闯关东，将来也能像他一样，有一大家子人。

老史见我和她都没搭他的话，又说："小陈，我家二姑娘叫史丽娟，一家人就数她聪明。老史家就指望她撑门面啦！"

"稀罕你夸，你不是说闺女都没用嘛。"史丽娟的话音有些得意，眼睛灵活了起来，笑了笑，勾下了头，继续笑。她的笑有多层意思，其中之一，肯定对我在这时候来旅游感到可笑吧。不管怎么说，她的出现，让我打消了对老史的怀疑和不放心。

老史笑两声，说："你要是个男娃当然更好啦！"

"终于说了实话，重男轻女！"史丽娟不屑地瞥了老史一眼。

老史自觉说多了，不再吭声。离我们不远的地方，有一圈人。还看到他们中有的人光着上身。在这冰天雪地里，赤身裸体的，不怕冻坏啦？

"他们在干啥？"我禁不住心中的好奇。

"冬泳啊，这是江，松花江，他们正在冬泳呢。"

原来是这样,我们的木爬犁正行驶在江面上,怪不得地面是如此的平整,怪不得远处有凝固的巨浪,原来是冰封的松花江,刚才的"山梁",不过是江堤而已。

老史家

从松花江北岸爬上来,一路向北,有几个村庄被我们闪在身边,夕阳下,人家的屋顶上冒出一缕一缕的炊烟。白雪映衬下的村子,单调而缺乏生机。在穿过一个叫吉祥乡的集市街道时,天已经有了黑影,街道上几无人迹。老史在一家杂货店的门口停下来,一会儿便拎了两塑料桶酒出来,后边跟着一位中年妇女,也拎着两塑料桶酒,每桶五斤的,四桶散装酒摆放在木爬犁上时,中年妇女看看我,说:"怪不得买这么多酒,来亲戚啦!"

老史响亮地笑两声,赶着牲口走了。

天完全黑了。四周静静的。当我感到要冻僵的时候,木爬犁终于进了一个村庄。

"到啦。"在一户低矮的房舍前,老史对我说,又冲窗户大叫一声:"大翠!"

屋里并没有回应声。大翠是谁呢?

史丽娟已经站在木爬犁边上了,她没有急于进屋。我知道她是在等我。我有点儿紧张。虽然一路上,我多次想到会紧张,想到如何缓解紧张,但免不了还是无所适从。第一次到一个陌生的人家,我对这家人了解多少呢?他家有几口人?幸亏我认识了男主人和他的二女儿。

老史很热情,比先前更热情了,他让我赶快进屋去暖和暖和,别冻坏了。他又抱怨一句什么,还是涉及大翠,便急不可待地对史丽娟说:"娟,把你哥带回家。回头把大翠找回来。"

老史的话吓我一跳，我已经成了他二女儿的哥啦？

可能是史丽娟还没有适应这个哥吧，也可能是，她明明就在客人身边，找什么大翠呢？史丽娟像是赌气一样，不急于进屋，也不叫我进屋。这样，我们在寒夜里站了片刻。我看到又明又圆的月亮，把雪地都照亮了。今天应该是腊月十六，或十七，月亮这么好，天这么透，周围这么冷，我是这么拘谨，真让人恍惚啊！没容我多想，老史又说话了，要把牲口和爬犁还给人家（原来是借的），然后就赶着木爬犁走了。那四桶酒被他搬下来，就堆放在雪地里。我想去搬酒，把酒搬进屋里。

史丽娟一声不吭就走了，把我丢在了门口。

我觉得哪儿不对。哪里不对呢？史丽娟在路上还跟我有话说，怎么到家了反而不理我啦？我可不想冻坏了，不管怎么样，我先进屋再说。我小跑几步，跟上了史丽娟。

老史家的屋不大，只有两间。分外间和里间。外间的后墙堆着几个口袋和许多杂物，还有两口大缸。

我随着史丽娟进了里屋。

仿佛一瞬间经历了两个世界，从严冬，走进了晚春——里屋真暖和啊，浑浊的热流萦绕在不大的空间里。我定睛四顾，昏黄的灯光下，是两铺面对面的土炕，中间的过道只有七八十厘米宽。北炕上，盘腿坐着一个花花绿绿的少女，她穿红毛衣，绿裤子，紫袜子，长头发披散着，正在织毛线。她刚要和史丽娟说话，看到了史丽娟身后的我，愣了下神之后，笑了。

"二姐，同学啊？"她声音很大地说，还做了个鬼脸，"嘻，我说这么晚嘛，爸呢？"

"咋呼！"

那个少女伸了下舌头，诡异地挤一下眼睛："这么晚，同学不走了吧？"

"欠嘴，看我不把你嘴给缝起来！"史丽娟说完，又冷冷地对我说，"我妹，史丽萍。"

"叫我萍萍好啦。"

萍萍说话很快，声音又脆又亮（史丽娟的声音有点儿闷），确实很机灵，穿着也花哨。她和她二姐，就像风格迥异的文学作品，有着完全不同的气息，长相也大相径庭，萍萍是白净脸，尖下巴，皮肤又细又嫩，单眼皮，尖鼻梁，俊俏俏的，乌黑发亮的眼眸和丰满的唇，更突出了少女的神韵和精致。年纪虽小，却一点也不胆怯，又是扮鬼脸，又是使眼色。然后，她放下手里的织针，取下挂在床头的外套，说："二姐，我去喊妈啦，还有大姐——我要把这两个赌钱鬼请回来，做饭给你同学吃。同学哥哥，等着啊。"

萍萍风一样出门了。

"疯子！"史丽娟一边脱外套一边嘀咕。

我没有脱外套的习惯，也不适应屋里这么暖和。东北人烧炕我是知道的，但也只是些书本知识，没有切身体会。老史家这间不大的房间里，除了两铺土炕，空间很小，进门一块空地上，有一个巨大的木墩子，从形状上看，应该是切菜用的菜案子。紧挨着菜案子的，是一口烧煤的地灶锅。屋里烘人的热量，一定是这口地灶锅烧出来的。两铺炕的炕头，都有一个笨拙的木头架子，架子的隔层里，一条一条地叠着被子和衣物，架子和墙上也挂着长长短短的衣服。有一个方形的炕桌，放在临窗的大炕上。土墙上，糊着的报纸已经陈旧了。屋梁很矮，如果我站在炕上，头会不会碰到屋顶也未可知。我犹豫一下，还是学着史丽娟，把大衣脱了。

史丽娟接过大衣，挂到墙上，说："上炕吧。"

史丽娟已经盘腿坐到炕上了，动作特别利索，我都没有看到她是怎做出来的，就稳稳地坐着了。我却犹豫了，也很为难——我的袜子已经几天没换了，还是出门时穿的那双，如今是第三天了，不知有多臭了，怎么好意思脱鞋上炕呢？而且来到陌生人家，脱鞋上炕，多么不礼貌啊！

屋里就我们两个人了，她知道这样冷着脸不礼貌吧，便说："像我这样把腿盘起来，会不会呀？不习惯吧？我们这儿都这样的。"

"能不脱鞋吗？"

"不行不行……哦，我知道啦，打水给你洗脚啊。"史丽娟马上跳下炕，到了外间，旋即听到打水声，又旋即进来了。她端着一个盆，盆里是半盆冷水。她麻利地从地灶上拎起热水壶，冲进半盆热水，还用手试了试，"来，烫脚。"

我赶快洗了脚，换好袜子，刚坐到炕上，老史回来了。老史搬进两桶酒，进来就问："还有两桶酒呢娟？"

"我咋知道？"

从老史的表情看，门口雪地上的酒少了两桶。

会不会被谁趁着黑夜偷走啦？我说："刚才还是四桶的。"

"算了算了，谁喝还不是喝，就当我请客了，今天高兴！"老史嘴上不在乎，听口气还是很心疼的，"算是有良心，还给我留两桶了……你妈还没回？"

"看不见啊？"史丽娟的口气有点生硬，"萍萍喊去了。"

我很过意不去，觉得老史家丢了两桶酒，全是我的责任，又觉得，史丽娟的不高兴也和我有关。

"大翠呢？"老史又问。

"不知道！"

"叫大翠回家做饭啊。娟，你跑一趟，大翠可能在老吴家……你去把她叫回来，说过多少回了，不许她去老吴家看牌，就是不听！"

"才不去呢……"史丽娟从书包里拿出了书。

"你念书吧……这个大翠……"老史有点儿无可奈何,"我来做饭。"

老史手持煤铲,捅开了炉子,不消几下,炉火就熊熊燃烧起来。

老史在做饭。史丽娟在看书——史丽娟已经移到了大炕上,在炕桌上摆开了书,是一本地理书。我只能看老史做饭。老史出出进进,和我有一搭没一搭地说话,我听到有几个词,"下屋地""外屋地""酸菜""牛肺""猪肝"。有的词我懂,比如酸菜、牛肺和猪肝,有的词我连估带猜,也能懂,比如外屋地,就是指我们这个房间的外间。他拿来的一团酸菜,就是从外屋地的酸菜缸里捞出来的。由此推断,下屋地,应该是搭在这间屋的西山头的那间小房子了,我们那儿叫"一檐坡"。那么,我们这两间堂屋,应该是上屋了。我不习惯,放开腿,又觉得腿也没处放,就移到炕沿,把腿耷拉在炕沿下。我想把包里的书掏出来看,那是一本《美国当代短篇小说选》,这是我喜欢的一本书,我那点儿文学营养,就是从这本书里汲取的,我一直把这本书带在身边,是准备随时学习的。就在我准备掏书时,外屋地响起杂沓的脚步声,门被拉开了,先进来的是萍萍,后边跟着一个比萍萍矮半个头的女孩——这应该就是老史说了几次的大翠了,一看就是老史家的大姑娘。

大翠确实有大姐风范,她一到家就开始主厨,老史打下手。作为主厨的大翠,在一口铁锅里炒菜,火大油大,密不透风的屋子里,立即就飘散浓烈的油烟味和菜香味了。

夜　宴

菜都端上炕桌了,女主人还没有回来。但是,大家都对她忽略不计——三姐妹没有人提她们的母亲,都围坐上来了。

我突然发现，老史似乎有点儿不高兴——感觉不是因为女主人的缺席，似乎是嫌三个姑娘不懂礼貌（也许是因为丢了两桶酒），因为作为老史的客人，我还没有上桌，她们就都坐到饭桌边了。直到这时候，我还是以二姑娘史丽娟的同学身份出现的。老史没有说破，我也不想多说，史丽娟呢，更没有澄清——我也不知道为什么。这些闪念我不应该去多考虑。只要我能在他家住下来，从明天开始，去感受一下北大荒就好了。但我真的不习惯盘着腿坐在炕上，更何况还要在炕上吃饭呢，这成什么体统？老史手里夹着烟，微笑着劝我"上炕"。老史的三个女儿都看我。老史的劝，她们的看，我就更加难为情了。但也不能不吃饭啊，入乡随俗吧。

我观察一下我们的座次，我坐的是炕头的位置，老史是背窗而坐的，三个姑娘分别坐在炕梢和炕沿。老史郑重地给我们每人的酒杯里倒上酒。可能是老史威严的神色让三个姑娘感到畏惧吧，屋里突然安静极了，我再次不自然起来，再次有一种深深的陌生感。我甚至发现我一直在强装镇静，而我真实的状态是害羞——老史家三个美丽的女孩才是我不自然和不自在的根源。本来，老二史丽娟跟我还有交流，到家后突然就变脸了，一家子聚齐后（只差女主人），她便不愿意多说什么了。小女儿萍萍还是浑身透着机灵劲儿，一举手，一撇嘴，一投眸，都是天真和烂漫。至于大女儿，自从被萍萍从牌场上叫回家后，倒是没听她主动和谁说过话。她先是主厨烧菜，完了后，又淘了苞米碴，放在炉火上熬着。苞米碴就是玉米的碎粒，不是粉状的，是颗粒状的。她坐在炕沿，可能就是方便照顾灶上的一锅苞米碴吧。大翠和她两个妹妹完全不一样，她面色是沉静的，做事是专心的。她不像老三那样有一种惊艳美，却也鼻子是鼻子、眉是眉的，虽然耐不住细看，却比老二要亮堂些，特别是作为家里老大，有一种乡村姑娘特有的成熟。但是，她爱赌博，还抽烟——我看到她在淘苞米碴前点了支香烟，一边做事一边抽，老成得很。我和三个年龄跟我相仿的陌生女孩突然相聚在同一个屋檐下，盘腿打坐在一个狭小的空间里，同吃一桌子饭菜，还要喝酒，我怎么能平静和自然呢？

"就这点儿？"萍萍看着自己的酒，"比二姐还少。二姐凭什么喝酒？她还要念书。她喝晕了头就念不成书啦！"

萍萍边说边去抢老史的酒瓶。

史丽娟赶快端起酒杯，把杯里的酒倒进了萍萍的杯子里——她这是一口也不喝了。

萍萍看看杯子，还是嫌少，她不高兴地鼓起了嘴。

"你才多大？十六岁，小孩子噢，本来不给你喝的。"老史笑着说，朝我看一眼，意思是，不是家里来了"大哥"，你别想喝酒。但，他还是给萍萍又添上了。

萍萍高兴了，端起酒杯，喧宾夺主地说："欢迎大哥来我家做客。"

老史也乐了："好，欢迎欢迎，小陈一路辛苦，来，喝酒！"

酒是烈酒，我喝了一小口，一股火线直往胃里钻。我吃了口菜。菜是酸菜，真是酸菜啊，酸里还透出腥味，难以下咽。我看了看桌子上的三大碗菜，都是一个颜色，也差不多是一个味吧？我有点儿为难，瞟了一眼灶上的苞米碴，那个东西应该好吃。我希望它快点熬熟，快点吃一碗苞米饭。

"小陈，吃肉，来，吃肉……别客气，到了这儿，就跟到家一样，来……"老史真是热情，他用筷头点着菜碗，望着我，眼里充满期待，"来，来，来……"

如果我不夹一块肉，他的筷头一直点着，嘴里的"来"也会一直不停。我只好夹了一块猪肝吃。和酸菜一样，猪肝同样是腥的，那种腥味，是刚入口就想吐的感觉。我当然不能吐了，我不敢品尝也不敢细嚼，只在嘴里打两个滚,就吞咽下去了。我看到老史期待地看着我(说不定大翠也是),只好装着很好吃很享受的样子笑了笑。

"好吃多吃点儿。"老史继续热情,继续用筷头点着菜碗,"……牛肺,来,来,来,牛肺,吃块牛肺!来,来,来……"

我感觉快装不下去,嘴里的腥味正泛滥着。我赶快端起酒,喝了一口。酒虽然辣,但可以改变嘴里的腥味,压得住胃里的泛滥。烈酒继续像一股火线,或者是刀划过一样,比第一口还要烈。

"嚓嚓嚓",有人拍了几下窗户。

"老曹!"老史认出了窗外的人,冲着窗户喊,"进来,老曹,进来喝酒!"

叫老曹的人进来了。

"哈,来客啦?我说闻到酒味了嘛!"老曹的直嗓门比老史大多了,就像手扶拖拉机一样,轰轰的,他诡异地笑着,把身上一件羊皮短大衣脱下来,往对面的炕上一扔,说,"酒够不够?不够我给你整两桶来。"

"有酒,够你喝的,"老史说,"你还别不信老曹,我到自力村落户二十多年了,头一次遇到这个情况——四桶酒,少了两桶,你说怪不怪?"

"不可能,咱自力村就没有这种人,哈哈——你到树下看看?我老曹掐指一算,你家老榆树下雪窟窿里就藏有两桶好酒,你老史是不想让亲戚喝足吧?还藏了两桶,幸亏叫我逮着了。"

老史乐了,他跳下炕,穿上鞋子,出门了。

老曹拿过史丽娟面前的空杯子,倒满了一杯,对老史的三个女儿说:"我藏的……逗你爸玩的,哈哈哈,你爸真不识逗。"

老曹已经坐到炕上了。小小的炕桌,显得更拥挤了。老曹像变戏法一样,突然变出一碗盐豆来,还不是小碗,是一个黑窑碗,我从未见过那么黑的碗。他进门时藏在哪里的呢？大衣袖子里还是屁股后面？老曹显然是有备而来的，他不仅藏了老史的酒，还回家做了一道菜，看来他们两家关系不一般。

老史像大赚了一样，乐哈哈地把两桶酒搬回来了。

有了老曹的加入，这酒才热闹起来。老曹自然先敬我这个客人了，他端起酒杯说："小兄弟，喝两个，来，我先喝为敬！"

老曹"咕咚"一声，杯子里的酒没了。老曹喝酒和他做事说话一样，动静也大，"咕咚"声不像是喝酒，像砸了一个东西。他端着杯子，看着我。我肯定不能这么喝。这个杯子有三两，如果干了一杯，我就醉了，这酒宴就结束了。

"……干不了啊。"我的声音一点底气都没有。

老曹摇了摇杯子，问老史："这位亲戚，能喝不？"

老史含糊其词："我也……小陈，能喝多少酒？要不就喝这一杯吧。老曹，你是长辈，担待点，你干两个，孩子干一个！"

老曹听老史称我为孩子，还称他是长辈，眼睛一闪，看一眼大翠，又诡异地笑了，恍然道："噢，原来是新亲戚……好好好，真好，我一定要干两杯，这杯酒要大翠给我斟上。大翠，给叔斟酒！"

我看到大翠莫名其妙地看了她爸一眼，又看看史丽娟——她一定是听萍萍说了，我是史丽娟的同学，怎么成了亲戚？而且是新亲戚，还要她斟酒。新亲戚是什么意思？让她斟酒是什么意思？

大翠的莫名其妙很隐蔽，情绪很快又平稳了。大翠应该是个喜怒不溢于言表的姑娘，她略低一下头，顺从地拿过酒瓶，给老曹斟满了酒。

老曹开心了，端起酒杯："第二杯，来，新亲戚，来，来，来，我先干！"

老曹干了后，我只好也干了杯中的酒。这一口太猛，差点儿把我呛着。

老史要给我倒酒，我捂住了杯子不让倒。

老曹又问老史："孩子真不能喝？"

"随孩子自己吧。"

我听他们孩子孩子的，感觉特别别扭。

老史和老曹又互干了两杯。加上大翠和萍萍都分别敬了她们的曹叔叔，喝酒这才有了点儿气氛。

老曹带来的盐水豆很好吃。我真要感谢老曹，盐水豆又咸又香，表面是软的、咸的，内里是硬的、脆的，特别禁嚼，比其他几个菜好吃多了。自从上来了这道菜，老史再叫我吃菜时，我只吃盐水豆了。老史一边和老曹喝酒，一边不忘招呼我吃菜，经常用筷头点着菜，点着牛肺、猪肝、粉丝、酸菜，热情不减地叫我吃。但我只吃盐水豆了。无论他点着什么菜，我最后吃的都是盐水豆。我的反常没有逃过老曹的眼睛，老曹说："新亲戚吃菜啊，大翠做菜的手艺，在我们自力村拿第一，我最爱吃大翠做的猪肉炖粉条了，那个香啊……新亲戚哪里人？"

"江苏的。"

"江苏哪里？"

"新浦……"

"新——浦？"老曹脸仰起来，做若有所思状，"我们村有江苏的吗？没有吧老史？"

"朱二家，不是江苏的？"老史说。

"不是，他家是安徽的。"老曹肯定地说，"新亲戚，没有老乡也不怕，咱们自力村啊，全是外地人，五户河北的，九户山东的，八户河南的，四户安徽的，两户湖北的，还有一户上海的。都是闯关东来的，开始都不适应，这不，都适应了，大家都像一家人，哈哈哈，自力村养人啊，以后你就知道自力村的好了。我二十多年前来落户时，也就十来户人家吧。河南的小王家，来了才几年？三年多点吧？这个小王，在原来的村子上，得罪了人，待不下去，心一横，来投奔亲戚，来了就找了个媳妇，去年刚生了双胞胎呢，两个儿子，真是赚大了。"

话说到这里，我明白了，老曹和老史一样，都以为我是从家里逃出来的，以为我和小王一样，在村子里出了事，待不下去了，闯关东来的。老曹甚至还有更深的误解，称我为"新亲戚"，把我当成老史家的上门女婿了（老史可能真有这个用心）。不仅我听出了他们的话音，就连三姐妹也都听出来了。

最疑惑的还是萍萍，她看看二姐，看看大姐，愣了阵神，又看我一眼，脸又突然红了一下，抿了抿唇，把那碗盐水豆往我面前推了推——其实只是做了个推的动作，碗还在原处未动。萍萍说："哥，吃菜……"

火 炕

我听从老史的安排，睡在南窗下的大炕上。我是横着睡的，睡在炕头，身底下只铺着一条薄薄的褥子，褥子已经被火炕炕得滚烫了，我感到整个后背像火烤一样，身上很快就要被烤干了。老史睡在炕梢，离我也不过有二三尺远。他因为和老曹喝了不少酒，很快就睡着了，正鼾声如雷。另一张炕上睡着三姐妹，三人共铺一条褥子，分别盖了两条被子，史丽娟和萍萍盖一条，大翠一个人盖一条。这两条被子，虽然颜色艳丽，却总有浮着一层尘土的感觉。睡在这样的炕上真不习惯，再加上和三姐妹同处一室，躺下好久了，仍然不能入睡。

又过了很久，感到有人进来——我知道是女主人了。女主人惊醒了三姐妹中的一个，我听到一个很小的声音在抱怨："妈你怎么才回来？……输了赢啦？"

我听出来是大翠的声音。

"输了。"

"输多少？"

"十多块。"

"这么多啊？妈，你在我们炕上睡，跟我一个被窝。别开灯啊，家里来……来人了。"

屋里不是很黑，因为外面的月色、雪光映在窗户上，屋里的物体能够隐约可见。我偷偷看了看屋子里，能看到站立在窄道里正在脱外套的女主人，她声音很小地问："谁来啦？"

"没见过，爸带来的。"大翠把声音压在喉咙里，"妈，明天再说吧，睡觉。"

后来，我就把眼睛闭上了，还悄悄把被子拉拉，盖到了脸上。可我眼睛都闭疼了，还是睡不着。

半夜回来的女主人在说话，她和大翠"嚓嚓嚓"地说个不停。她们操着纯粹的方言土语，声音又在喉咙里，我一个字也听不清，我猜想，肯定和我有关。但她们的对话引来了别人的反感，一个声音突然响起："话痨！"

哈，这是二姑娘史丽娟。

声音没有了。我听到有吧嗒嘴的声音，这一定是熟睡了的萍萍了。现在我知道了，在同一个屋檐下，睡觉的六个人，只有老史和他的小女儿在酣睡，另四人都没有睡着。女主人肯定是对我这个不速之客产生了浓厚的兴趣，想从老大那里得知一星半点的信息。而她们的嘀嘀咕咕影响了明年就要参加高考的老二睡觉，遭到了老二的呵斥。他们一家的基本情况我都知道了，老史是一家之主，女主人看来不当家，喜欢打小牌。他们育有三个女儿：老大叫史丽翠，老二叫史丽娟，老三叫史丽萍。老大的小名叫大翠，老三叫萍萍，他们叫老二喜欢称一个字，娟。我听老史这么叫过，听大翠也这么叫过。老史家的三姐妹年龄相差不大，她们性格各异，风格突出，大翠懂事明理，手脚麻利，会抽烟，也爱打小牌，长相也不差；老二史丽娟长相稍平，身材一般，受教育程度最高，有自己的主见，开始还跟我说话，到她家之后，情绪突变，看不惯她父亲的做派，有抵触情绪；萍萍天真烂漫，口无遮拦，身材长相最漂亮，是个人精。我平时就喜欢读书，也写过几篇小说，乐于分析人物。我在心里对他们一家这么分析着，觉得挺有趣的。我知道，我的到来，在他们家已经掀起了波澜，接下来，在全村引起反响也未可知。造成这样的局面，是我事先没有想到的。我想，这次北大荒之行，即使没有领略到神奇、美妙的北大荒风光，能近距离接触、了解这一家人，也是此行的大收获，会对我的写作和对人世的认知大有帮助。

　　早上我是最后一个醒来的。我看到对面炕上都收拾干净了，被褥都归整到橱架上了，史丽娟在炕桌上写作业，她换了件毛衣，是一件紫色的高领羊毛衫，臃肿的棉裤换成了单裤子，头发扎成一条高高的马尾辫，比昨天要鲜亮多了。萍萍还是那样的艳丽，红毛衣绿裤子，长头发不像昨天那样披散着了，而是扎成两根大辫子，规规矩矩的大辫子。她继续织毛线，还是昨天那件白毛衣。

　　"哥，你醒啦？"萍萍的声音很脆，她看我正在穿衣服，"哥你不用穿那么多，在家里暖和的。"

　　史丽娟直了直腰，重重地放下手里的笔，瞪了萍萍一眼。

萍萍知道自己声音高了，又放低声音说："我给你打水洗脸啊，再热饭给你吃。"

我发现，萍萍成了最爱和我说话的人，对我也最关心，她丢下毛线，去收拾了。我看史丽娟正在写作业，便没话找话地说："做功课啦？"

史丽娟头也不抬地哼一声。

"哥，水来啦！"

"好好说话，喊啥？"史丽娟低声呵斥道。

"谁喊啦？写你作业去。"萍萍一点也不相让。

我洗了脸，刷了牙，吃了一碗苞米碴粥。这几件事很快就做完了。我看看手表，已经十一点了。十一点，一个上午就要结束了。

"哥，下大雪了。"

"啊？下雪啦？"我惊讶了，昨晚还有月亮啊。

"是啊。"萍萍又坐到炕上织毛衣了，她朝我一笑，"哥，你们那儿下雪吗？"

"下啊，都是小雪，落地就化成水了。"

"那多没劲。"萍萍把手里的毛衣往身上比量一下，看我在看她，不好意思地征求意见道，"好看吗？哥。"

"好看。"

"哈，还是哥的眼光好，她们都说我……"萍萍看一眼史丽娟，调皮地伸了下舌头，"空了我给哥也织一件。"

我看到史丽娟合上了书——这是不满的意思。我便不再说话了。

可萍萍不管二姐的小动作，她继续说："哥，等会儿带你出去看雪啊。"

萍萍望一眼窗户。

我也看到有几个人影走过。

萍萍赶紧说:"他们回来了。"

我听到外屋地的门开了,然后是跺脚、抖围巾和掸衣服的声音,再然后,老史夫妇和大翠陆续进来了。老史说这场雪要下两三天,是多年不遇的特大雪。我听了有点儿莫名的兴奋,遇上多年不遇的特大雪,一定很好玩的。老史接着告诉我,他给我找了一间屋子。

"就是井房,"他说,"在村西头,刚生了火,现在就可以搬。对不起小陈啦,条件不太好,先委屈一下啊。"

听说有一间独立的小屋,让我兴奋了。能目睹一场他们都不常见的特大雪,也是不虚此行啊。搬出去,独立居住,就能避免和他们一家住在一起的不便和尴尬了。这两个消息都是好消息啊!

我也没有什么好搬的,只有一个包,老史给我背上了。于是我穿上军大衣,戴上帽子和手套,围好围巾,随着老史出门了。

外面的雪确实很大,悄无声息的,像一团一团棉絮,从天上飘落,眼睛都睁不开了,能见度只有三四米。地上的积雪已经很厚了,一脚下去,能漫了鞋帮。我欣喜地四处张望着,跟在老史的身后,跟得很紧,我怕一不小心跟丢了,迷路了,找不到井房也回不了老史家了。老史不仅背着我的包,肩上还搭着那条我夜里盖过的被子。

我们不过是路过四五户人家,又走过一段不足两百米的空地,就是那间井房了。老史掀开吊搭子(一种野草编得很密的帘子),推开了一扇门。

屋里只有一铺三面靠墙的土炕,比老史家的炕窄多了,就像一张单人床。

这间屋子太小了,我目测一下,大约三米长不到,两米五宽左右吧,正对门的炕头上,是一个只能放一个烧水壶的地灶炉子,炉子上已经焐上水了。在炉子的一边，是一个破铁皮桶，桶里是大半桶和成泥状的煤。炉火很旺。小屋里暖烘烘的。炕上铺一张炕席，新的。老史抖了抖被子上的雪花，朝炕上一放，加上我的包和几样衣服，小屋顿时有了生气。

"太小了太小了……"老史不迭连声说。

"很好很好……"我是真心觉得好，毕竟是一个独立的空间了。

老史坐到炕上，掏出烟，递给我一支，见我摆手，自己点上了。老史抽着烟。脸上露出似笑非笑的神情。他对于我的到来，应该是很满意的，从昨晚那场酒宴上就能看出来。他抽了几口烟，开口跟我说话了，他讲了这间房子的来历，原来是看井用的。村子里只有这一口井，就在房子前边。看井人就是昨天喝酒的老曹。

井为什么要看呢？我虽有疑虑但没有问。

"这雪扑下来了。"老史说。

我应一声，琢磨着他的话。他用了一个"扑"字，倒是挺形象的文学语言，等会儿我要记下来。

老史吐着烟圈，抻抻脖子，继续道："你就安心住着，等大雪不下了，就可以跑出去玩了。不过要当心掉到雪窟窿里。可以叫大翠、萍萍带你出去玩。后山上有一片林子，可以去看看。山下那一大片都是水塘子，大大小小、好多好多的水塘子连在一起，不过现在都冻死了，看不到冒水泡了，鸟也早就飞走了，大雁啊，天鹅啊，绿头鸭啊，还有黑尾鹬，不知道躲到哪里了，没有好玩的东西了。可以到市里玩玩的，吃吃饭馆，喝喝酒，逛逛百货公司。离这儿五六里地远的，还有一个湖，以前叫老龙湖，现在叫老龙岗水库，有人在湖上冬捕，能逮到大鱼。一早老曹去买鱼了，这脚前脚后就要回来……中午可以吃到鱼了。你们南方人爱吃鱼的。"

井 房

来叫我去吃午饭的,是大翠。

大翠来敲门之前,我正在看书。老史一离开,我就看书了。我也盘腿坐在炕上。可我坐不到两分钟,就累了。只好又伸开腿坐着,也没有两分钟,仍感到不舒服,便把被子铺在炕上,躺着。我看了几页书,是那篇没有看完的《献给爱米丽的一朵玫瑰花》,当时我正看到爱米丽小姐躺到密室里的床上,她身边就是男友的尸体,心里正害怕着,门突然被敲响了。我内心的惧怕正达到顶点,突然的敲门声和紧随敲门声被推开的门,都让我感到惊悚。大翠显然看到我紧张的样子了,她不知道发生了什么事——以为是她吓着了我,在门空里愣一下,比我还紧张。

"啊……来啦?"我说。

大翠抖抖身上的雪,眼睛不再看我,微微地低敛着眉眼。

我看到大翠穿了件大红色的棉袄,大围巾并没有把脸包住。脸上泛着红晕。她围巾上的雪有一大堆。肩膀上也堆着雪。她没有要抖落身上的雪,轻声道:"吃饭了……"

大翠只说这一句话,就走了,推开吊搭子就走了,连门都忘了关。一股冷风从草帘子的缝隙里钻进来。我赶快关上了门。我感觉大翠虽然走了,那绯红的面颊和紧张的眼神却留在了屋里。

我穿好衣服,特意把大衣穿上。我这样武装自己,是想吃完饭后,去雪地里走走。到现在,我还没有仔细看看村庄的面貌呢。如果能在大雪中走走,一定很刺激,一定会有不一样的体验。我有点兴奋起来。

门突然被推开了,进来的是萍萍。

萍萍是大喘着进来的。她进来就拍打着身上的雪。我看到她穿得那么单薄，红毛衣，绿裤子（感觉连秋裤都没穿），外面套一件男式短大衣。我认出来，那是老史的大衣，穿在她身上显得空空荡荡的。外面正下着大雪啊，如果不是那件大衣，会把她冻坏的吧？果然，她进屋就往炉火边凑，大声（完全没必要）说："哥，我来带你家去吃饭……我老姐真是没用，这么大的雪，哪敢让你一人回啊，迷路了咋办？气死我了，叫我多跑一趟。哥，你不知道雪有多大，我都走不动了，这样下到明天，会把你的小屋门给堵死的——放心哥，堵死也不怕，我来把你扒出来，嘻嘻嘻……呀，哥，炉子要瞎啦，瞎了就真冻死了，来，我教你弄炉子！"

萍萍一边弄炉子，一边告诉我，煤块不能太小，要不大不小，还要立起来，立起来才好烧。萍萍给炉膛添煤的动作很利索，几铲就好了，煤在炉膛里，像排列整齐的饺子。她扔了煤铲，看我已经穿戴好了，赶紧说："走吧走吧，一会儿爸又要来了，他最急。哥，中午吃鱼噢，老龙湖的大鱼，爸说你是南方人，爱吃鱼虾……嘻嘻，昨天没吃好吧？我看你吃饭比吃药还苦，真替你难受。都怪老姐，她平时挺会做菜的，不知怎么昨天晚上失手了，连辣椒都没放，油放那么少，那么难吃，她自己都吃不动了，活该！……走吧，走吧，你这要赶多远的路啊，穿这么整齐？就是吃个饭喝个酒呢。"

萍萍的话真多，就这么一会儿，比她两个姐姐的话加在一起还多。

"还要喝酒啊？昨天不是喝过了吗？"

"昨天没喝好。今天重喝，今天还有鱼呢。"萍萍眼睛一眨，咧嘴笑着，露出洁白整齐的牙齿，"告诉你一个秘密啊，今天的鱼，是请曹婶来烧的。曹婶，就是曹叔的老婆，她是南方人，她妈妈是从安徽那边逃荒过来的，曹婶会烧鱼，全村都有名，硬是把大姐都教会了。以后在咱家，不愁没鱼吃了。"

听她的话，好像我要在她家待多久似的。

中午的鱼确实好吃，几个大鱼段，又嫩又鲜。我看到了那个"曹婶"，一个精干的女人。她和女主人（老史叫我喊她婶，我叫不出口，叫她史婶，又太难听了），都没有上炕吃饭，而是坐在对面的炕上，一边抽烟一边说话，时不时地看我们喝酒。我们，就是老史、老曹和三姐妹，酒和昨天喝的差不多。史丽娟还是没喝，也最沉默。我似乎也不像一个主要的客人了，因为坐在炕头的，是老曹，老史还是背窗而坐，接着是我，我的边上是大翠，接下来是史丽娟和萍萍。老曹先讲了去老龙岗买鱼的经历，由于雪大，根本看不到路，连马都走迷路了。又讲买鱼的人真多，他再迟一步，就买不到了。最后还是讲他们自力村有多么好，外来的人都能适应，是个美丽富饶的地方，一口人分了二三十亩地，哪家都有百十来亩良田。老曹的话中，又穿插几个笑话，其中有一个，是关于他自家的大豆，由于第一场雪来得早，没来得及收，全被大雪覆盖了。我听了，觉得可惜，可他们却都大笑起来。老曹和老史都喝了不少酒。庆幸的是，没有人像昨天那样劝我喝酒了。倒是萍萍，没比昨天少喝，脸都喝红了。

吃完饭，我要回井房去。老史不放心，要送我，被老曹劝住了，老曹说："这么大孩子了，就这点儿路，闭着眼都摸回去了——让孩子自己适应适应。"

对面炕上的曹婶倒是比任何人都关心我，她不迭声地说："这么大的雪，把孩子摔了碰了怎么办？大姑娘送送。"

"大姑娘"就是大翠。她果然听话，赶忙下炕穿衣服了。我估计，她刚才去井房喊我吃饭，又自己一个人跑回来，肯定受到了曹婶等人的批评。所以这次才这么积极。我本想说我自己能回，觉得这样说不仅是拂了曹婶的好意，也让大翠为难，便悉听尊便了。

临出门时，老曹又关照大翠："把炉子烧旺些。"

曹婶跟着又来一句："有大翠就放心吧！"

路上却发生了意外——我摔了个大屁蹲儿，毫不留情的，就是一个大掼。因为四周除了大翠（离我有两步远），没有任何东西让我拉拽或扶抱，只能结结实实地摔倒在雪地里了。大翠"啊"地叫一声，试图过来拉我，脚下没站稳，也趴到了雪地里，趴了个"狗吃屎"。我们谁都没有拉谁，各自爬了起来。我并没有摔坏，也没感到疼痛，虽然狼狈了些，瞬间又觉得这是一次好玩的经历，必须有这样的经历，才对得起这漫天的大雪，便哈哈大笑起来。大翠见我笑，也笑了。

回到井房，大翠没有脱外套，她一进来就捅炉子。她拿起炉钩，在炉子里捅捅搅搅，炉火便呼呼烧起来了。

"你看书啊？"她看到炕头的那本《当代美国短篇小说选》了。

"你也爱看？"

她立即红了脸，说："娟爱看。萍不看，萍念到初一，怎么也不去念了。我也不是念书的料。"

"噢……"我应一声，没话了。我把书拿在手里。我知道当着客人的面看书不好。

大翠手里拿着炉铲子，踟蹰一会儿，说："你和人打架啦？"

"啊？没有啊？"

"我瞎猜的。"她说，声音很轻，"去年，有一个逃婚的，跑到前面的自民村，不走了。她是个女的，肚子里带着个孩子。"

"噢……"我不知道怎么接话了。

"你在家是做啥的？"

"写作。"

"啥？"

"写作。"

我看她还不大懂,便把手里的书举举,说:"就是写书的。"

她眼神略有错愕,低头想了想,突然说:"我回啦……"

大翠走了。留下的眼神是错愕。我也便错愕了一会儿,情绪像屋外的雪花,飘飘的。

我要继续把《献给爱米丽的一朵玫瑰花》读完,便收收心,回到小说中,小说中的爱米丽挺奇怪的,她几乎与世隔绝了一辈子。她唯一的爱,就是那个来自外地的铺路的工头伯隆。伯隆对于小镇来说,是个异类,他活泼开朗、健康年轻,引起了小镇上所有人的喜爱和尊重,他与爱米丽完全是两个世界的人。伯隆代表着四处游走、见多识广、及时行乐和缺乏责任感的北方新兴文化,是工业时代的产物。爱米丽则完全相反,她固守家园,秉持高贵,我行我素,特立独行,鄙视新生事物,虽然挣扎在南方旧时代的没落里,却心安理得。伯隆对爱米丽并不是真爱,甚至带着点儿玩弄,最后想要抛弃爱米丽。爱米丽在小镇浸淫多年,不声不响地施以计谋,在自己布置一新的婚房内杀死了伯隆,并藏尸于此,直到她自己等来了人生的末路,躺到了伯隆的身边。老史家的人会不会把我当成伯隆?可爱米丽是谁呢?大翠?显然她还没有爱米丽的心机。我呢,不过是个过客。如果不是这场雪,我可以现在就离开这个偏僻的小村庄,踏上回家的旅途。可这场雪……会不会令我与世界隔绝啦?

井 上

我要给家里写封信。

这个念头一旦产生,就不可遏制,就要立即把家书写好,告诉家里人,我到佳木斯旅行了,让他们知道我的准确位置。家里人知道我在哪里,他们放心，我也安心了。可我没带稿纸和钢笔。我立即想到了史丽娟，可以跟她借笔要纸啊。同时又想到了代销店，村里能没有代销店吗？纸笔肯定有卖的吧？如果有代销店，我还要买点别的东西，比如我现在刷牙、喝水只用一个杯子，可以再买个专门喝水的杯子；比如我只有一条毛巾，可以专门买一条擦脚毛巾；比如我可以买点零食——我最喜欢吃小麻饼和冰糖果子了，我晚上读书或写作累了的时候，可以吃点。还要买稿纸，我要写作，我要写小说，没有稿纸怎么能写小说呢？在大雪封门的日子里，在异乡的一间小井房里，正是写小说的好时辰啊。我可以把我早就构思好的小说写出来。那是一篇关于落后农村换亲的故事，是悲剧。如果能在北方的封闭的农村，写出南方味的小说来，把人物、环境互相错位，互相嫁接，读者根本不知道是写南方，还是写北方，他们会感到非常新奇和有趣，会钦佩作者驾驭故事的能力。

我思想异常活跃，也十分亢奋，就像外面的大雪一样飘舞。

我从炕上拿过大衣，穿好，决定去老史家，请老史家的人带我去代销店买东西。

让我感到奇怪的是，雪停了。不，是基本停了。我居然一点儿也不知道。不是说要下两三天吗？怎么一天不到就停啦？更让我感到奇怪的是，我的门口，也就是井房的门口，厚厚的积雪，已经被谁铲走了，堆在离井房一丈多远的地方，那里堆成了一个小型的雪山。铲雪的铁锨，就靠在井房的门边。这是谁干的呢？我第一个想到了老史，没错，只有他，才会这么照顾我。我有点儿感动，同时又觉得歉疚。我再看看铲雪后的地面和积雪的落差，这雪的厚度在半尺左右。我仰头望望天。天空阴沉沉的，仿佛藏着更多更厚的雪。我望一眼远处，除了雪地上冒出的那些树和树枝，全是一片洁白，没有飞鸟，没有鸡飞狗跳，也没有飘动的落叶，大地静静的，一切都静静的,连雪都静了。雪成了主角。

什么地方响起了"咔咔"声。我转头一看,在西南方,离我大约七八十米的地方,有两个人。我一眼就认出了其中的一个,她便是史家三姑娘萍萍,因为那条绿裤子,在白雪的映照下,太艳丽了,就像雪野上的一片绿叶。她在干什么?哦,我看到两个水桶了——她在挑水,她正在水井上打水。我对雪地里的井感到好奇,便向那边走去了。

通往水井的路上有几行深深的脚印。

"哥!"萍萍先看到我了。

她这次没有穿她爸的短大衣,但似乎也不是她自己的大衣。她所穿的大衣,我认出来是她二姐史丽娟的。她用围巾包住头和脖子,只露出半个脸来。上衣虽然不是太合身,但修身的绿裤子,仍然勾勒出她娇美的身材,她扑闪着眼睛叫我一声,对身边一个穿军大衣的女人说:"就是他,二姐的同学。"

军大衣朝我笑笑,使劲盯了我几眼,说了句"二姑娘的同学真好",又邀请萍萍空了到她家玩玩,便挑着水桶走了,扁担和脚下,都响起了"咯吱咯吱"声。

"我说你是二姐的同学,嘻嘻。"萍萍跟我伸了下舌头,意思是她撒谎了。

"说什么都行。"

"嘻嘻……"

"这就是水井?"

"是啊。"

"深吗?"

"你看看,小心啊,井口滑的……别看啊。"

我在离井口还有一步远的地方，押长脖子，向水井望望，黑乎乎的，什么也望不见。我看着远去的挑水女人，小声问她："为什么说我是你二姐的同学？"

"爸让我这么说的。"她依然扑闪着大眼睛，看着我，"只有曹叔曹婶知道你不是二姐的同学……"

我知道她话里藏有另外的意思。我不想多想，又把话转了回来："怎么你来挑水？"

"爸去老曹家唠嗑了——就是说事去了，他们大人的事真多，我和二姐都烦他们的。妈和大姐看牌去了——午饭一吃完，就有人来请大姐了，喏，就是刚才挑水的那家，她家有牌局，也不算赌钱，就是玩的。妈那才叫赌呢，连天带夜的。二姐在做功课，咱家就她爱读书，她要考大学的，她不想做我们自力村的人。我不挑水谁挑水？"

"我来帮你……"

"你呀……不不不，你是客。再说，路滑，你不行。"萍萍挑起水桶，走了。

"想去代销店，买个本，还要买笔。"我跟在她身后说。

"到我家拿呀，跟二姐要。"

路过井房门口时，我突然想起了扫雪的人，便说："是你扫了门口的雪？"

"是啊，惊动你了吧？我知道你在看书哇。这雪还要下的，我怕夜里下更大的雪，把你埋在井房呢。"

到了她家，看到史丽娟在写作业。史丽娟抬头看到我了，神情有些呆滞，那是专注的表现吧。她看到我就像没看到一样，没理我，表情也没有变化，仿佛我不存在似的，又继续埋头写作业了。

"二姐，哥要纸和笔……二姐，听到没有啊？哥跟你要信纸……"

"听到了听到了……"娟显然反应慢了些。她红了脸，从书包里找出一支钢笔，又找了一个本子给我，"没有信纸……本子行吧？"

萍萍替我接过来了，又转头问我："行吧？"

当然行啦。我拿了本子和笔，从老史家出来，天空的雪又往下落了。

代销店

到了傍晚，我的信写好了。

雪更大了。比上午还大，才四点多钟，夜色已经提前来临了。我几次到门口看雪，看雾雾腾腾的世界，心里也苍茫起来。我在给父亲的信中，把雪景描写得很美，把北大荒的人也描述得很有趣，还说酸菜很好吃，酸菜烧牛肺也很好吃，还写了几乎被冰冻封口的水井。我没有提到老史家的三个姑娘。

萍萍又来了，这回她给我送来了炒米。我刚才写信的时候，还真想吃点儿东西。在这样的天气里，不找点儿事做，没有零食可吃，真会很无聊的。金黄色的炒米装在一个玻璃的罐头瓶子里，隔着瓶都闻到了炒米喷喷的香味。我感谢萍萍送来的炒米。她却说不能感谢她，是她大姐从老吴家拿来的，放在家里好几天了，没人吃。又多了个老吴？这又是个什么人物呢？是不是老史不想让大翠在他家看牌的那个老吴？萍萍不说，我也不好多问。但，我还是发现了一个小秘密，就是萍萍在说到她大姐的时候，总会看我的脸色，似乎她大姐是一支温度计，能够试出我的温度。萍萍这次说她大姐的时候，照例还是观察我的脸色，接着告诉我一个更为重要的消息，今天晚上，老曹在家里请客，专门请我到他家喝酒。

"不去不行吗？"我商量着，我一怕生人，二怕喝酒，关键是，害怕这场酒有更多的内涵。

"不行的,爸都回家搬酒了。"

"可是,我要写信,我的信还没写好……"我撒了个谎。

"明天写呀,反正你也走不了……瞧这场雪。"萍萍看着我,"你不走了是吗?"

"谁说的?"

"没有人说……"她突然严肃了,声音低了很多,"我瞎猜的……"

"村子上有代销店吗?我要买本稿纸。"我赶快转移了话题。有些事情还真不是挑明的时候,萍萍要说希望我不走,或说有人希望我不走,我又怎么回答?我说要买稿纸,是个很好的转移。

"买什么?"萍萍的眼睛又惊诧了。

"稿纸……就是信纸。还要买几个信封。"

"老吴家的小商店可能有信封……哥,我带你去买,正好我要到老吴家去喊大姐——大姐也要到老曹家喝酒,老曹也请了大姐。"

"谁?"

"大姐呀,你不高兴?"

我还真不能说不高兴,我只好说:"我以为老曹请了你们一家……你和娟也去吧?"

"我们都不去的。"萍萍声音突然提高了。

我跟着萍萍出门了。

老吴家在村东头,要经过萍萍家的门口。从萍萍家窗前路过时,我听到屋里有争吵声,是史丽娟的声音,她在责问和呵斥谁。可能是感觉窗外有人吧,史丽娟的声音立即住了。但我还是感觉气氛紧张。

萍萍看到我犹豫的眼神和迟疑的脚步了。她催促道:"别管他们,咱们走!"

我们到了老吴家时，我发现这个老吴家和萍萍家完全不一样。老吴家在村子的东头，有一个大大的院子，三间砖瓦结构的堂屋又高大又敞亮。

我们一进门，就看到在井上遇到的挑水那个女人了。她一见萍萍，热情地说："三姑娘来啦？快快快……里屋炕上坐……"

"不坐了，哥要买信封，吴婶，你家里有吧？"

"有！"

我已经看到她家房屋的内部结构了，比老史家要阔气多了，老史家是两间，分里屋和外屋。她家是三间堂屋两头房，当央这间，虽然也可称"外屋地"，但不像老史家的外屋地那么冷，应该也有火道通过。外屋地靠后墙有两个货架，上面零乱地码着一些日用商品。两头房的房门都是玻璃门，能看到紧闭的屋里人头攒动、烟雾缭绕的。大翠可能就在其中一间屋里看牌。

我买了两个信封。

萍萍已经进了里屋。

我只从门窗的玻璃向里看了看。我看到一铺大炕上，有五个人围着炕桌而坐，三个女的，两个男的，有老有少，他们每人手里举着一把牌，是紫红色面子的窄窄的小牌。不是扑克牌。这种牌我没见过，不知道怎么玩。除了五个看牌的人，还有两三个人在相眼。我看到大翠的位置正面对着门，她面前有一沓毛票，毛票边上还有一盒香烟。此时她正在跟萍萍说着什么，一抬头，看到了我，便把牌放下来，从炕尾抱了一堆衣服，下炕，拿了香烟，出来了。

大　翠

我们重新走在村路上时，天就要黑透了。

雪似乎更大了些。还有风，也刮了起来。一天没有风，雪的威力少了点劲。经风吹动的雪末子，甩到脸上，像是有无数根针扎过来。我们缩着脖子，从一户户人家的门口走过。村路并不笔直，人家的屋里透出的灯光有明有暗。

萍萍走在前边，我跟着萍萍，大翠落在最后。走过大约七八户人家，萍萍停住了，转过身，隔着我说："大姐，我回啦。"

大翠没有说话。

萍萍又对我说："哥，好好喝……少喝几杯，别醉了找不到井屋啊。"

萍萍从我身边经过后，突然跑了起来，胳膊还带了下大翠——感觉是故意的。毫无准备的大翠被带了个趔趄。萍萍也差点儿滑了一跤。

我知道，这家就是老曹家了——在雪花飞扬的空气里，我已经闻到飘荡的菜香味了。

我转头看大翠。大翠也看我。她用围巾包着的脸上，只露出一双眼睛。她看我看她，小声道："曹叔……请你去喝酒……"

大翠说话很慢，有较长的停顿，感觉不到她对老曹的宴请是喜欢还是不喜欢。我真心不想去喝酒，但还没有想好拒绝的理由。我听大翠的声音那么微弱，助长了我拒绝的勇气："我要给家里写封信……你去喝吧。"

"嗯……写信是大事。"她如释重负地说，"那……我也不去了。"

大翠的话，让我知道我错了——如果我不去老曹家喝酒，老曹就没必要请大翠了。大翠是知道这个道理的，她停了几秒，或十几秒，从我身边走过去了。

老曹家的门突然开了，灯光一下子放了出来，照射在雪地上，光影里的雪花一团一团地在风中飘舞。跟着灯光一起出来的，正是老曹。

"进来呀，进来呀，我估摸着要来了嘛……哈，这不是就来了嘛，这俩孩子，真好……"老曹紧走了几步，"大翠，你这孩子，害什么羞啊，快领小陈进来，快，进屋！"

大翠逃不掉了。我也逃不掉了。

坐在老曹家的炕上，我极不自在。大翠也不自在。我还后悔，与其这样，还不如直接去吃了。嘴上说不去（心里也不想去），却双双对对走到了老曹家的门口（老曹并未看到我们是被萍萍押解着来的），还嘀嘀咕咕说不想去，最后被老曹拉了才去。

大翠是怎么想的呢？我看出来，她的情绪也不佳，心情也好不起来，平时就不爱说话，这会儿更是缄口不语，自始至终没有主动说一句话，连一个字都没说。我只是埋头吃菜，叫我喝酒就喝一口，最后象征性地敬了老曹一杯。其实这只是我在自力村的第二天，感觉就像经历了很久似的。我不再像昨天晚上或今天中午那么矜持了，而是稍许放开了些。再说，老曹家的鱼烧得还不错，酸菜炖羊肉，也比老史家的酸菜炖各种动物的下水好吃些。我总结一下，老曹家的菜之所以好吃，是因为菜里放油多。老曹家舍得吃，还舍得放油，真诚待客，看来他们两家还真是好朋友，老曹也是真心在帮老史。

老曹家的人口不多。有个儿子，结婚后，到城里去住了。有个女儿出嫁了，家里就夫妇二人。老曹和曹婶倒是一如既往地热心肠，一边吃饭一边说了许多我和大翠一听就明白的话。比如，曹婶说，要儿子有什么用？我家老大带着媳妇住在佳木斯了，什么事也指望不上他的。老曹就不同意了，说谁指望他啦？咱孙子姓曹就行，老史家不就是缺这一支？但我们二人像约好似的，就是不朝上扯，就是装糊涂。曹婶急啊，看我们一副不解风情的样子，只好自作主张地安排了，她安排我安心在自力村过年，年后去佳木斯玩几天，再去哈尔滨玩几天，甚至连四月开犁、五月种大豆的事都说了。老曹在曹婶安排的时候，适时地帮着腔，还多次叫大翠表态。大翠不表态。不表态也不能生气。不但不能生气，还必须笑。大翠的笑哪是笑啊，简直就是无可奈何啊！

由于话题对不到点子上，又不好直接让我做老史家的上门女婿，老曹只好岔开话题，问我住井房里适应不适应，都忙些什么。我说我在井房给家里写了一封信。老曹敏感而警觉地问我信上说了什么。我说就是跟家里说一声我在这里挺好的。老曹点点头，然后有了点思想，和曹婶眼神交流了一下。大翠就是在这时候，说吃好了。其实大翠早就不动筷子了。她说吃好了，就是要回去的意思了。老曹哪能愿意呢，一瓶酒，喝了还不到一半。老曹给我和大翠又倒满了杯子。老曹家的杯子，比老史家的杯子要小一些，是二两一杯的。老曹夫妇俩怂恿我和大翠喝一杯。我不知道这是什么路数，有没有什么特别的讲究，反正我不能喝猛酒的。我就推托不喝，再喝就醉了。老曹夫妇当然是再三劝了，还让大翠先举杯。大翠眉眼低敛着，杯子举起来了，我就不好再推了。但大翠是真干了个满杯的，是一口就干了的。我只是喝了一小口，看大翠干了，又补喝了一大口，也只是喝了三分之一。老曹不允，我也不能再喝，推让间，大翠做了个惊人的举动，她说了声"我来帮你喝"，酒杯就到她手里了，我还没反应过来，她就一饮而尽了。大翠放下杯子，说："喝好了，回家！"

大翠这回是果断决绝，说走就走。

我迅速穿了大衣，跟着大翠往门外走。

老曹夫妇跟在后边送我们到门口，一直遗憾地说没招待好我们。

风比刚才大多了。雪花开始横飞，由一根根钢针，变成了一条条鞭子。地上的积雪也很厚了，脚下响起"噗、噗、噗"的声音。

我以为大翠不会再跟我说话了。可路过她家门口，就要分手的时候，她礼貌地邀请我去她家坐会儿。在我说"不去了"之后，又关照我看好炉子。

雪 后

大雪又下了一夜，第二天断断续续下了一天，直到第三天清晨，才是大晴天。

雪后的太阳像是被雪洗过一样，干干净净的，天空也干干净净的，空气非常洁净透明，无边无际的雪野，在阳光下闪耀着更白的光，猛一抬头，会有种刺目的感觉，要把眼睛眯一会儿才能适应。

我和老史家的三个姑娘来到村后的公路上玩雪了。

本来没准备玩雪。我把写好的信装进了信封，还封了口，到老史家吃早饭时，请老史帮我寄了。因为昨天晚上喝酒时（这几天，除了早上不喝，午饭和晚饭都喝酒），老史说过，明天雪停天晴，他就要进城，办点好酒好菜，回来过年，还带有抱歉的口气说这几天没让我吃好。言下之意，买点好吃好喝的，也是为了我。老史从老吴家借了木爬犁和那匹白马，套好走了。我想跟他一起去城里看看。但老史说新雪过后，雪很甬毛，很暄，路上容易发生翻车啊什么的，去年还摔死过马，过几天，等路上的雪压紧了，再带我进城。老史的话有道理，因为萍萍也说过类似的话。

老史家的三姐妹，除了吃饭时间，很难看到她们扎堆在一起。能在雪后的阳光下，一起到村后的公路上玩，一定是因为我。我发现，她们都经过精心的打扮，最亮眼的，还是三姑娘萍萍，她今天穿一条裤脚更加肥大的红色喇叭裤，屁股到腿弯都收得很紧，白色的太空棉夹克式棉袄，里面是绿色的高领毛衣，大围巾是嫩黄色的，加上她白皙的皮肤，鲜枝活叶，就像春天的一枝花。相比较萍萍而言，二姑娘史丽娟的穿着就太一般了，但也比平时讲究，最显眼的是那件羊毛衫，兔灰色的，胸前戴一朵小红花。萍萍人像一朵花，艳丽，喜感。史丽娟是戴一朵小红花，却没有小红花那样鲜艳，这可能是性格决定的。大姑娘大翠也换了新装，栗色的裤子，虽然不像萍萍那么"喇叭"，也把屁股包裹得紧紧的。和往日不太一样的是，她没穿那件平时常穿的臃肿的大衣，而是穿了一件花格棉袄，这样，她的身材比平时窈窕多了，却也失去了一些矜持和庄重。大翠能够跟我们出来玩，还遭到萍萍的奚落："难得大姐今天不去玩牌啊！"大翠并不去理她，而是跟史丽娟耳语了什么，惹得史丽娟也笑了。萍萍知道两个姐姐一定是拿她的穿着寻开心了，便不依不饶追打大翠，还抓一把雪掷向史丽娟。

村后的公路离村子有二三百米，是绕着山岭蜿蜒到村后的。公路上，已经有马拉爬犁的痕迹了，还有胶轮车的车辙印。我们先是踩着车辙印走。大翠和史丽娟都是慢慢的，小心谨慎的。我也是。只有萍萍，蹦蹦跳跳的样子。我跟着她们走了一会儿，便向雪厚的地方走。我试了试最深处的雪，一脚踩下去，一直漫到我的膝盖。

萍萍扭回身，也跟我来了，她笑嘻嘻地说："好玩吧。"

萍萍说罢就弯下腰，两手摊开，一拢，就拢了一堆雪，又摊开，又一拢，那堆雪就大了一倍，她两手一合，再一合，那堆雪很快就成了一个大雪球。她抓起大雪球，挥着臂，试了几次，才把手里的大雪球掷向远方。

萍萍在弯腰和挥臂扔雪球时，都露出了一截白闪闪的腰肢和肚皮，和满眼的白雪交相辉映。我也被她的白肚皮闪了一下，像做了坏事一样不敢看，便抓了个雪球，向路的一侧扔过去。

史丽娟和大翠被我们感染了，也纷纷扔起了雪球。

在雪球掷向的方向，是缓缓地下坡，一直到坡底，便是一片阔大而平坦的雪原了，雪原的上边，又是上坡，坡上便是一大片林子，密集的林子一直延伸到望不见的远方。

"那是后山？"我问。

"是啊,那就是后山。"萍萍拍着手套上的雪,"看,山坡上是我家的一块田,就挨着那片林子,我还在林子里捡过蘑菇——可惜你来得不是时候——北大荒最美的时候是夏天,山下边有一大片沼泽地和浅水湖,节节草啊,芦苇荡啊,一簇一簇的,有许多大雁和天鹅,有一年大姐带我去捡天鹅蛋,跌进沼泽里,差点儿丢了小命。"

听着萍萍的话,望着远方的树林和林子下的雪原,在那片看似平坦的雪原下,就是萍萍说的浅水湖和沼泽了。我心里充满感慨,啊,这不就是我想来的地方吗?除了季节不对,辽阔、无边、沼泽、节节草、芦苇荡、白桦林,还有天鹅和大雁……太让人神往啦。我真想听萍萍继续讲下去,也想和她们一起去那里走走。

这时候,有一辆摩托车驶过来了。骑手显然也看到了我们,它鸣响了喇叭,而且很霸道地拉了个长音,示威一样加速向我们冲了过来,在要靠近三姐妹时,一个急刹车,摩托车歪斜着滑了一段距离,溅起的雪高高飞扬,落在了三姐妹的身上。应该承认,骑手的动作虽然危险,却十分潇洒。

骑手的恶作剧引起了萍萍的不满,她"啊啊"尖叫几声,抓起雪掷向骑手,还不依不饶地大声骂道:"吴小胖子你要死啦!要死啦!"

吴小胖子并不恼,还哈哈大笑起来。他单腿支着摩托车,熄了火,眯着小眼睛对大翠说:"大翠,我带你兜风玩啊!"

大翠没有理他。大翠掸着身上的雪。大翠"受灾"并不是最重的。最重的是落在后边的萍萍。萍萍满头满脸都是雪,但萍萍不急于掸去身上的雪,而是冲在前边,不断地抓起雪掷向吴小胖子。

吴小胖子对于萍萍掷过来的雪,也不去躲闪,只是傻傻地笑,继续看着大翠。

史丽娟拉走了萍萍,还瞪了萍萍一眼,对大翠说:"回家!"

大翠不再掸雪——她身上其实没有雪。

三姐妹几乎是并排着，走了。

吴小胖子的摩托车又轰轰响了起来，从我们身边骑过时，回头冲我们吹了声口哨。

"小流氓……丑得跟鬼一样！"萍萍依旧不服气，但不像是生气的样子，她对我说，"家里开个小破店就显摆了，要不是他爸在镇里的农科所当所长，他也当不了派出所的临时工，有啥了不起的，还到处抓赌博，他自家的小牌局怎么不抓？大姐，不许你再去他家看牌了，也不许你再搭理他了……"

萍 萍

走进村庄后，我要向西，去井房，而三姐妹要回家。就要分手了，我想邀请三姐妹去井房玩，主要是想听听她们讲后山的故事，讲白桦林里的小花鼠，讲山下边的沼泽地，讲大雁和天鹅，再咨询她们，虽然是大雪天，还能不能去那儿玩一次，感受一下冰雪下的沼泽和浅水湖。但史丽娟说雪太大，路不好走，危险。她顺带也拦住了大翠和萍萍，她指挥大翠去前庄（就是自民村）把她们的母亲喊回来。史丽娟说："就知道赌，迟早死牌局上！"

史丽娟的话很负气，也是说给大翠听的。大翠也爱小赌。

大翠自然不爽，她又指挥萍萍说："你去！"

"谁爱去谁去！"萍萍才不理这一茬呢，头一梗，回家了。

不欢而散啊。史丽娟偷看我一眼。史丽娟的本意不是这样的。但史丽娟也不想和我解释什么。我去后山的白桦林和冰封的沼泽的想法也只能是想想了。但我又多了一些思考，觉得这三姐妹都像各怀心机似的，都在斗智斗勇似的。我还想，这可能都是因为我的到来。我的突然闯入，给这个北方小村子带来了一股暗流，也给这个家带来了不安定因素。

回到井房，我心里还惦记着远处的白桦林和冰雪覆盖的沼泽，如果不能在临走时去那里感受一下，总是不甘心的。

萍萍又来了，仿佛她最懂我。

"哥，你要去后山玩白桦林和沼泽地，我带你去！"萍萍一进屋，就亢奋地说，"别听二姐的，她什么都怕。她就是个胆小鬼！"

真是求之不得啊。我立即跟着萍萍走了。

这时候我才发现，萍萍换衣服了，上衣还是白色太空棉夹克小棉袄，腿上换了一条蓝灰色的棉裤。棉裤又旧又硬，还有些短，走路发出"嚓嚓"声。萍萍忍不住告诉我，这是她妈去年的老棉裤，虽然不好看，但可暖和了。

通往后山的路，真要走起来，我还是怕的。从村后的公路下来，就是大缓坡。刚才掷雪球时，觉得后山并不远，坡底的开阔地（沼泽和浅水湖）也近在咫尺。这阵子，却发现有些距离了，缓坡上的那些树，还有一排电线杆，看上去都很渺小。我跟在萍萍的身后，看到她一脚下去，雪就漫到了腿弯里，要拔出来，才能走第二步。

"我们走的是路吗？"我跟在她后边说。

"放心吧，我闭着眼睛都能找到路。"萍萍停下来等我，"看到那棵大树没有？"

我顺着萍萍手指的方向看去，说："看到了。"

"大树前边，还有一棵树，看看？"

"看到了。"我想，这哪里是什么大树啊。

萍萍像能听到我的心语似的，解释道："远看不大的，近了，你就知道，是大树了，我们两人都搂不过来的——第二棵大树前边，有个大山包，看到没有？"

那算什么大山包啊，就是缓坡上又隆起的一道岭，在萍萍眼里就成大山包了。不过，白雪在那里的起伏，倒是有不乏壮观和浪漫。

"到了那里就好了，可以顺着陡坡滑下去，连滚带爬就到沼泽了。"

"我们会漏到沼泽里吗？"

"会呀，沼泽很深很深的，深到没有底。沼泽里还藏着怪物，有一年，一只山羊走进去就没有出来，听大人说，沼泽还吃过一头驴。你又瘦又高，都是瘦肉，沼泽最喜欢吃了，正对胃口呢。"

"啊？"

"吓唬你的，哈哈哈，啊？啊？"萍萍学着我的口气，"笨不笨啊？这么冷的天，沼泽早就冻透了，收割机开进去都漏不下去的。"

哈，我上当了。不过萍萍那认真的口气，还真吓着我了。

"走吧。"萍萍拉住了我的手。

我心里紧张了一下，虽然都戴着厚厚的手套，我还是感觉到了萍萍的手的温暖。其实我应该拉住她才对。但萍萍的手很有力。在萍萍的助力下，我们一歪一扭地行进在雪地里。本来我就不后悔来后山，有了萍萍的陪伴和牵手，更是平添了一种动力。

一路下坡，不知不觉就走上了那道坡岭——"大山包"。我已经很累了。我是第一次走这样的雪路，累得上气不接下气，真想趴到雪地上睡一觉。萍萍也很累，她的围巾上，哈出来的热气已经结上了冰霜。我回头看看来路，从低处往高处看，觉得路途很遥远了。再往下看，坡度确实陡了很多。

"那就是沼泽？"我问。

"是啊,还去不?爬不上来我可救不了你啊。其实都是雪,什么也看不到的。最好玩的是在夏天里……"萍萍突然不说了,眼睛扑闪扑闪地看着我。可能预感到,我不会等到明年夏天吧。

我不说话,拽一下她,意思是继续前进啊。

她回拽一下,说:"急啥呀,我们要滑下去的。看我的……一起滑,别松手啊!"

萍萍往前走两步,选择最陡的地方,坐到了雪地上,两腿并拢伸向前方。

我也照她的样子坐好。

萍萍说:"我喊一二三,身体要向前纵一下,明白啦?"

"明白。"

"一,二,三,开始!"

我没等她说"开始",在"三"落音时,就向前一纵了。由于步调不一致,手又紧紧地扣在一起,我们两人几乎都滚到了雪地上,手也松开了,各自在雪坡上连滚带爬的。雪并没有那么滑,没滑多远就停住了。萍萍哈哈大笑着,还骂了几声。她爬到我身边,拂去我脸上的雪,说:"你呀你呀你呀……真笨!"

她的脸离我太近,我能清晰地看到她像婴儿一样鲜嫩的口舌,还有喷到我脸上的清甜的热气。她看我的眼神不对劲吧,突然定住了,愣愣地看着我,脸上的笑容渐渐收敛,然后,夸张地向后一仰,躺到我身边了。

我们一顺头地躺在雪地上,望着湛蓝的天空。

半晌,萍萍像是对着天空,喃喃道:"哥,这儿不是你待的地方……"

信

没错，我决定离开史家了。这是雪后的第二天。本来我还可以再待几天的。最好能收到家里的回信。可是，突发的一次争吵，让我觉得，是时候离开了。

争吵发生在昨天晚上。昨天上午，我和萍萍去了后山——确切地说，那还不是真正的后山。也没去沼泽，在去后山和沼泽的途中，我们就返回了。是萍萍突然要回来的。她对于带我去后山和沼泽的决定，突然后悔了，她不顾我的反对，坚决不去了。在回来的路上，她也不再拉我的手了。午饭后，我在井房的炕上写了一下午的小说，其间，老史来跟我坐了会儿，本来他还是有话要说的（几次欲言又止），看我在本子上写着什么，抽了两支烟，弄了弄炉子，离开了。我继续那篇小说的写作，一直写到头昏眼花，一直写到天黑，看看时间，五点半了，才把炉子封好，走出井房。还没到老史家，就听到争吵声了。我一听就是史丽娟的声音。史丽娟是在呵斥谁，而且提高了声音。

"……无耻……你以为人家都像你那么笨啊？什么年代啦？都八十年代了，还搞这一套……无耻！无耻……"

我已经走到窗前了，想不听也不可能了，而戛然而止的争吵声，让我觉得，这一次的争吵，和上一次一样，还和我有关。

我从下屋地进到里屋，本可以略做停顿，让争吵双方平静一下。但我还是急了点，刚进屋里时，看到史丽娟把炕上的一本书迅速拿起来，压在一个信封上，又以书为掩护，把那封信和书一起装进了书包。不用说，那是我请老史寄的家书，昨天请他带进城里去的——虽然一闪而过，我已经确认了，老史没有寄走我的信，而是带回来了。从史丽娟的口气判断，老史不应该是忘记了，而是故意不寄的。当一瞬间意识到这个事实后，我便假装没有看到史丽娟慌张的掩饰（我相信她会帮我寄的），挺自然地说："今天来早了……"

"不早，正正好。"萍萍把怀里正在织的毛衣往炕尾一扔，"吃饭！"

我心里有点儿五味杂陈，暗暗下了决心，不能再待下去了，美丽的北大荒之行，是时候结束了。

所以，在晚饭前，我礼貌地跟老史提出，请他明天送我进城，直接去佳木斯火车站。我在开口说这句话时，是艰难的，也是忐忑的。我说出来了，气才顺畅。接着我赶紧感谢了老史和他全家这几天的热情招待，我还真诚地要交这几天的伙食费和住宿费。我的这些话，让老史不断地吃惊（从他抽烟的动作和神情上能看出来）。萍萍也是惊讶的，虽然她早已经料到这样的结局。萍萍还是不停地看看我，又看老史，当她看到史丽娟低着头不断地整理书包的平静的样子后，便不再如往日那样伶牙俐齿地说话了，只顾往炕桌上收拾饭菜和酒。

"不喝酒了。"我说。

"喝呀，不喝酒成什么席？萍萍，你去老吴家买盒午餐肉来，再烧两个菜。也跟老吴说一声，明天我要借他家木爬犁用。"老史说借木爬犁，是决定要送我了。

我不敢看老史的表情，他一定很难过。

"要买你去买……我不去！"萍萍说。

"娟，你去。"老史的口气有点儿乞求。

"家里不是有冻豆腐嘛，我来炒个酸菜豆腐。"史丽娟说。

老史只好不作声了。过了一会儿，他还是没憋住心里的事，小心翼翼地说："我出去一下，就回……"

"不行，谁也不请了——你要敢叫老曹，我就不做菜了。"史丽娟的口气很决绝，"我们家的事，不需要别人掺和！"

老史只好在炕上抽烟。

这是我到老史家，第一次吃史丽娟烧的菜。史丽娟在准备烧菜时，看我坐着无聊，找了一本《红楼梦》给我，是从她的书包里拿出来的。我把这册《红楼梦》拿在手里，慢慢翻几页。这套《红楼梦》我也有，浅蓝色封面，分四册装订。史丽娟给我的这本是第二册。我看到扉页上有她的签名，很秀气的字，还有购书时间：一九八二年十二月十八日购于佳木斯市新华书店。那就是一个多月前喽。在这么紧张的学习之余，还能看得进《红楼梦》，说明史丽娟是个文艺青年啊。我翻翻书，书里突然掉出来一枚树叶，红色的，红得耀眼透明，已经风干了，很精致，叶子上的脉络清晰可见，我猜，这应该是白桦树的叶子吧。我身边就是织毛衣的萍萍。萍萍也看到这枚树叶了。是白桦树上的吗？我如果问她，她会告诉我的。但我不想问了。是不是白桦树的叶子，或是别的什么叶子，已经意义不大了。

最后一顿晚饭了，大家都沉默不语。老史也不是世故的人，心里有一点儿事都呈现在脸上，他一直闷着头，喝了好几杯酒。平时不喝酒的史丽娟，也敬了我一杯。萍萍还认真地说："哥，回家你要给我们写信噢。"

"到家就写信。"我也很干脆。

这似乎又给了老史一点儿希望，所以当最后我要留下一百块钱时，他怎么也不收，直到我把钱丢到炕上，他才露出不好意思的笑容。

故事到这里已经结束了。我在第二天一早离开了自力村，送我的不是老史，而是老曹。老曹一是受老史的委托，二是他也要到市里去采购年货，算是把我捎上了。离开时，只有萍萍和老史送我到村头，其他人只在门口和我道别。当木爬犁走到村头时，萍萍还叮嘱我别忘了写信，还跟我不断地挥手。

我坐在木爬犁上，望着渐渐退后的自力村，心里突然产生了一丝依依不舍之情。

一路上，老曹还说了许多可惜的话，他夸他们的家乡如何好，人均有多少地，多少林子，重点是夸老史家的人多么好，是个老实、厚道的人家，又夸三个姑娘三朵花，都是能过日子的好姑娘，还劝我回家过了年，春暖花开时再来玩玩。对于老曹的好意，我也只是含糊其词地应了几声。

我没有食言。我回家后就给老史家去了一封信。很快也收到了老史家的回信，从信的内容上看，虽然是老史的口气，从笔迹却能判断出，写信的是史丽娟。

在此后的大半年里，我和老史家一共通了五六次信，从第二封信开始，信后有了落款——史丽萍，即萍萍。综合萍萍几封信的内容，我大致知道了老史家的许多事，大姐史丽翠在春节后，出嫁了，就嫁在本村，新郎正是骑摩托车耍酷的"丑得跟鬼一样"的"吴小胖子"。二姐史丽娟在一九八三年八月考上了佳木斯师范学院。史婶的主业还是打小牌，不再出村了，就在本村，而且就在亲家老吴家。老史没有什么变化，夏秋时和老曹合伙做了几趟生意，主要是贩卖大豆和玉米，没说挣了多少钱。至于萍萍自己，倒是没有太多的信息，只是在最后那封信里，给我寄了一张彩色照片，是在照相馆拍的。照片上的她依然是花枝招展鲜艳欲滴。然后，我和老史家（或和萍萍）的通信便中断了，不再有任何联系了。

还是信

时间的车轮迅速驶到一九九〇年春夏之交的一个周末，我意外地收到母亲从老家带来的一封信（我在几年前就因为写作上的成绩，被市里一家报社聘为副刊编辑了），这是一封厚达七页的长信，是从佳木斯寄来的，我先看看信的落款，果然是史丽娟。信的开头是客套话，前半部分是说她现在的情况，她师范毕业后分配在市区一所小学做老师了，工作、生活各方面都很好。信的后半段是一大段精彩的文字，是对她们村后山下边的沼泽和季节湖的描述，主要是描写夏天的风光，在她的生花妙笔下，我领略到了那片神奇的土地，那里丛生的杂草、丰富的植被和天鹅、大雁等大型候鸟的风姿。她还热情地邀请我去她家乡旅游，说后山已经开发成旅游景点了，是北大荒著名的湿地公园，面积可大了。信的最后，附带告诉我她家的一些情况，比如她大姐史丽翠离婚了（原因没说），又远嫁到漠河了；老史在佳木斯市一家粮油加工厂当保管员了；史婶不再打小牌了。信上没有提萍萍。是因为在她家时，我和萍萍最亲近吗？她在信上还给我留了她学校的电话号码。

　　这封信让我特别激动，反复读了几遍。不知为什么，我心里隐隐涌起一阵歉疚之情，特别是大翠的离婚，感觉那是一段不幸的婚姻。我要不要回信呢？回信又说些什么？有几次，我拿起电话，想给史丽娟打过去，一时又没想好要说什么，心底的那份歉疚，就在回忆中，越来越深了。

　　在此后的几天里，我的脑海中，多次出现三姐妹的身影。她们青春、善良、真诚、美丽，虽然各怀小小的心机，而那心机又是如此表浅和直接，让我越来越感怀不已，她们是多么的清澈、透明和简单啊！在纠结了几天之后，我还是给史丽娟回了信。也许不回信才是最大的伤害。于是，在这封长信里，我告诉史丽娟我的现状，并回顾了一九八二年农历岁尾那次难忘的北大荒之行，回顾了在她家度过的几天难忘的时光，并真诚地感谢了他们一家的盛情款待。

　　没想到的是，这封信寄出不久，我收到一个包裹，打开一看，是一件红色的毛衣。手工针织的毛衣非常精致。在随毛衣寄来的信中，我得知了一个非常伤感的故事，让我唏嘘不已几度落泪，史家的三姑娘萍萍，在她十七岁那年的夏秋之交，因为去后山的沼泽地里救助一只受伤的天鹅，不幸被沼泽吞没了。史丽娟在信上说，萍萍并没有给我织一件毛衣。但萍萍确实说过要给我织一件毛衣的，所以，这件毛衣，是她代萍萍送我的。读完史丽娟的信，我的心反而沉静了，我的幻象中，出现了萍萍许多的影像，也明白了为什么在一九八三年八月后突然中断了的通信。

现在已经是春末夏初了，五月的阳光里，我无法穿上这件红色的毛衣，我把毛衣仔细地珍藏起来，我知道，这件毛衣，不仅是萍萍的心愿，也饱含着史丽娟的深切情谊。我简单收拾一下行装，当天就踏上了开往佳木斯的火车。我要去看萍萍——她的墓地就在后山上的白桦林里，她安葬之地，能看到山下一望无际的湖水、湿地，还有成群的天鹅，那也是我心驰神往的地方。

我临行时想给史丽娟打个电话，但我没打。我要给她一个惊喜。

· 作者简介 ·

陈武，男，1963年出生，江苏东海人。曾在《人民文学》《十月》《作家》《钟山》《花城》《中国作家》《天涯》等杂志发表文学作品七百余万字，多篇小说被《小说选刊》《小说月报》《中篇小说选刊》《北京文学·中篇小说月报》等选载。出版各类著作四十余部。

太平有象

□ 潘 灵

1

公鸡已经叫过三遍了,太平村依旧没有醒来的意思。雾幔像个热恋中的痴情男孩,紧紧搂着村子,就像搂着心上人一样,怎么也不愿松开。沙玛在公鸡叫头遍时就醒了,他睁着眼赖在床上,反复回味着昨夜米酒的香甜。昨夜他喝高了,他精心饲养的黑山羊,下了小崽。那是故乡乌蒙山的黑山羊,是父亲一年前托人远道送来的。想着他的黑山羊,沙玛睡不住了,他一骨碌下了床,披衣推开门,探头看一眼,见一片朦胧,就骂,有本事你就罩一天!边骂边回身去,将昨夜狼藉的饭桌上的半碗残酒倒进了肚里,就独自背了院里的背篓,准备下地去。一方面他想去巡视他的甘蔗林,更重要的,他想给那对羊母子,寻一篓肥美甘甜的青草。

沙玛人还没走出院子，黑狗大王就汪汪地叫了两声，意在提醒，它愿意给他做伴。沙玛侧身，表情严肃，声音威严地说，不准乱咬人。黑狗就摇尾巴。沙玛又说，不准咬牲畜。大王犹豫了一下，勉强又摇了一下尾巴。沙玛说，都记住了？大王狠狠地摇了一下尾巴。沙玛紧绷的脸松动了一下，掠过一丝浅浅的笑意，手一扬对大王说，前面带路。大王就兴奋地窜出了院门。出院门的沙玛朦胧中看见，大王一出门，左右邻居出门的狗，就都惊慌地窜回自家院落了。

沙玛见此，就笑出了一脸皱纹。这条叫大王的黑狗，凶得很。它见什么都咬，什么都不怕，它咬生人，也咬家禽牲畜，还咬同类，甚至连驴友开的大吉普，它也追着咬。它有一股莫名的狠劲儿，沙玛就是看中了它的这种狠。它的狠，无意中树立了沙玛这个村主任在太平村的村威。

沙玛手握一把月钩似的银镰，一路上寻着又绿又嫩的青草，割了就扔进背上的箩筐里去。草寻了半背箩时，雾也悄悄散了，早晨的阳光把整个山谷照得金晃晃的。这时，沙玛和黑狗大王，一起到了甘蔗林边了。

敞胸露怀的沙玛，身背背箩，手握银镰，看着长势蓬勃的甘蔗林，心中有了王者的荣耀，脸上泛起征服者一样骄傲的笑容。这个打小就在苦寒的乌蒙山区种荞麦的沙玛，如今硬是在滇南的山地上，带着大家种出了连本地人都羡慕的优质甘蔗。这份成就，不自豪都不行。他的目光，就像这早晨的阳光，明亮而温暖地掠过像士兵一样齐整站立的甘蔗。他把箩筐放下，将敞开的衣服纽扣扣上，还用手梳理了一下自己的头发。毕竟，将军是不能随便的。

但黑狗大王，却不合时宜地汪汪大叫起来，被叫声粉碎了将军梦的沙玛心生不快，痛骂了一声死狗，就见大王像一道黑色闪电扑进了甘蔗林。沙玛以为黑狗发现了什么野物，赶忙伸手提起背箩，一甩手背到背上，也跟着扑进了甘蔗林。

甘蔗林里面，是一幅惨不忍睹的景象。

如此不堪的场景，怔得沙玛手一发抖，手中的银镰就掉地上了。他顾不得也没心思去捡拾，木桩一样地呆立着。黑狗在他身边，吐着红得像火焰的舌头，喘着粗气，眼中尽是悲伤。一大片甘蔗林，被压得七零八落，像一个经历了战火却又没来得及打扫的战场。沙玛甚至闻到了被折断的甘蔗散发出的腥甜气息。那气息扑进鼻孔，仿佛是鲜血的气味。闻着这气味，沙玛就像烂泥一样瘫坐在了甘蔗的尸身上。他捡起一根拦腰折断的甘蔗，含着泪，用力去撕咬这半截残蔗，蔗皮割破了他的嘴唇，他把那还未成熟的甘蔗汁液和着脸上流下的泪水和嘴里冒出的血水一股脑儿咽进了肚里。

黑狗大王惊诧地看着自己主人疯狂的举动，又突然汪汪大叫起来。沙玛捏着半截甘蔗，欲击打黑狗大王出气，却见大王大叫着，扑向了十几米处的被压倒的甘蔗林地。沙玛只见大王去处，嗡的一声，惊起一片黑压压的绿头苍蝇。苍蝇飞起处，大王围着啥东西，一边绕圈一边声嘶力竭地叫唤。

沙玛赶忙起身，奔赴过去，看到了一大团血肉模糊的东西。浓烈的血腥味，熏得沙玛眼睛一阵刺痛。沙玛定了定神，将这沾着血迹的白色怪物抱起来，放进了箩筐里。

沙玛感觉到，自己抱起的，仿佛是一个软塌塌的面团。

2

太平村起个大早的，除了沙玛，还有两个被致富梦想鼓舞的年轻人，一个叫阿嘎，一个叫木呷。他们俩相约去雨林深处，看他们的发财宝贝。一年前，阿嘎从州职业学院大专班毕业，没像其他的毕业生那样在州府或县城找工作，而是心急火燎回了太平村。回到太平村的阿嘎，放下行头就去找儿时玩伴木呷。木呷取笑阿嘎，说你怎么放着城市人不做，回来当农民？阿嘎说，你懂啥？尽说没见识的话，未来属于乡村，不赶早回来，致富先机就是别人的啦。再说，我们彝族人，跟那些傣族拉祜族基诺族的人待在一起，就像山羊混在绵羊里，人家天天想吃糯米团，我却想我的苦荞粑。

阿嘎告诉木呷，他学会了在大树上种铁皮石斛，吸收大树的营养，是极品中的极品，市场上价值不菲。阿嘎一鼓动，木呷的血就热燥了，说不学做毕摩了，跟阿嘎学树上种石斛。

木呷放弃神职醉心于俗事，这让做毕摩的父亲乌火恼火透了。乌火认为阿嘎这几年去州里不是读书，而是修炼魔法。是他让自己的儿子着了魔，走上邪道了。他对儿子说，木呷，你不学做毕摩，太平村今后就没毕摩了。木呷说没就没吧。儿子的不以为然激怒了老子，乌火咬牙切齿地说，你要太平村失去神的庇护吗？没了毕摩，太平村的人，就没人传达神的旨意了。木呷抢白说，在我心中，阿嘎才是真的毕摩，他带给了我发财的旨意。

在乌火看来，这阿嘎太讨厌也太讨恨，他蒙蔽了自己儿子的心灵。当清晨阿嘎去叫木呷进雨林时，躺在床上的毕摩乌火用诅咒的语气大声说，今天可不是什么好日子，从树上掉下来，人会砸成烂鸡蛋的！

一路上，阿嘎一边挥舞砍刀砍着阻挡他们前进的藤蔓和树枝，一边调侃木呷，你今后腰缠万贯，不会怪罪我断了你的通灵路吧？木呷说，要真发了财，我向阿爸推荐你，让你做毕摩。阿嘎说，你想得美，我们发了财让我侍奉神灵，你去花天酒地？

于是他俩都忍不住哈哈大笑，在静谧的雨林里，两个年轻人的笑声，清越而爽朗。说说笑笑的两个年轻人，不知不觉就进到了雨林深处。

雨林中，突然传来一声恐怖的叫声。阿嘎和木呷像遭了电击，钉子一样钉在了地上。叫声掠去了他们脸上的笑意,惊吓让他们的头发瞬间竖了起来。

阿嘎心中嘀咕,难道是毕摩乌火的诅咒显灵啦?

叫声再次响起。这一次,挤进他们耳朵的,不仅仅是恐怖,还有悲怆、苍凉和绝望。

木呷定了定神,对阿嘎说,是哀鸣声。

阿嘎点点头,用手示意木呷跟着他往声音响处走。他俩小心得像怕踩死蚂蚁那样,放轻了脚步,像侦察兵一样往声音传来的方向挪。

洪钟一样浑厚的叫声,让木呷胆怯得小腿都打颤了。阿嘎,不会是鬼怪吧?要不,我们别往前了,还是回去吧。

阿嘎回过头来,看一眼惊魂未定的木呷,他语气轻蔑地对木呷说,早知道你相信世上真有鬼怪,我不该约你来种石斛,你就该跟你阿爸学做毕摩。要想回,你就回去吧。

阿嘎自顾又转回身,径直往前走。这次他没放松步子,而是脚步坚定地往前走。看阿嘎态度坚决,木呷摇了摇头,只好也跟了阿嘎往声音传来的方向走。木呷发现裤管被草叶上的露珠浸得透湿,步子也变得沉重了。

怕就回去吧,阿嘎头都没回说。

木呷说,我可不愿做胆小鬼。

木呷边说边大步往前迈,他想证明自己并不胆小,不愿躲在阿嘎身后,但他刚要超过阿嘎,却被阿嘎一把拽了回来。

嘘——

阿嘎一个指头立在嘴边,接着又用力将木呷按蹲下去,随即自己也蹲下,用眼神示意木呷往左前方看。

木呷看到,在左前方,一头野象正在用长鼻往草丛里拨弄着什么,它似乎发现了什么东西，想用鼻子把那东西给卷起来。野象似乎很心急，它粗重而短促的鼻息，让木呷读出了它的焦虑。

它像是丢了啥东西。木呷对阿嘎说。

阿嘎白了木呷一眼说，这是大象，又不是人，身上有钱包手机？

但它真的很着急，木呷抢白说。

没错，阿嘎点头说。它都急得发狂了，快看，它正用腿刨泥嘞。

木呷说，它身子前好像是个深坑，它想下到坑里去。

阿嘎说，我看那是偷猎人挖的陷阱。

听阿嘎这么说，木呷急了，那它不能下去，陷阱下面布置有竹尖子，会受伤的，我们得阻止它。

他边说边腾地站了起来。

但他立足未稳，又被阿嘎拉扯了蹲下来。

想找死呀？你以为那是你家厩里的肥猪？这是凶猛的野象！阿嘎瞪一眼木呷说。

它要下去了真的会受伤。木呷用手拍了拍地面说。

大象可不像你那么笨，它聪明得很，会主动避开危险的。

还真像阿嘎说的那样，大象用脚刨了一阵，没再刨，而是昂起头，吃力地把长鼻伸向空中，又叫了一声。

这一声跟先前阿嘎和木呷听到的声音比起来，显得疲惫，却更加悲怆绝望。

那声音在阿嘎和木呷听来，不是叫声，更像是哭声。

它叫完，将头垂下，将长鼻又伸进坑里去，这次它没试图把什么东西给卷拽出来，而是在抚摸什么。清晨的阳光斑驳着透过树的缝隙，照亮了它眼角的泪珠。

239

木呷说，它好像很伤心。

阿嘎揉了一下自己的眼角，谁都看得出它很伤心。你木呷真像一个长舌妇，讨厌死啦！

野象似乎放弃了对坑里的东西的努力，它收回长鼻，沉默地围着那坑，绕了一圈又一圈，最后迈着疲惫而沉重的步子离开了，消失在了雨林的更深处。

阿嘎和木呷奔向那土坑，想看看坑里有什么东西。

奔到坑前的他们愣住了。

坑里是一头小野象。

俩年轻人如果不是看到小野象身边漫开来的血迹，一定都会认为这小野象是睡着了。它的样子看上去憨态可掬，安详而享受，像是正被一个美梦萦绕。

土坑确实是猎人挖的陷阱，里面有用茅草和芭蕉叶伪装起来的尖如芒刺的竹尖子。木呷尝试着想下到深坑里去，却被阿嘎唤住了。

阿嘎说，木呷别费心了，小野象死了。

木呷说，你凭啥说它死了？

我在州里念书时，听我的傣族同学说过，母象特别护崽，如果它没死，野象妈妈断不会离开。阿嘎手抚木呷的肩叹息说，我们刚才听到的，是野象妈妈的呼救声。

木呷盯着深坑看了一阵，眼泪珠子就从眼角滚落下来了。阿嘎，木呷瘪了嘴说，你别笑话我，我就是心软，想着它这么小，我就想哭，都说大象大，可它却这么小，还没头半岁的仔猪大。

阿嘎轻拍了两下木呷的肩膀，哽咽了一下说，哪个人的心是铁打的？我心里也不好受，只是人死不能复生，象也一样，我们回去吧。

木呷说，阿嘎，我想再看看它。

阿嘎没说话，他移开搂着木呷肩膀的手，从上衣口袋里摸出烟，但却没摸到打火机，他索性把一支烟揉得粉身碎骨，抛地上了。

动啦！

木呷惊叫了一声。

啥动啦？

阿嘎好奇地问。

木呷说，我看到象鼻前方的芭蕉叶动了一下。

他边说边手指土坑里的偷猎人用来作为伪装的芭蕉叶。

阿嘎朝木呷手指的方向看去，见那芭蕉叶，比这头小野象躺得还要死。

你眼花了，木呷。

我没有，那芭蕉叶真的动了。

要真动，也是风。

坑里哪有风，象鼻子前的芭蕉叶动了，说明小野象还有呼吸。

木呷边说边纵身就跳进土坑里去了。

当心竹尖子！

阿嘎的心提到喉咙喊。

3

沙玛背着不知为何物的腥臭东西，三步并作两步往太平村走。一路上，浓烈的血腥味招来了大如蜂群的绿头苍蝇，它们像一群轰炸机，嗡嗡地在沙玛的头上边飞边鸣。黑狗大王冲蝇群汪汪大叫，但它低估了苍蝇对腥气的执着。

沙玛一身汗水吭哧吭哧背着一团腥臭来到太平村口时，遇到了毕摩乌火。毕摩乌火用手扇着自己的鼻子说，沙玛，你背的是大粪吗？都快臭死人啦，我说过多少次了，不干不净的东西别往村子里背，不吉利的。

沙玛将背箩往路沿坎上一放，喘着粗气说，乌火，闭上你的乌鸦嘴，别仗着你是毕摩，就信口雌黄。

乌火听沙玛数落，也不生气，只是皮笑肉不笑地说，沙玛，我知道你那点儿心思，总觉得我这毕摩的身份碍着你了，要不你拿去，这样，你这村主任就身兼二职，成土皇帝了。

于是，两人就真真假假斗上了嘴。

乌火，你这是假大方，我要真夺了你毕摩的职，你就啥都不是了，我怕你哭天抢地去告神灵和我们的老祖宗。

沙玛，你这是门缝里看人——把人都看扁了。我乌火不当毕摩哭天抢地？怕是你沙玛不当村主任才会捶胸顿足、寻死觅活吧？你也就只会当个小官，还有啥能耐？我乌火不当毕摩还能做彝医。

现在西医那么发达，谁会待见你那靠草药打天下的彝医？

沙玛，说你没见识，轻了，你这是真没觉悟！这是民族医药，连国家都重视，你竟敢说它不受待见，我看你这村主任，是不想当了。

……

他俩使的虽都是嘴上功夫，仅是唇枪舌剑，但也弥漫了刀光剑影，心与心都碰了个火花四溅。

斗嘴斗累了，乌火就走近沙玛放在路沿上的背箩，探头想看个究竟。

但扑鼻的腥臭气熏得他差点儿没晕过去。乌火转身，呸呸呸地冲地上连吐三口唾沫。他一边用脚用力搓着地上的唾沫一边冲沙玛表情严肃地说，不祥之物，不祥之物！沙玛，这是不祥之物呀！

乌火！沙玛也语气严厉地说，别跟老子装神弄鬼，我沙玛是吓大的？不祥之物？你有本事就告诉我，这到底是啥东西？

不祥之物！不祥之物！乌火语气肯定地说。

是什么不祥之物？沙玛又厉声问。

我也不知道，反正不祥，沙玛，不吉祥呀！

沙玛气得上前揪了乌火的衣领，咬牙切齿地对乌火说，你们这毕摩世家是不是就只知道这三个字——不吉祥！乌火，你晓得不，这三个字害苦了我沙玛家！

沙玛边说边用力一推，把乌火推倒在了地上。

被推倒的乌火，皮球一样蹦跳了起来，跟沙玛扭打成一团。

村主任与毕摩互殴，这消息太令人兴奋，兴奋得比山坡上的风还要快地传遍了全村。于是村里老老少少都蜂拥了来看。

黑狗大王也汪汪叫唤着，伺机去帮主人忙。沙玛见大王欲扑过去咬毕摩脚，就大吼一声，死大王，滚一边去，不关你的事！

黑狗大王就丧气地摇了摇尾巴，溜到一边，张了嘴，伸长了舌头专心看它的主人与毕摩厮打。

围者众。毕竟他俩都是村里有身份的人，不好意思再拳脚相加下去，加之又有村里老者劝，一场好斗，也就悄悄收场。

全村人的兴致，迅速转向沙玛背箩里的怪物。

村子里两个体面的人物，像一对斗气的小孩做出如此不理智的事，内心都有了强烈的羞耻。毕摩乌火抹了一下嘴角流出的血水，跺了一下脚冲沙玛说，翻百年老账，真是心胸狭隘的东西。他就一甩手上的血水回家去了。

沙玛觉得自己确实有些过分了，他红着脸，冲好奇的众乡亲说，一团烂肉，看啥看？

243

沙玛原本想哄着众乡亲，却没想被众乡亲围住了。他们问沙玛，这些是啥？沙玛说，我要晓得是啥，还会跟乌火打架？

沙玛边说边伸手去摸被乌火踢伤的腿。

有人说，这看上去像猪肚。

就有人反驳，有这么大的猪肚吗？啥眼力？这怎么会是肚子，我越看越像胎盘。

众人就哄笑，人群中的闲言碎语又阴又损。

胎盘？是你家老婆肚里掉的吧，要那样，她生的八成是个神儿子。

什么神儿子，生下来能做你兄弟。这么大的胎盘，生下来还不是成人？

沙玛听不下去，火头上的他，没有任何幽默感，他用当村主任的威严吼道，谁再嚼舌头，我就连同这臭东西把他扔山箐里去，一起喂狼！

但他的威严在此时已完全失效。村民中依旧有人嬉皮笑脸，说沙玛，这东西扔山箐里可惜，你背回家去，这个月你家都不用买肉了。

他边说边伸手，欲把沙玛背篓里叫不出名的那大团东西提将起来。就在此时，黑狗大王像一团黑色闪电扑过来，重重地一口咬向他的手臂。

村民们首先是惊呆了，继而就是各自抱头鼠窜。看着珠子落地一样四散开去的村民，先前给沙玛和乌火劝架的老者，摇摇头叹息一声，然后走向沙玛说，一帮幸灾乐祸的乌合之众。

幸灾乐祸？沙玛看着老者说，什么灾？什么祸？不就一团臭肉？

没那么简单！老者故作高深地摇摇头说，怪物现世，必有灾祸。沙玛别再往家背了，埋了它吧。

沙玛态度坚定地说，我就不信它是什么带灾带祸的怪物，我要弄不清它是什么东西，它就是把我家臭成茅厕，我也不扔它埋它。

老者摇摇头，叹口气径自走了。

沙玛重新将背篓背上，往家的方向走。黑狗大王一阵小跑，紧跟上主人。沙玛突然转身，说，谁让你咬人的？难道你还不嫌乱呀？

4

沙玛背着沉重的背篓，推开家的院门，站在院子里叫唤着自己的老婆。他粗脖大嗓地要老婆给他倒荞麦烧酒喝，却遭了老婆一顿奚落。

我还以为是英雄回来了！老婆语气中带着鄙夷说，彝家太平村村主任与毕摩打架斗狠，传到旁边的拉祜、傣家、哈尼寨子去，还不把人家的牙给笑掉了。

酒没喝着，却遭一顿奚落，沙玛窝火极了，但又不好发作。他把背篓重重地放在檐坎上，脸阴得像夏天雷雨前的天空，径直进了里屋，木桩一样倒在床上。

沙玛头才沾枕头，老婆就冲进来了。老婆冲他歇斯底里地说，你要不把那背篓里臭烘烘的东西扔出家门去，我就死给你看。沙玛摆摆手，说恶婆子，你真比母蚊子都恶，要啥泼？出去出去，老子困了，想睡觉。

老婆就骂，说沙玛，大中午的，你睡啥觉？早死三年，你背上都能睡起青苔。你一天就只想村子里的甘蔗、菠萝，什么时候想过家？什么时候想过我？什么时候想过儿子阿嘎？阿嘎成天往深山林里跑，哪天被豹子吃了，被毒蛇咬了，我看你用什么传宗接代！你现在又得罪了毕摩，他可不会替你给你那些逝去的老祖宗求情开恩的。

嫂子大声八气地说我什么坏话呀？毕摩乌火在院子里大声说。

说曹操，曹操到。沙玛老婆被吓了一跳。沙玛小声对老婆说，乌火要问起我，就说我没在家。

沙玛这一说，彻底激怒了自己的老婆，她尖着嗓门厉声说，沙玛，你安的什么心？你不在家？你要让毕摩以为，我刚才是跟野男人说话？咹？

讨了个这么认死理的婆娘，沙玛只能服了。他一骨碌起床，披上衣抹了脸，推搡开站在自己面前的老婆，出了里屋。

院子里，站着笑得像弥勒佛般抱着一个酒罐的毕摩。

毕摩乌火看一眼哭丧着脸的沙玛，说沙玛哥，宰相肚里能撑船，还生我先前的气？

你太高估自己了，沙玛哼一声，说无事不登三宝殿，找我干啥？

毕摩乌火双手用力往上扬了扬酒罐说，找你喝酒，顺便告诉你那背箩里是啥东西。

沙玛瞅一眼背箩说，你知道是啥？你真知道是啥？

当然！

毕摩乌火点头说。

你凭啥知道它是啥？

因为我是毕摩嘛。

沙玛老婆见俩人又斗上了嘴，不是冤家不聚头，要打嘴仗，到堂房来，当着列祖列宗，让他们评评你俩，哪个更行更能。

毕摩乌火进了沙玛家堂屋，往火塘边木凳上一坐，打开了酒罐。荞麦酒的清香，就在堂屋里弥漫开来。

闻到酒香，沙玛的火气立马就散了。

沙玛拿来两个土碗，往火塘边一放，乌火往俩土碗里倒满酒。沙玛端起酒碗，也不跟乌火碰，一仰脖将一碗酒倒进了嘴里，他喉结耸动了一下，满满一碗酒就美美地进了肚里。他把酒碗往原处一放，说乌火，你别诓我，真知道我背回来的是啥东西？

乌火将酒碗凑到唇边，抿了一小口，说好酒要慢慢品。

沙玛说，我问你话。

乌火说，胎盘，是大象的。

大象的胎盘？沙玛有些惊异。

乌火点点头。

为何先前不跟我明说？沙玛又有些生气地说。

乌火又抿一口酒，说，我是毕摩又不是神仙，也是才知道的。

搬这里好几年了，没听说这里有大象呀？沙玛皱了眉头说。

是没听说。乌火应声道。

太平村来了大象，沙玛思忖了一下说，太平有象，按说应该是好事。

是不是好事，要观了天象再说。乌火用职业的语气说，他看了看沙玛，叹了一口气，又说，是麻烦事那是肯定的了。沙玛哥，你我都招惹上麻烦了。

麻烦？你说我招惹了麻烦？沙玛摇着头说，乌火，我搞不懂有啥麻烦。

不是你，是你和我，不，准确点儿说是四个人，还有你儿子阿嘎，我儿子木呷。

乌火的话听起来像绕口令。

沙玛越听越糊涂了。

沙玛兄，俩孩子摊上了大麻烦。

乌火语气不再像先前那么沉稳了。

到底啥事，你能不能说明白点儿？这又不是你做法事，装啥神秘？

你儿子和我儿子，弄回来了个象儿子，你说麻烦不麻烦？乌火摊了摊手无可奈何地说。

你是说，阿嘎和木呷，弄回来了一头小象？沙玛被惊到了。

正是！乌火重重地点了点头，说，要不我怎么知道你背回来的是大象的胎盘？在厨房里忙活着给沙玛和乌火准备下酒菜的沙玛老婆端一盘油炸花生米刚进堂屋，听说儿子弄回一头小象，惊得一盘花生米全倾倒在堂屋地上了。

偷猎大象，那是犯王法的呀！她胆战心惊，又无比担忧道。

乌火说，不是偷猎，嫂子，俩孩子事实上是救下了一头小象。

沙玛老婆说，那是做了积阴德的事，有啥好担心的？

话虽这么说，道理也是这样。乌火端酒，这次没抿，而是一口干下了大半碗酒说，但谁能证明他们不是偷猎是施救呢？怕就怕……

乌火，你怕啥？沙玛说，我们彝家人，猎就是猎，救就是救，光明磊落得很。

但人家不会这么想。人家讲的是证据，你儿子我儿子，大清早就进雨林去，是不是去看他们挖的陷阱里困没困住猎物？乌火皱了皱眉头说。

沙玛老婆说，他们是去雨林里看种在树上的石斛。

嫂子，你知道他们是去看他们种的石斛，沙玛哥也知道是这么回事，我也清清楚楚，但人家执法的人会相信我们的话？乌火边说边摇摇头，我怕的是，黄泥巴掉裤裆——不是屎也是屎呀。

沙玛思忖了一下说，乌火的话有理，你巴望清清白白，却会越抹越黑。小象现在在哪里？

乌火回答说，在后山背阴地阿嘎育石斛幼苗的窝棚里。

5

阿嘎和木呷，费了好大劲，才把小象从陷阱里弄出来。他们在附近就地取材，砍了根竹子，又找了几根粗藤，抬了小象往丛林外走。

抬了小象走在前面的木呷越走越胆战心惊。木呷一紧张，小腿就不由自主地抖动，阿嘎知道木呷打小就这样，看他小腿抖动，就说，木呷，你肚子里又有啥弯弯绕了？

要是……木呷停顿了一下说，要是森林公安撞上我们，把我们当偷猎分子咋办啊？

阿嘎说，咋办，凉拌！我们这是救援，是做好事，怕啥？

救援，人家公安相信？我们额头上又没刻着救援两个字。人家要认定你我是偷猎分子，那就惨了。

木呷这一说，阿嘎就没了先前那份救援者的自信。他对木呷说，这小象，不能抬回村去。

那抬去哪里？总不可能抬镇上医院去吧？它中了毒，需要排毒解毒。木呷说。

阿嘎皱着眉头想了想说，抬村后山的背阴地去，我那里有育石斛苗的基地，把小象放窝棚里，那里很少有人会去。

木呷说，放那里好是好，但小象急等救治。

阿嘎说，你阿爸能与神灵对话我不相信，但我相信你爸的医术，特别是解毒功夫，那是你家的祖传秘方。

不行不行！木呷头摇得像一面拨浪鼓。

咋不行？阿嘎说，难道你怕你阿爸举报你？

老子举报儿子，至于吗？木呷说，我怕他骂我净给他找事。

现在你还想这些？救象是火烧眉毛的事，他想骂，你就让他骂几句，他能把你身上的肉骂少二两吗？阿嘎给木呷打气。

那……木呷犹豫一下，点点头说，好吧。

木呷急匆匆地回到家里时，他的父亲乌火毕摩正在手捂着被沙玛打伤的嘴角生闷气。看着心急火燎的儿子，他视而不见，把头扭到了一边。

儿子木呷没工夫去观察自己父亲的神色，进门就冲父亲嚷着要解毒药。

中了阿嘎的毒啦？我早跟你说过沙玛家没一个好东西！

阿爸你说啥呀？木呷说，是小象中毒了，它掉进了猎人的陷阱，被猎人的毒竹尖子毒昏死了。

儿子的话把老子听迷糊了，他转回头来说，什么小象大象的，我搬这里十多年了，从没听说这太平村周围有什么大象小象的。

木呷跺了一下脚说，阿爸，我骗你干啥？我今天跟阿嘎在森林里真碰上了大象了，那大象叫声又吓人又凄惨。

木呷语气急速地给父亲乌火讲述了今天的所见所闻。

听完儿子木呷的讲述，乌火脸上泛起一阵浅浅的笑意。看着父亲脸上一闪而过的笑意，木呷有些莫名其妙。

阿爸，你笑什么呀？

不关你的事。

那你快给我解药呀！

乌火起身，去给木呷配解药。他一边配药一边嘀咕，这辈子给人配过药，给牲畜家禽配过药，给象配药，还是大姑娘上花轿——头一遭呢！

多小的象？乌火问。

很小很小的，一头养了半年的猪那么大。

是不是一头出生不久的小象？乌火又问。

那我可不知道，木呷说，你问这做啥？

乌火诡秘一笑说，随便问问。

他配好药，递给儿子木呷。木呷拿了解药转身离开时，乌火又嘀咕道，沙玛，我终于知道你背来的是啥东西了！

木呷转身，说阿爸，你提沙玛阿伯干啥？对了，今天这事，你可别告诉他，就你知我知阿嘎知。

乌火摊了摊手说，为啥呀？

走漏了风声要是让公安知道了，把我和阿嘎当了偷猎分子，那是要坐班房的。木呷说完就小跑着去后山了。

乌火反复咀嚼着儿子的话。

他越想越觉得事情重大。

他决定放下面子，主动去找沙玛。

现在，乌火和沙玛两个太平村的显赫人物，相向坐着，都觉得这是件棘手的事。

沙玛说，那幼象要救不活咋办？报森林公安还是偷偷埋了？

乌火说，沙玛兄你放心，我对我毕摩世家的解毒药有信心的。

好，我相信你。沙玛说，救活了咋办？

乌火说，能咋办？让俩小子偷偷把它放森林里去。

说得轻巧！沙玛加重语气说，这么点儿大的象崽，放森林里找不到那象妈妈咋办？

咋办咋办？我又不是村主任！我只是个毕摩！乌火也加重了语气，说天上的事我管，地上的事，是你沙玛管嘛！

乌火这话，说得沙玛脸上有些挂不住。沙玛端起酒碗，自顾喝了一大口，抹了一下嘴，说天上的事你管，对对对，那我正好问问你，你那太爷爷毕摩，当年弥留之际，除了看见大鸟，看没看见大象？

一听沙玛这话，乌火就像皮球一样，气得从火塘边的凳子上蹦起来了。

沙玛！乌火抖动着隐隐生痛的嘴角说，你不仅记仇，还心胸小得像一条缝！这个时候，你都没忘记挖苦我，挖苦我毕摩世家。

乌火，你误会了我的意思，沙玛努力解释说，我这哪是挖苦你，哪是挖苦你毕摩世家？我只是有种不祥的预感罢了。这太平村来了大象，真的不知是福是祸。

沙玛的语音未落，他家羊厩里的母羊就咩咩地叫唤起来了。那叫声仿佛是受了什么惊吓才发出来的。

沙玛起身去羊厩查看，乌火也跟了过去。

厩内，阿嘎正在手忙脚乱地挤羊奶，看他毛手毛脚的，就是挤奶外行。

乌火说，阿嘎，你这是要干啥呀？

一听声音，阿嘎站起来，铁青了脸的沙玛看见，自己儿子年轻的脸上，沾满了奶浆。

乌火叔，阿嘎边抹脸边说，我挤点儿奶去后山，那小家伙苏醒了，看样子是饿了。

你想得真好，沙玛依旧铁青着脸斥责说，你的象宝宝安逸了，我的羊羔子咋办？你让它喝西北风？

从阿爸的话中，阿嘎知道，乌火叔已经泄了密了，他有些尴尬地冲阿爸笑了笑说，要有办法，我也不会在你羊口夺食，你别马着个老脸，包容点儿嘛。

阿嘎说着，提了装有羊奶的塑料小桶准备离开。

把桶放下！

沙玛用命令的口气冲阿嘎吼道。

阿嘎吃惊地看着沙玛，见他一脸威严，赌气将塑料桶往地上一放，就大步流星往厩外走了。

站住！

依旧是命令的口气。

阿嘎站住，不回头也不吭声。

就这样走了，那可怜的象儿子吃啥？沙玛在阿嘎身后问。

阿嘎没好气说，这你该问你自己！

赌什么气！沙玛哼了一声说，这点儿羊奶，够你象儿子吃吗？把这拿去。

阿嘎回过头来，看见父亲手上，摇晃着几张百元大钞。

谁稀罕你的钱！阿嘎嘟哝道。

你这人儿子不稀罕，可象儿子稀罕！沙玛说，还不快伸手给老子接了，骑摩托去镇上买两大桶牛奶来。

听阿爸沙玛这一说，阿嘎感动得眼泪都快从眼眶中冲出来了。他伸手接过钱，冲父亲深深鞠了一躬，就从院子里推了摩托。出院门后一跃而上，轰响了油门向镇上扑去。

看着旋风一样离去的儿子，沙玛叹了一口气。他对乌火说，我担心得很，这大象要真来咱太平村，我们的那些甘蔗、苞谷、菠萝怕是要遭殃了。

乌火沉默。

他掐了掐手指，起身告辞了。

走出院门，他又折回身来，

吉人自有天相！

他冲沉默着坐在火塘边的沙玛大声说。

沙玛木头一样没反应。

只有黑狗大王，冲乌火一阵汪汪。

6

是夜，毕摩乌火换上了一身做法事才穿的盛装，手里握着他的法铃悄悄出了家门。他独自一人来到村口，站在村口的大榕树前，观起了天象。

夜的幕布上，繁星像一颗颗闪着金色光芒的徽章，又像一粒粒刺眼的金属纽扣，将所有的秘密，牢牢地扣锁住了。毕摩乌火深知自己的法力，不能跟那个能看见预言的太爷爷毕摩比拟，他没看见任何天象，他看到的，跟所有凡人看到的别无二致。

在遥远的百年前，作为乌蒙山远近闻名的大毕摩的太爷爷，在弥留之际，硬撑着从病床上爬起来，穿上他做法事的盛装，手握磨得锃亮的铜质法铃，夜观天象，看见天空所有的星辰重新排列成一只大鸟。最后，这只像火一样的大鸟的阴影刚好覆盖了太平村。那个曾经的故乡，乌蒙山的太平村。

太爷爷用极为含混的口气说出了那个预言，大鸟出现的时候，就是太平村人失去家园的时候。

太爷爷没说这大鸟是什么鸟，但这个预言，作为毕摩家族领会的神的旨意，代代相传，一直传到乌火毕摩的父亲阿库。预言成了传说。

预言也好，传说也罢，太平村的人几十年来并没有把此当真。直到二十世纪九十年代初，一个叫马鸿鹄的老板带着一群做发财白日梦的乌合之众来到位于太平村的大包山。

据说马鸿鹄在大包山肚子里勘探出了大量的矿产，梦想发财的人们蜂拥而至，他们像土拨鼠一样在大包山私挖乱采。大包山旁的太平湖水渐渐没了，旁边的湿地也了无踪影。沙玛的父亲倮伍，觉得事态严重，作为太平村的老村主任，他往乡里县里反映，后来还递了状子，但无果。马鸿鹄的人，照样像以前一样，把大包山弄得乌烟瘴气。

现实中求告无门。倮伍就去找毕摩阿库，他希望通过毕摩阿库，得到神灵的帮助，赶走马鸿鹄带领的这群土拨鼠一样的家伙。倮伍和阿库坐在阿库家院子里，足足喝下了一缸子荞麦酒，沉醉之时，也是阿库天灵盖打开之时。那个太爷爷预言的大鸟，飞进了他敞开天灵盖的脑袋，阿库顿悟了，他一拍大腿，摇晃着站将起来，对倮伍说，神灵说了，那只大鸟就是马鸿鹄！

倮伍以为，阿库一定是喝高了。他笑了，说，你哄鬼呀，马鸿鹄是个人，不是鸟。

阿库说，倮伍哥此言差矣，像没见识的人说的话。马鸿鹄是人没错，是个大活人，而且是个讨厌的大活人！但鸿鹄是啥？倮伍哥，你说鸿鹄是啥？

倮伍搔搔头皮说，鸿鹄是啥？鸿鹄是明摆着的人名呀。

错！阿库摇着头喷着酒气说，鸿鹄是鸟，而且是传说中的大鸟！

阿库此言一出，倮伍的天灵盖也打开了，他一拍大腿腾地站起来，喷着浓烈的酒气咬牙切齿地说，原来如此！

有着小诸葛美誉的倮伍，作为太平村聪明过人的领袖，却因为领悟了预言干下了愚蠢透顶的傻事。他变卖了自家的羊群，拿出了全部积蓄，私下里又让毕摩阿库在村民中散布所谓预言，并向不明就里的村民说明大鸟指的就是马鸿鹄，一听说要让他们失去家园的大鸟是大矿老板马鸿鹄，村民们纷纷表示有钱出钱，有力出力，要帮着倮伍赶走马鸿鹄。

但马鸿鹄却像一座山一样是赶不走的。村民们提锄弄棒跟马鸿鹄明火执仗群殴了数次，但除双方落下几个残疾外，开矿的照开，过日子的也只能照过。

赶不走就只能除掉！这个疯狂的念头从倮伍脑子里冒出来，就野草一样疯长起来。他花十万元请了个杀手，要取了马鸿鹄性命。

百无聊赖的马鸿鹄，正在住处和他的副总还有财务总监玩斗地主的纸牌游戏。玩得正酣时，蒙面杀手突然出现在他面前。副总急得就要掏电话报警，被他摆摆没握牌的手制止了。他将捻开的纸牌合拢，往桌上放好，一脸平静地看着杀手，杀手握着寒光凛凛的刀子。

马总，有人出十万元想要你的命。兄弟，马鸿鹄说，我总得知道，我与人无冤无仇，为何有人要雇你杀我？

你觉得你不该杀？杀手的语气突然间变得高亢且义正词严，因为你叫马鸿鹄，你就该杀，就得死！百年前太平村德高望重的老毕摩弥留之际，夜观天象，他看见的那只凶恶的大鸟难道不是你？

一只大鸟？马鸿鹄说，老毕摩看到的大鸟，与我何干？我是人，不是鸟。

想想自己的名字。杀手冷冷地举刀指了指自己的头提醒马鸿鹄。

哦，马鸿鹄思忖了一下说，原来是因为我的名字，我原来的名字叫洪福，洪福齐天的洪福。我那在乌蒙山学院教书的婆娘嫌我名字土，硬逼着我改成了鸿鹄。名上多了两个鸟，我当时心里很不痛快，觉得在她眼里我就是个鸟人。现在看来，我最初的感觉是对的，一个名字都惹上杀身之祸了，你们说我冤不冤？

马鸿鹄偏头摊手对他的财务总监和副总诉苦的模样充满了委屈。

马总，你也别觉得冤，杀手晃了晃手中寒光凛凛的刀说，你竭泽而渔，把大包山变成了人间地狱，丧尽了天良，不该杀？不杀你，太平村人就得失去家园。

我现在算弄明白了，原来是太平村那群穷鬼想要我的命！马鸿鹄若有所思地点点头说，我开采矿石，炼钢炼铁，还不是为国家做贡献，谈何竭泽而渔？这太平村穷得叮当响，有何"鱼"可渔？你一个杀手，谁教给你的这些文绉绉的说辞？你今天要真杀了我，我冤大了，要真这样，我这个冤死鬼一生都饶不了你！

不是我要杀你，也不是太平村人要杀你，杀手用刀往上指了指说，是天要杀你，谁叫你要取个鸟名呢？天注定你要祸害太平村了，我不过是替天行道！

杀手此话一出，马鸿鹄像个充了气的皮球，从椅子上蹦了起来说，那我就冲着老天喊冤！你刚才说毕摩观天象看到了一只大鸟，一只对不对？

马鸿鹄边说边冲杀手竖了竖食指。

蒙面的杀手点了点头。

我马鸿鹄的鸿鹄可不是一只鸟，兄弟，马鸿鹄拉长了语调说，那可是两只呀，两只！一只为鸿，一只为鹄，鸿是大雁，鹄是天鹅。老毕摩观天象看到的是一只，怎么可能是鸿鹄？那你替天行什么道？

一句话问蒙了杀手。

杀手迟疑了一下说，也许搞错了，但我收了别人的钱。

马鸿鹄大声说，那你把我的头拿去不就行了，还让我费那么多话？

杀手颤抖了一下，说，我不错杀人。

马鸿鹄摆摆手说，那你就拿着钱跑吧，我看你也不是做杀手的料，婆婆妈妈的！你给我跑得越远越好，免得让我认出你！

马鸿鹄做了个送客的手势，杀手就风一样消失在了夜幕中……

翌日，马鸿鹄带着几个手下，他披着他的呢子大衣，迈着方步，手里握着炮弹筒做的水烟筒，在太平村里乱走，边走边咕咕地抽。他走几步，喷一口浓雾，然后大声说，不是有人想要我的人头吗？想要就拿去！

他一遍又一遍地这么喊,直喊得嗓子都沙哑了才罢休。

太平村的村民,都听到了他放肆的声音,都觉得这辈子,从未像今天这样活得如此窝囊。马鸿鹄耍够了威风大摇大摆走了,警察来了,威严的警笛声把整个太平村都吓蔫了,人们一脸惊恐地看见那个刀脸警察,将锃亮的手铐重重地铐在了倮伍那双粗粝的大手上。

村民们后来都埋汰倮伍,说既然是神的预言,就不该跟马鸿鹄斗。他既然是天界派下的大鸟,就该对其逆来顺受。村子里一些身强力壮的人,还主动去找马鸿鹄,让他给他们派些挖矿的活计。马鸿鹄扬言说,他就是要掏空大包山的山肚子。

多行不义必自毙,这句大俗话,还真在马鸿鹄身上应验了。在一个漫天风雪的黄昏,喝多了酒的他驾车从大包山回市里,把车开出了路沿,葬身在了一个深箐里。

马鸿鹄死了,在大包山上私挖乱采的乌合之众,没了首领,为利益开始你争我夺,大打出手。大包山的乱象触目惊心,最终市里下了决心,为保长江上游生态,禁止了在大包山采矿。

倮伍的儿子沙玛,在得知马鸿鹄的死讯后,找到毕摩阿库家门上。他认为是阿库蒙蔽了父亲倮伍,父亲倮伍才会铤而走险,干下雇凶杀人的蠢事,但阿库坚持说马鸿鹄就是大鸟的化身,是自己持续的法事和诅咒要了他的性命。

自从那以后,沙玛认为毕摩家族都是不诚实的人。他对阿库说,你撒下的弥天大谎会遭天谴和报应的。

现在,夜观天象的乌火毕摩,每每想起此事,眼前就会浮现出父亲阿库毕摩那张委屈的油脸,耳朵里就会灌进他山风一样的呢喃。

这怎么会是弥天大谎呢?你太爷爷那可是西南闻名的大毕摩,他看到的,确实是一只大鸟。沙玛小儿,老大不敬,口出污言,才会遭天谴和报应的!

7

乌火夜观天象的时候,沙玛在床上翻来覆去睡不着。沙玛老婆气得翻身起床,抱了被子去儿子阿嘎的房里睡。阿嘎没回家,他和木呷都放心不下象崽,两个年轻人决定守个通宵。

我可不愿跟一条蛆睡在一起!

要在平日,沙玛老婆这话一定会激怒沙玛,但今夜他懒得跟她吵嘴。没有见识的老婆怎么能理解一个脑子里扑腾了一只大鸟的男人?

沙玛的脑子里有一只大鸟,那是一只黑颈鹤。自从今天太平村周遭惊现了野象,沙玛的脑子里就扑进了这叫黑颈鹤的大鸟了。他躺在床上,不安和恐惧,让他翻来覆去。

很多年前,毕摩太爷爷的那个预言,像一个恶毒的诅咒,让沙玛在年轻的时候失去了父亲的庇护,被判了重刑的父亲,在那个名叫板板房的监狱里,苦熬着漫长的刑期。沙玛在农闲的时候,常去看望自己的父亲,但父亲却一次也没跟他见面。父亲托狱警带话给他,说我不要你看,不要你惦记,如果你是个真正的孝子,你就替我撵走马鸿鹄,守护好自己的家园。

马鸿鹄的意外死亡证明了他并不是那只大鸟,也并不是那只大鸟的化身。沙玛认为自己的父亲好诓,被毕摩世家的谎言骗了。

马鸿鹄死了,采矿者作了鸟兽散。看着那些被钻得千疮百孔的山体,沙玛在心中发誓,要把太平村和大包山建设成美丽的家园,要让蓝天对他笑,花朵对他招手,风吹草低见牛羊。

国家要保护长江上游,遏制水土流失,便倡导退耕还林还草。此时,沙玛也被太平村推选成村主任,他于是就镇里县里跑,硬是争来了一个退耕还林还草示范区的项目。

要退耕,不种土豆,也不种荞麦,太平村人想不通,他们说,沙玛你这是要让我们喝西北风呀。沙玛说,粮县里会供应,每个人头都有,而且是白花花的大米。县里市里都出钱给项目,大家种树播草,给大家工钱,等生态恢复了,就发展林下经济。太平村人听沙玛这么说,就都乐和了,说沙玛你不是村主任,你是画画的,给我们画蓝图哩。

沙玛说,我不仅要画,还要带着大家真锹实锄地干。沙玛说到做到,三五年过去,这太平村,就有了新模样。山坡有了新绿,原来干涸的太平湖,开始积水,周围呈现出大片的湿地。湿地里,有了小鱼小虾,有了泥鳅,有了秧鸡和水鸟。这些小动物,就像是从地底下冒出的不速之客。

而太平村退耕后,长得最好的是草。那些从前的土豆地、苦荞地和燕麦地,都变成了美不胜收的高山草场。每逢周末,就有县里市里的摄影爱好者和旅游者,驾车来这里游玩和拍照。草场绿草肥嫩,养的山羊也肥美,有经商眼光的个别村民,率先利用自家院落,搞起了农家乐,专营彝家羊汤锅。每到周末或节庆时,太平村就会热闹得像炸了锅,这热气腾腾的"锅"里,弥漫了诱人的羊膻味和彝家的烧酒香。

就在沙玛一幅蓝图初绘成时,那场太平村百年未遇的大暴雪,改变了一切。沙玛记得,那场雪一直下了整整半个月,半个月里都是纷纷扬扬的雪花,就像是天漏了一样,那年冬天还特别冷。与那场漫长风雪一起君临的,还有儿子阿嘎。沙玛的年轻媳妇,给他生下了一个胖小子。

初做父亲的他,又紧张又激动。孩子出生在这冰冻三尺的风雪严冬,让他操心起母子的保暖与饥寒。媳妇生产后,身子显得极度虚弱,奶水不足，吃不够奶的孩子就嗷嗷大哭，哭声让他内心发紧，心颤肉抖。他想了想，就决定去羊场买一只羊，杀了背回来给老婆熬一锅补身子的上好羊汤。

沙玛顶着风雪出了门。去羊场要途经太平湖边的湿地，但雪下得太大了也太厚了，看不见太平湖，更看不见湿地，整个世界像删除了一切，变成一片白茫茫。沙玛途经湿地时，惊飞起了一群嘎嘎叫的大鸟。沙玛过去从未见过这种鸟，他眯了眼呆呆站着，看着它们在寒风中飞远。

沙玛嘀咕说，这两天不仅给自己送来了风雪、儿子，还送来了鸟。这鸟长得像画上的鹤，看来有大吉祥。

这样一想，沙玛心情愉快了些。他重新迈开步子往羊场方向走。这时，他听见了两声凄厉的叫声，沙玛停住，往叫声方向张望。他看见一只大鸟，吃力地站起，张张翅膀，又吃力地倒下了。

他于是踩着没膝的积雪，深一脚浅一脚赶了过去。

沙玛看见的是一只受伤的大鸟，这鸟确实像农家贴在堂屋上的松鹤图的鹤，不同的是，它脖子上的毛是黑色的。

大鸟看见沙玛，惊恐地再次起身飞走，但它只是扑腾了几下，就绝望地蜷缩在雪地上了。

沙玛过去，把它抱了起来，他发现，这鸟的左翅膀和左脚都受了伤。沙玛没再往羊场走，他想，就用这只大鸟，给媳妇熬一锅鸟汤，这肯定比羊汤还补。

但媳妇听说沙玛要炖一只大鸟，就拖着羸弱的身子从床上起来，她用虚弱却又无比坚定的声音说，沙玛，你要是敢炖了它，我就吊死在院子里的柿树上给你看。

沙玛从媳妇的话里，听出了认真。他于是就将大鸟抱了放在柿树下说，你们一起死给我看好啦！

不要以为我不敢！

媳妇的语气里，既有警告又有挑衅。

真是个恶婆子。沙玛嘀咕道。

这时，县文化馆的胡有文馆员手里提着用红纸包好的礼物上门来了。这胡馆员是个摄影发烧友，雪一下，他就赶到太平村来了。这几天都住在他表弟乌火毕摩家，准备上大包山上去拍雪景。他听说沙玛媳妇为沙玛生了个儿子，就赶过来贺喜。

但他才推开沙玛家的院门，就被眼前的景象惊呆了，他看见一只大鸟掠过他的头顶，稳稳地落在了柿树上。柿树摇晃了一下，几团泡雪就落在雪地的雪上了。那鸟太漂亮了，它收拢起翅膀，盯着院子里看。

院子的柿树下，也是一只蜷缩着的大鸟。它一动不动的样子，像是死了。胡馆员看着这一幕，吃惊被后悔取代了，他后悔出门时没随身带相机，错过了好景致。

站在堂屋前的沙玛，同样也看到了那只大鸟。

大鸟嘎嘎叫了两声。

那是呼唤的声音。

蜷缩在地的大鸟动了一下，随即想吃力地从雪地里站起来。遗憾的是，它摇晃着站起身，随即就又摇晃着倒在雪上了。

这时，树上的大鸟俯冲而下，试图叼走它。任由它奋力扑打着翅膀，任由它惊起一地落雪，还是不能将受伤的大鸟叼起来。

它仰颈又发出嘎嘎嘎嘎的叫声。

这声音里有着绝望，似人在大放悲声，仰天叹息，接着，沙玛和胡馆员就看到了惊心动魄的一幕——

它垂下头来，用自己的嘴轻轻地梳理着受伤大鸟的羽毛，它动作轻柔，生怕自己尖锐的鸟嘴弄疼了它，它做得一丝不苟，旁若无人，直到它认为已经为其梳妆好了，才走到它对面，蹲下身子，用自己长长的脖颈去碰了碰它的颈项。它与它就此达成了默契。它们交颈缠绕，用尽全力去缠去绕，两条大鸟的颈脖，扭成了一条粗壮的麻花。最后，它们在雪地上仿佛是相拥而眠了……

两只交颈而死的大鸟，让站在院门口的胡馆员泪流满面，沙玛像做错事的孩子，低垂了头呆若木鸡地站在堂屋前的檐坎上。见多识广的摄影发烧友胡馆员，哽咽着说，这是黑颈鹤，太平村怎么会有黑颈鹤？

从沙玛嘴里，胡馆员知道太平湖湿地的雪地上来了这被沙玛叫作大鸟的黑颈鹤，这个只要是摄影发烧友都会闻之激动的消息，让胡馆员断然终止了上大包山拍雪景的计划。

他背着他的摄影包，扛着支架，一身长枪短炮，在太平湖边像一个狙击手一样开始了蹲守。功夫不负有心人，他捕捉到了太平湖上黑颈鹤的最初影像。

胡馆员回到县文化馆后，将他的摄影作品冲洗出来。他还将亲眼所见的两只大鸟交颈而死的"爱情故事"写成了文章，一并寄给了省里一家全国有名的摄影杂志。

黑颈鹤照片及其"爱情故事"引起的轰动效应是胡馆员始料未及的。人们蚁群一样向太平村涌来。一个名不见经传的偏僻彝村，现在成了旅游热点。城里的帅哥靓女，把太平湖作为拍婚纱照的好去处。有婚庆公司甚至找到沙玛家，说愿意出高价买下他家，将其命名为殉情地供人参观。

旅游资源匮乏的乌蒙山，突然出现这样一个旅游景点，让市里的领导也很兴奋，他们向县里明确指示，由市旅游局牵头，出巨资将太平湖太平村大包山一体打造成4A级以上旅游风景区。

这个消息传到太平村时，村主任沙玛兴奋激动得在村里摆酒畅饮了三天。但让他没想到的是，乐极生悲的事情也说到就到了。

太平村作为不适宜人生存的苦寒之地，整体搬迁的通知已逐级下放，最后，到了沙玛的手上。

知道太平村要整体搬迁消息的村民们，像接到一个噩耗一样悲悲戚戚。有一个人却是例外，那就是乌火毕摩。他兴奋地冲沙玛说，沙玛，我太爷爷的预言应验了吧？毕摩就是毕摩！

搬离故土的伤悲，只有搬迁者才能体会那份痛彻心扉。他们集中在老祖坟场大放悲声，那哭天抢地的场面，成为太平村人记忆中的集体伤口。

沙玛没去坟场，他独自去了板板房监狱，父亲倮伍这次破例跟他见了面。披头散发的老父亲在沙玛眼中越发苍老了，父亲倮伍的脸上没有悲伤，他笑容满面地对沙玛说，你带领乡亲们建设了一个美丽的家园，才招来大鸟的。你要自豪地走，祖先的魂灵，会替你守好它的。

沙玛说，阿爸，相信你的儿子沙玛吧，我会带领乡亲们再建一个美丽的家园，等刑期结束，我就来接您。

倮伍收敛了笑容。看着父亲由晴转阴的脸，沙玛以为是父亲把他的话当了夸海口。

阿爸，你还是不相信你的儿子呀。

倮伍摇了摇头，叹了口气说，沙玛，不是阿爸不相信你，阿爸的心里担忧呀，要是再招来大鸟咋办？

沙玛忍不住笑了，他对倮伍说，阿爸，太爷爷毕摩看到的大鸟是黑颈鹤，它只生活在高寒之地，我们搬去的是炎热之所，它不会去的。

……

黑颈鹤没来，但大象来了。

为什么大象刚出现，自己的脑子里都是扑腾的黑颈鹤呢？

翻来覆去的沙玛，越想越想不明白了。

8

阿嘎用父亲给的钱在镇上买了两大桶牛奶。他骑摩托赶回背阴地的窝棚时，看见木呷提着一根木棍正与幼象对峙。

你敢出去，看我不抽死你！

听见木呷恶狠狠的声音，阿嘎忍不住笑出了声。他熄了摩托的火说，木呷，它饿了，想出去找东西吃。

木呷听到阿嘎笑，心里更来气。这畜牲好难照顾，解药一起效，它就来精神了。他用木棍朝窝棚画一个圆弧，说你是骑摩托还是赶牛车呀？你再不赶回来，它讨厌的长鼻子，会把窝棚掀翻的。

阿嘎从摩托车上搬一桶牛奶过来，喘着气说，这是野象又不是家猪，能少了脾气？

他边说边把牛奶桶放在了木呷的脚边。

木呷白一眼阿嘎说，这么大一个桶，它怎么去吃呢？你不会以为大象是用鼻子吃奶吧？

阿嘎冲木呷神秘一笑，转身回到摩托车旁，从装头盔的后备厢里拿出一个大奶瓶，朝木呷晃了晃说，知道我为什么来晚吧？

为了制作这个大奶瓶，阿嘎几乎在镇上走遍了所有的商家，最后，经人指点，才找到镇上兽医站的龚兽医，软磨硬缠，龚兽医才答应现场为他制作了这个大奶瓶。为了这乳胶的大奶嘴，龚兽医可没少花工夫。

阿嘎的细致和周到让木呷佩服。他冲阿嘎竖起一个大拇指说，阿嘎，行呀，心细得像绣娘。你奔波了大半天，喂奶的事，我来就好。

木呷从阿嘎手中抓过奶瓶，扭开奶嘴盖，灌满牛奶后又扭紧奶嘴盖，然后提心吊胆靠近幼象。木呷知道，要是幼象不领情地给他一象鼻，不亚于身上挨一闷棍。

但幼象似乎知道了木呷的担心和善意，它乖乖地垂下了长鼻，木呷靠近它，将奶嘴塞进了它嘴里。

它贪婪地吮吸了起来。

满满一大奶瓶牛奶，瞬间就空空如也。

木呷拿着空瓶子，冲阿嘎说，这家伙的食量，怕是能喝掉一桶牛奶。

幼象的牛奶需求量，超出了阿嘎和木呷两个年轻人的想象。阿嘎每过两天，就要往镇上跑，镇上卖牛奶的，都以为他是村子里来的一个牛奶零售商。

这样下去，我们会招架不住的。木呷对阿嘎说，这畜牲把我们当开牛奶厂的农场主啦！

阿嘎对此早已一筹莫展，每每想到幼象与日俱增的牛奶消耗量，他内心都会生出一种崩溃感。但阿嘎不愿让木呷看透自己的心思，他故作轻松地说，一头幼象都养不起，还干什么大事呀？木呷把你讨媳妇的彩礼钱先借我，今后石斛有了收成，我就还给你。

木呷说，我准备讨媳妇的彩礼钱不都全投资给你买石斛苗了吗？

阿嘎拍了一下脑门说，你看，我把这都整忘了。木呷，你去找你阿爸，兴许他手上有积蓄。

你打我阿爸的主意？木呷苦笑着摇头说，我阿爸还想打主意向别人借钱哩，他手上一旦有俩零花钱，马上就会变成草药，他总对我讲，毕摩不能消灾祛病还是毕摩吗？

这下阿嘎是真的犯难了，他心里嘀咕道，都说钱能办到的都不是啥大事，但没钱连小事都办不了！

木呷说，阿嘎，你也别犯愁，大不了我俩把这畜牲放森林里去得啦！

你说得轻巧！阿嘎断然道，把它放森林里去，找不到象妈妈，它会饿死的。要真是这样，你我都是刽子手。

阿嘎挖空心思想了半天，也没想出一个解决幼象牛奶钱的好办法，只好硬着头皮去找父亲沙玛。

儿子找老子借钱，老子没钱，这让老子又恼火又羞耻，帮不了儿子的老子急得团团转。

沙玛冲阿嘎摊摊手说，不是老子不借给你钱，而是老子两手空空没有钱，前几年的积蓄，一些供你读书，一些用在菠萝的品种改良上去了。

阿嘎低着头说，大家都没钱，可幼象要吃奶呀。

老子知道它要吃奶！

沙玛虎着个脸，翻了下白眼对阿嘎说。

阿嘎叹了口气，转身走了。黑狗大王想跟阿嘎去，没想换来阿嘎一飞腿。

死大王，滚一边去。

大王疼得一边打着滚一边痛苦地汪汪叫唤。

但出了门的阿嘎又低垂了头折回家来。他进屋后对沙玛说，跟你借两斤酒。

借什么借？沙玛粗声大气地说，说话生分得很！自己打去。

阿嘎自顾在酒缸里装了满满一胶壶酒，提着回背阴地去了。

他出门前听见父亲的声音，小子，酒会让你暂时忘记难题，但它解决不了难题。

父亲的话没错，阿嘎和木呷在背阴地的窝棚里相向而坐，也没想出个解决幼象牛奶钱的好办法，只是越发明白了一分钱难倒英雄汉的道理。

想不出办法的阿嘎和木呷只能借酒消愁。就在两个年轻人喝得酩酊的黄昏，沙玛找上门来了。

我说过酒解决不了难题的，小子！

沙玛的语气充满了教训。阿嘎说，你跑来就是来看我笑话吗？

笑话儿子不也笑话了老子？你阿爸没那么蠢。沙玛边说边从口袋里掏出一沓钱说，这象儿子再能吃喝，也够你对付一阵子了吧。

看着父亲手上厚厚一沓钱，阿嘎有些意外地说，阿爸，你不是没钱吗？

沙玛说，我没钱，但我有家底，我把厩里那两只山羊卖了。

那可是爷爷送你的羊！阿嘎知道，阿爸把它们当了宝贝。

爷爷送的咋啦？沙玛故作轻松说，正因为是爷爷送的，你今后问爷爷再要两头，你阿爸不是又有羊啦？

沙玛边说边把钱塞在了阿嘎手里。

阿嘎接了钱，就跟跄着往外走，他急着想骑摩托去镇上买牛奶。

但沙玛厉声唤住了他。

醉酒骑摩托是违法事，沙玛说。

沙玛走过去，伸手向儿子阿嘎要了钥匙，亲自骑摩托车去镇上买牛奶，他心里有些乱，想替儿子做点儿事，也顺便兜兜风散散心。

卖掉那两头羊。沙玛是痛下了决心的，这种痛只有沙玛能体会。父亲从监狱出来后，没有往自己儿子的新家来，而是独自回到了大包山上，做了一个放羊倌。父亲说，热地方的羊，肉不好吃，既膻腥，又粗柴。沙玛托人带信给父亲，说他孤身一人，自己放心不下。父亲于是就托人带了两只羊，说你既然惦记牵挂我，看看羊就好啦。

沙玛想，今后没羊看，又该想父亲了。他心里清楚，父亲犟着不与他同住，就是要让他牵肠挂肚，这样，他沙玛就不会忘了故乡。

沙玛去镇上，星夜买回来牛奶送去背阴地，人也困乏了。回家正准备洗脚上床睡觉，院门又敲响了，黑狗大王也汪汪卖力叫唤。沙玛此时被人打扰，心有不快，开门就嚷，什么鬼呀，深更半夜的。

不是鬼，是毕摩。

乌火抱着一罐酒，满脸堆笑地站在门口。看着一脸烂柿花一样笑容的毕摩乌火，沙玛没好气地说，你三天两头往我这儿送酒，想拉我下水呀？

你这是不服人尊敬，真把自己当干部了？乌火瘪一下嘴说，要不是我儿木呷摊上你家的事，我才懒得低三下四上门找你。

怎么是我家的事？你把话说清楚点儿。

怎么不是你家的事儿？你儿子蛊惑我儿子，跟他树上种石斛，他要不跟你儿子进雨林，会发生捡到象儿子的事？

都说来者不善，原来你乌火是兴师问罪来啦！

乡亲们夸你有格局，有气量有度量，我倒是看得相反，整个小肚鸡肠，兴师问罪，我乌火问你什么罪？何罪之有？你堵着门干啥？彝家有你这样迎客的吗？

乌火说着就自顾挤进了门。

在太平村人眼里，沙玛和乌火，是村里的两大能人，乌火管天，沙玛管地，一山难容二虎，俩人相互不待见，村里人也清楚，当然，他们彼此心里也清楚。

这样的两个人坐在一起喝酒，场面就自然有些尴尬，尴尬得憋半天三杯酒下肚，也找不到话头。

毕竟是在自己家，沙玛开了话头。

怪了，自从听说太平村来了大象，我就每晚都梦到黑颈鹤。

你倒好，睡得着。

谁睡得着？一脑袋的鹤。

我观了几晚的天象。

看见大鸟了？

一说到鸟，话题就中止了。

我没别的意思。沙玛解释。

乌火摇了摇头说，没看见。

那看见大象了？沙玛又问。

乌火摇了摇头。

你什么也没看见，找我干啥？沙玛指着自己的鼻子说。

我看到书了，乌火说。

你看到了天书？

沙玛有些惊异，天书说啥啦？

不是天书，是太爷爷留下的书。乌火说，准确点儿讲，我看到了古典籍。

沙玛说，古典籍你看得懂吗？别在我面前冒充知识分子。古彝文，你也能看出名堂？

当然，要不也成不了非遗传承人。乌火边说边端起酒碗一饮而尽。

有名堂就摆来听听。沙玛说。

有了卖弄学识的机会，乌火是一定要在沙玛面前显摆的。他装腔作势咳嗽了两声，清理了一下嗓子，尽量放缓语速道，我太爷爷抄的是《十月历》，也就是我们通常说的十月太阳历。历书上说，我们的先人，用十兽纪日，分四方五位。东方鳄鱼，南方大象，西方是驮太阳的神鸟，北方是猴子，中央是喊太阳的黄公鸡。鳄鱼掀开了洪水，招来水灾，是罪魁祸首，被砍了四肢作为顶天支柱，故鳄鱼被封为分管东方之兽。大象是动物界的和平维护者，居南，封为南方之神兽。神鸟驮来太阳和光明，居西，封为西方神兽。猴子被人用来发丧，它主管人类灵魂归去，为北方之神兽。天上原来有七个太阳，六个被神人射落，剩下一个不敢出来，大地漆黑。好心的先人养公鸡喊太阳，喊出太阳带来光明，所以公鸡位居中央，为中央神兽。我们彝族人婚丧大事，要毕摩卜卦，就来源于此。

你一下猴子，一下公鸡的，把我都弄糊涂了，你能不能拣重点说？沙玛有些不耐烦了。

啥在你心目中才是重点？乌火翻着白眼问。

大象，沙玛端起酒碗说，当然是大象。

乌火有些火气说，我不是早说了吗？大象是南方之兽，从来都是和谐吉祥的象征嘛。大象来我们太平村，叫太平有象，是吉象，大吉之象！

沙玛听乌火这一说，似信非信，他对乌火有些不恭地说，你们毕摩世家，从来都有望文生义的本事。

乌火这回是真生气了，他腾地站起来，反唇相讥道，毕摩当然是世家，这是传承的力量，但从没有听说过村主任有世家的！

他说完，拂袖扬长而去。

村主任咋啦？沙玛气得吹胡子冲着无边夜色说，村主任从来都是村中领头羊！

9

沙玛其实是听进了毕摩乌火的话的，要不，夜里他也不会睡得那么香甜。他早晨醒来，感觉到整个人神清气爽，身子仿佛卸下了好几十斤，乌火送来的酒罐还摆在火塘边。他抱起酒灌，倒出一碗喷香的烧酒，一仰脖就一口干了。

高兴了就喝一碗早酒，这是沙玛的习惯，这习惯会让他在一天里面不仅身体通泰，而且心里舒服。他抹了一下嘴，出门，在院子一角将背篓提将起来，反手往背上放时，才想到羊已经卖与他人，便将背篓扔地上，反剪了手，出了院门。

黑狗大王也欢天喜地跟在他后面，边跑边摇动着它雄赳赳的尾巴。

沙玛只要高兴，就会绕着太平村游走，样子像极了旧时土司巡视领地。村民们都能看出来，他身上总有一种掩饰不掉的威严与自豪。

这太平村，原本不叫太平村，它有一个听起来让人胆寒的名字：蚂蟥箐。蚂蟥箐名副其实，蚂蟥多，不仅有水蚂蟥，而且还有树蚂蟥。水蚂蟥叮了人的腿，会让人疼痛难忍，像粘了万能胶一样难除掉。树蚂蟥更恐怖，人打树下过，就会纷纷扬扬落下。旧时有马帮打蚂蟥箐过，都得在镇上买一只羊，到了蚂蟥箐，让马锅头将羊往前撵，那羊往树丛里走，树蚂蟥就纷纷落下，紧紧地粘连在羊身上，它们拼命地吮吸羊血，羊就咩咩地痛苦大叫，直到被吸成一具羊架。

沙玛率领村民来到蚂蟥箐，第一件事就是除蚂蟥，他带领全村人，用石灰粉将蚂蟥箐撒成了白茫茫一片，又用猪羊的血浸泡大丝瓜瓢子诱吸蚂蟥，将其集中后用火烧成灰烬。第二件事就是态度强硬地找搬迁办，改掉蚂蟥箐这个听起来就让人不寒而栗的名字，改回原来老家的村名：太平村。

沙玛想起刚来的时候，这地方就是一片蛮荒，除了蚂蟥，还有咬得人疼痛难忍的红蚂蚁和要命的蚊虫。这种湿热之地，草木疯长，各种叫不出名的有毒昆虫大量繁殖，让人不堪其扰。原本就是背井离乡的村民，到此后情绪都降到了最低点，怨声载道。沙玛的心中，也是悲凉一片，绝望与满腹苦水混杂在一起。回去吧！咱们回去吧！我们回老家去，我们坐惯的山坡不嫌陡！他的耳朵里，塞满了山风一样呜咽的村民的哀求。

但沙玛知道回不去了，他们都是开了弓的箭镞。他冲那些哀求吼叫，告诉他们回不去的事实。跟着我干，不给老彝胞丢脸！我一定给大家一个更好的家园！他掷地有声的话，成了村民们的信心支柱。

什么都是问题，吃惯了苦荞疙瘩，吃不惯糯米团，吃惯了土豆，用红薯当顿，肚里就犯酸水。附近的本地人就嘲笑，说山猪吃不惯细米糠。吃是问题，干活更是问题，种熟了荞麦，种甘蔗稻田就手生。沙玛就跑到傣寨学，就像小学生一样找农科站的农技人员教。几年光景折腾下来，就还真折腾出了景象，他们种出了比本地人种得还要好的稻谷、甘蔗和菠萝，村子里有了欢声笑语，间断了几年的火把节，又在紧锣密鼓中，在火把、篝火和歌声中重新成了重要的民族节日。连省里来考察的领导都感叹说，这是一块风姿卓越的彝文化飞地。

而这一切，立头功者，非他沙玛莫属。在镇上、县里、州上、省里到处拿奖，直拿得脚瘫手软。沙玛每每想起这些，不骄傲都不行。

看着花团锦簇、瓜甜果香的家园，看着安居乐业、幸福安康的乡亲，沙玛在太平村周遭，怎么看都看不够，怎么走也走不累。

但志得意满的沙玛，心中还是有一份遗憾，那就是父亲倮伍，他怎么哄怎么劝都不奏效，出狱后径直回了大包山，回到了那黑颈鹤翩翩起舞的地方。他说，只要他在，太平村人就有了故土，就有了根。

而今天的沙玛，却想把根深深扎在这里。他总是这样教育儿子阿嘎，有志气的彝人，对故乡最好的怀念，就是用自己的双手打造出一个比故乡更美丽、更富庶的家园。这话，是在市里乡村振兴动员会上，那个市政府文绉绉的周秘书替他写的发言稿里的话，但确实是他沙玛的心声。

沙玛站在亮丽的阳光下，心中充满了豪情。意气风发的他涌起一个念头来，那就是他要带领自己的乡亲，把脚下这块一直被族人们当作异乡的土地，建设成家乡。

我们就是这里的主人！

这样一想，他整个人都像这美好的早晨，通透而敞亮了。

但这好心情却被毕摩乌火这讨厌鬼破坏了，胖得像一个皮球的乌火，蹦跳着冲他跑过来，气喘吁吁地说，不好了不好了，要出大事啦！

沙玛看乌火一惊一乍的模样，脸上就泛起了鄙夷之色。他皱着眉头说，沉不住气的男人，知道啥叫大事？不会又看了啥古书，让你晓得天要塌？

乌火一听沙玛的话，就跺了脚说，你不说损人的话，难道会死吗？我昨晚在你家喝多了酒，回去就睡了。今早醒来，老婆就说，昨天晚上木呷回家来，翻箱倒柜找东西，把我的迷药拿走了。那可是能迷倒三头牯牛的迷药呀！

嗯，沙玛嘀咕道，这也算大事？

这还不是大事？乌火推了推手说，木呷拿那么多迷药去干啥？

你儿子拿的迷药，你来问我拿去干啥？毛病！

毛病？沙玛你骂我有毛病？乌火指了指自己鼻尖然后又用力指沙玛说，你才有毛病，脑子有毛病！他拿那么多迷药，要用在那象儿子身上，迷死了咋办？

沙玛听乌火这一说，上牙咬了下嘴唇思忖一下，觉得有理，就一拍沙玛的肩头说，那还愣着干啥？还不快赶背阴地去。

木呷和阿嘎折腾了半个早上，也没能让幼象喝下迷药。起先，木呷将迷药溶在水里，让幼象喝，但聪明的幼象仿佛知道水里下了药，长鼻子刚触到水桶，就缩回来，然后一撩，就把一桶水给掀翻了。阿嘎见状，就取了奶瓶，将迷药兑在了牛奶里，装进奶瓶让幼象喝，幼象吸了一口，但随即就把吸的一口牛奶全喷在了阿嘎的脸上，弯腰站起身的阿嘎，弄成了一个大花脸，惹得木呷捂着肚子笑了半天。

笑啥笑？阿嘎说，等段晓果的车来了，我看你还笑不？这活蹦乱跳野性十足的，迷不翻，看咋把它弄上车？

阿嘎说的段晓果，是给阿嘎提供石斛苗的商人，昨天他驱车来背阴地给阿嘎送先前预订的石斛苗，发现了关在窝棚里的幼象。当他听说这是一头阿嘎和木呷从雨林里捡回来的幼象时，就动起了歪心思。他说他关系广，知道有人暗地里做收购野象的生意。

这能卖好大一笔钱，你俩要做成这笔生意，就不用向我赊石斛苗了。他说。

阿嘎在雨林的树上种石斛，因为缺少购苗钱，限制了种植规模。听段晓果这番话，心就动了。

但动了一下心的阿嘎，随即又坚定地摇了摇头，我和木呷犯王法的事不做的。

犯啥王法？你知我知木呷知，买的是泰国人。

泰国人？他们买象干啥？

做大象表演，招揽游客呀。

不……不行，阿嘎继续摇头说，那些驯象师，对野象的手段可残忍了。

段晓果听阿嘎这话，也摇摇头说，别装活菩萨了，发啥善心呀？你真以为你能养得活这幼象？你没这能耐也没这本事！你想过没？养死了咋办？你脱得了干系？

木呷抢白说，我们养它一段时间，等它大点儿就放它回森林去找妈妈。

找妈妈？段晓果冷笑一声说，木呷，你给我编童话呀？它要找不到妈妈，饿死咋办？它要饿死了，你说它是饿死的，还是被你们害死的？

段晓果让木呷无言以对。

即便饿死，阿嘎头昂一下说，也比受训象师的活罪强。

此言差矣！段晓果不愧是一个巧舌如簧的商人，皮笑肉不笑的，目光尖锐地盯着阿嘎说，没错，这幼象是要受驯象师的罪的，但那是要让它褪去身上的野性，经过受训，它就不是一般的象，是象里的艺术师，就像浴火重生的鸟那样，不是鸟了，是凤凰，你替它烦忧，真正是杞人忧天。它成了艺术师，体现的是价值。这价值，不知比它在山野丛林里做一头自生自灭的野象强到哪里去了。

听了段晓果这一蛊惑，阿嘎看看木呷，木呷看看阿嘎，都觉得此话有理了。

段晓果轻易地就洞察到了阿嘎和木呷内心的动摇，他说，我可不会白帮忙的，卖的钱我们仨等分。我今天回去就联系买主，明天就开车来拉象。

段晓果看了看幼象，试图挑逗一下它，伸手去挠幼象的鼻子，幼象长鼻一丢，吓了他一跳。他后退两步，对阿嘎和木呷说，明天怎样把它弄上车是个大问题。你俩得想法子。

阿嘎左思右想，也没想出个好法子，倒是木呷，一阵苦思冥想，就想到了父亲乌火的迷药……

沙玛和乌火急匆匆赶到背阴地的时候，两个年轻人已经累得汗流浃背，他们引诱幼象喝迷药没得逞，就想强行给幼象灌迷药。俩年轻人虽身强力壮，但却不是幼象的对手，制服不了幼象的他们，看见自己的父亲，来了援军般地兴奋，他们大声招呼两个前辈赶快过来帮忙。阿嘎说，乌火叔，阿爸，你们来得正好，我就不信我们四个人还制服不了一头幼象。

他的话音刚落下，响起的却是响亮的耳光声。阿嘎还没反应过来，沙玛扬起的大手掌就重重掴在他脸上了。

这时段晓果驱车来到了背阴地，他斥责沙玛说，难道你不知道打人是违法的吗？

阿嘎捂着脸，说段总，他是我爹，你别管闲事。

段晓果说，老子打儿子也违法。

沙玛恶狠狠地瞪段晓果一眼，说你别人模狗样地装文明人，他阿嘎平白无故给大象下迷药违不违法？

这一问，还真问住了段晓果，一时语塞的他，赶忙从口袋里掏烟，递给沙玛。沙玛不接，段晓果也一脸堆笑给乌火递烟。乌火迟疑一下，就欲伸手去接，却被沙玛呵斥住了。

坏人的烟你也敢抽？沙玛冷冷道。

段晓果这下火气上来了，他说，大叔，我是正经生意人，怎么在你眼里就变成坏人了？

乌火也觉得沙玛言辞不当，就说，沙玛兄，生孩子气，也不要拿外人出气，你咋就把人家当坏人了？

沙玛瞥一眼乌火说，别人说你聪明，在我眼里你就是个笨球。

乌火摊摊手说，沙玛兄，气还生我头上来了？过分了！

我过分？沙玛上前，推了一把乌火，指着段晓果开来的车说，你睁开你的狗眼，仔细瞅瞅，他开的什么车？四周封着栏杆，我看你儿我儿要给这象儿子下迷药，就是想把这象儿子卖给他。

你说的没错，段晓果说，我这不是好心帮阿嘎和木呷嘛，这象是野象，怎么能养？养不了家的。我正是趁它还小，牵线把它卖给驯象师，既赚了钱，又免去了麻烦。这岂不是两全其美？

两全？全个狗屁，还其美？美你个头。沙玛气得吹胡子瞪眼，手指段晓果说，你这一肚子坏水，想的都是歪门邪道，说你是坏人轻了，你要真怂恿这俩逆子卖了这象儿子，你就是个罪人！而且你把他们也变成了罪人！

阿嘎捂着被打疼的脸说，阿爸，你别血口喷人。人家段总真是一片好心，是诚心诚意帮我们解决难题。

啥？沙玛没想到自己的儿子如此糊涂，他忍不住伸手往阿嘎头上又是一巴掌，说老子今天要是不把你打开窍，我就是个失职爹。他帮你们解决难题？他要把这象儿子买了，你和沙呷的人生就无解了！

你阿爸说得对，话丑理正！乌火附和道。

阿嘎，段晓果唤了一声，说我可跟境外的人联系好的，而且收了人家定金，你不会反悔吧？你反悔，你就得赔违约金哦。

听段晓果还在要挟自己的儿子，沙玛气得挥手一巴掌就过去了。好在乌火眼疾手快，伸手拦开了，要不，这一耳光，会比扇阿嘎的还要响亮。

段晓果吓得退后了两步。

沙玛欲再上前，却被乌火一把抱住了。乌火冲段晓果说，你这年轻人呀，还不快走，咋连势头都不看？

段晓果挪动了一下脚步，又犹犹豫豫停住。

沙玛说，你真的想要违约金。

商有商道，段晓果说，违约是要赔的。

好好好！沙玛冲段晓果连鼓三个掌，说我这就给警察打电话，让他们赔你违约金啊。

他边说边伸手对阿嘎说，把你的手机给我。

一听沙玛说要给警察打电话，段晓果就慌了，说，别别别，我走还不行吗？

就这样走？沙玛冷冷地说，你岂不亏了？

段晓果说，我认了，亏就亏吧，我认栽了。

那还不快滚，沙玛一挥手说，免得老子看你泼烦。

段晓果灰溜溜地小跑到车前，拉开驾驶室，一轰油门，车子放一串响屁，瞬间就从背阴地消失了。

沙玛瞪一眼阿嘎，又瞪一眼木呷，嘴里爆出了一声，糊涂！

然后，他板了脸冲乌火招招手，就转身大步流星地走了。

乌火也冲两个年轻人说，糊涂！

说完就跑去追沙玛了。

10

这幼象卖又不能卖，养又养不起，幼象与日俱增的食量，对阿嘎和木呷，都成了压力和负担。

两个年轻人思来想去，最终还是决定将幼象放归雨林里去。在一个月黑风高之夜，两个年轻人将幼象悄悄地赶进了雨林深处。

赶走了幼象，阿嘎和木呷起初都有一种如释重负的轻松，但这种轻松感很快就被内心的不安取代了。这幼象找到它妈妈了吗？找到象群了吗？如果它一直脱群，它该怎么生存下去？

这些心中泛起的问题就像泉眼里冒出的水，越来越多。这些问题，将两个年轻人折磨得寝食难安。

在背阴地的窝棚里，阿嘎和木呷，两天来一直在黄昏时相向而坐，喝上了闷酒，而且都喝到酩酊大醉。这样过去了两个夜晚，木呷终于率先在第三个黄昏打破了沉默，他说，阿嘎，我们是救护人呢还是刽子手啊？

阿嘎说，我要能回答上这个问题，我还喝这酒？木呷，就让那象儿子听天由命吧。

阿嘎的话音未落，窝棚外就传来了叫声。木呷被惊得站了起来，他对阿嘎说，外面有啥在叫唤。

阿嘎点点头说，我也听到了。

他们奔出窝棚时，看到了被他们赶进雨林的幼象。在血一样的黄昏里，这头归来的幼象，仿佛笼罩在某种悲壮的氛围里。

阿嘎突然抱了头，跪在了地上。

木呷赶忙上前，想把阿嘎扶起来，但阿嘎挣扎着就是不愿站起来。他说，木呷，它找我们来啦！你看到没，它是流着泪找来的。

木呷放眼望过去，看到了盈盈如月光的象眼和未风干的泪痕。

幼象缓慢地移动着脚步，走向阿嘎。它伸出它的长鼻子，轻轻地抚弄着长跪不起的阿嘎，它充满了温柔，仿佛是在安慰过度伤心的阿嘎。木呷跑过去，伸手搂着幼象的头，他哽咽着说，你要原谅我和阿嘎哦，我们要有能力和办法，不会赶你走。

阿嘎说，木呷还不快拿牛奶去。

木呷说，哪儿还有牛奶？

阿嘎腾地站立起来，他对木呷说，那就把酒壶提来。

木呷说，难道你要跟它喝酒？

阿嘎认真地点了点头，看看幼象对木呷说，今晚你，我，还有它，要一醉方休！

是夜，阿嘎和木呷都喝高了，翌日太阳老高了，才从窝棚的床上爬起来。他俩没顾得上给自己做早餐，却忙着给幼象准备食物。当他俩带着昨夜残存的酒意提着菠萝香蕉来到幼象住处时，两人吓得酒意烟消云散了。

幼象侧躺在地上，纹丝不动，就像死了一样。

你这是乐极生悲，这么点儿的象，你给它灌了满满一碗酒，木呷责备着阿嘎，它一定是醉死了。

阿嘎斜睨了一眼木呷，说木呷，它又不是你，小酒量还要冒充海量。

他边说边无限关切地蹲下身子，伸手去摸幼象的身子。木呷看见阿嘎的手仿佛被电击了似的颤抖了一下。

它怎么烧得像一截燃着的木炭。

木呷捂了捂鼻子说，这屋里咋一股屎臭味？

阿嘎吸了吸鼻子，一股令人作呕的臭味就扑进他鼻孔里来了。

这时木呷叫了起来，说象儿子拉稀了。

阿嘎这时才注意到象屁股上都是脏兮兮的粪便。

阿嘎认真检查着这头幼小的病象，发现它被毒竹尖刺破的伤口愈合得挺好，但脐部却严重化脓发炎了，感染让幼象出现了发烧和腹泻的症状。

他站起身子，对木呷说，我们得想办法救它，你快去找你阿爸。

木呷说，我阿爸医人行，医象绝对外行。阿嘎，你还是去镇兽医站请岩香医生吧。

阿嘎说，这会走漏风声的。

木呷说，顾不了那么多了，这牲畜要真死了，你我那才真是吃不了兜着走啊。

阿嘎思忖一下，认为此言极是，就骑了摩托，奔镇上去了。

岩香是镇上新近从州职业学院分到镇兽医站的傣族年轻女兽医，阿嘎在州职院念书时，就听人说过，她出众的外貌和和善的性格让她赢得了院花的美誉。但岩香最出众的不仅是外表，她还是州职院著名的学霸，有关兽医的论文还上了院办的学报。

一听说去医象，岩香就来了兴致。她准备了一些消炎退烧的兽药，就跨上了阿嘎摩托的后座。

骑着摩托拉着美女的阿嘎，整个不仅身体通泰，心情也好极了。如果不是心里装着那头病象，他恨不得要用彝语为岩香一展他引以为傲的歌喉。

岩香真是一名出色的兽医，娇小玲珑的她虽是初次给野象看病，但仍旧镇定自若，样子像个行医多年的老手。她手指轻柔地安抚着大象，在它毫无感觉的状况下就打完了针。她给它消了毒，洗干净了身子。一切都做得麻利而熟练，阿嘎和木呷都赞叹不已。

岩香忙活完，站起身用手掌抹了一下额头上的汗水。她让阿嘎和木呷放心，说幼象的伤经过消炎，身体的烧就会随即退去，生命无碍。

阿嘎要岩香保守秘密，并强调说，这是背阴地的秘密，不能为外人道。岩香点头，说保守秘密可以，但你得每天来镇上接我，我放心不下它。

这是个求之不得的美差，阿嘎爽快地答应了。一旁的木呷一肚子醋意，他实在后悔，先前去镇上兽医站接岩香的为什么是阿嘎而不是自己。

幼象的病情，在岩香的救治和阿嘎与木呷的精心照料下迅速有了好转。归来的幼象与以前有了明显不同，它变得温顺安静了许多，对阿嘎和木呷表现出了亲热的态度。天热的日子，阿嘎和木呷躺在大青树下乘凉，它就会走过来，用长鼻为他俩"按摩"。它跟岩香更亲，每天岩香来看它，它都会高兴地抖动耳朵，卷起小尾巴，装一副"萌"态，求岩香抱它。岩香搂着它脖子的时候，它就会发出幸福的叫声。

有一天岩香爱抚着幼象对阿嘎和木呷说，它应该有个名字，这样我们好称呼它。

他们都点头表示赞同。木呷说它既然来到我们太平村了，就娶个太太的名字吧。

岩香摇摇头说，不行不行，这什么名呀？难听死啦！

阿嘎说，那叫平平吧。

岩香点头，说平平好，平平安安也是我们对它的心愿。

于是幼象就叫了平平。岩香嗲声嗲气唤它，它还憨态可掬地迈开步子为岩香跳起舞来了。它笨拙的舞姿逗得阿嘎和木呷哈哈大笑。阿嘎边笑边说，看来它也认可了平平这名字。

岩香几乎天天都来看平平，阿嘎几乎天天都骑摩托去接岩香，这接来送去久了，就有了感情。当木呷意识到阿嘎已经和岩香好上了的时候，觉得自己成了多余的人。他想离开背阴地回家住，但又扔不下对幼象的关切与想念，只好作罢。

看木呷成天闷闷不乐，阿嘎以为这段时间木呷在背阴地待烦了，就劝木呷回村里去。没想到阿嘎这一劝成了火上浇油，木呷把劝当成阿嘎赶他走。他冲阿嘎暴跳如雷，他说，阿嘎，你真是个贪心鬼，岩香是你的，难道平平也是你的？我告诉你，平平是我们大家的！

看到自己的朋友像吃了炸药一般，阿嘎只能尴尬地笑笑，拉岩香走了。

岩香坐在阿嘎摩托车后座上，突然就咯咯咯地笑了。

阿嘎说，岩香，你笑啥呀？

岩香说，我要知道木呷喜欢我，才不找你嘞。

阿嘎说，木呷喜欢你？别自作多情好不好？

你说啥，我自作多情，岩香在阿嘎背上捶了两拳说，难道你看不出，你的朋友都成醋坛子了吗？

阿嘎就笑，说我要是早知道木呷也喜欢你，我就把你让给他。

你敢！岩香边说，边像擂鼓一样在阿嘎的后背上舞开了拳头。

阿嘎哎哟哎呦地叫唤着说，岩香，你手轻点儿，还真捶呀？

岩香说，想知道我为啥笑吗？阿嘎，听说过花为媒，没听说过象为媒。

阿嘎听岩香这一说，知道岩香想嫁给自己了，一脸幸福的他，把摩托骑得像闪电一样快。

11

阿嘎与岩香的婚事很快就提上了议事日程。

按照傣族的婚俗，如果阿嘎和岩香结婚，阿嘎就要到岩香家去住上一段时间，这就叫从妻居。但阿嘎要照顾幼象平平，去岩香家从妻居不现实，岩香就去找自己的父母。岩香父母是通情达理的人，同意岩香与阿嘎按照彝族风俗举行婚礼。

这可累坏了沙玛，为了操持儿子的婚事，他像上足了发条的钟摆，忙得嘀嘀嗒嗒停不下来。整个太平村人也跟着高兴，阿嘎能娶貌美如仙的傣族姑娘岩香，让他们骄傲极了。

大喜的日子是乌火择的黄道吉日，这是毕摩分内的事。但沙玛还是亲自登门，给乌火送去了一坛陈年荞麦老酒以表谢意。乌火毕摩告诉沙玛，说阿嘎娶傣族姑娘岩香，是天意，是上天派神象来撮合的大好事。乌火的话，从来没有如此入过沙玛的耳和心，他的脸笑得就像个熟透的烂柿子，人机械得像鸡啄米般只会点头称是。

婚礼前一天，阿嘎回家去操办婚事。杀猪是必须的，结婚离不开坨坨肉，宰羊也是必须的，没有一锅膻香味扑鼻的羊汤，大家的高兴劲头就提不起来。一时间，沙玛家的院子热闹得像一口翻炒着大豆的铁锅。

背阴地的木呷却冷清极了。他一个人守着幼象平平。平平吃饱喝足，不理会木呷，侧躺在地上，象眼一闭，就进入梦乡了。木呷出了窝棚，看了看被火烧云染得通红的黄昏，就又折身回去，一个人坐在昏暗简陋的窝棚里，喝起了闷酒。

闷酒醉人，几杯烧酒下肚，木呷就醉得不省人事了。他身子一歪，就躺在窝棚里那把破旧的竹躺椅上，呼呼大睡了。

木呷是在剧痛中惊醒过来的，醒过来的他发现自己被压在一根原木下，身上是山茅草和石棉瓦。当他意识到窝棚垮塌了，酒就醒了大半，他用力推开身上的原木，扒掉身上碎裂的石棉瓦和零乱的山茅草，灰头土脸地从窝棚的废墟中站起来。站起来的他吓得哇地大叫了一声。

在木呷面前是一支严阵以待的大象的军队。木呷知道，是它们侵犯了窝棚。大象也发现了木呷，领头的母象示威地冲他发出了愤怒的吼叫声。

这吼叫声木呷似曾相闻，这不就是先前雨林中那只母象的声音吗？木呷意识到平平的妈妈来找平平了。

一想到平平，木呷心中一惊，就赶忙一边呼叫着平平，一边搬动着那些石棉瓦和山茅草。木呷想，平平一定是被埋在窝棚的废墟里了。

但象群里响起了一声奶声奶气的叫声。

这声音木呷太熟悉了，那是平平的叫声。

木呷呼叫着平平，让母象很不高兴，它打了一个生气的响鼻，就向木呷冲将过来，木呷吓得转身就逃。他最后爬到一棵大青树上，母象用鼻子去缠卷大青树，试图将它连根拔起。但它尝试几次后，感到了力不从心，于是就带着平平，领着它的队伍离开了。

惊魂未定的木呷确认大象离开后，依然不敢从大青树上下来。

离开背阴地的大象没有回雨林，而是径直扑向了太平村人居住的寨子。十数头大象肆无忌惮地进了寨子，一路上为显示自己的破坏力，它们掀屋顶，拔栅栏，弄了个一塌糊涂。如果不是黑夜掩盖了它们的暴行，场面将惨不忍睹。母象领着平平走在最前面，它们的目标是夜里依然灯火通明的沙玛家。

野象的到来弄出了不小的动静，但在沙玛家为第二天婚事而忙碌的人们依旧浑然不觉，他们忙活着给肥猪开膛剖肚，为壮羊剥去毛皮。欢声笑语让忙碌的景象弥漫上了幸福的光泽。沙玛更是忙成了陀螺，他不停地给来帮忙的人端茶递烟，和唢呐手们商议着如何才能将傣族送亲的葫芦丝乐队给比下去。婚丧嫁娶，离不开毕摩，他是当然的司仪。按理，今夜他应该早早来与沙玛主人家商议婚礼的程序，但沙玛知道，乌火喜欢在这时端着，要主人家派人三番五次去请，以此显示存在感。但沙玛就是不主动派人去请乌火，他知道无论他如何磨蹭，乌火最后都会出现在自己家的。但沙玛的老婆却沉不住气，她已经三次提醒沙玛，该去请乌火毕摩了。

放下你那硬撑着的身段好不好？沙玛老婆对沙玛说，这可是你儿子的终身大事，是你求人的时候。

沙玛说，正因为是终身大事，我才不求他，阿嘎成天叫他叔，我就不信乌火他不来。

沙玛话音还悬在空中，门就吱呀一声开了，乌火跌跌撞撞就扑进门来了。他进门就大喊，沙玛兄，你面子太大了，大象都来喝你家的喜酒了。

跟着乌火落下去的话音，泛起的是院墙上瓦片掉在地上的噼里啪啦声。

沙玛说，来晚就来晚呗。编啥诳？

编诳？乌火说，你不信出门看看，大象的队伍都到你家门口了。

这时，一直趴在院墙角打盹的黑狗大王，腾地跃起，犹如一道黑色闪电就扑出了院门，沙玛也赶紧起身，小跑着出门一探究竟。

沙玛的头才探出院门，象鼻子就顶着他脑门了。吓得他赶忙缩回头，慌张地将院门给关上了。这头大象仿佛知道主人家不喜欢它，它象鼻一钩，就将挂在门头上的红灯笼给挑了下来。它抬脚，轻易地就将其踩了个粉身碎骨，但即便如此，也没解它心中块垒。它昂起头，就发出了愤怒的吼声。

它的叫声，引得院内的人们也发出了惊叫。

沙玛警告说，叫什么叫？野象来了，大家都赶紧奔顶房去吧！要快！要快点儿！

人们于是就一窝蜂地往沙玛家顶楼跑。

院内是嘈杂的脚步声，院外是黑狗大王的狂吠声。

黑狗大王实在是高估了自己，它根本没有意识到自己的行为是螳臂当车，是鸡蛋碰石头。阿嘎在楼底撕破了喉咙唤它回来，它却飞蛾扑火般冲向了象阵。井然有序的象阵没想到会碰上如此自不量力的亡命之徒，队伍出现了短暂的混乱，特别是幼象平平吓得直往象队的中间钻。

黑狗大王卖力的叫声和鲁莽的举动充分激怒了母象。母象小跑着摇晃着象鼻迎向黑狗大王。黑狗大王并不畏惧这庞然大物，依旧狂吠着扑向母象。它瞅准机会，张开狗嘴一跃而起，试图将那耀武扬威的象鼻给咬下来。但它的嘴还没碰到象鼻，狗身却被象鼻甩出去老远，重重摔在地上的黑狗大王发出了痛苦的惨叫。

几只成年野象快速围将过去，它们像一群曲棍球队员一样，用象鼻将黑狗大王抛过来又挡过去，尽情地戏弄不自量力的黑狗大王。把它从狂吠一直摔到一声不吭。

太平村给阿嘎婚事帮忙的众乡亲看着这力量悬殊的对决，都怔住了。他们挤在屋顶上，看着被黑狗大王充分唤醒了野性的大象们，轻而易举地将沙玛家的院墙夷为平地。它们大摇大摆地在沙玛家院子里提前享受起了为婚礼准备的菠萝、芒果和香蕉。有两只淘气的大象把鼻子伸进了院子里盛满酒的大酒缸，烧酒刺激得它们的长鼻子都直了，它们不喜欢这刺鼻的酒香，索性上前，将酒缸给掀翻了。站在楼顶的人们，第一次在酒香里嗅到惊心动魄的味道，都紧张得紧紧依偎在了一起。

它们把沙玛家院子弄得一片狼藉后，才心满意足地离开了。

乌火毕摩在屋顶摇响了手中的法铃，他仰天大喊，天神爷，你快显灵，把那些大象强盗赶回雨林里去！

众人于是都跟了乌火一起朝着夜空喊。

沙玛没跟着众人喊，他独自沉默着下了楼，走出家门，跨过院墙废墟，将奄奄一息的黑狗大王抱回了家。

12

太平村惊现野象群的消息，传得比山风都快。一时间，科考队、环保组织和新闻记者都蜂拥而至。

外来的人们，饶有兴趣地向村里的人打探野象的信息，沙玛家被记者和自媒体爱好者围得水泄不通，对野象的热情和关切，让他们忽略了太平村人的惶恐和不安。

阿嘎因为野象的捣乱，没能按彝族风俗举办婚礼。他听了岩香的，按傣族习俗举行了婚礼，去傣寨从妻居。沙玛起先把自己关在屋子里，什么人也不见，后来在一个月黑风高的夜晚，他抱着黑狗大王来到了背阴地。他搭了一个简易的窝棚，在此住了下来，

是木呷发现的沙玛和黑狗大王。那天，他回背阴地，想看看那些好些

日子无人照料的石斛苗，没想到却发现了命若游丝的沙玛和黑狗大王。

他和它已经多天不吃不喝，抑郁了。

木呷赶忙去找救兵，他请来了父亲乌火。乌火带来了沙玛最不愿意听到的消息。乌火说，太平村出现了野象群，引起县里和州里高度关注。州里领导在听取科考队专家的调查和意见后，认为由于近年生态好，亚洲野象种群繁衍速度加快，原有野象栖息地已经不能满足其生存需要，亚洲象自然保护区要扩大，太平村将在区域之内。

我们的家园怎么办？沙玛叹口气问。

乌火说，听说州政府正在考虑将整个太平村搬进县城里去。

沙玛兄，乌火说，下一步，我们都成城里人啦。

沙玛问，你想去城里？

乌火摇摇头，说不想。

沙玛问，为什么不想？

乌火说，城里夜空到处是霓虹，我怎么观天象？

沙玛低头不语。

匆匆赶来背阴地打理石斛苗的阿嘎，听到了两位老人的对话。他扶起沉默不语的父亲，又看看乌火毕摩。他冲乌火笑了笑，说乌火叔，城里观不了天象，你可以看世象呀。太平村被划进了亚洲野象自然保护区，我们看似失去了家园，但新家园在等着呀。县里划拨了最好的地块，给我们打造了一个美丽的彝族文化特色社区，我和岩香前几天去县里，听规划局的同志讲，我们的新社区还叫太平这名，每家都是宽敞、明亮、舒适的住房，而且是按照彝族民居的样式设计的。你们上了年纪的老人都住社区去，我们年轻人，一部分跟我学习树上种铁皮石斛，一部分去自然保护区上班，成为保护区领工资的员工。我们这是从糠箩里跳到米箩里了。

你说的当真？一直闷葫芦着的沙玛，张口问。

阿嘎点头，说当然当真。

乌火也频频点头，说这真是好世象！

沙玛白一眼乌火说，世象不归你毕摩管。

乌火急了，说不归我管难道归你管？

当然归我管，沙玛拍了一下胸脯说，太平村搬县里，我这村主任就是社区主任。

乌火瘪瘪嘴说，看把你美的。

沙玛说，我就是美咋啦？进了社区，你这毕摩，该退休了。

阿嘎就笑，说别听我阿爸的，县里知道你救治野象的事，决定建一个彝医传承馆。石斛是名贵药材，今后我们的销路，还得仰仗您老宣传哦。

大家于是都爽爽朗朗笑了。

一直趴在一旁装死的黑狗大王，哼了一声。沙玛瞅它一眼，说你听好了，进了城你就不是大王了，别再乱咬人，要做文明狗。不听招呼，我就送你回来，让大象教训你。

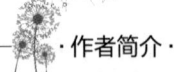

· 作者简介 ·

潘灵，男，布依族，1966年生于云南昭通。中国作家协会会员，现任云南省作家协会副主席，《边疆文学》杂志社社长兼总编辑。享受国务院特殊津贴专家，全国文化名家暨"四个一批"人才，云南省委联系专家。获第十届全国少数民族文学创作骏马奖、云南文学奖一等奖、《小说选刊》奖、《民族文学》年度大奖等。

我年轻时的朋友

□ 班 宇

1

主教学楼是苏联人设计的，沿街而落，坐北朝南，总共三层，左右以中轴对称，近似涅瓦河畔的冬宫，一把灵匕铡入大地的腹中，孕育着圣母、圣徒与圣子。始建于一九五一年，盖了两年半，中途停工一段时间，许与国际形势有关。外墙斑驳，经年涂改，标语被拆成了笔画，如同折线，向上延至无尽。外墙黄绿相交，一度长满了爬山虎，不知何人所植，密布覆盖，像远古异兽的鳞片，彼此挤压倾轧，渗出汁液，楼体沉静，隐匿在其中，也像虫族的暗室巢穴，一张一弛，缓慢地呼吸着，吐出瘴气与毒液。后因植物长势凶猛，遮光过度，壁虎栖息繁衍，墙体开裂，瓦面岌岌可危，不得不一次次地请人修整，校方对此甚为头疼。一九九七年，两位外地口音的男性拜访后勤处，带来了五箱苹果，两桶十斤装白酒，以及一种自己调配的药水，呈油状，颜色接近止咳糖浆，如被夕阳煅烧过，装在玻璃器皿里，据说功效显著，目前尚处保密阶段，正在申请科研专利，只需随意喷洒在叶片上，过不了几天，便可自行掉落，且不再生长，绝无后顾之忧。校长亲自督阵实验，后勤主任献出办公室里的一盆君子兰，遵照嘱咐，先以茶水稀释药水，缓慢倾入搅动，又加入半箱消过氯气的自来水，一并灌入喷壶，轻轻按压，射出水雾，均匀洒落在宽厚油绿的叶片上面。校长极为满意，很享受这一过程。当年的春节联欢晚会上，赵本山与绑着头巾的范伟联手出演小品《红高粱模特队》，里面有句台词，形容时装模特的登台亮相也如在给作物撒药：收腹是勒紧小肚，提臀是要把药箱卡住，斜视是要看清果树，这边加压，那边喷雾。为此，校长召开了一次誓师大会，动员全校教职员工亲自上阵，为学生们做好表率，齐心协力，共同铲除反动祸患。实验很成功，没过多久，那盆君子兰的叶片尽数枯亡，向内萎成一朵，如被抽去了筋脉与血液，但仍保持着一种小小的绽放形状，似可团入掌心。校长命人拍下一张照片，储存记录，以供后来者借鉴参照。二〇〇四年，校史馆重新开放，我们班级被派去清扫卫生，灰尘铺天盖地，滚滚袭来，大小物件凌乱散落，没有历史，全是破烂。邱桐后来跟我说，她见到了当年的这张照片，装在一个旧文件袋里，保存完好。我不太信，问她说，真有？她说，骗你干啥。我还犹豫着要不要揣回来，给你留个纪念，后来想了想，好像也不大吉利。

两位外地男性是跟后勤主任一起被抓起来的。那时，人们醒悟过来，他们几个长得有几分相似，特别是嘴部肌肉，讲话时总爱往右侧轻咬一下，似要将那些窜出来的句子再吞回去。他们是兄弟三人，另外两位在老家的化工厂上班，老大当库管，身体不好，有糖尿病，老三是司机，闷头闷脑，不善言辞，有过婚史，媳妇被打跑，留了一个四岁的孩子，患有小儿麻痹。厂子周转不灵，拖欠工资一年有余，厂长说，要钱的话，那是一分也没有，要我的命，那也是一分不值，东西都摆在这里，谁有办法销出去，那算谁有能耐，谁有能耐，谁就能走进新时代，谁的心情就豪迈。所以，不光是为了生计，也想要活得豪迈一点，老大和老三承接军令，运出一车浓硫酸，往西再往西，直接奔了过来，在郊区租了间平房，套上起毛的西装，揣着介绍信，四处苦心推销，几个月过去，持续碰壁，毫无成果，俩人成天脸对着脸，闷头抽旱烟，互相看不顺眼。跑到学校里向老二求助，实在是走投无路，才有此下策。后来东窗事发，也不是因为这些爬山虎，事实上，那次修整的效果不错，可谓历年最佳，叶脉迅速枯死，争先恐后地掉落下来，折绕成枯林，盘踞在地，如蜕掉的一层死皮，或化疗后脱落的大把头发。只是清理起来有些麻烦，需三五人一起，抱在胸前，连拖带拽地移出校门，情态近似那幅世界名画，伏尔加河上的纤夫。事故起因是储存车罐的泄露，开始是一点一点向外渗，随后窟窿渐大，锈蚀严重，无法判定是否人为。平房不远处就是大片的农田，种着一株株玉米，已进入蜡熟期，籽粒由绿转黄，形态饱满，长得很密，还有一道民用沟渠，罐儿车就停在旁边，当日无风，平静流淌着的黑水里突然向外鼓出白气，升成一道十几米的烟柱，笔直射向天空，味道刺鼻，无人敢去接近。上报之后，拉来好几卡车的建筑材料，大家戴着口罩，抄起家里的脸盆，盛着石灰往上面铺，又盖了几层厚厚的沙土，如在埋棺，即便如此，白雾还从地底往外面钻，黏滞在空气里，许久不散。农田肯定是废了，被冲毁的也不仅是庄稼、水渠，还有那间平房的狗窝和地洞，他们兄弟养的杂种狼狗早就不知跑去何处，而在灌满黑色液体的地洞里，意外发现了一具尸体，腐蚀严重，似被镂空，身体蜷在一处，看着像小孩儿或者一位佝偻的老者，地洞外边是两把铁锹和一副尿黄色的橡胶手套。没人知道死掉的是谁。

我问邱桐，这事儿你咋这么清楚？她说，废话，后勤主任是我爸，剩下的那两位，一个是我大爷，一个是我老叔，都实在亲戚，你可别给我说出去啊。我说，原来你家的基因这么出色。她说，是，你看着办。我说，我现在有点想去退房，还来得及吗？邱桐说，怕了？我内心多少泛起一点波澜，说，你以为自己是谁啊。

我一边骑着车，一边在心里愤愤不平，我没以为自己是谁，你也不要以为自己是谁，我啥也不是，你也不是个啥。邱桐横跨在后座上，两手乱晃，也不搂我，她的腿偏长，脚掌要保持着上抬的状态，才不至于拖到地面，我骑得飞快，故意往沟里引，她一声不吭，像是在赌气。付完房费，我兜里还剩二十五块钱，她一分也没有，避风塘十八元一位，时间不限，枣茶随便喝，没了自己续，还能吃瓜子，下跳棋，看过期的彩图杂志。我进去后，在角落里找了个座儿，越想越不是滋味，恨不得把自己埋起来。没过几分钟，邱桐跟着一大帮外校的混子进来，勾肩搭背，有说有笑，不知道怎么聊上的，她就是有这个本事。落座后，还陪着打了几把扑克，扫视一周，才回到我这边。我没理她。邱桐自斟自饮，一口气喝了半壶水，问我，最近肖旭跟你说我啥没？我说，没。我问她，孔晓乐跟你说我啥没？她说，说了。我说，啥。她说，说看你好像一个根号二，遥哪出溜儿。我说，啥意思。她说，身高，一点四一四。我说，你有病啊邱桐。她说，别自卑么，你看你这个人，又不是我说的啊，我就不这么认为，我觉得你很高大，特别威猛，身体灵活，动作矫健，烫个头就能去演《灌篮高手》，登梯暴扣，你看我说的行不。

我现在根本想不起来，为何那时每天要跟邱桐待在一起，虽是同桌，但不至于课余时间也往一起凑。有段时间，我总觉得自己是她爸，只要她一叫唤，我就像接到了某种指令，立即奔去查看情况，解决问题。得知她爸进去之后，我就不怎么敢往这方面想了。我知道，邱桐不喜欢我，她喜欢能在晚会上说相声的，懂点儿杂技曲艺，爱好很独特。当然，我也不喜欢她。我谁也不喜欢。非得挑一个的话，可能比较倾心于孔晓乐，梳个五号头，长得干干净净，不多说话，据说父母都是知识分子，从小就读过不少世界名著，比我可强多了，我就看过几本作文选，不属于一个系统的。有一次，老师让孔晓乐朗读自己的作文，什么题目忘了，反正里面引了一句米兰·昆德拉，当时我心尖儿一颤，如茧破壳，迎向光明新世界，既有酸楚又有甜蜜。原因是前一天在网吧里听过首歌，里面唱道，你终将认识一个女友，在她面前，你不小心掉出一本米兰·昆德拉。我是没掉，但孔晓乐掉落在我的面前，轻轻地，翩然而至。我觉得这就是命运。生命中不能承受之轻。

邱桐不这么认为，她觉得不论轻还是重，都没什么不能承受的，你不受着呢么，我也在受着，她妈跟她说过，人生无非就是三个字儿：活受罪。我说，这是一个词儿，习惯俗语，不是三个字，你语文真的太差了。邱桐说，不对，得先分开来看，活，人嘛，无论你我，都在活着；受，意思就是承受，忍受，自作自受，反正都不好受；罪，出生之前就有，活着也有，像钟乳石一样倒悬在洞穴里，一点一点生长，世界也就是一个溶洞，喀斯特地貌，我们坐着小船从此经过，你看，我的比喻是不是还行，所以，连在一起，不是活着就要受罪，而是得去感受我们的罪，这样才算活着。我说，你跟我在这儿排列组合呢？她说，你就说有没有道理吧，受不受教育。我说，不受。邱桐说，那你觉悟不够。我说，我也没罪。邱桐说，像你能说了算似的。我说，你妈说了算，行不。

我猜我是我们班里唯一一见过邱桐她妈的人，高中三年，她妈连一次家长会都没来过，这导致我有时觉得邱桐是个孤儿，无依无靠，进而又多出几分莫名的怜爱。后来有一次，我骑车送她回家，她妈在街边喊住我们，穿一身淡黄色的睡衣，裤脚儿飞边子，看着脏兮兮的，手里掐着烟卷，我跟她妈问好，她妈连忙热情地点头回应，东一句西一句，嘘寒问暖，表现出来一种令人难以接受的谄媚之态，邱桐的脸沉在一旁，半天不讲话。那一刻，我几乎确认了自己就是她爸，也即这个女人的前夫，离异之后，负责照应女儿，起早贪黑，含辛茹苦，将女儿抚养长大。在这些年里，她一定做过许多对不起我的事情，那些虚假的笑声意味着无可弥补的愧疚。而我到底会不会原谅她呢？确实想不清楚，有点超纲。她妈长得跟邱桐一点也不像，个子矮，小脸盘儿，妆化得很浓，眼睛滴溜儿乱转，看着发贼。我问邱桐，你妈平时是干啥的？她说，做买卖的。我就不再往下问了。那些年里，如果谈起一个人的职业，不管是做买卖，还是炒股票，或者干工程，其实都是在说，没有工作，靠打麻将为生。我当时不太理解这一点，月有阴晴，赌有胜负，再怎么厉害的高手，也要讲一点运气，无法一直赢下去，更不可能每天都往家里拿钱，负担日常开销。后来等到我彻夜打牌时，才反应过来，打麻将也不是为了赢，而是一种构建自我认同的方式，以最小的单位对外部世界进行一次抗诉，也就是说，必须要维持着一种根本性的运动，投入自身拥有的时间与意义：四个人团结紧张地结成一桌，那便是精神上的守望与互助，而打出去的每一张牌，又都是一次次的独立行动。

邱桐家住的房子很旧，楼前有一座残破的环形花坛，内外两层，无人打理，里面没花，也不长草，全是碎玻璃和沙砾，蚂蚁爬来爬去。她上楼后，我总在花坛边上坐一会儿，再骑车回去，精神恍惚。邱桐说，我有时候在楼上看你一眼，就待在那边，也不知道想啥，装深沉。我说，不是，我本来就深沉。邱桐说，我不知道你？我说，咱俩这事儿，你到底怎么想的。

邱桐说，其实我那天一进房间，就后悔了。我说，我也是。邱桐说，咱俩真不至于的。我说，我也这么觉得。她说，后来万幸，没成，我还挺感激，不然现在算咋回事，对吧，我就想试一试，俩人儿抱在一起，到底是啥感觉。我说，你这么说，那我就放心了，之前好几宿没睡着。邱桐说，本来也什么都没发生，别往心里去。我说，那行，但我还有一个问题。邱桐说，你问。我说，你这跟我是第几次？之前是谁呢？总共有几个？我都认识吗？邱桐说，这都几个问题了。我说，能不能跟我说一说。邱桐说，这些你就别管了，跟你关系不大，我妈还老跟我说一句话，你也记住，她说，别操没有用的心。

高中期间，我对自己没有任何期许，无论是感情还是学业，好或者坏，都没什么不能接受的。不过，我有着一条自己的原则，时至今日，也是如此：我始终避免着自己成为一个灰溜溜的人。很难去描述这样的人到底如何，但我确实见过不少次。比如校史馆对外开放当日，毕业多年的校友回来参观，学校为此特意重做一块大理石牌匾，黑底金漆，嵌入墙内，校名那几个字是郭沫若当年题写的，被一位教职工私自存留下来，当作至宝，传给后辈，只是一张泛黄发脆的纸条，不过一拃长，那天展示时，那位后辈小心地站在旁边，像一位没怎么得到过上场机会的守门员，举手投足，生硬异常，精神高度紧张，生怕损坏或被盗去，结束后，饭也没吃，屁滚尿流地带回家里，摩挲着入梦，从此再未出现。以及，我那位离家出走的同学，留下一句话，说要骑着自行车去外地，找一幢最高的楼，从上面跳下来，以示对教育制度的抗议，两天之后，安安稳稳地回到教室，背起手来继续听课，没人关心他到底发生了什么，我想有一天他自己也会明白，即便跳了下去，我们所能给予的也不过是鄙夷罢了。我们比制度本身还要残忍得多。再比如，我跟邱桐出去开房的那天夜里，我回到家后，睡得迷迷糊糊，听见我妈在厨房里骂我爸，原因是她刚翻过我的口袋，知道我这一天花掉多少钱。她说，这就是你的儿子，我没白天没黑夜，快要卖血供他了，他拿着钱出去跟女的花，真随了根儿，以后这孩子我不管了，你自己管。我爸说，随了谁？我给谁花？我妈说，你以为我不知道？我爸说，我怕你知道？我妈说，不是有孩子的份儿上，我能跟你过？我爸说，你爱过不过。我妈又开始翻他的兜，钥匙声撞在一起，稀里哗啦地乱响，然后她问，你的钱呢？我爸说，没了，花了。我妈说，花哪去了，不说明白，今天咱俩没完，我的话放这儿了。我爸说，逛窑子吃豆腐渣，该省的省，该花的花，我现在出去接着花。

然后是关门的声音，总有一个人要离开。不是用力摔响，而是轻轻地，那么轻，锁舌弹出来又悄悄扣紧，合拢不动，怕把这个夜晚吵醒。我又想起孔晓乐的作文，这也是生命中不能承受之轻。我搞不清自己到底是不是在做梦，也不想分辨。走出去的人们，总归是灰溜溜的，像那位揣着纸条的后辈，或者离家出走的同学，再或者我爸和我，惴惴不安，一无所有，灰溜溜地走在前面。人越是不想成为什么，就越会变成什么，如同一个诅咒，你所惧怕的事物总会来临，跑是跑不掉的。别操没有用的心。

2

十几岁时，我目睹过很多次的坠落，它们在我的生活里接续发生，层出不穷，不止于背驰的成长行径、糟糕的情感经历与不可理喻的生存姿势，而是显现为一种真正的疲态。我亲见他们自行步入泥沼，任其摆布，打不起精神，四肢软弱，没有挣扎与抵抗。我感觉得到，接下来漫长的时光里，他们将渐渐沉没下去，悄无声息。甫一出场，便抵顶峰，之后竭尽全部的想象，也没有一个可供去往的方向，无法再次振作起来。我对此怀有一种深切的恐惧与惋惜，并时常提醒着自己，千万不可堕入其中，我与他们不同，更肮脏也更坚硬。米兰·昆德拉说过，人一旦沉迷于自己的软弱，便会一味地软弱下去，会在众人的目光之下，倒在街头，倒在地上，倒在比地面更低的地方。比地面更低的地方，无非艰险的溶洞，如洪钟，如塔林，仅可一人穿行，我从此游去，保持着绝对的机警，唯恐陷落，或被割裂身躯。但事实上，多年之后，我发现这种忧虑毫无道理，预感悉数破产，那些凝滞其中的人们，总会寻得一个冲出重围的方法，如复燃的灰烬，轻而易举地将过往付之一炬，他们比我更加游刃有余，紧抱着命运，重新书写刻度，从此变成切合时宜的新人。我却依然行在死荫之地，劳作历险，耗尽心血，投入诸多的努力，只是艰难地维持着普通与平庸。我想，这并不存在公平和公正的问题，亦非个人境遇所能完整概括，当我们意识到自身不过是吸附在岩石、荒野与海洋上的一堆无机之物，在更为广大的虚空里环绕飞驰之时。

　　我上一次见到邱桐是在二〇〇八年。高考过后，我们有过几次简短的通话，没什么要紧的事情，无非问询彼此的境况。她在重庆的一所三本院校读法律，军训时差点儿跟教官谈起恋爱，离别晚会上，寝室的女生合唱了一首刘若英的《后来》，下台之后，哭得一塌糊涂。邱桐问我，你听过没有。我说，没。邱桐说，那你应该听一听，有些人一旦错过就不再。我说，很有道理，我爷就是，我很想念他。邱桐说，这些年来，有没有人能让你不寂寞。我说，没有啊。她说，不是，没问你，我说的是歌词。我说，问没问那也是没有。还有一次，她哭着给我打来电话，说接到母亲生病的消息，独自在医院里，没人照顾，而她正在备考，相距遥远，无法及时赶回，内心担忧，日夜不得安眠。她对我说，这么多年来，真是太不容易了，母女二人相依为命，守在一间旧屋里，度过冬夏，屈辱受尽，好不容易挨到现在，母亲却又病倒了。接电话时，我在外面租的房子里，坐在床沿上，刚抽完一整根，精神灿烂流转，盯着满地的垃圾，眼里全是星空与河流，暗若丝绒，柔软得令人心碎。她还没讲完，我便开始痛哭起来，撕心裂肺，完全无法抑制。听见我的哭声，她沉默半晌，反倒清醒一些，坚定地对我起誓道，谢谢，谢谢你听我说话，我一定要让她过上幸福的生活，全力以赴，在所不惜。我说，我的心里下雨了。她说，我也是。我说，妈妈啊。她说，是的，我的妈妈，我唯一的亲人。我说，妈妈，一起飞吧。她说，什么。我说，妈妈，一起摇滚吧。

邱桐以及许多的朋友们，在那些年里，都使我感到无比困惑，仿佛自从分别之后，她们开启了一种向后的生长，逗留于时间的反面，重新拾起被遗落的情感，不再冲动、疯狂，变得规矩而正常，为进入另一个世界做好充分的热身准备，时光向前流逝，他们看起来却更加年轻了。这种改变突如其来，我一度将之视为虚妄与伪饰，做梦都想着要去痛斥，也觉得总有一天，它们将自行剥落，从而显出本来的成色与质地。但这一天并不存在。或者说，它正逐渐远去，只在某个偶然的瞬间闪现小小的一角，虚虚实实，真伪难辨，之后便藏匿起来，无迹可寻。

那一年暑假，我以复习英语考级为理由，没有回家，租住在学校附近，不怎么出门，也很少吃饭，每天近乎疯狂地打着游戏。当时，我很沉迷于一款仙侠题材的网游，晨昏颠倒，日均在线超过十五个小时，还负责组织管理一个帮会。我在里面扮演着不同的角色，其中一个名为"愤怒的机器"，拜入少林，游荡苍山，无起无念缘无灭，无相无我世无端。另外一个叫作"激情交叉点"，以笔为戟，梯云四纵，我身本似远行客，清秋剑气蔽苍穹。我偏爱后者所带来的操作体验，技能丰富，自由度很高，玩起来具备挑战性，在游戏里，我也结识了不少朋友，还喜欢上了一个女孩。我在服务器里热爱争斗，行侠仗义，在社区里发帖撰写攻略，获得不少信任与敬重。

邱桐放假返沈，想约我见面，我说没回家，还在学校里待着。她说，谈女朋友了？我想了想，说，没有。游戏里的算不算，实在说不好。她说，那我去看你吧。我说，来是可以，但我没什么钱了，食宿均需自理。说完这话的第三天，她坐了六个小时的火车来到我所在的城市。因为要组队打一个任务，我没去车站迎接，只发了个地址，直至收到她的信息，说已在楼下，我才很不情愿地套了件衣服出门。

邱桐换了一个造型，看着比过去成熟不少。她穿着一件暗色碎花连衣裙，化了淡妆，挂着一对儿银色的耳钉，也不再扎马尾，一袭乌黑的直发，平平垂落，抚过肩膀，她跟我说，这叫离子烫，花了一百三，刚弄好的，问我好不好看。我说，还可以，跟从前确实不太一样了。她说，你怎么还这样，也没个变化。我反问她，我应该有什么变化？邱桐见我不满，又问道，咱俩几年没见了。我说，将近三年。她说，你跟其他同学还有联系吗？我说，没有，班级的群我都退了。邱桐说，这两天我看他们张罗着聚会呢。我说，我不去，你去吗？她说，肯定不啊，我这不是来看你了么。

学校旁边开着一家火锅自助餐，二十五元一位，另收锅底十元，肉和青菜随便吃，不浪费即可，啤酒饮料也不限量。我带着邱桐来吃晚饭，这一路上，她特别兴奋，东瞧西望，看见什么都想问一问，话说个不停，我跟她讲，经济条件有限，就请这一顿，表示一下心意，你尽管多吃，最好能吃出三顿的分量，这样日后回忆起来，也显得我比较热情。邱桐拍着我的肩膀说，放心吧，用不着你，我妈给我拿钱了。我说，你妈身体如何？

她说，谨遵医嘱，术后恢复得很快，坚持锻炼身心，天天出去跳舞打麻将。

每张桌子上都摆了一个电磁炉，上面放着变形的铝盆，羊肉卷、鸭血、午餐肉、粉丝和青菜放在进门处的网筐里，只能捧着橘色的塑料托盘去夹，来来回回，走动不便，地上积着一层滑腻的透明油污。麻酱小料是调好的，齁得要死，两块钱一份，不提供免费纸巾，一块钱一盒。我们就着自来水煮火锅，血沫一层一层沸腾泛起，荡至边缘，我夹起一团翻滚着的碎肉片，放入口中，毫无滋味，如同被人塞进一把锯末。只吃了两口，邱桐便把筷子放下来，说道，这里跟重庆真没法比。我说，是吧，对付一口，怠慢了，见谅。邱桐说，咱俩喝点酒吧要不。我说，不行，晚上有事儿，得保持清醒。她说，我都来了，你还有啥事儿，总不能去玩游戏吧。我说，就是游戏，今晚要开荒，我的位置很关键，跟你也说不清楚。邱桐叹了口气，说道，这些年你都在干些什么啊。我郑重说道，邱桐，咱俩就是同学关系，我不是你爸，你也不是我妈，你以前告诉过我的话，我也还给你，记住，少操没用的心。邱桐说，你这人还挺记仇的。我平稳情绪，说道，没特意记，话赶着话儿，唠到这里，就想起来了。

邱桐说自己的酒量不错，喝到第五瓶时，开始说胡话，破口大骂她的学校，还要教服务员说重庆方言，反复指导，发音不准的一律不放过。之后便趴在桌子上，低声自语，怎么叫也不起来。我心里很急，也有点上头，时间一分一秒地过去，游戏里的朋友发来信息，问我怎么还不上线。实在没办法，我拖着她回到我的住处，精神与体力濒临崩溃。这一路上，她吐了两次，一次在校门口的石桥上，与底下奔涌着的污水合流，第二次是在楼道里，我使劲拍打着她后背，她一边呕吐，一边自省道，这点儿酒让我喝的，也没多少啊。进屋之后，她一头栽倒在床上，我去厨房烧水，回来见她换了个姿势，单腿外露，夹着我的被子，咬住一角，迷迷糊糊地说，你可别碰我,听见没,不然我饶不了你。我说,你放一百个心,我绝对不,但你也得答应我,想吐提前说话,不要弄到床上,我没法收拾。邱桐说,真没良心,这些年我是怎么过来的,谁能明白呢,我心里很苦。我说,人生之苦,始于有欲,或尊至帝王,或卑如草芥,皆念念不得逃脱,神明上苍,怜世人此般疯痴,乃采朝露,撷晚霞,绕越云雾,炼化五色奇石,育成灵兽种种,方置成幻境一处,名曰太虚,凡入得此地者,有志抒志,望利得利,钟情得情,以解世间之苦也。还没等我说完,邱桐便睡着了,一呼一吸,散出浓烈的酒味,如贪杯酣眠的小兽。

太虚幻境的副本我打了四次,集结群雄,改换两套装备,均以失败告终。食人草,琴仙子,火麒麟,被无限复制出来,层层叠叠,蜂拥而至,我守在一处,招数用尽,无论怎么布置,始终无法应对。整个屏幕上,皆是无状之状,无物之象,提示着我:幻境情志缠绵,一旦陷入,便无可逃脱。打到最后一局,已近凌晨,邱桐清醒过来,穿着我的拖鞋,自己去倒了一点热水,双手捂着茶杯,站在椅子背后,也不讲话。待我关掉电脑,沮丧地决定中止这个失败之夜时,她小声问我说,头还是很痛,能不能陪她躺一会儿。

我重新铺好被褥,松开绑带,用力将窗帘拉严,最初的这一抹晨光里,久积的灰尘滚滚倾泻,在空气里游动,无声飘浮,落入我们的呼吸。邱桐穿着外套,还觉得冷,我将被子对折起来,全部覆在她身上,自己侧身缩于墙壁一侧。我说,睡着了就不冷了。她说,我到底喝了多少酒?我说,没数,记不清。她说,感觉也没多少。我说,不重要,心情问题。她说,可能喝的是假酒。我说,那不至于。她说,这酒叫什么名字,以前没喝过。我说,黑冰。她说,听着像毒品。我说,这个还行,零售也要一块五一瓶,不是最次的,本地还有一款更难喝的,叫作公牛,味道接近于稀释过后的尿液，喝醉一次，保你三天起不来床，头疼得想给卸下来，看见酒字儿都迷糊。她说，黑冰，公牛，名字太怪了，行动代号似的。我说，也还好吧，名可名，非常名。她说，提到公牛，我总能想到那个篮球队，芝加哥公牛，你知道吧，我小时候不认识美国，也不知道什么芝加哥，听电视里老提，一直以为说的是石家庄，石家庄公牛队，也挺顺口，反正都仨字儿。我说，芝加哥，石家庄，可能也差不多，都很国际化。她说，我以前对国外没概念的。我说，我现在也没有啊。她说，跟你说个事情，我要出国了，下个学期做准备，学语言，毕业之后就走，不知道什么时候能回来，也不知道回不回来了，所以这次过来看看你。我说，去石家庄啊？她说，没跟你开玩笑，日本吧也许。我说，没想到，你妈这么厉害，打麻将也能送你出国，确实佩服。她说，不是，不是我妈的钱。我说，有人包养你了？她说，滚犊子，我爸的。我说，你爸？她说，对。我说，你爸不进去了吗？给果树喷药，一嗒嗒，二嗒嗒，三嗒嗒，四大爷。她说，骗你的，还真信，我爸不是后勤主任。我说，那是？她说，地洞里的那具尸体，其实是我爸，快十年了，赔偿金刚发下来，他以前是化工厂的厂长。尸体也不止一具，还一个女的，厂里的会计，坐办公室的，也在同期失踪，不太确定，但应该是她，我还见过两回，能说爱笑，梳着大波浪，见了我就搂着，可亲了，性格特好，他们俩死前抱在一起，难解难分，加上腐蚀严重，处理草率，当时就以为是一个人。我说，原来如此，你妈肯定挺恨他们的吧。她说，也还行，就那样，活着肯定恨，死了就算了。

我起床撒了个尿，冻得直哆嗦，也是奇怪，不过八月份，夏天却正在褪去，空气渐冷，外面安静且萧条，像是沈阳刚入冬时，尚未供暖，寒风不息，四处透着阴，嘶嘶低叫，直往怀里窜。尿到一半时，我想到有一部电影里说过，我不害怕痛苦，当你生活在寒冷里的时候，你会感到爱的痛苦，并且无法割舍。爱不爱的，我不太有把握，痛苦是切实存在的，也难以舍离，这一点我深有体会。它们往往会转化为一种钻石，近于不朽，闪烁着坚硬的光，将我们的生活切剖开来，一分为二。我很懊悔，没在她处境艰难的时刻去重庆看望，向她告个白，关于那些不太结实的情谊，我没那么喜欢她，只觉得理应这样去做，如若不然，便如此刻，我的慰藉再也无处安放了。我不知道她是否还记得，喝醉后对我说过的另外一些事情，不是语言、教育或者感情问题，也不是那两具尸体。她说，总有一个声音，仿佛从腹中上升，萦绕着她的手与心，眼和肩，对她说道：这就是你的选择，你无非想要如此。现在，这个声音也回荡在我的耳畔。

  我躺回到床上，邱桐仰着面，半闭着眼，将被子分过来一部分，我搭在腿上，翻了个身，斜卧在她旁边。我问她，你想去哪里转一转，睡醒了我陪你。她说，你不至于因为这个来同情我吧，真没必要。我说，没那意思，忽然有点醒悟，你来一次也不易，再见不知何年何月了。她说，别了，要么你带我打打游戏。我说，什么？她说，刚才看了半天，感觉还挺有意思的。我说，你要愿意，那我没问题。她说，是不是还分个门派？我说，对，武当，少林，丐帮，五毒，昆仑，唐门。她说，女孩儿一般选什么啊？我想了想，说，峨眉吧，也分为两类，一种使琴，峨眉俗家，断水迷心，造成对方大范围混乱；一种用剑，峨眉佛家，加攻加血，藏于万人之后。她说，后面一种能帮到你，对吧。我说，是，战场上必不可少，能迅速提升状态，我们一般管她们叫佛，只是辅助，没有什么伤害，杀不死人，玩着不太过瘾，所以很少有人去选择，茫茫武林，铠甲万千，一佛难求啊。她说，那行，我来当佛。

3

  我每年至少要去两次上海，一次在元旦过后，一次是在秋天，差不多十月底，都是参加行业内的展会。通常住在浦东区的一家快捷酒店，离机场不远，打车不到五十块钱。年初时，我办理入住，前台服务员看过身份证，跟我说道，你是沈阳的？我说，是，过来出个差。她很高兴，笑着说，真巧，我也是啊，我住皇姑区，岐山一校附近。我说，你在上海生活？她说，不是，假期在这里边玩边打工，今天是第三天上班。我说，休假这么早。她说，不是，我自己放了个长假，出来四处转转。我说，羡慕，年轻就是好。她说，那倒也没觉得。我说，当时都不这么以为，过后才能想明白。她说，先生，房卡请收好，电梯在楼的后面，右侧一拐，也需要刷卡，你是做什么的啊？我说，干工程的。

  退房那天不是她值班，换了个男的，说话声音很小，腼腆得像小女孩，手腕上露出来一点点的花臂文身，看着极不相称。我买了一瓶可乐，一块巧克力，放在前台，跟他说，请帮我留给你的女同事，沈阳来的那位。他有些困惑，仍点了点头，没再多问。然后我便出了门，不知为何，总觉得他一定不会转交，对他来说，这也许相当棘手，无法处置。

  晚上九点的航班，我叫了个车先到市内，去见两位朋友，他们是一对夫妻，以前在游戏里认识的，很难得，关系一直维持到现在。丈夫在机场上班，曾是部队的飞行员，妻子一直没有工作，赋闲在家，有一段时间想开美容院，还问过我要不要入股，后来也没成。他们都不喝酒，生活规律、简朴，到约定地点后，带我去了一家美式风格的汉堡店，全实木装修，灯光昏暗，环境略显局促，但味道不错，薯条上还撒了黑松露。我头天醉酒，胃里吐得一干二净，身体发虚，没什么食欲，只是听他们讲话，主要是妻子不停抱怨着丈夫。她说：你能信吗，他这个人真的太无聊了，十几年来，业余生活就两件事情，读书和看电视剧，而且只是一本书，一部电视剧，翻来覆去，无止无休，书就是《三国演义》，电视剧是《编辑部的故事》，那里面每一集的内容，听得我都快背下来了，他可一点也不腻，你服不服，反正我是服了。丈夫嘿嘿一笑，不置可否。妻子说：还别不信，我现在都能给你唱上一段儿，投入蓝天，你就是白云，投入白云，你就是细雨，在共同的目光里，你中有我，我中有你。她唱得很忘我，我本来想着要不要鼓个掌，以示激励与尊重，刚顿了两秒钟，她又接着唱道：投入地笑一次，忘了自己，投入地爱一次，忘了自己，伸出你的手，别有顾虑，敞开你的心，别再犹豫。歌声停下来时，餐厅的音乐忽然抬高了音量，一曲轻快而逍遥的小调，像是剧集结束后渐入的广告部分，几位朋友在树荫之下并肩行走。我说，唱得我都要哭了。妻子挤着眼睛，笑道，太难听了是吧？我说，不是，唱得太好了啊。

妻子说，你可别哭啊，你一哭，我也想哭。丈夫说，我也是。妻子说，谁问你了。丈夫继续嘿嘿一笑，取下眼镜，用纸巾揩着脸。妻子说，有时候他出门上班，我实在没事儿做，就去游戏里看一看。丈夫纠正道，不是有时，是每一天。我说，我很久没登录过了。妻子说，后来几个大区合并在一起，冒出来很多不认识的，打得乱七八糟，相互吵个不停。我说，现在还有人玩吗？妻子说，也有，很少很少，队伍组织不起来，帮会都散掉了，一座座的空城里，没有活人，全是外挂，只有郊外的灰色野兔，偶尔蹦进来看一眼又再跑掉，我上了号，不去打怪，也不做任务，只是四处转一转。我又想到前台的那个女孩，此时此刻，好像所有人都是四处转一转，不为见到谁，也不为发生一点什么。妻子说，记得吧，你走之前，把账号密码留给我们了。我说，有印象。妻子说，对，技能加得特好，很威风啊，偶尔我也会登一下你的号,还见到过有人给你留言。我说,是吗,都说什么了啊。妻子说,有以前的仇家,开始一直追着骂,话都巨脏,光看着都嫌恶心,接着又说有点想你了,温情脉脉的,我一句没回过,你说人咋能这么分裂呢,也有问价要买装备的,还有跟你讲着悄悄话的,隔个一年半载,没头没尾地发来一两句。我说,说些什么?妻子说,记不太清,古诗词居多吧可能,有一句李煜的,这个我有印象,离恨恰似春草,更行更远还生,小时候背过,还有个半句话,我年轻时的朋友啊,欲言又止,不知具体啥意思。起初我以为是系统自动发的,后来发现不是,我查过,好像是个佛,可能还是小号,级别不太高。我说,那很正常,追我的佛可太多了。她说,是,我都差一点儿。丈夫在旁边,又是嘿嘿一笑。

丈夫开车送我去机场,堵在高架桥的入口处,斜坡上到一半,挪动几步便又踩紧刹车,我们半仰着靠在座椅上,如被江水里冒出来的一只巨手擎住,不得光明与喘息。车窗外什么都有,也什么都没有,到处只是谎话。我不知道为什么每次来这里都是这样:半阴不晴的天气,混沌不明的潮湿,涣散失重的街道,接近于北方冬季的傍晚,虚弱的亮光还在,随时准备褪去,也还没到点亮日光灯的时间,室内室外只是一片沉默的晦暗,走在黄昏里,也像走在黄泉路上,左脚绊住右脚,影子拖在腰间,跌跌撞撞,心脏亮着最后的一点光,像血的源泉,一簇一簇环绕上升,渐行渐暗,人在隐去,人在消逝,要去往何处呢,海洋吗,地洞吗,太虚幻境吗。

妻子对我说,来上海三年了,一个朋友也没有,前两年吧,天天就盼着过春节,能回家去看看,像个老年人。丈夫说,那能怪谁,你又不出门。妻子说,有人跟我说,生个孩子吧,有孩子一切就都好了,他不要,其实我也不太想,很害怕,不知道在怕些什么。我说,你们俩不也过得挺好的。

她说，好与不好，自己心里有数，你也结婚了，对吧，反正就是这样，你没准儿能明白。丈夫说，我不明白啊。我说，我争取明白。她说，跟你们男的说话太费劲了，你要是有认识的女性朋友，也在上海的，下次介绍给我认识啊，兴许能谈得来。我说，好，我记着。她说，又快到春节了，今年我们不回去了。

十月底时，我前往上海，住在同一家酒店里，办理手续时，惊讶地发现前台的那个女孩还在，个子好像长高了一点，不过她已经认不出我来，一脸的不耐烦，皱着眉头摆弄电脑，指挥我看向摄像头，往左一点，再往右一点，右，右，多余的话，一句也不讲。我很想问问她，上次的那瓶可乐有没有喝到，以及不是说要四处转一转，为什么没走呢。我躺在酒店的床上，看着我那两位朋友发来的怀孕写真，产期将近，他们都胖了不少，妻子在笑，龇着一口白牙，丈夫的双手轻轻托住妻子的腹部，喜悦地眯着眼睛，假装聆听，甜蜜如同新人。就是这样，伸出你的手，别有顾虑，敞开你的心，别再犹豫。

邱桐发来信息，问我到上海没有。我说，到了，正在工作。邱桐问，要忙到什么时候。我说，那说不好。邱桐说，实在不行，我去找你也方便。我说，别了，你的孩子太小，等我忙完这两天，一定过来见你。邱桐说，那我等你啊，别忽悠我，跟上次似的。我说，上次？她说，对，你说给我介绍一个在上海的朋友，等了大半年，也没下文。我说，抱歉，她不在这里了。

邱桐这种心情之迫切，我实在很难理解，也想不出来任何必要的理由。在此之前，我们已经有十几年没见过面了，联系也极少，我对她的现状几乎是一无所知，不是不去想，而是觉得平行的人们都在远行，长路消逝，相隔遥远，剩下的不过是漫漶的风景，野草沉眠，野草生长，野草一望无际。

离开上海的前一天晚上,我打车去邱桐住的小区,定在六点钟见面,我提前很长时间出发,因为想着要给孩子买一件礼物。附近有座高档商场,我逛了一个多小时,从一楼走到五楼,也没选出来。衣服没办法挑,不知是男孩还是女孩,玩具又都长成一个样子,神态相似,熊猫呈痴呆状,长颈鹿也不见得有多聪明,还有一些,我根本认不出来是什么物种。有时我觉得成年人与孩子的区别也在于此,孩子仅通过一两个明显的特征来辨别事物,成年人则不行,接收到的信息过于芜杂,瞻前顾后,生出无数的犹疑与猜测。比如柜台底下的一个玩偶,鼻子像猫,耳朵像熊,眼睛像老鼠,打扮得像人,梳着刘海儿,但好像又都不对,我问服务员,这是什么东西啊。服务员说,谢灵通。我说,有名有姓的,是小狮子吗,谢逊的后代?她说,别问了,说了你也不懂。

我在门口等了邱桐二十来分钟,抽了三根烟,天色渐晚,人们走入走出,脚步忙乱,我很吃力地辨认着哪一个是她,按照预想,她应该比从前婉约一些,优雅得体一些,毕竟身为人母,也是一个上升之人,但这都不是什么确切的词语。我想到她时,第一印象仍是多年之前,她住在我租的那间屋子里,待了整整十天,摇身一变,成为家里的女主人,绾起头发,每日精心收拾,买菜做饭,我们一起打游戏、散步,在海边久坐,互相说着话,什么都没发生,也不需要发生。她讲述她爱着的那个人,要多差就有多差,同时,也是要多好就有多好,我给她讲音乐、文学、女孩、幻想,总之,我的全部事物的影子。那些天像是我生命里一个短暂的假期,消散退隐之后,反而变得无限悠长、清晰,无论之前还是之后,我都很少有过这样的陪伴。如今的大部分时间,我不过是在跟自己说话而已。

夜晚转凉,灰雾游浮,事物之间仿佛隔着一层布满污渍的玻璃窗,怎么也擦不干净。邱桐从"窗外"走来，裹着一件棕色长衣，双手抄在口袋里，踢着低帮皮靴，象征性地向我奔跑几步，又放缓速度，仰脸望着我笑，轻轻摇了摇头，好像在说，果然如此，一切不出我所料。我把手里的烟踩灭，只动嘴型，不发声音，这是以前我们上课时经常玩的游戏，没办法大声讲话，那就让对方花点心思猜一猜。但此时不是，我很想对她说点什么，又不想被她听到。

邱桐问我，你会拆装儿童座椅吗？我说，没弄过。她说，我的车就俩座儿，不太方便，想着带你去一家日本料理，东西新鲜，味道也好，就是有点远。我说，别麻烦了，随便吃一口。她说，那不行，都定好位置了。我说，我主要是来看看你。说完，我递去一个鼓鼓的手袋，邱桐打开来看，里面装着一顶嵌有银制纽扣的黑色复古贝雷帽，底下还有一只谢灵通。她把帽子扣在头上，跟我说，还有礼物，太客气了，谢谢啊，很好看，你还挺会买的。我说，想来想去，不知送什么合适，我想你这些年里的变化肯定很大，但头围还是比较可靠的。邱桐说，听着不像好话。我说，孩子谁在带呢？邱桐说，有个阿姨，我还想过要不要给你做一顿饭，后来觉得家里实在太乱了，怕你笑话。我说，多虑了，我啥时候笑话过你。她说，以前是没，现在可不好说。

出租车行驶在一条小路上，速度很慢，车轮碾过落叶，发出轻微的声响，偶有行人穿过其间，向车内迅速扫来一眼，又匆匆移开。邱桐与我坐在后排，简单寒暄几句，便陷入了沉默，不明原因，但她一直在笑，我有点不适，说道，给我看看你家孩子的照片。她动作麻利地打开手机相册，满满一屏幕，全是温暖的肉色，然后一边翻着，一边向我解释道，这是刚生下来的时候，太丑了，我连一眼都不想多看，跟老头儿似的，这是百天照，一套下来五千多，比结婚照还贵，也没看出个好来，谁去了都是那几套衣服，孩子像个摆设，这是我带他去逛植物园，那些树名儿我一个都叫不上来，他一直呼呼大睡，眼睛都没睁过，你说来气不。我问，长得像你还是爸爸？她说，你看呢。我说，像你多些，眉眼儿之间。她说，可别像我，我太难看了现在。我说，不啊，没什么变化，跟以前一样，英姿飒爽。她说，别光说我，你跟孔晓乐准备啥时候要一个呢？我说，没细想，有了再说吧。她说，想生就得趁早，我都有点晚了，总觉得带不动。我没回应。她又说，不要也行，其实还是两个人好，自在一点。

　　开到一半，邱桐把谢灵通掏了出来，摆弄几下，放在身前，又捋了捋头发，说道，来，你给我俩拍一张，留个纪念。我说，你跟它？她说，对，你看，我俩衣品很像，颜色一致。我说，能不能告诉我，这到底是个什么东西啊。她说，谢灵通啊，这都不知道。我说，是个人吗，小孩儿？还是动物？她说，海獭，科学家，背着个蓝色防水包，它很博学的，无所不知，还有个实验室，总钻在里面，但有点恐高，我儿子特别喜欢它，因为很像他爸。我说，他爸恐高？她说，不是，他爸也是科学家，天天在实验室里，不怎么爱回家。我说，实验啥？她说，我也搞不清楚，都是专业术语，生物的一类也许，我总想到黎明的那首歌，你还记得吧，快乐两千年，在实验室里做实验，看看有没有不变的诺言，所以，我觉得可能是诺言吧。我说，这么大岁数了，能不能正经说话。她说，见了你控制不住，平时我也不这样。

　　我掏出手机，给邱桐与谢灵通合影，她们不断变换姿势，我从各个角度奋力拍摄。我抬高时，她们像在海底，一个妈妈抱着自己的孩子，低头微笑，嘟起嘴巴，如在索吻，而世界正缓缓沉溺；我放低时，谢灵通就变得很大，踌躇满志，露出几分可笑的威严，占据了半个屏幕，像要保护着身后的邱桐；我将手机摆在胸前，没有对焦，随机按下一张，拍出几重运动的幻影，一个要离开，一个在等待，各自守盼；或者说，一个在诞生，一个在做梦，形影难分。

照片也如诺言，一句又一句，我没有仔细挑选，统统发了过去，屏幕亮起，消息一条条弹进来。她一只手拿着手机，另一只手抚摸着谢灵通，对我说，你知道吧，海獭很脆弱，全靠着这一身皮毛保暖，如果毛发被弄得乱七八糟，或者被大鱼咬出一道伤口，那么冰冷的海水就会直接浸入到皮肤里，一点一点带走体内的热量，最终冻死在近海，浪潮把这些泛白僵硬的尸体一次次冲到岸边，直挺挺的，排成几列，像是集体殉情自杀。我说，没想到，海獭很重感情啊。她说，我觉得是，你有时跟它也很像。我说，我不像。她说，那你像啥，自己说说。我想了想，说道，可能是植物，一棵叫不上来名字的树。

4

主楼内的教室数目有限，扩招之后，只有高三的学生在此上课，相比后建的新楼，这里环境更好，光照虽是问题，但室内结构合理，长厅肃静，温度适宜。新楼近似医院，过于洁整，没有墙线，白瓷砖反着冷光，一间间教室也像病房，到处都是信纳水的味道，令人紧张莫名。自新楼向南行去，隔着一条马路，有一座近乎废弃的公园，没有围栏，任意进出。园内有死湖，夏季养荷，长势茂盛，叶片宽大，接续而生，如同填海造地，形成一片绿色的岛屿；临近秋日，立叶干枯变黄，逐一下移，埋在水底；冬季落雪，湖面封存，长久不开化，植物死损大半，来年不复生。如此数年，池底淤积，遍布着杂物，水色由绿转棕，形似油脂，风吹不动，池水密度渐增，凝点降低，再到了冬天，只在表面结上一层起皱的薄冰，若朝着湖面高声喊去，亦可使其碎裂。

有近半年的时间，我待在湖边，什么也不做，只是坐在岸边的石阶上，每天吃过早饭，便来到这里，傍晚时离开。身后是一株枯木，死了不知道多少年，眼前是新楼与旧楼，各自庄严矗立，铃声响起，吞吐着无数年轻的时间。我那时刚毕业，在一家保险公司上班，经理给了一张红底黄字的三米条幅，派我每天穿着西装皮鞋在公园里驻守，摆上两张课桌和几份合同，再放一个大喇叭，向着走过来的人们推销产品。录音循环播放：种下一棵小树，收割一片绿荫；留下一份保险，托付一种希望。我干了不到一个月，就收摊不做了，垂头丧气，脸面不说，心里也过不去，保险管不管用不知道，但在人生的关键时刻，不还得回家收割你爸，再托付给你妈。工作也没辞掉，业绩肯定没有，我这个人也可算作公司的成果，所以就这样待了下来。

我是在公园里遇见的孔晓乐，连续好几次，第一天我没好意思喊她，看见她跟着两个女孩散步说笑，第二天相互对视几眼，我心头一沉，也没打招呼，装不认识，第三天她没来，我以为日后也会避开，第四天下了大雨，我没去，第五天里，她自己来到公园，在岸边陪我坐了一会儿。那年，学校旁边开了家大型连锁超市，她在里面当收银员，分早晚班。正式开工前后，她吃过午饭，总喜欢来这边走一走。我说，我平时就待在这里，你想来见我的话，随时都可以，不想的话，我换个地方也行。

遗憾的是，我们并没有太多可以说的。对于孔晓乐这些年是怎么过来的，我并不好奇。在这点上，她对我也一样。孔晓乐的变化有一些，比上学时要热情，也胖了不少，腿部尤其紧实，像一截光滑的小石柱。讲话时缺乏逻辑，前言不搭后语，经常提些没什么意义的问题。比如，她问过我，什么是垃圾，什么是爱？我说，垃圾是垃圾，爱就是爱。她说，等于没说。

我说，那你谈谈。她说，有人爱着，那就不是垃圾，不然就是。我说，那不一定，爱不能改变根本属性，这是物理问题，但有人就是喜欢垃圾，这是精神命题。她说，我是垃圾吗？我说，这话问的没道理。她说，我总感觉自己是，我很自卑的啊。还有一次，她问我，在什么情况下，你会对一个人产生不信任的感觉？我说，在什么情况下我都不信任，为人比较警惕。她说，你不是这样的，再想一想。我说，反反复复的谎言？她说，如果经常被骗，还要选择去相信，那是神圣的爱吗？我说，不是，那是对自己的纵容与冒犯。她说，我觉得就是，你还真是不懂爱啊。我说，你懂，行了吧，但请不要告诉我了。

有一次，孔晓乐来公园时，给我带了一个苹果，说是超市的理货员送的，她不怎么爱吃，放在包里觉得还挺沉。我正好喜欢吃苹果，也没洗，在衣服上蹭几下，就开始啃，没两分钟，便吃完了。从此之后，她每次都会给我带一个过来。事实上，我对苹果很有感情，不觉得多么好吃，但有了就想吃。我看过一些电影，有人喜欢在路上抛橘子，有人在夜晚反复抛着石榴，如一枚跃动的烛火，我总想着抛几个苹果。国光，银冬，黄元帅，红富士，都行。仿佛可以暗示一点什么。有人唱过，太阳下山了，月亮出来了，老人们喝醉了，姑娘们睡着了，苹果树我梦里的苹果树，只有你知道我在异乡的路上。所以，看来还得是苹果，比较值得信赖，什么都知道，但它不说。后来每次吃完时，我都会想到，苹果核是垃圾，那么苹果也许是爱。

有天做梦，回到高中时期，孔晓乐怒气冲冲从讲台上走过来，持着教鞭，似要抽打，厉声向我问道，你凭什么骗我？我说，我骗你了？她说，对，你没等我。我说，我要等你？她说，早就说好的事情。我说，对不起，可能忘了。她哭了起来，特别委屈，说道，你知道我等了你多久吗？我说，一个晚上？她说，夜以继日。我说，这个成语很好，容我琢磨一下。她说，你可真不是个东西。我说，现在等待，来得及吗？她继续号啕，也不说话，被晾在那里，没人上前安慰。上课铃声响起，我很紧张，如果老师见她这样，肯定会询问原因。而原因又是什么呢，我没等她？可我自己都不知道为什么要等啊。第二天，我把这个梦讲给孔晓乐，她听哭了，跟我说道，你就这么嫌弃我。我说，从来没有。

婚后的前两年，我们过得不错，家里托人给我安排了一份工作，收入不高，比较稳定。她还在超市里上班，作为储备干部，本有两次升职的机会，都没抓住，被人抢了先，就有点失落，我劝她休息一段时间，她也没听。到了第三年，贷款买的新房下来了，她一边上班，一边忙着装修，跑前跑后，就她一个人，我很少能帮得上忙。房子装好后，因为要放味道，没有立即搬进去。有一天忽然下起大雨，单位领导没在，我赶忙借了件雨衣，连跑带颠地去新房关窗，拧开门后，我看见孔晓乐跟一个男人在客厅里。也没做什么，两个人就坐在沙发上看着电视，规规矩矩，离得也不近，电视里放着购物节目，先是激光砖石锅具，然后是桑蚕长丝床品四件套，优惠力度极大，价格心动，第三件是什么不知道，我想到有些工作还等着我处理，没陪他们看完，就先走了。回到单位后，我想起来，那人以前是超市的理货员，现在升为主管了，不仅长得比我高大一些，运气也不错。

我和孔晓乐没再谈起过这件事情，但心理有点变化，睡不踏实，半夜老醒，还跟踪过那个男人一回，守在超市职工通道对面的饭店，点一桌子啤酒，喝了一下午，直到见他下班走出来，便跟在后面。他骑着自行车，我一路小跑，累得气喘吁吁，好在住得不远，十几分钟就到家了。当天我在兜里揣着一把刀，眼看着他进了大门，一层一层往楼上走，但我实在是没有力气了。

　　我坐在路边，极其疲惫，体力透支，野狗一样地喘着粗气，歇了很长时间，可还是缓不过来，口干舌燥，头脑里嗡嗡作响，许多声音一齐涌过来。准备起身回去时，我看见他喊着口号走出单元门，精神百倍，趾高气扬，绕着小区的健步道来回走圈，右手还牵着一个小男孩。我踩不稳步伐，摇摇晃晃来到他们面前，笑着跟男孩打了个招呼，他刚看见我时，有点没反应过来，表情僵着，之后连忙领着孩子避开，我就跟在后面，寸步不离。

　　走了一圈半，他冒了一脑袋的汗，顺着脖子往下淌，低声跟我说道，兄弟，有啥事儿，能不能别当着孩子的面儿。我说，没事，就是过来看看你们。他说，兄弟，对不住了，真不是你想的那样。我说，我想啥了你知道？他说，总之，我跟你道歉，你冲着我来，咱怎么都好说。我说，跟你没关系，我主要是喜欢孩子，不信你来我兜里摸一摸，装着我给他带的礼物。这时，男孩也转过身来，仰头看着我说，叔，你带的是啥，我爸不让我要别人的东西。我说，我是你爸的好朋友，不是别人。他说，你先冷静，兄弟，有些后果我们都承担不起，你给我一个机会，我好好解释一下。我没理他，跟男孩说，这个礼物呢，我本来要送你爸，后来又想给你，但是吧，你现在可能还用不上，那就长大一点儿再说。男孩说，叔，我都五岁半了。我说，是，那也还不够，你就先记着，叔欠你一个礼物，做梦也得想着，千万别忘。男孩说，行，我记住了，谢谢叔啊。

　　讲完之后，邱桐捂着嘴啜泣，一句话也不说，只是哭，不知是害怕还是怜悯。我说，这就是我的这些年，现在也厌倦了，想要毁灭一点什么，可最终连自己也毁不掉。我跟孔晓乐还生活在一起，有天半夜，我起来撒尿，发现厨房亮着灯，我走过去，她坐在餐桌旁边，披头散发，张着大嘴喘气，面前摆了半瓶白酒。我说，有什么事儿明天再说。她说，你别以为我不知道。我说，你以为我怕你知道？她一把鼻涕一把眼泪，跪了下来，双手伏在地上，跟我说，求求你，不要走，原谅我好不好，怎么都行，你别走，我不想自己一个人。我低头看着她枯燥的头发，没有一丝光泽，像一捧放久了的干草，随时可以引燃。我想起许多以前的事情，既不惭愧，也不淡然，坦白来说，我毫无知觉。我跟她说，我不走，因为我也无处可去。我们回到床上，睡了一觉，抱在一起又分开，第二天醒来后，好像一切都未发生过。

临近午夜，餐厅打烊，我准备叫车回酒店，喝得头疼，明天还要起早。邱桐让我陪她再走一走，说不知道下次见面又是什么时候了。长街空旷而安静，地面湿润，好像刚下过一点雨，我想，所谓时间，正是这样一种不均衡的介质，或许是由意识来决定，尽管我们确立了秩序，制定了种种规则，仍无法控制其流淌的速率。在这样一个晚上，过去的许多年呼啸而逝，又仿佛暂停于此，立在眼前，缓缓揭示着动作与样貌。邱桐笑着跟我说，咱俩没发生过啥吧，真记不清了，一孕傻三年。我说，放心，我们没有。她叹了口气，说，我傻了整整六年啊。我说，女儿还认识你吧？她说，偶尔打个电话，也不太亲近，她都快七岁了，什么都知道的。我说，你想她吗？她说，不太想，或者说，尽量让自己不想，我没办法面对她，太多愧疚了。我说，不能怪你。邱桐说，很多时候，我根本不知道自己在干些什么，时常陷入恍惚，不知道为什么来到这里，像是一个个连缀不起来的片段，来不及做任何的准备。我说，那也不错，至少可以保持着一点期待。邱桐说，是吧，我也这么想的。然后又补充一句，也只能这么去想了。

路边有幢二层别墅，砖木结构，缓坡瓦顶，中央有门廊，刻工复杂精巧，顶端叠有玻璃穹顶，底部是一排欧式的石柱，围着黑色铁栏。举目望去，月光在乌云里沉睡，暗红的外墙落着爬山虎，多吸附在上部，下面零星几枝，应是被修剪的结果。邱桐指着说，我们在这里合张影，好不好。我说，没问题。她举起手机，调到自拍模式，屏幕里是我们的脸，以及一片墨色的绿，在夜里生长，吞噬着边际。她比了一个胜利的手势，我撇起嘴唇，好像她是一位永远的赢家，而我根本不在乎这场游戏的输赢。邱桐说，我其实都不太记得孔晓乐了，就只有一次。我说，什么。邱桐说，临近高考时，爬山虎又长到了房顶，从窗户外面伸过来，还记得吧，那次，学校请了个很厉害的工人师傅，穿着一身灰色的工作服，干干净净，拎着铝制长梯，就自己一个人，怀里装着一把壁纸刀，攀上爬下，忙活一整天，然后跟大家说，清理结束，过后见分晓，谁都不信，以为是骗子，但没过多久，只要在下面轻轻一扯，那些植物就一大片一大片地掉落到地上，很壮观，像被施了法术，当时不知什么原因，后来听说，那人会在一堆叶片里找到主茎，横着切断，之后就不用管了，待到养分供给不足时，叶黄枝枯，那些茎须再也没了力气，溃烂腐败，自然从墙壁的缝隙里脱落出来，这些都是孔晓乐告诉给我的。她还悄悄跟我说，那个人其实是她爸，你知道吧，我当时真的很羡慕她。我说，这事儿我都不清楚，结婚之前，她爸就没了，她也没跟我说起来过。邱桐说，我也就只记得这么一件，我的记忆力太差了，能想起来的东西越来越少，越来越少，有时还会为此哭上一会儿，有人说能忘掉是很幸运的事情，我却感觉没有比这更令我难过的了。邱桐挽着我的手臂，低声讲述，我没有说话，只是陪着她朝前走去，我的记忆力尚可，前面的街口我有印象，从此转过去，十字路口再向北，走不到一公里，就是邱桐住的地方。而我离得还很远，远到要经过高桥，穿越隧道，一路走到天明。我想，在那时，她的孩子应该已经醒了，委屈地哭喊不止，以责备这一夜的离弃，邱桐会一边抚摸着他的毛发，一边递去那只崭新的玩具。他停下几秒，笑起来，或者继续哭泣，表达着喜爱与厌弃的情绪。在那片刻的安宁之间，他们望向对方，陌生而惊异，就像从来没有遇见过那样。

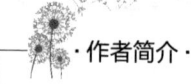

· 作者简介 ·

班宇，男，1986年生，沈阳人。作品发表于《收获》《当代》《十月》《上海文学》《作家》《山花》《小说界》等刊，被《小说选刊》《小说月报》等转载。出版小说集《冬泳》《逍遥游》。曾获2019年"茅台杯"《小说选刊》年度大奖、华语文学传媒年度最具潜力新人奖、GQ智族年度人物、"钟山之星"年度青年作家、花地文学榜短篇小说奖等。小说《逍遥游》获"2018收获文学排行榜"短篇小说类榜首，《夜莺湖》获首届曹雪芹华语文学大奖短篇小说奖。

不然

□ 林筱聆

事后回想，应该是从寒露那天起，一切便都埋下了伏笔。

托管中心的门关着，刘雁还没来。门边花台上坐着一个穿白衬衫的年轻人，正低头玩手机。这样的天气，穿长袖衬衫也罢了，居然领口、袖口都扣得紧紧的，像是害怕给体内的热气留有出路。水滴落下的提示音接连响了几下，王有男下意识地看了下手机——她忘了她现在用的是最新款的iPhone，不是两年前的华为。白衬衫一手抓着身旁的塑料篮子，单手打字，手指飞快。她在电话里叫了一声"刘雁"，他微微抬了一下头。两人的目光还来不及相碰，他的已经迅速归位。什么东西引起了她的注意。她忍不住又多看了他几眼。没错，他的白，他眉心正中央不大不小不左不右的黑痣，以及那淡淡的忧愁。高帷幄？难道真的是他？这么巧？！她的心急剧一颤，热流火箭般往脸上蹿。她慌忙低下头，紧紧抓住手上的旅行袋。她从小就特别喜欢白白净净的男生，像新刷过的白墙，也像刚拿出来使用的纯白瓷碟子。他除了干干净净，还文文静静，像是新剥出来的小竹笋。观音岩上最不缺的是笋，一年里有很长时间都有，春天有春笋，冬天有冬笋。长得像笋一样白净的小男生却是少之又少。他跟刘雁沾着亲戚的边，母亲是学校的语文老师，他比她高出三个年级。

至于吗，这么早？难得今天周末也不让人家好好睡觉！刘雁停下电动车，一边掏着钥匙一边噘着嘴埋怨。见她手上提的大旅行袋，便伸出手，你这是要出门？很重？

不用不用！王有男侧了一下身子，挡开刘雁的手。我就回来这几天，事情很多。她紧跟在刘雁身后。帮大姐看完你这里，我还要去厦门看房子，还要去了解孩子明年转学的事情，说是买了房子就可以把学籍迁过去。我那大外甥顶多也就在你这儿托管个一年半载。

你不是有开车来吗？那么重怎么不放车上？门打开的时候，刘雁招呼了一下坐在花台上的白衬衫。王有男听到了一个熟悉的名字。果然是他！

咦，你们应该认识的。进了门，刘雁突然想起了什么，转过身，指着他大声说。他就是高帏幄啊！你不记得了？我叔不是他舅吗？我们当年都叫他高小白。这名字好像还是你给取的？他妈是咱们语文老师啊，就是那个梳长辫子的刘老师啊！

噢？是吗？有吗？没印象。王有男摇头，做出一种努力思考的样子——她不想让他知道她记得。老师一直对她寄予厚望，可她已经不是当年的她了。刘雁像是明白了，没有往下介绍。

高帏幄双手抓起塑料篮子举在双腿间，屈膝弓腰叉开双腿吃力地往台阶上迈。王有男赶紧闪到一边给他让路，未料他也往边上靠。眼看就要撞在一起，她迅速转过身，踮起脚尖贴着墙站住。他走得像只鸭子，始终没有抬头的鸭子,仿佛头也被他手上的重物给压住了。刘雁指引他拐过弯去,把塑料篮子提去厨房,又支使他帮忙烧水,吩咐他帮忙把猪头下锅焯水。刘雁的侄子今天做十岁生日。十岁在闽南是个大日子,需要杀猪敬天公。

这个高小白,真是笨死了!他以为是在给猪头挠痒做面膜呢!刘雁几乎是骂了出来。猪头都没他笨!说完,急匆匆地往楼下跑。几乎刚跑到食堂门口,就听王有男急急喊叫。刘雁,你来一下,你来一下!刘雁收住脚往台阶上走,接过她递来的塑料袋。

你在哪里看到的?刘雁问。袋子里装着整整十二捆钱。

王有男指一指楼梯角。一开始我还以为是冥币呢,后来越看越觉得不对。你说这会是谁的钱?说着,她展开手中的一张纸,说,里面还有这个。

还是写给我的?要我把钱以刘爱娥的名义捐给教育基金会五万,给扶贫协会七万?这是个什么情况?刘雁完全傻掉了,把钱和纸条伸给她。这刘爱娥是我们那个语文老师刘爱娥吗?为什么让我代捐?她都死了多少年了?这不会是诈骗的吧?再说,我上哪儿捐去?

你别问我,问我我就更不知道了。王有男往边上躲,说得幸灾乐祸。诈骗能给你钱?你想多了吧?人家肯定知道你是个好人,知道你得过刘老师疼爱才委以重任啊,要不,人家为什么不委托我?不说这个了,不说这个了。对了,刚才你说那高小白笨,笨你还雇他?

我雇他?刘雁指着自己的鼻子,拼命摇头。我雇他就完蛋了,什么都做不好。

那你怎么支使他做这个做那个?她还是不想就此放过刘雁。

你说就那么点儿小事,再说了,他闲着不也是闲着?哎呀,你说这钱可怎么办啊?

放在以前,你怎么敢?她看到他正在往她的方向看,便紧急收住。

敢什么？刘雁好一会儿才反应过来。敢支使他？你以为现在还是当年？以前我是班长，不都你跟着我屁股转？现在你都敢支使我，我怎么不敢支使他？！你以为他还是当年那个钢琴王子？早不是了。他高三那年，他妈抑郁症自杀，他爸出车祸，肇事者又跑了。

天啊，他那么受娇惯的一个人，怎么受得了？

是啊，他那么骄傲的一个人。高考考砸了，复读了两次，终究读了个二本的什么物流专业，连工作都找不到。如果不是他舅，他恐怕吃饭都成问题。

那么骄傲的一个人呆立在大锅前，却是怎么都骄傲不起来。经过一番上蹿下跳的猪头已经下了锅，锅里几乎要满出来的一锅水"咕噜噜"地滚开了花，时不时地往外溅。高帷幄的脚离锅足有一米远，捏着手机的左手别在身后，双腿叉开绷得直直的，屁股往外顶，脖子往前伸，抓在右手的大锅铲使劲往锅里够着铲着，却怎么都铲不动笨重的猪头。但凡有水从锅里溅出来，他就下意识地抬起一只脚，再牵引着另一只脚往后退，哪怕只有一点。这一退，锅铲立马悬在空中，他眉心的那颗黑痣透出几分可爱来。

我看你啊，真是吃不动这碗饭啊！刘雁把装钱的袋子往旁边的桌子一放，取了拖把拖了地上的一摊水，不停埋怨。亏有人还记得你妈，看你妈把你宠得什么都不会。

不然呢？不然要怎么做？高帷幄一边应着话，一边赶紧把锅铲往锅里压下，脚步像是被锅铲指引着往前碎挪了几步。双腿依然叉得很开，绷得很直，屁股依然往外顶。

行啊，看不出来啊，没想到你这穿金戴银的娇小姐还能做这种粗活？刘雁拍了王有男一下，不忘了调侃。少来！王有男拿手肘轻轻回捅了一下刘雁。你忘了我妈以前干什么的了？刘一香的女儿还能白当了？见刘雁频频道着"是噢是噢,都忘了"又凑了过来。

水滴落下的声音又接连响了几声,像是替他的沉默做了回应。他掏出手机边看边往外走,走了几步,又转回来。手机在他手上摇着晃着,他走出一个长长的椭圆形。又一条微信。他的手轻轻一点,一个娇滴滴的女声。他慌乱地戳屏幕,匆匆往外走。

肯定又是他那个阿莲,不知又伸手要什么东西了。刘雁望着他的背影一脸不屑。这年头,只要女的敢开口,谈个恋爱就像得了台购物机,点什么来什么。

他有女朋友?王有男的手被锅边烫了一下,她不停吹着手。

这才叫人不放心啊!不知哪里去谈的,听说那女的还长得很漂亮。刘雁把头摇得颇有深意。他舅不是我堂叔嘛,叫我要帮帮他,不要执迷不悟往里陷。谁的话都听不进去,他舅都快烦死了。不过说真的,如果不是谈了个女朋友,现在估计他还整天躺在床上玩游戏。

是吗?此时,王有男特别想认识他的女朋友。应该不会比我有钱吧?她猜测着女孩该是比她大的眼睛,比她细的腰,比她高的个头,应该还有烫得卷卷的长发。她一直很不满意自己的身高——一米五七点五,很尴尬的一个高度。再高一点,上了一米六,像自己的大姐,配上高跟鞋,可以往婀娜妩媚靠。或者索性再矮一点,就一米五五,像刘雁,配上齐刘海,再配上小白鞋,可以往可爱挨。偏偏是不上不下的一米五七点五,让人气得要吐血的一米五七点五。就像每次去看电影玩那个抓娃娃机,眼见已经够着了,但就是抓不起来,总是差了那么一点点。她不想说话,揪着猪耳朵翻过来,又翻过去她往屋外看了看,他还在不停地回信息。对了,你刚才说你没有雇他,那他现在在做什么?

养猪啊。刘雁举着装猪心的盘子闻了又闻。

养猪？她没听明白。

他舅在办养猪场，做得还不错，叫他去帮忙。他什么都好，长得帅人又实在。就一点不好，太实在。

天啊，他居然去养猪？王有男呆住了。他大她三岁，在闽南算是小冲。用农村话来说，冲不过是麻烦，冲得过反倒大吉。可是，他怎么可能怎么可以去养猪？许多场景开始在脑子里翻涌交织：跳动的黑白键、白净的衬衫、白净的脸、白净的手、臭烘烘的猪圈、脏兮兮的猪、一地猪尿猪粪……怎么可以？怎么可以？她闻到了臭烘烘的猪圈味，捂住鼻子往后退。

不要这么大惊小怪好不好？好像你不吃猪肉似的。你说当年我读书比你好吧？凭什么我好歹读了大专现在一个月才几千元，你就读了个高一，月入几十万？

这不是一回事。她摇头。当老师其实挺好的，我就喜欢当老师。

我讨厌当老师。刘雁擦着手，说得非常平静。不过说真的，我们现在做的其实都一样。

你？跟他一样？她指着刘雁一个劲儿地发笑。你开什么玩笑？你也养猪？哈！

对呀，我养猪啊！刘雁指着二楼走廊上挂着的一件件衣服说，那不都是能生钱的小猪崽？接着，又冲着她连眨了几下眼睛，其实，你不也在养猪？当然，你养的猪值钱！她的表情还来不及做出反应，刘雁突然一拍手，诶诶诶，我叔的忙可以找你帮呀，怎么没想到呢？

高帷崆当然知道刘雁的意思。可是，他已经有女朋友了。而且，说真的，王有男不是他喜欢的类型。怎么说呢？她太过社会，一看就不是"良家妇女"的模样。尤其是那浑身上下浓烈的脂粉气更让他受不了。她完全没必要刷那么厚的粉，这遮蔽了她天然的健康肤色。好在脖子不会说谎，它露出了她的本真，这让她脸上的白看起来有几分滑稽——甚至有种病态。他一直讨厌自己身上甩不掉的白，死人一样的白。他看不出她服装的品牌，但裙子上丝线细密、颜色复杂的刺绣、上衣领口精致的花边，各种细节都在传递着关于奢侈的信息。可是，她的腿那么粗，一点都不适合穿那么短又那么紧的牛仔裙，这充分放大了她的缺陷。她身上的服装和脸上的浓妆无疑都在朝着高贵一路狂歌，而她的眼神却是怎么都无法干挂的另一番景致。

装钱的塑料袋子格外精致，上面印着"CIRCLE"。刘雁要他拿走，但他不要。那是母亲的钱，纵使它来路不明，去向却非常清楚。刘一香真的是她吗？眼看着她的奥迪车已经走远，他犹豫再三，终究没有问出口。刘雁说她当年是个小组长，却偷偷揽了班长收全班作业的大权。他更愿意相信当年玉兰树下那个又黑又瘦的小女孩，是被偷懒的刘雁支使干这干那的——刘雁总喜欢主导事情的发展。那时的母亲对他的钢琴天分抱着比任何人都狂热的幻想，幻想他很快可以考进鼓浪屿音乐附中，而后顺利地考进中央音乐学院。除了搬把椅子凶神恶煞坐在身边的母亲，她是他忠实的听众。总是在曲子完全停下的时候，她才会进屋交作业。

高帷幄以为就这么告别了，开始也即结束。哪知道，结束也是开始。先是她单独约他一起去吃牛排，他没去，他没有见一面就跟人吃饭的习惯。后来，她约了几个老同学一起吃晚饭，让刘雁叫上他，刘雁替他答应了。刘雁总喜欢替人做决定。去的是县城最豪华的五星级酒店，来的都是他不熟悉的人。一开始，气氛还算他能接受的规矩。他被当作他母亲的化身，所有人都像尊敬老师一样地对他客客气气。他怀疑他们嘴里和蔼可亲的刘老师是否真是那个一脸杀气恨不得吃了他的母亲。他一直是个乖孩子，母亲要他一天弹两个小时的琴，他一分钟都不会少。母亲说钢琴家都穿白衬衫，他再热也不会挽起袖子。他从不反抗,直到小学六年级。那年十一月,他去参加全市的钢琴比赛。母亲说,只要你能获奖,这个寒假我们就去北京。他获了个二等奖,所有同学都知道了他要去看天安门。等啊等啊,好不容易等到了寒假,北京之行却泡了汤。那以后,逆着母亲的风向成了解气的家常。母亲说,等暑假,暑假咱们去北京!他把门一摔,爱去你们自己去!收到县城初中录取通知书,他执意寄宿,母亲说,不用,我很快就可以调进城了。然后呢?他眼睛一瞪,你敢调进城,我就不读了!母亲后来的抑郁很大程度上与他有着直接关系,而父亲的车祸与母亲的自杀又直接关联。

第三个菜刚上来,王有男再次举杯。趁着大家都清醒,我有个提议。在场的各位当年都得过刘老师的帮助,我们干脆设个刘爱娥教育基金吧!我带个头,我出二十万。

好!好!好!众人呼应,碰杯。

不!我反对!高帷幄坐着,举起的是手。

为什么?王有男放下酒杯,一脸不解。你放心,钱不用你出,你不用担心钱的事。

是啊是啊,现在有男赚大钱了,钱不是问题。刘雁也帮着劝说。

你是怕钱?王有男像是在走跳丁桥,说话一跳再跳。民间基金,我不落名。

不,不是钱的问题。我妈其实没有你们说的那么好,你们看到的只是表象,她只是一个普通人。高帷幄慢慢地垂下目光,像小时候母亲批评他时一样,注视着眼前的餐盘。他缓缓地说,之前也不知道谁让刘雁以我妈的名义给县里捐钱,如果不是没地方退,我也不会同意的!

有那么三两分钟,酒桌上的齿轮像是被什么卡住了,大家安静地吃。四五个菜后,新鲜的话题润滑了氛围。中学教师聊起布置学生写《我的理想》，有个男学生开头第一句就写"我的理想就是将来跟着表哥做大盘"。小老板聊起盘主邻居过年回乡下，当信用社主任的同学找到家里拉存款，邻居问，需要多少？信用社主任小心地说，能不能存个两三百万？邻居从床底下拉出一个大箱子，说得干脆利落，这些五百万，够不够？信用社主任下巴都快掉了。乡镇干部聊起一件奇事。镇上扶贫协会成立的头一天，有人做好事不留名地在扶贫办门口放了个小箱子，整整八万元。小老板说，不用猜不用猜，肯定是做盘的人给神明许过愿，赚了钱要捐，又不想暴露身份。他们说的他越听越糊涂，不客气也是从这个时候开始的。

你们不知道，现在那边什么都缺，干什么都挣钱。我有个朋友去投资建房子，八个月就回收成本，赚得手都软了。还有个朋友专门给食堂提供白米，一斤赚两毛钱，你想啊，一天要一万斤，不赚死才怪呢！王有男完全变了个模样，举着杯子站在那里唾沫飞扬、满脸生光，几个男同学将她围在中间，仿佛她是女王，仿佛她是核心。她指指这个同学，又指指那个同学，你可以去做护照签证，一本挣个两三百，一天也可以挣个一两千元。你可以去卖新人包，一个新人包，市场上批发价一百块钱，转手卖出四百元，一天几十个，哪怕就几个十几个，也有几千元可以挣。你可以去包食堂，你可以去开美发店，你可以去卖手机，你可以去开个小超市，哪哪都是钱啊。有人突然发现坐着不动的高帷幄，指着他大喊一句，对呀，高小白，你也可以去那边养猪啊！几万人呢，一天每个人二两肉计算，得几千上万斤猪肉呢！

不然呢？他听到耳朵"轰"的一声响，冷冷地问了一句。那边是哪边？

那边就是那边啊！所有人都笑。

哎呀，你们不要跟老实人开这玩笑啦！刘雁替他挡了一下。他怎么可能去柬埔寨养猪？

不然呢？我养个猪干吗跑去柬埔寨？他拿牙齿咬自己的嘴唇，拿目光咬住开玩笑的人。

所有人笑得更厉害了。高帷幄逐渐从他们的语境中剥离，不再参与他们的话题。已算不清上到第几个菜，所有人都忽略了菜的存在，全面进入喝酒的主题。唯有他一个人吃得非常努力。他最感兴趣的还是刚上桌那满满一盘大闸蟹。其他人都没有动手，他可不想放过。他不是个贪食之人，却偏偏对长得难看的两种食物充满特别的情感。秋天的大闸蟹、夏天的榴梿，外形张扬，甚至富有攻击性，却充分打开他的味蕾。母亲从来不敢吃这些。哇，你们看啊，高小白看来还是个典型吃货啊，居然有办法这么吃蟹肉！坐在他左侧的王有男大叫起来。完整一条蟹肉就那么出来了，你们谁有这办法？说着，她用手直接从自己的碟子里一抓，再一丢，一只光秃秃的蟹身立马掉进他的碗里。既然你那么会吃蟹，这只你就帮忙给吃了，我真是吃不来。我都吃不到肉，吃到的都是壳。

他的耳朵"轰"了一下。

哇哇哇！哇哇哇！几个人开始起哄。这什么关系啊？合吃一只蟹这什么关系啊？

你们自己看看，这一大盘也就两只公蟹，高小白不是爱吃公蟹吗？王有男站起来冲着对面喊话，又转头向身旁的他。这吃蟹又不是用嘴啃，都是用手掰，是不是，高小白？

高帷幄的耳朵连续"轰"了两下，胸口被什么撞了。一盘肥美的大闸蟹再没了先前的味道。终于等到大家喝得差不多，所有人最后一次共同举杯。酒杯碰在一起，那个小老板突然提议，要不咱们去唱歌吧？好几个人同时呼应好，小老板一边联系起歌厅留包厢，一边招呼服务员买单。王有男摆摆手说，已经买过了。

哇卡，你什么时候去买的？比我动作还快！小老板一脸惊讶后，满嘴的玩笑也跟着出来。你放心，你这好不容易回趟国，我们一定会好好敲诈你的！

人家有男现在又不差钱，还怕你敲诈？刘雁一把推开小老板。要敲诈也要我先来！

她约请客人她结账，其他人有什么好虚情假意的？他想。出了酒店的门，王有男的车已经候在门口。他径自往边上走，刘雁拉住了他往奥迪车走。一起去一起去，难得这么一聚。他不擅长拒绝。一进包厢，他就后悔。洋酒、葡萄酒、啤酒全都上场，一小杯、一大杯、一整瓶，眼见她一圈葡萄酒过去，又一圈洋酒过去，他索性就埋头与小莲发微信。几个小时后，除了他，所有人都喝得东倒西歪，王有男更是被刘雁搀扶着才出了包厢。提议唱歌的小老板一个人歪歪扭扭地走在前头，服务员引导大家往收银台走。拐过一个弯，却不见小老板的身影。大家都以为他去卫生间，就站在通道上等。等了十分钟还不见来，服务员催促着。其他几个有的低头拨电话，有的交头说话，有的干脆闭眼靠墙，谁都没有去结账的意思。走在最后头的王有男抱着垃圾桶一吐再吐。

高帷幄觉得唯一清醒的他应该有所表示。一个人跟在服务员身后，像是一个慷慨就义的英雄，他把头抬得高高的。收银台的小妹问，先生，请问您要结账？

不然呢？话刚出口，高帷幄就听到了对方抛过来的一串数字。八千六百元？他以为自己听错了，又问了一遍。

总共八千六百元，请问是刷卡还是微信？收银小妹举着扫码器问。她的话语轻柔，像加了柠檬的科罗娜啤酒，酸酸甜甜、清清凉凉。她的眉眼嘴角都快连在一起了，这微笑跟那个扫码器一样职业也一样敬业。

高帷幄举着那张账单，一遍又一遍地核对着上面的信息，也借机核实自己储蓄卡加信用卡的相关信息。总共八千六百元，请问是刷卡还是微信？收银台的小妹举着扫码器又问了一遍。她话里含着的最起码是葡萄酒的酒精度，眼角的酒精度已经逼迫三十八度的泸州老窖。他看了她一眼，耳根瞬间烫了起来，头也压了下去。他一边拔着腿，一边上上下下摸找身上的卡，说得特别小声。刷卡，刷卡吧！

刷什么卡？付现金付现金！一整沓的钱突然被拍在收银台上，王有男的身体也歪歪地靠了过来。这点算什么钱？小意思，小意思。高帷幄几乎是条件反射地单手把她的身体往右轻轻推开，双脚往左边挪了一小步。她并没有失去重心，只是换了一个身体依靠，她的右手搭在刘雁的肩上，刘雁一手抓着她的右手，一手尽量把她的左肩往上托。

恰在这时，其他人涌了出来。小老板远远地叫嚷着，真不好意思，真不好意思，刚被几个朋友拉去另一个包厢又喝了几杯，怎么样？单还没买？我来，我来！服务员，买单！

这戏演得可真是绝了！高帷幄"嗤"了一下鼻，把数好的钱递给她。王有男不接，只眯着眼笑嘻嘻地对他说，给你，给你！

你什么意思？高帷幄生气了，也不再往她手里递，直接把钱拍在收银台上就转身离开。几个人上了车，她几乎是一上车就秒睡。他忍不住问刘雁，你说她做什么生意花钱那么大方？

刘雁看一眼代驾，神秘一笑。说来跟猪也有点关系吧。

她也养猪？也养你那样的小猪崽？高帷幄惊得嘴巴都合不上了。看刘雁一个劲地摇头，他又问，不然呢？那难道她也养我们这大猪？

去，养你那猪能挣几个钱？刘雁扶住她东倒西歪的头往自己的肩膀上放。

不然呢？高帷幄不像在问刘雁，更像是在问自己。其实也不错啦。非洲猪瘟后，猪肉供不应求，一头猪以前也就能挣个千八百的，现在能挣一两千元，不错啦。

你啊，是没见过大钱。这年头，千八百算什么钱？刘雁冲高帷幄招了招手，一手扶住王有男的头，身子往前一凑，捂着嘴小声地说，我告诉你，她不仅养猪，她还专杀猪。

杀猪？她那么瘦弱，怎么杀得动猪？高帷幄脱口而出。

你呀！不说了。刘雁连连摆手，往后坐正身子，又嘀咕了一句。难怪二叔怕你上当受骗。

瞬间安静下来的车厢又闷又挤，高帷幄频频点戳起微信来。总有人比他更无聊，总有人从各种途径想添加他为好友。青松、露、我是怂哥、刚的直、夜来香……什么样的名都有，每个微信名后面总潜伏着一个与之相对应的人。不是每个虚拟世界的人都可以成为朋友，但他相信自己的直觉。"弹钢琴的女孩"？左手下意识点了接受。

女友小莲的微信界面上，已经显示着十三条信息，高帷幄在犹豫要不要点开看。他们是通过一个游戏群认识的。一开始只是相约打游戏，后来，相约开起了小店。他到杭州找过她，人长得挺好，是他喜欢的类型，也是他放心的模样。他负责投资，她负责打理，生意做得还不错。去年年底的分红他没要，她买了个手镯戴上，说就当是信物了。两人开始商量起将来是他过去杭州，还是她来安县。还没商量出一个所以然，今天她提出杭州房子价钱大跌，先要在杭州买房子。他觉得有道理，可是钱呢？钱在哪里？

高帷幄礼节性地给弹钢琴的女孩发了个招手的表情，又送了一捧的鲜花。对方没有回应。他看了一下时间，已经两点多了。心底有一条温暖的小河暗自流淌，很是舒服。

昏昏沉沉不知睡了多久，小外甥来喊了几次。前两次王有男不想起，母亲进来把小外甥带了出去。第三次，母亲自己进屋喊她，见她没动静，就偷偷在她耳根说了句，你叔来了。

王有男一骨碌坐了起来。他来干什么？

不知道。还带着两个人呢。母亲带上门时又叮嘱了一句，你动作快点！

肯定没好事。王有男想。从小到大，父亲唯一的这个亲兄弟都像是他们家的噩梦。每次他主动上门总没好事。上一次上门还是今年春节，他要求姐夫无论如何带他的儿子出去。姐夫还在犹豫时，他就摔了酒杯出门。半年前，家里搬进这楼中楼时请他来喝酒，他就是不来。

王有男慢腾腾地穿衣，慢腾腾地上卫生间，慢腾腾地洗漱。一种莫名的快感。姐夫还没发家前，老实的父亲总是一年到头四处打工。他的兄弟脑袋瓜好用多了，八十年代初就到汕头做茶叶生意挣到大钱，还开了茶叶店。后来因为赌博赔了个底朝天，灰溜溜地回到观音岩。九十年代末，县城建起了茶叶批发市场，他拿着借来的两千元进城卖茶。无须店铺，只是这边买进来那边马上卖出去，一天也能挣个几百元钱。很快，几个孩子跟着进城上学。两个混到高中毕业的儿子光荣地继承他的优良传统并将之发扬光大，做生意、打牌、打麻将，样样拿手。那年临近春节，父亲在工地摔伤住院，眼看交不起手术费，母亲带着她去找叔父借钱。婶婶门神一般地坐在店门口，脸色比千年青铜还青。一个小时后，叔父总算出现，手中的五张钞票直指母亲高高隆起的肚子说，你这肚子好歹也争气一点，一个个生的都是别人的老婆，将来我看你们可怎么办。父母给大姐取名招弟，给她取名有男，却无法避免小妹的出生。

果真没好事。一听叔父的要求，父亲低头泡茶，母亲带着小孙子去走廊上玩，王有男几乎气炸了。之前不是说的十二万？我昨天不是刚帮他还了十二万的银行贷款？不是还完了吗？

是啊，欠银行的是十二万，银行的是还完啦，可这边还有两笔欠私人的债务啊！叔父指指左边的，又指指右边的，说得理所当然。一笔是八万，一笔是十万，都是老大借的，要还就一起都还了啊。这点钱对你们来说算什么？

怎么可以这样？你儿子那是赌博欠下的钱啊！你们别太过分了！

过分？那是你姐夫的钱，又不是你的，你着什么急？你姐夫都已经答应了。叔父在"姐夫"两个字上用了力。很多年前，姐夫入赘成她哥，大前年他又把自己和孩子改回了黄姓。

他没告诉我，我不知道。王有男越听越气。气的不仅仅是他的语气，更重要的还有他的态度，他似乎领的只是姐夫的情，没有她和她姐她们家什么事。

你们别以为你们一年挣多少我不知道，你姐夫给的还不就指甲缝里抠出来的一点点？叔父抠着指甲，又指指房子。谁不知道你们这屋子里装的都是钱？论智商，你们谁比我儿子聪明？论胆量，你们也比不了我儿子。既然都比不上，凭什么你们吃肉我们喝汤？凭什么我儿子连房子都卖了，你们住楼中楼？见她不搭话，叔父便把火往父亲身上引。说话呀，不要跟个哑巴似的。

让有男跟她哥问一下再说吧。父亲这个习惯被人挑着捏的柿子总是软而又软。

王有男还没想好怎么接话，叔父踩着父亲的台阶又上来了。还哥呢还哥呢，那早已经不是你儿子了！说实在的，你们这一个个将来都是别人家的老婆，要那么多钱干什么？

这么多年，钱终究没买来尊严。他还是瞧不起她们家。王有男腾地站起来，却被父亲乞求的目光按回座位。她告诉自己强忍着，小声地嘀咕了句。你不也是别人家的老婆生的？

你说什么？叔父没听清她说的话，但显然猜出了什么。也不想想，当年要不是我借钱给你爸手术，你们现在日子能这么好？

是啊，您当年的五百元可是有簸箕大啊！您是打算一辈子躺在这五百元的功劳簿上吗？

要不，你这回把我也带出国吧。

什么什么？你说什么？王有男怀疑她的耳朵出了问题。

带我出去啊，我也想去挣大钱啊！

你已经有两个儿子在那儿了！

他们可以挣，我也可以挣啊！

他们懂电脑，你懂吗？

我可以帮着看头看尾啊，没吃过猪肉还没见过猪跑吗？叔父把二郎腿翘得高高的，悬在空中抖着晃着。你们可以给我少一点，不用两三万，八千元就可以了。

王有男真想一拳打过去，打得他满地找牙，打得他眼冒金星。她给刘雁发了微信，希望对方给自己打个电话，随便说个什么事，她就有充分的理由可以离开这个是非之地。几分钟后，刘雁真的打来电话，却是真的出事了。人命关天，她顾不得吃饭，抓了挎包就出门。

十几年前建设的小区显得有些落伍，楼高八层却没有装电梯。楼下满是抬头仰望围观的人，警察和消防武警已经拉起警戒线，着手准备在阳台垂直对应的地面区域铺上充气垫。高帷幄家的亲戚挤满了七楼到八楼的楼梯转台，他坐在八楼的窗台上，整个身子钻出防盗窗外，双眼紧闭，两脚悬在空中，双手伸向空中做着飞翔的动作。八楼往天台的楼梯拐角处，几个警察冲着他不时喊话。刘雁拉着王有男上到八楼,三下五除二跟她把事情讲了个大概。他先前就想卖房,他舅没同意。今天,他直接约了买房人看房,他舅的儿子儿媳妇不让看房人进屋,他就急了,拿菜刀逼所有人出门,说要从八楼跳下去,任谁怎么说都没用。

没错,房子当初是他父母买的,首付也是他们交的,可是后来的按揭,以及房子的装修,确实都是他舅给出的,他们提出一起住也不过分吧?此刻,刘雁的天平显然更倾向于她叔。他怎么可以直接把人带来说要卖房子?他表弟刚结的婚,你让他们搬哪里去?

他为什么要卖房?至少也有一百多万吧?那么多钱他想拿去做什么?王有男侧过身子往楼梯拐角处看。警察在喊话,他的亲戚们也有一句没一句地劝着话。没有他的声音。

还不是因为那个所谓的女朋友!那就是个大骗子,要他去杭州买房子,说是杭州的房子便宜,上升空间很大。刘雁拿右拳砸在自己左手掌心。你说就为一个见过一次面的人,就跟最亲最近的人翻脸,这脑子是不是有问题?对了,你那个计划怎么没进度呀?

这个需要时间,他是个比较专情的人。王有男不停眨眼,不停摇头,又连续几步上台阶至转台。她看见他身体前倾,做了个俯冲的动作。"啊——""唔——"楼下的尖叫声瞬间起伏。她跟前面的几位警察说了句,你们让一下,我来试试!

瞬间让出一个空间来。刚想开口,王有男突然发现这样的角度似乎有问题。她在上,他在下,这种俯视让她生出一种不舒服。她急急下了台阶,冲到七楼到八楼的楼梯转台,拨开他家的亲戚,对他喊道。高帷幄,高帷幄,你听我说,房子我买了,多少钱你说,钱我马上付给你。

真的?一直不跟任何人搭话的高帷幄立马开口了,他转头看着她。你不要骗我！

你信不信，你把这钱一打给那女孩，她立马就不会跟你联系了，你信不信？

不信。你们都想骗我！一个个都不可信！现实中的人没一个可信的！

那咱们就打个赌怎么样？见他并不排斥打赌，王有男继续往下说。你跟她说你想挣大钱，把卖房子的钱拿去赌输光了，现在人被扣下了，让她带钱来救你。怎么样？如果她能来，或者，只要她能答应来，我马上把钱给你，让你带着钱去找她。好不好？

你说话算数？不然呢？

当然算数！不然我跟你从这里跳下去！

好，我告诉你们，她一定会来。高帷幄指着她身后的他的亲戚们，一个个地指过去。指了一圈下来，又不放心地问她。她如果真来，你就把买房子的钱给我？如果我舅不同意呢？

你放心，如果她真来，我立马把钱给你，钱不是问题！你舅这边我来负责，你只负责拿钱走人就可以了！王有男转身冲着他家亲戚使了下眼色，继续对他说，你看他们都同意了。

她一定会来的，她一定会来的。高帷幄挺直腰板开始拨手机。并不复杂的谎话被一张纯真的嘴讲得七零八落，像孩子手里拆开重组的玩具，捡起这个就丢了那个。这倒增加了逼真的慌乱感，完全不需要伪装。戏再往下演，他甚至非常自然地口吃起来。你先给我、给我转、转十万进来，等我、我出去了我再、再给你，给你一百多万……喂！喂！喂！

如王有男所料，对方挂断了电话。他自然不相信，又拨，再拨，发微信，发语音。没有通话，没有回复。失了支撑的背一点点弯了下去，双手无力地支在阳台上，他颓然地望向她。她关机了？她居然关机了？她怎么可以关机？她怎么能这样？怎么可以，怎么可以？就在这时，两双不知从哪里伸出的手同时抓住了他，用力一拽，他整个人被拽下窗台，拽进屋内。

还是你有办法！刘雁冲王有男竖起了大拇指。两人一起进了屋，警察和他家的亲戚已经塞满了小小的客厅。高帷幄抱着双臂蜷在沙发上，身上的白衬衫依旧那么白，袖口依旧扣得那么紧。有个非常年轻的女警正在表格上记录着什么，见王有男走近，对她竖起了大拇指，厉害啊，还懂得诈骗心理学！你是做什么的？学心理学的？她猛地想起两天前镇上派出所女警通知她今天要带护照过去填一些表格，就随便支吾了一句，赶紧往镇上赶。

表格很简单，三两分钟就填完了。表格交上去的时候，民警问，护照带来了吗？王有男从包里找出护照递了过去，民警一接，说，好了，你可以回去了。她的手又伸了过去，那我护照呢？我的护照还在你那儿呢！

不能给了。民警打开抽屉，取出一把剪刀。

怎么可以这样？把护照还我！王有男伸手就要去抢。民警扭开身子退了一步，手上的剪刀"咔嚓"就剪了下去。他抬眼看她，单边嘴角一咧。你有频繁的出入境记录，这个不能给了。

眼看木已成舟，王有男迅速开车回城。姐夫再神通广大也无力回天，只让她暂时在家以待时机。大姐就没这么客气了，一个电话就骂了过来，你是猪脑袋啊，派出所让你去你就去？也不懂得先跟你姐夫问一下？他们让你交护照你就交啦，你怎么这么笨啊？啊？憋了一肚子气开车、进家门，一听说父母还是替叔父还了一大部分钱，她的情绪刮起了龙卷风。先遭殃的是桌上的茶杯、水果，而后是玻璃做的烟灰缸。我早说过他们家的事情管不了，让姐夫不要给他儿子还债，你们偏说没事。现在问题一个接着一个来了，你们怎么还听不进去呢！

算了算了，就几万块钱，算了，你不用这么生气的！老实的父亲拉住王有男的手往沙发上坐。用的是我跟你妈自己的钱，算了。

这不是谁的钱的问题！你们怎么就不明白？她甩开父亲的手，吼了起来。在他面前你们为什么就直不起腰？为什么？为什么？现在是什么时代了，他哪里来那么大的底气？以前他们家有钱咱家穷，他可以看不起我们，可是现在呢？现在他凭什么还要指挥我们家？

凭什么？凭什么？凭他知道的事太多。母亲捶打着自己的胸口，一下接一下。凭他家有两个儿子，我生不出儿子来。

当时我怎么说的？不要让他儿子掺和进来，不要让他儿子掺和进来，就没一个愿意听我的！王有男抱起沙发上的抱枕砸向扶手，密密地砸。没一个愿意听我的！没一个愿意听我的！

我们也想着他儿子一个月有几万元挣就好了，会知足了，不会再看不起我们，哪里想到这样？父亲跑过去帮母亲按抚胸口，又回过头小心翼翼地补了一句。你是不知道啊，那架势，不给钱，他们就不走了。我们不想你回来还看到他们在家里啊，我们不想你们有事！

心一下子疼得不行。啊！王有男大声喊，脸颊上一片滚烫，她以为是眼泪。可是，没有。

王有男说想去养猪场看猪，明天。高帏幄说好，现在，马上。他有了迅速逃离剧场的天大理由。

就在刚才，十分钟前，舅舅一家又演了一出戏给他看。高帏幄不得不佩服他们一家子在表演上的综合实力，主角配角演技都堪称一流，且配合完美，简直无缝。父母买下的大房子，到处都是舞台，随时都可以直播。没有父母的存在，自己越来越像是一个看客。

帏幄啊，有个事情跟你商量一下啊。舅舅拉着他在沙发上坐下，一手往他肩上搭。一直跟猪打交道的舅舅难得能把话说得如此客气,他的神经立马有几分警惕。之前不是给你表弟在多湾买了个一百四十平方米的大房子吗?这不,今天交房了。你也知道,你弟妹怀孕了,按咱们农村的说法,孕妇是不能随便动床的。

是啊,是啊,会动到胎气,对胎儿不好!倚靠在厨房门上的舅妈附和着。

为什么要动床?不用动床啊!高帷幄觉得他们好生奇怪。

不是,我是说,再往下孩子一生,你弟妹的父母就住在这附近,她父母要来帮个忙或者看看孩子都比较方便。

高帷幄使劲吞下了"不然呢"。感觉非常不好,有事情要发生。

他不说话并不影响他舅舅继续把话挑得更明白些。我们是这样想的,你往下也是要谈恋爱结婚的吧,干脆我们把那个更大的新房子给你,你就把这老房子给你表弟算了。我们那房子还多了二十几平方米呢!

你看,这房子也旧了,又没电梯,我们那房子大多了,坐南朝北,还三面采光,多好的房子。舅妈及时进行备注。

高帷幄在心里"呵呵"两声。父母买的是老城区的房子,周边新开的楼盘已经过了两万五千元。他们买的是小产权的房子,撑破天也过不了六千元。他们把算盘吊在脖子上呢。

我丈母娘说了,孩子在这房子里有的,就要在这里住下去,这样对孩子好!表弟扶着表弟媳加入了演出的队伍。再说了,我们把新的大房子跟你换这旧的小房子,你不吃亏的!

我妈给我抽了签,唯有这房子对我和孩子都好,如果不能住在这儿,让我还是把孩子打掉。他们本来就不同意这门亲事,呜……表弟媳眼里的泪水说来就来,还立马泛滥。如果孩子没了,我活着还有什么意思?

你把孩子打掉，我就不活了！舅妈开始捶打起自己的胸口，打得"砰砰"响。

这让高帷幄一下子慌乱起来。他手上居然握着三条人命，他不想成为杀人凶手。他一直有离开这个家的念头。其实，这也算不得他的家，只是他的房子。为什么想离开？他说不清楚。可能自从表弟跟他老婆一起住进来以后就有这样的念头吧。大四那年，舅舅说，你马上毕业了，还是把房子装修一下吧，这样你上班就不用去租房子了。每年寒暑假他都住在舅舅家。他感动得不行。春节搬新家的时候，出钱装修的舅舅舅妈很自然地跟着住了进来。他们一直住着，上学的表弟表妹偶尔也来住上几天。舅舅说，放心，这个是暂时的，将来会给表弟新买更大的房子。他们果真买了更大的房子，却还是把表弟的婚结在他的房子里。

高帷幄到养猪场的时候，王有男还没到。"弹钢琴的女孩"又发来微信，她打算去夜总会上班，弹琴、唱歌都可以，陪酒的收入更高，她还在犹豫。姑娘运气很不好，母亲早亡，父亲身体不好。最近父亲查出了肝癌，需要换肝。姑娘把他当朋友，有空就找他诉苦。他让她别去夜总会，他说，你可以在轻松筹上筹钱啊，申请应该不难！姑娘说，不，不能穷得连脸都不要。他觉得也是。他很想帮她。至少，她的出现让他重新觉得有被需要感。父母去世后，他经常怀疑自己是否被需要，现在，活着突然就有了意义。风微微有点凉了，太阳暖暖地照着，不会说话的猪们"嗯嗯""啊啊"地跟他敬礼问候。他喜欢跟猪们待在一起。静静的，不用操心它们在想什么，也不用烦恼怎么跟它们说话。刚毕业第一年，先去了一家快递公司，他应聘的明明是操作员，干了几天却被安排去收送快递。他坚决不干，只能卷铺盖走人。后来，又找了物业公司、工艺品公司，跟他想象的总有很大差距。索性就不找了。在家里宅了一年多，宅到父母留下的钱所剩无几，他只能接受舅舅提过N次的要求。养猪场不大，一年也就出个一千多只猪。上班第一天，刚走进养猪场，那极具穿透力的味道扑面而来，令他只能屏住气息。憋不住气息的时候，他便站在路边一阵接一阵地呕吐，吐到几乎把胆汁都吐了出来。养猪场的师傅看不过去，说了句，这孩子看来干不了这个！他舅舅便恼火了，谁天生就是干这个的？我吗？能舒服谁不懂得舒服？想舒服也得先能养活自己！他把嘴里那口苦汁吞回去，当起了猪倌。慢慢地，他在那难闻的味道里提取出了最为原始的泥土的气息、植物的气息，这让他心安，他居然喜欢上了这里。

养猪场分成两大区域，占了十分之九的粗放区和只占十分之一的精养区。粗放区其实也就是速成区，养的是外地超大体型白猪，主要吃的是精饲料，生长速度快，四五个月出栏，每天基本保证出栏五六只猪。精养区说白了就是按照农村养猪的方法，养的是本地黑猪，个头相对小，吃的主要是米糠、麸皮、地瓜等农作物，生长速度慢，九个月以上出栏，每周出栏一只。四五个月就可以养成一只三百多斤的大肥猪，多养四五个月养出的可能重量上只有两百多斤，单价却高出一大截。高帷幄主动要求负责精养区的管理，他不喜欢太快的节奏。

养猪其实也有养猪的乐趣。眼前的这些猪，他跟它们相处了两百来天，都生出了感情。五六十只，有大有小，分成五六个猪圈，差不多一个班级五六个小组的规模，送走一批又迎来一批。每个猪圈里都有他特别喜欢的猪，他给它们取了名。多多总喜欢拿身子往墙角上蹭，一蹭就是半天；阿莱像是听得懂人话，远远的你招呼一声，来来来，开饭了，它总是跑在第一个；眯眯是一只总喜欢眯眼的小猪。眼睛本来就小，再加上眯眼，猛一看上去，满脸都是鼻子；华发是整个猪栏里最能睡觉的猪，他任何一个时间去猪栏，它都在睡觉，因为睡得多，身上特别能长肉，走起路来一颤一颤的；索索身上长着许多玫瑰花一样的斑纹，乍一看，像是会移动的地图；梅拉刚出生的时候，总喜欢玩失踪，一会儿没注意，它就被其他兄弟压在底下，然后就没啦，没啦；西西最好玩了，那眼睛呆萌呆萌地望着你，然后拿嘴巴拱一拱这只，再拱一拱那只……他觉得猪是最好的朋友。它们对他的秘密守口如瓶，对他的决定"嗯""啊"支持。他不需要看它们的脸色，它们很真诚。见到他，它们便凑过来，鼻子一翕一翕。

你看，那只，老爱拱人家的那只，那只叫西西，明明做了坏事，那眼睛又一副完全无辜的样子，哈哈！高帷幄带她一个猪圈一个猪圈地看过去，看到他喜欢的猪总忍不住哈哈大笑。

怎么感觉你像个猪班主任啊？王有男盯着他看，眼里流出笑。你养猪也养出有意思来了，这一只只都跟人名似的。看来我们都得小心，谁对你不好，就有可能成了这里的一只猪。

不然呢，日子怎么过？高帷幄有几分小得意，指着一只耳朵缺角的。你看那只最会生事，总喜欢吃独食，那只叫老猴，初中时，我们班上就有一个外号叫老猴的，整天惹是生非。

这一只只都这么可爱，我一下子要五只，你不会舍不得给吧？王有男笑着问。农历十一月二十五，她家要回观音岩摆桌，为祖父做八十岁生日。

没事没事，我可以把比较讨厌的给你，比如这只老猴，那只一撮毛……高帷幄突然意识到了一个问题。你说多少只？五只？你们要摆上百桌吗？怎么用得了五只猪？

除了摆桌，还要有口份啊。按说每人给个三两斤就可以了，我爸说要每人给八斤，要打破岩上的纪录。阿公身体不好，怕是扛不了多久，我爸说要办得隆重。王有男指一指左侧猪圈，又指一指右侧猪圈。你说这个是马上可以出栏的，那个是两个月以后才能出栏的？得到确认，她指着左侧猪圈说。那就要这个。你从里面帮我挑五只再养瘦一些吧，就给他们吃米糠、麸皮就好，不要再长膘，让它们瘦下来，越瘦越好。

这得多花掉不少钱。高帷幄拿出手机计算器，想要给她算一笔账。一只六千元，多养两个月，每天……

不用算，一只就按八千元算，够不够？王有男打住他。只要保证跟农村猪肉一样好吃。

这个你放一百个心，绝对是农村土猪。高帷幄收起手机，信心满满。只要你不嫌贵，洋参汤我都可以给它们喝！

钱不是问题！王有男摆摆手，大阔步往前走。比起被我叔讹去的，这算什么钱？

高帷幄突然停住了。你不要以这种方式怜悯我。不需要。那语气像是悬崖上的瀑布，一泄就是百米。那脸色像极瀑布经过的石壁，发出冷峻的光。

不，不是。王有男忙不迭地找话来说，我真的需要买这么多猪肉，找谁不是买呢？非洲猪瘟后，村民家里根本没有猪可卖，市场上哪里去买农村猪？你说是不是？

高帷幄一句话都不接，骑上他的摩托车就走。车到半路，她的微信转账就到了。总共转了四万元，他按了拒收，让她直接转给他舅舅。她问，你舅舅的银行卡号是多少？他说，你问刘雁。天色一点点暗下来，他不想回家，却也不知往哪里去。他发现，自己居然没地方可去。以前他不觉得自己需要朋友，现在他意识到这是一个问题。"弹钢琴的女孩"一直没有回微信，他担心她真的去夜总会上班。可担心就能帮上忙吗？帮不上忙担心又有何意义？漫无目的地在城里转来转去，竟然转到了刘雁家。刘雁的父母正好来看她，三个人正在吃饭。刘雁招呼他一起吃饭，他说，我吃过了！一个人坐在客厅看起了电视。刘雁租房子住，一直想在县城买房，他不确定她是否有钱借给他。他不停换台,只等一个合适的时机跟她把这口给开了。他们好像在聊乡下她哥建房子的事情?老人家要刘雁帮她哥出些钱,刘雁在讲困难,房子要按揭,马上要装修,托管中心要付租金……他默默起身,门铃响了,刘雁喊他开门。

门外站着他舅舅。舅舅问,你怎么在这儿?

高帷幄想反问,我怎么不能在这儿?但他懒得理人,跟刘雁的招呼也省了,直接闪身而出。擦肩而过的一刹那,舅舅一把抓住了他,你去哪里?

高帷幄甩开舅舅的手,突然想到了自己的问题还没解决,便转身问道,你把明年的工资先给我吧!

你又发什么疯?舅舅走进屋内一边换鞋一边大声说,像是担心屋内的人没听到。你要么多钱干什么?都拿走了你往下喝西北风?

这你不用管。高帷幄直勾勾地盯着舅舅,身体一动不动。我就问你,行,还是不行?

不行!舅舅冲着屋内说得毅然决然。

好!你说的!高帷幄拿手指指着舅舅,一步步往电梯口退去。

可生活终究无处可退,日子还得照旧前行。回避、沉默和装聋作哑是最好的办法。高帷幄照常上班,下了班就关进自己房间里。尽量不见面,即使见面也不给他们开口的机会。面积最大的主卧已经成了表弟的婚房,另一个有独立卫生间的房子住进两个老人,他的房间在西面,真是冬凉夏暖啊。退到无可退之处,就不必再退了。舅舅说,那个事情你考虑得怎么样了?他把门"砰"地一关走人。舅妈说,你弟妹很快就要生了,到时你那房间……他踢了一脚椅子算是应答。表弟在微信里一问再问,你什么时候去看一下我爸买的那新房子,很不错的,你一定会喜欢的。他干脆删除表弟这个好友。

高帷幄重新喜欢上网吧。那天游戏打得正酣，"弹钢琴的女孩"给她发来一段语音。因为不愿陪客人出去夜宵，她被客人打了。她觉得非常委屈，小费没赚着还断了鼻梁骨，牙齿也断了三颗，父亲换肝的钱还没着落，自己的手术费又需要两三万。她问他，你能不能包养我？他整个人几乎从椅子上跳了起来。他无论如何接受不了这个词。得是多大的困难才能让一个青春少女做出这样的决定？一个女孩可以为了父亲牺牲自己，他呢？他可以为她做什么？所谓的尊严不就是要让人尊重的颜面吗？于女孩来说，父亲活下去是她最大的尊严。于他呢？难道不求人是他仅有的一点尊严？他决定给王有男打电话。她有的是钱，他缺的正是钱，这是一对矛盾，互补的矛盾。

　　电话通了，王有男就在附近的一家酒吧，正好出来。她约他见面喝杯咖啡，不能再回绝。见了面，他不喝咖啡，也不说话。好一会儿，她问，你想借钱？

　　高帷幄知道一定是多嘴的刘雁告诉她的。连最后的遮羞布都没了还有何可顾忌？他问，听说你很有钱？

　　也不是说很有钱，只是不缺钱。王有男手上的小汤匙不停搅动着杯里的咖啡，咖啡的表面浮动着一层白色的泡沫。

　　有多少？几百万？

　　差不多吧。

　　能不能借我一万元？

　　你是不是又网恋了？王有男喝了一小口咖啡，笑着说。网络上的爱情真的不可信。人家说爱你就真的是爱你？人家爱的可能只是你的钱！

　　我没有网恋。人家也没有找我要钱。

　　我只是打个比方。我只是想说，网络上的东西不可信。不能滥用你的同情心,滥用同情心是对邪恶的纵容。她放下咖啡杯。真的,你不能人家说什么就信什么,不要相信。

不然呢?高帷幄反问。难道现实就可信?如果现实可信,为什么一个个都在说谎?你说谎吗?

王有男又拿起小汤匙搅动咖啡,对着那些泡沫说。我知道,你们其实看不起我。我其实也看不起自己。可是有什么办法呢?

心头漾出些东西来。是怜惜?是酸楚?正像她搅动着的杯面那泡沫,一圈圈地叠加,荡不开去。泡沫那么多,那么细,它们严密地包裹着小汤匙,像一层软软滑滑的奶油。

离约好的七点半还有半个多小时,王有男先去了托管中心。大外甥只在这里托管了几天,就被大姐送去私立学校。这一两个月,她跟刘雁走得更近。她喜欢被孩子们称作老师。读中学时,她最大的梦想就是去读师大,当个中学或者是小学的语文老师。上了高一,数理化全读不懂,读到三更半夜也不懂,母亲说,你叔店里要请人,你去吧,一个月有一千多呢!那时候,家里正准备建房子,非常需要钱。她有一百个不愿意,可是,叔父第二天就积极地帮她办了手续,只能退学。护照被扣下后,有的是时间,她常来这里帮孩子们看作文。刚在茶桌前坐下来,有人便递过一个作文本。她看到了一截白袖口。你也来?她完全料想不到是他。

你们等会儿不是要出去?高帷幄也愣了一下,站得直直的,好像自己的出现是个错误。刘雁让我来帮忙看一下。

作文本是一个三年级孩子的,作文题目是《我的妈妈》。

"我的妈妈非常爱睡觉。

早上要上学时,妈妈在睡觉。她没有煮早餐,给了我两块钱让我自己买豆浆喝。中午放学时，妈妈还在睡觉。她在美团点了外卖给我吃。中午上学时，妈妈还在睡觉。晚上放学后，妈妈终于起床了。她又在美团点了外卖，我们一起吃。吃完外卖，妈妈开始化妆。一边化妆还一边不停地打电话、接电话，然后，她就出去唱歌了。

"直到我上床睡觉的时候，妈妈还没回来，估计她又要唱到天亮了。我只希望我放在她床头柜上的作业她能看到，会帮我检查。可惜没有。第二天，我起床的时候，妈妈又在睡觉。

"这样的妈妈谁要谁拿走。"

王有男边看边笑，笑到后面，眼泪都笑出了眼角。

你怎么笑得出来？高帷幄问，眉头跟着紧了。

你不觉得这个超好笑？王有男捂住了嘴，坚决不让笑跑出嘴角。每个人都有一张会分泌情绪的脸，有的习惯性分泌苦涩，有的时常分泌香甜。她觉得他的神情非常夸张，夸张到一种苦大仇深的程度。他总是这样，从小学时就是这样，一点小事就可以眉头紧锁，忧郁半天，刘雁总是打趣说他是忧郁王子。哪怕面对给过他这么帮助的人，他也依然吝啬他的每一丝笑容。一个多月时间，一万，两万，两万八千……三天前，已经是第五次了。她知道，一切都在按照她设计的路线走。他开口越多，她胜算的可能性就越大。不出意外，很快，很快了。

好笑？高帷幄的眉头已经堆成小山，眉心的那颗黑痣更突出了。你不觉得好可悲？世间怎么会有这样的妈妈？以前我妈不可能这样做。还有，她的爸爸呢？你不觉得奇怪？怎么没有提到她爸爸？她爸爸在哪里？他自言自语地往外走，像是要去寻找女孩的爸爸。

王有男的心陡地一沉。是啊，这些确实都是问题。她拿着作文跑去学习室，刘雁把她拉到一旁，小声说，孩子爸爸在国外做盘，原本她妈在家带她，学习一直跟不上，这学期她妈干脆把她送我们这儿了。班上有很多这样的孩子。停顿了一会儿，刘雁指着对面的一个楼盘说，就那个小区很多都是乡下进城买的房，男人很多都出国了，留下来的基本是母亲和孩子。家里不缺钱，孩子却没人管，这孩子还算好的，还自觉，很多孩子基本就废掉了，唉，这盘说真的，成就了一代人，也毁了几代人啊！

心头生出奇怪的味道来。这味道在高帷幄自杀的那天也出现过，但当时只是隐隐一现。此刻，它在发酵、变酸，它在扩张、围堵。三年前，大姐让她出去帮忙，王有男二话没说就去了。一开始她做的都是相对简单的事，办公室里接接电话、打打材料，去手机店跑跑腿，到商场买买东西。后来，事情慢慢多了起来，采购、食堂管理、宿舍管理，都是服务性工作。一座楼里几百号人，吃喝拉撒有的是事。人手还是不够，大姐说，干脆把小妹也叫出来帮忙得了。她说，不行，一定要让小妹好好读书。小妹今年如愿考进全市最好的高中。大房间一个个小隔子里，年轻的男男女女都在忙，各种电话、各种微信她听过也看过，甚至也试着玩过。大姐让她不要去管他们电话里都说了什么，这些不重要。他们做他们的，她做她自己的。她也没觉得有什么不妥。偶尔她也会听他们交流关于各种"猪"的傻事趣事荒唐事，以及杀猪之技巧等。不断有人成为他们的"猪"，不断有爱情有故事夜以继日地产生。

眼前的爱情可就没那么简单了。王有男特意点了浓烈的黑咖啡，可惜咖啡的香味也未能压住心头的酸。祖父的身体越来越不好，相亲这件事被提上重要议事日程。父亲希望她找个公务员，母亲希望她找个医生，大姐说，老师也挺好的，好像找对象的是他们不是她。她说，她才二十四岁，不急。他们说，你不急，阿公等不了。况且，新年二十五岁你可以挑别人，再过几年，你就只剩让人挑了。她算是看明白了自己身上的重任，全家就缺一个铁饭碗的国家干部。

　　眼前的这位在乡镇当了个小所长，外观上跟两天前见的那位起码差出一个马拉松的距离。王有男不是外貌协会的，但两天前那位确实要身高有身高，要颜值有颜值，单位也好，她几乎就要心动了。末了，起身的时候，她顺口问了句，你一个公务员，你就不怕？

　　怕什么？他问。

　　你不知道？

　　知道什么？他又问，嘴角闪过一丝狡黠的笑。知道你能陪嫁多少？不是说了要陪嫁一套房子？有问题吗？不是这样吗？

　　她感觉后背一阵冷。像是深山老林里的一潭水，潭不大，但水深且寒意十足。当天刚添加的微信还没开幕就直接闭幕了。

　　有一搭没一搭地聊得有些干巴。刘雁看出了苗头，找准时机上洗手间。小所长的话语突然多了。看你这么时尚，一定跟很多人交过朋友吧？

　　王有男的脸"轰"地红了起来。小所长把一句非常难听的话装在一个漂亮的盘子里，他以为这样就好看好听了。她觉得受到了羞辱。盘子再漂亮，里面躺着的终究还是关于跟几个男人睡过觉的问题。她不否认她身体上经历过多个男人，可她的精神上还虚位以待。小县城的人终究还是更在乎身体。她放下二郎腿，身体离开后靠背。对方看出来了，马上接了句，不过也没关系，我不在乎的！他在耸肩，他在笑。真的，我不会在乎的！

　　真的是此地无银！王有男在心底轻蔑一笑。她想起几个月前，大姐带她去看翡翠。一个满绿的翡翠手镯，冰种的，卖家要价二十八万，大姐打着手电这照那照，照出隐蔽处有一缕细小的石纹。跟店家一提这瑕疵，价钱直接降到了八万。难不成谈过恋爱也成了握在人家手里的瑕疵？她让身体后靠复位，重新跷起二郎腿。她倒想看看他怎么以此来讨价还价？

小所长见她不说话，以为真点到了穴位，自得其乐继续往下说。对了，结婚后，能不能让你姐夫也带我出去？

你也想出国？有个工作不是挺好的？王有男故意做出好奇不解样。我们都羡慕着呢。

每个月就拿一点死工资，一点意思都没有。我就想出去，出国一个月轻轻松松十几二十万元，谁还领这一点工资？我一个当发型师的同学，一个月两万多工资都辞职出去了，我这一个月也就三两千，还不够你们吃一顿饭的呢！小所长越说越有兴致，听说你姐夫……

你羡慕他们有钱，他们还羡慕你自由呢！王有男打断他的话。

自由有什么好羡慕的？自由谁没有？小所长身体往后一仰，手一挥。要说自由，乞丐、流浪汉最自由，谁比他们更自由？可是有用吗？给你大把自由没一点钱有什么用？

钱与自由其实并非完全平等的并列关系。没有钱依然可以自由，可没了自由，钱还有何意义？看对方那不屑的表情，已经没有往下说的必要了。眼见刘雁正从通道走过来，王有男起身说，我今晚还有事，我先走了。刘雁心领神会地接过她递过去的包，挽着她的手臂往外走。

再不相信爱情了，再不相信爱情了。王有男走得飞快，边走边摇头。世间已无纯粹的爱情。

我看未必。刘雁拽住她的手臂往后扯，没能减缓她的速度，只能小跑跟上。你是不是喜欢上他了？

他？她没有回头，拿手往后指。开玩笑，怎么可能？

我说的是高小白。刘雁捏了一下她的手臂。你敢说你对他没一点感觉？

她想了好一会儿才说，也许吧？其实我也不确定。

天啊，居然还真让我猜着了？你居然会喜欢他？刘雁惊叫着停住了脚，一个侧身对向她。你这么有钱，要找也要找一个暖男啊！

你不知道所有的暖男最后都会变成渣男吗？

再渣他也暖啊！

他对所有人暖有什么用？我只需要一个独独对我一个人暖的！

这可真是现实版的狼爱上羊啊！刘雁拼命摇头。你别后悔啊，他专情应该是专情，可他是个再单纯不过的书呆子啊。

我还就喜欢他一尘不染，不食人间烟火，安全无公害的样子。王有男继续走，速度慢了下来。他要不单纯，我还不喜欢呢。

不是我打击你啊，他要知道你的职业，未必会同意啊！你自己要有思想准备，他这人，一根筋。刘雁双手勾挂住她手臂，小声提醒。听一个公安朋友讲，最近全县会进行全面清理，出国在外的都要登记造册。

放心，我姐夫在外面是有正经公司的，我们是做正经生意的，不用担心！王有男说得非常轻松。况且，你看，我现在也出不去呀！见刘雁还是不放心，就学着他说了句。不然呢？

高帷幄还在托管中心。见她们进来，他主动坐下泡茶。茶盘上堵得很，王有男看得很不顺眼。她知道他有事。他微微张了一下嘴，嘴巴连同目光里明明都有话，可当她对望过去，那目光便当了逃兵。他一直不说，只是泡茶，动静极大地泡茶，像是刚学书法的新手，手法生疏，一味使着蛮力。茶夹在他手里像是一根拐着弯的棍子，他用力捏住，好不容易越过右手位置的盖瓯伸到左手位置夹起一个杯子放进盖瓯里清洗烫杯，茶夹狠狠地咬住茶杯，一点不松口，杯子便转不动。他索性就旋转自己的手腕，扭过来，扭过去，结果盖瓯倒了，水全部流了出来，杯子直接卡在瓯杯里动弹不得。干脆就直接掠过烫杯这一环节，他将茶叶包装袋用力一撕一扯，茶颗粒又掉了一桌。

你呀，总是毛手毛脚的，要喝你一泡茶命还得足够长！刘雁不想等了，起身去学习室。

还是我来吧！王有男实在看不下去了，一边帮忙把桌上散落的茶颗粒一颗颗收进盖瓯里，一边站了起来。高帷幄只得把茶主的座位让了出来。她把茶海往外移到左前方，盖瓯移到左手位置，三个茶杯挨个右移到右手位置。茶盘瞬间开阔了。她握住水壶提起高冲，第一遍茶水迅速倒进三个茶杯里，三个茶杯都没倒满。再往盖瓯里冲进第二遍水，并盖好瓯盖蕴香。利用这个时间空当，她夹起一个茶杯，将茶水倒进另一个茶杯里，茶水溢了出来。茶夹夹住的茶杯并没有离开，而是借住另一个茶杯杯壁的摩擦立了起来，一坐一立的两个茶杯立刻呈现九十度左右的角。在茶夹的作用下，立住的茶杯旋转了起来，轻盈自如地与另一个杯里的茶水亲密接触。三个杯子都洗好的时候，正好可以出水了。她将第一杯茶递给他，心情跟着目光一起顺畅。

你怎么不开个茶店？接过茶的时候，高帷幄问。他的目光向着茶杯，像是说给茶听。

茶店？王有男没想到他会这么问。这个想法她确实有过。今年春节提出来的时候，大姐说，再帮我们两三年，你自己也再多攒个几百万，到时你爱干什么就干什么去。她想，也有道理，钱是她最后的尊严。多攒点本钱，将来茶店可以开得有品位些。叔父的茶店开在茶叶批发市场，人流量大，吵闹声与之相匹配的大，来来往往的不是茶农就是小茶贩，除了买茶卖茶，就是泡茶话仙。她将来要开的茶店绝不是这种卖茶的俗店，而应该是最适合品茶的雅空间。它是安静的，芬芳的，艺术的，有琴棋书画，有才子佳人……他在那里弹琴看书，她望着他渐渐出神。

能再借我些钱吗？最后一次。真的是最后一次。高帷幄突然抬起头，只是几秒，因为无处停靠，目光跟着声音一起落了下来。很急。

一个对钱满不在乎的女子究竟是什么样的女子？高帷幄完全没想到，王有男可以爽快到这样的地步。二十五万，她一口就答应了。第二天就给，全部是现金，而且没有任何条件。当然，如果一定要说有条件，她请他务必参加她祖父的寿宴。医生断定她的祖父活不过三个月。

寿宴办在观音岩王氏泰阳楼，场面很是壮观。王家祖上是大茶商，民国时建起了泰阳楼。楼为两层，墙体是花岗岩构筑，楼顶保留闽南古大厝的黑瓦片、燕尾脊，闭合式回形长廊将整个建筑围成一个完全相连的整体，楼的两旁有护厝。东侧护厝成了临时大厨房，大海参、大鲍鱼、大龙虾，铺陈开去。楼前搭起了简易棚，七八张桌子都空着。楼下厅堂、各个房间摆满了方桌。午宴据说摆的是三十六桌，请的都是亲戚和路途相对遥远的朋友，楼上楼下楼内楼外摆下的方桌全都用上了。晚宴规模相对小些，只有十八桌，请的主要是他们家生意场上的合作伙伴和县内的朋友。据说明天还要再摆桌一天，村民都在受邀之列。王有男的大姐、姐夫都回来了，她叔父的两个儿子没有回来。刘雁跟她们家人都很熟，进进出出帮她招呼着同学、朋友，好不容易才走过来。

你这么张罗，人家还以为是你爷爷做寿呢！高帷幄有些看不过去。

你不懂。刘雁不想跟他多说，也没有落座的意思，只是转过身跟同桌的其他同学打招呼，眼睛时不时瞟一下大门处。她姐来了，她姐来了，我去一下！刘雁瞅着门口又进来的几个人，赶紧又迎了出去。

高帷幄真的看不懂了。明明王有男的姐姐才是主人，为什么反倒是刘雁去迎接他们？陌生的人，陌生的声音，客套的礼节，世俗的假，这是他最难应对的场合。晚宴还没正式开始，客人来来往往。同桌的多是王有男的小学同学，小老板和那个中学老师也在，他却不想跟他们说话，一个都不想。索性就玩起手机。没一会儿，王有男过来打招呼，紧挨着他的座位坐下。他们聊的都是老师、同学的事情，她又特意介绍了他的母亲。她完全没必要这么做，除了引来象征性的赞美、虚伪的怀念，他知道并没有什么人真正感兴趣。对面一个抱着一两岁小孩的胖女人问起她的婚姻大事，她摸摸小孩的脸蛋，直接避开这个话题。你现在还在当护士？

早辞职不干了。女人很容易就被她引入另一个话题。现在就专门养猪仔咯！

养猪仔？高帷幄的心咯噔了一下，顺口就问了起来。你家也养猪？这么巧？你家养殖场办在哪里？

高帷幄！远远走过来的刘雁赶紧拦住他。你看你，尽说些让人笑话的话。人家这猪可不是你那猪！

不然呢？他摊了摊手，耸了耸肩，一脸惊讶。

哈哈哈，笑死了，你也太老实了吧？小老板带着旁边几个人都在笑，笑得高深莫测。

谁跟你养那猪呀！胖女人有些发起嗲来。我说的是，老大当宝养，老二当猪养，岂不就是养猪？你才养那猪，你们全家都养那猪！

你别欺负人家老实人！王有男看了他一眼，替他打起了圆场，打趣起胖女人。这猪那猪反正都是猪！也是你自己说的不是？

众人笑得更起劲了。笑可以解决所有问题，无论真与假，无论美与丑。可高帷幄一点都不想陪着大家笑得如此虚伪笑得莫名其妙。所有桌子都坐满了，宴席还没有开始的意思。王有男到其他桌招呼客人，脱下来的大衣就搭在她刚才的座位靠背上。大衣浅灰色，是细羊绒质地，一看就价值不菲。领子上的商标很大，写着一行英文字"CIRCLE"。高帷幄下意识地拼着一个个熟悉的字母，想起了什么。天色已经暗下来了，空气越来越闷，声音越来越嘈杂，他坐不住了。先上个洗手间，再顺势走出楼外。所有的声音聚拢在泰阳楼里,渐渐远了,远了,耳根终于清静下来。山间的夜色真美。星星真亮。周围黑漆漆的,偶尔有一两声虫鸣。风微微吹起,空气中隐约有一阵淡淡的花香。他循着花香经过西护厝,再往西二三十米。花香更加浓了,一棵树叶繁茂的百年桂花树。树下似有一团黑影。他有些好奇,蹑着脚往前走。有人在低声说话,他听到了几个熟悉的名字。

高帷幄几乎是跌跌撞撞地跑回泰阳楼。鞭炮噼里啪啦地响个不停,晚宴正式开始了,人声混杂着杯盘交错的声音。他直奔主桌,抓住王有男的手往外拉。赶紧走,赶紧走。

你来得正好,我有个事情要宣布,王有男把他往回拉,一脸的笑,对着大家介绍起来,这是我的男朋友高帷幄。

不不不,高帷幄试图挣脱她的手,却挣脱不得。她的手劲很大。她把他拽到父母身边。爸,妈,这个就是我们语文老师刘老师的儿子,我跟你们说过的。十五年前,那年冬天,我去给刘老师送作业,他们家正好没人,我看到他们家桌上的五千元。刘老师其实早就猜到了,但她没说。她知道我爸住院需要钱。我一直没脸见她,如果没有她,我爸早就瘫了。

十五年前?冬天?那不就是他小提琴比赛获奖那年?高帷幄蒙住了,脑袋瞬间空白,听凭她拉着走到她祖父身边,然后是她叔父、婶婶……一圈走下来,他渐渐回过神来,把她往边上拉。赶紧走,外边像是有警察。我听他们提到了你的名字,还提到了你姐你姐夫。

你说什么?像是一朵花瞬间枯萎,王有男脸上的笑容转眼即逝。你报的警?

我报警?高帷幄觉得一种莫大的耻辱。我为什么要报警?

为什么?因为"弹钢琴的女孩"就是我。王有男的目光低垂,脸色非常难看。但我不是为了骗你钱,只为了帮你。

我知道。高帷幄说得很小声。

你知道？你怎么知道？

刘雁说的。但我不知道那五千元的事，我一直以为我妈……我真的没报警。

那一定是我阿叔那两个儿子报的警！王有男的脸色更加难看了。难怪他们说要帮姐夫看场，难怪他们不回来。他们这是想霸占姐夫的盘啊！她在人群中搜索，好不容易找到大姐和姐夫的身影。她拉着他过去，把大姐和姐夫叫到护厝。姐夫不相信她和他说的，不可能，即使我被抓，他们也拿不了我的盘，哪是那么简单的事？

可如果他们就以为这么简单呢？她说得异常平静。

可惜来不及了。泰阳楼里一下子涌进几十个人，世界一片混沌。乱了，走了，散了，哭了。王有男的叔父婶婶负责安抚好她祖父和父母的情绪，刘雁帮王家跟客人们一个个说着对不起，又跟主厨的师傅交代了明天宴席取消的事情。没来得及上桌的菜堆满了东护厝，她婶婶安排工人们各取所需，各装各袋。

回城时，高帷幄一路都不说话。

你没有错。刘雁安慰他，她的手一直没有离开方向盘。

不，都是我的错。高帷幄双手抱头，把头埋了下去。警察都知道了，她是"弹钢琴的女孩"。

你别忘了，是她害了你妈。刘雁的目光没有离开路面。

我妈是被骗子骗的，骗子骗她说中了大奖，让她交各种税费，她本来就有抑郁。

对呀，是骗子骗的，你不是一直痛恨骗子？刘雁拍拍他的肩膀。你想啊，八年前骗子骗了你妈八万，现在你骗了骗子二十五万，这不是很公平？再说了，也是她先骗你，你才骗她的呀。你拿着那二十五万可以做很多事，你原本可以拿到更多的钱，你就是下不了狠心，可惜了。

不，不，不，她并没有骗我钱，她骗的都是她自己的钱，我才是骗子，我才是骗子！

别再这么单纯了，这个社会很复杂的。你不骗别人就得被别人骗，这就是现实！刘雁看了他一眼。你自己要学着点，以后我帮不了你了，我明天就出国了。

你要出国？去哪里？高帷幄抬起头。

去柬埔寨，去找我男朋友。刘雁目视前方，车灯打出一片光明。

你男朋友？他打开窗户，风灌进车厢来。只有黑。哪个男朋友？

对了，忘了告诉你，有男阿叔的大儿子是我男朋友。刘雁抬手抚摩被风吹乱的头发。

噢——高帷幄对着窗外黑寂的山谷呼了一口气，全身突然打了个激灵。你说什么？！

山谷吞没了他的声音。

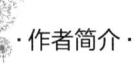

· 作者简介 ·

林筱聆，女，1975年生于福建安溪，福建省作家协会副主席。著有长篇小说《香见》《茶王》《心弈》《女镇长》及中短篇小说集《佛跳墙》《秘密》等。作品见于《人民文学》《北京文学》《啄木鸟》《作品》《山花》等刊，部分作品被《小说选刊》《中篇小说选刊》等转载。